Mats Wahl
Sturmland
Die Kämpferin

Mats Wahl

# STURMLAND
## die Kämpferin

Aus dem Schwedischen
von Gesa Kunter

Carl Hanser Verlag

Sie reiten von Liden aus nach Norden. Als sie den Ripsee vor sich liegen sehen, zügelt Vagn das Pferd. Er dreht sich im Sattel zu ihnen um.
»Der sieht kalt aus.«
Folke zuckt mit den Schultern, Elin reitet an ihn heran und gibt ihm einen Klaps zwischen die Schulterblätter. Sie trägt gelbe Handschuhe und vom See bläst ein Wind herauf, der die Wangen rot färbt.
Als sie fast unten am Seeufer angelangt sind, nähert sich ihnen von Westen ein Hubschrauber. Die drei Reiter zügeln die Tiere und reden beruhigend auf sie ein, während die Maschine dicht über ihren Köpfen hinwegfliegt.
Folkes Pferd trippelt ein paar Schritte zur Seite. Er beugt sich vor und flüstert dem Tier ins Ohr. Doch dann ist der Hubschrauber schon über dem See, steigt höher und verschwindet über den Hügeln auf der Nordseite. Die Pferde beruhigen sich. Sie reiten hinunter zum Sandstrand, dorthin, wo Elin und Vagn schwimmen gelernt haben. Der Strand ist so klein, dass es eng wird, als die drei Pferde nebeneinanderstehen.
Folke steigt ab, während Vagn und Elin sitzen bleiben. Vagn streicht seinem Pferd mit der behandschuhten Hand über den Rücken, während Elin etwas in ihren Jackentaschen sucht.
»Armer Folke, nur weil die Schneeglöckchen ihre Köpfe hervorstrecken, ist noch längst kein Badewetter.«
Folke hockt sich ans Ufer und hält die rechte Hand ins Wasser. Er hat den Kragen der Jacke hochgeschlagen und trägt eine Lederkappe mit herunterhängenden Ohrenklappen.

»Ist es warm?«, fragt Vagn.

»Nicht am Ufer«, antwortet Folke.

»Vielleicht weiter draußen«, mutmaßt Vagn.

Im Sattel sitzend schlingt Elin die Arme um ihren frierenden Oberkörper, während Folke die Jacke auszieht und Pullover, Schuhe,
Strümpfe sowie Hose und lange Unterhose ablegt. Schließlich hat
er nur noch die Kappe auf dem Kopf. Elin zieht die Handschuhe aus
und fischt eine fingerbreite Mutter aus der Jackentasche. Sie bindet
eine Schnur daran und knotet an das andere Ende der Schnur einen
Korken. Als sie den Knoten geprüft hat, dreht sie sich zu Folke um:
»Bist du bereit?«

Er nickt, nimmt die Kappe ab und gibt sie ihr. Elin wirft die Mutter
samt Korken und Schnur hinaus aufs Wasser. Ein Stück vom Ufer
entfernt versinkt alles mit einem gluckernden Geräusch.

»Du hast nicht weit genug geworfen«, rügt Vagn.

»Wo er gelandet ist, ist das Wasser tief genug«, behauptet Elin.

»Du hast trotzdem nicht weit genug geworfen.«

»Er muss tauchen. Das genügt.«

»Du hast nicht weit genug geworfen.«

»Ich bin nicht so gemein wie du.«

»Vielleicht ist es ja weiter draußen wärmer«, sagt Vagn und lacht.

Während sie reden, watet Folke tiefer ins Wasser, bis zu der Stelle,
wo nach dem Versinken von Mutter und Korken keine Ringe mehr
auf der Oberfläche sichtbar sind, und taucht ab. Nach einer Weile
kommt er wieder hoch, prustet und streicht sich die Haare aus dem
Gesicht. Er macht ein paar Schwimmzüge Richtung Ufer, bis er
Grund unter den Füßen hat.

»Hast du die Mutter?«, fragt Elin.

Folke watet an Land, öffnet die Hand und reicht Elin die Mutter
mit Korken und Schnur. Sie nimmt sie entgegen, steckt sie zurück
in die Jackentasche und setzt ihm die Kappe auf den Kopf.

»Dir ist dein Schwanz abhandengekommen«, feixt Vagn. »Er ist kleiner als der Fingerhut unserer Mutter.«
Folke zittert vor Kälte und Elin sieht an ihm hinab. Da hören sie einen Kugelhagel von der anderen Seite der Hügel und sie drehen sich zu dem Geräusch um.
»Wildschweine«, sagt Vagn, während Folke sich mit dem Handtuch abtrocknet, das Elin ihm gereicht hat.

Als sie auf den Hof reiten, kommen Hubschrauber von Norden und fliegen so niedrig, dass es aussieht, als würden sie mit dem Windrad kollidieren. Unter der dröhnenden Maschine hängt das Netz, in dem die toten Wildschweine liegen, einer der Wildschweinkörper blutet noch immer. Als der Hubschrauber über den Hackklotz hinwegfliegt, fällt ein Schwall Blut herunter und landet neben der Axt. Es sieht aus, als wäre dort einem Huhn gerade der Kopf abgeschlagen worden. Den zerschundenen toten Menschenkörper zwischen den Schweinen entdeckt niemand.

Elin hat Gerda im Arm und ihre Wangen sind noch gerötet, als sie leise in das Zimmer des Alten schlüpft und sich zu ihm auf die Bettkante setzt. Das Baby beginnt zu weinen, Elin knöpft das Hemd auf, macht die Brust frei und Gerda verstummt. Der Alte öffnet die Augen und legt eine Hand auf Elins Oberschenkel.
»Bist du draußen gewesen?«
»Wir sind zum Ripsee geritten. Folke musste tauchen. Er hat eine Wette verloren.«

»Um was habt ihr gewettet?«

»Dass ich länger den Atem anhalten kann als er.«

Der Alte verzieht den Mund, doch nicht so weit, dass es als Lächeln bezeichnet werden kann. Er ist unrasiert und blass.

»Gerda scheint Hunger zu haben.«

»Sie hat immer Hunger.«

»Das hattest du auch immer.«

»Wie fühlst du dich?«

»Müde.«

»Brauchst du irgendetwas?«

»Die Fernbedienung.«

Elin streckt sich danach und reicht sie dem Alten, der auf ein paar der Tasten drückt. Auf der Bildwand erscheint ein Klavierspieler.

»Wer ist das?«

»Kempff. Guck dir seine Augen an. Er sieht die beiden Weltkriege. Seine Trauer ist endlos.«

Der Alte schließt die Augen und drückt Elins Oberschenkel. Er ist sehr schwach und sein Griff ist nicht besonders fest.

»Tut dir was weh?«

»Nein.«

»Hast du etwas von Åke bekommen?«

»Nur das, was ich vorher schon hatte.«

»Möchtest du allein sein?«

»Bleib doch noch ein Weilchen hier sitzen.«

Sie sitzt noch eine Weile bei Frans am Bett. Als sie die Brust wechselt und das Kind an die andere legt, öffnet der Alte die Augen, und als das Kind zur Ruhe gekommen ist und nicht mehr strampelt, schließt er sie wieder.

Nachdem Gerda fertig getrunken hat, schlafen sowohl das Kind als auch der Alte. Elin schaltet leiser und die Beethovensonate mit dem Schwarz-Weiß-Bild des gealterten Gesichts und dem nahezu bewegungslosen Körper am Flügel wird erneut abgespielt. Sie steht auf, geht in die Küche und zieht die Tür hinter sich zu. Vagn, Folke und Åke sitzen am Tisch. Sie trinken Tee und essen Mandelgebäck. Elin setzt sich neben Vagn und wendet sich dem Onkel zu.

»Wie geht es ihm?«

»Er ist sehr müde«, antwortet Åke. »Das Herz macht es vermutlich nicht mehr sehr lange.«

»Und er will nicht ins Krankenhaus gehen?«

Åke schüttelt den Kopf. Vagn steht auf und holt eine Tasse für seine Schwester.

Elin zieht ein Stück Decke über den Kopf des Kindes.

»Sie sieht zufrieden aus«, sagt Åke, den Blick auf Gerda gerichtet.

Elin lächelt.

»Gerda ist immer zufrieden.«

Åke und Folke stehen auf.

»Jetzt müssen wir nach Hause.«

Lisa kommt aus ihrem Zimmer.

»Hola!«, ruft Åke.

»Buenas tardes«, antwortet Lisa.

Åke und Folke gehen ins Arbeitszimmer, wo sich Gunnar und Anna an ihren Computern gegenübersitzen und Wertpapiere kaufen und verkaufen. Anna trägt einen Pyjama und hat ungewaschene Haare.

Åke bleibt in der Tür stehen und Folke stellt sich neben ihn. Er ist einen halben Kopf größer als der Vater.

»Ich habe ihm schmerzstillende Mittel und Schlaftabletten für die Nacht gegeben, aber ich glaube nicht, dass es ihm schwerfallen wird zu schlafen.«

Anna erhebt sich, Gunnar lehnt sich im Stuhl zurück und legt die Hände in den Nacken. Anna geht zu Åke und umarmt ihn.

»Wie lange hat er noch?«

»Eine Woche, einen Monat oder ein paar Stunden. Es kann jederzeit passieren.«
Anna umarmt Folke.
»Schön, dich zu sehen. Es ist viel zu lange her seit ...«
Sie beendet den Satz nicht.
Gunnar streckt den Arm aus und winkt.
»Wiedersehn, Åke, und danke! Wiedersehn Folke!« Er wendet sich im Stuhl sitzend um, richtet den Monitor und tippt etwas auf der Tastatur. Die Hunde begleiten die Gäste nach draußen.

Lisa steht auf dem Hof und hält eine Puppe im Arm. Sie sieht zu, wie Gunnar den Korb auf dem Sulky befestigt und die Pferde davorspannt.
Anna tritt mit Gerda im Arm aus dem Haus und Elin und Vagn kommen aus dem Stall dazu. Elin reitet auf Black und Vagn sitzt auf Kille. Der Himmel leuchtet blau und niemand ist schwarz gekleidet.
Gunnar schließt die Tür ab und steigt in den Sulky. Lisa setzt sich zwischen Gunnar und Anna. Gerda liegt in Annas Armen, eingewickelt in eine himbeerfarbene Decke.
Sie brechen auf und Elin reitet neben Vagn, beide lachen über etwas, das Lisa zu verstehen versucht.
Als sie unten am Sicherheitsweg ankommen, erwacht Gerda und schreit. Elin steigt ab, Anna steigt aus dem Sulky und reicht ihr das Kind. Während Anna einen Fuß in den Steigbügel stellt und sich in Blacks Sattel schwingt, nimmt Elin nun im Sulky Platz.

Gunnar versucht vergeblich, eine Verbindung zur Verkehrsbehörde aufzubauen.

»Die Leitung ist tot.«

Elin und Vagn versuchen nun auch beide, mit ihren Mobilen die Verkehrsbehörde zu erreichen, aber es passiert nichts.

Von oben aus der Kurve bei Wongs kommt ein Wagen, der von zwei Pferden gezogen wird. Auf dem Kutschbock sitzt Tor aus Målgårn, hinter ihm fünf seiner Enkel. Nach ihm kommt sein ältester Sohn Hammar mit seiner Frau Lina und drei Hunden. Die beiden Wagen halten vor der Familie aus Liden. Lina kämmt ihre langen Haare. Hin und wieder pflückt sie eine Haarsträhne aus dem Kamm, die sie auf den Asphalt fallen lässt.

»Unser Beileid«, sagt Tor und er und Anna blicken einander an. »Frans war ein feiner Kerl.«

Zu Gunnar gewandt sagt er: »Seit gestern Abend gibt es keine Verbindung. Wir versuchen es zu ignorieren. Kommt mit, hier können wir nicht stehen bleiben.«

Gunnar sucht Annas Blick.

»Können wir nicht in Schwierigkeiten kommen?«

»Es passiert schon nichts«, verspricht Tor.

»Versuchen wir's«, sagt Gunnar, schnalzt und treibt die Pferde an. Die Pferde setzen sich in Gang. Als sie auf der asphaltierten Straße ankommen, guckt Gerda die Mutter an.

»Sie hat wieder Hunger«, sagt Elin und öffnet die Jacke.

»Wird deine Milch nie leer?«, fragt Lisa und legt sich die Puppe an die Brust.»Meine Milch auch nicht. Ich habe mehrere Liter davon.«

Und dann erzählt sie der Puppe vom Großvater.

Elin wickelt den Deckenzipfel enger um Gerdas Kopf.

Der Redner, der eine Ansprache am Grab hält, macht seine Sache gut. Bei der Treppe vom Gemeindehaus machen die Beerdigungsgäste einen Abstecher zu der Schonung vor Grusvalds Haus.

Dort liegt ein abgestürzter Beobachter. Seine Flügel haben eine Spannweite von vier Metern, er hat ein breites Heck und sieht aus wie ein heruntergefallener Blechadler mit drei Kronen auf der verbeulten Nasenpartie.

Grusvald erzählt mit lauter Stimme, wie er ihn vom Küchenfenster aus gesehen hat, wie das Flugobjekt dann immer tiefer und in immer engeren Kreisen sank und wie er dachte, dass es auf den Hof stürze.

»Aber dann flog er wieder hinauf, ungefähr auf Höhe der Fahnenstange. Einen Moment sah es aus, als würde er weitersteigen, bevor er dann in die Schonung sackte, krachend durch die Zweige brach und landete. Das Militär war innerhalb einer Stunde hier. In den Nachrichten haben sie nichts dazu gesagt. Auch nicht in den Lokalnachrichten. Da bringen sie doch sonst alles. Als Kohlen-Nilssons Katze Junge bekommen hat, lief es auf der Bildwand. Genauso als Flicken-Lisa hundert Jahre alt wurde, da waren es fünf Minuten mit Interview und allem. Aber wenn ein Militärflugzeug hinter meiner Scheune vom Himmel fällt, sagt niemand ein Wort.«

Es folgt Gemurmel und viel Gerede auf dem Weg zum Gemeindehaus. Als sie eintreten, packen Tollnilsar und Grusvald ihre Instrumente aus und stimmen sie. Es wird Bier ausgeschenkt und Schnaps in kleinen hohen Gläsern, dazu gibt es Knäckebroträder und Teller mit gebeizter Forelle auf den mit Tischtuch gedeckten Tischen an der Tür sowie hinten im Saal.

Jemand öffnet ein Fenster und sagt, so viele Leute hätten sie im Gemeindehaus nicht mehr gehabt, seit Rune aus Skattfalle zu Grabe getragen wurde, und das sei immerhin bald zehn Jahre her.

Tollnilsar und Grusvald spielen Lieder, die sie gemeinsam mit Frans früher auf Hochzeiten und Begräbnissen gespielt haben. Zwischen den Liedern erwähnen sie etwas, das Frans getan oder gesagt hat.

»Er konnte die Geige unterm Kinn geklemmt haben und dabei erzählen und lachen«, sagt Grusvald und blickt in den Saal. »Er winkte mit den Händen, stach mit dem Bogen in die Luft und die Geige blieb da, wo sie saß. Manchmal passierte es, dass die Leute anfingen zu weinen, wenn er zu spielen begann. Er war ein Spielmann, wie man ihn heute nur noch selten trifft.«

Danach erzählt Tollnilsar, der dabei war, als Frans Reichsspielmann wurde. Anschließend spielen sie einige der Lieder, die Frans selbst geschrieben hat. Nach dem ersten sagt Grusvald, dass niemand, der tanzen will, sich genieren muss, eine größere Ehre könne man einem Spielmann gar nicht erweisen, als auf seiner Beerdigung zu tanzen.

Einige junge Mädchen sehen sich um und versuchen herauszufinden, ob das, was über das Tanzen gesagt wurde, ernst gemeint ist. Vagn geht auf eines von ihnen zu und fordert es auf. Sie tanzen einen Walzer, den Frans für Grusvalds Hochzeit geschrieben hat. Das Mädchen hat rote Wangen und tanzt den Walzer sehr gut. Folke fordert Hammars Frau mit den langen Haaren auf und sie tanzen fast noch besser. Ein paar Leute flüstern, dass Hammar diese Art Tanz wohl nur ungern sehen wird.

Kurze Zeit später wird das Geigenspiel beendet und die Menschen stehen in Trauben und unterhalten sich darüber, was mit der Regierung geschehen wird.

»Sie können die Festung jeden Moment stürzen«, sagt Valdemar Hanson, der im Gemeinderat sitzt und eine Schwägerin im Reichstag hat. »Dass ihre Drohnen abstürzen, ist ein gutes Zeichen.«

Lisa zeigt den Kindern von Målgårn ihre Puppe und erzählt von ihrer zweiten, die die Wildschweine geholt haben, als sie sie draußen vergessen hat.

Dann bemerkt Lisa die hochschwangere Frau in weißer Strickjacke und geblümtem Kleid, die sich mit Elin unterhält. Lisa nimmt Elins Hand und betrachtet mit offenem Mund Ida Torsons Bauch.

»Jeden Moment«, sagt Ida. »Es wird ein Junge. Er soll Harald heißen oder vielleicht Gunnar.«

»Harald«, wiederholt Elin. »Ja, natürlich.«

»Gerdas Papa hieß Harald«, informiert Lisa.

»Ich weiß«, sagt Ida und streicht Lisa über das Haar. »Ich bin Haralds Schwester.«

Lisa ist sprachlos.

»Viel Glück!«, sagt Elin, als Idas Mann Vidar dazukommt und sich neben seine Frau stellt. Er ist außergewöhnlich breitschultrig und hat ein breites Kinn, aber dem Gerede der Leute zufolge ist er liebenswürdig. Er betrachtet Gerda, lächelt und legt den Kopf schief. »Sieht aus wie ein kleiner Torson.«

»Bald kommt noch einer dazu«, sagt Ida und legt die Hände auf den Bauch, als müsste sie das Ungeborene festhalten.

»Er tritt«, sagt sie. Lisa blickt zu ihr auf.

Das Mädchen legt eine Hand auf Idas Bauch, und als es spürt, wie das Kind tritt, strahlt es über das gesamte Gesicht.

Der Kaffee und die Torten werden hereingetragen, zwei Tische zusammengeschoben und auf den Tisch ein Stuhl gestellt, auf dem Elin Platz nimmt. Vagn reicht ihr die Gitarre und es wird still im Saal. Gerda liegt ruhig in Annas Armen.

»Frans hat mir das Gitarrespielen beigebracht«, sagt Elin mit kräftiger, klarer Stimme. »Er hat mir gezeigt, wie man spielt, als ich noch nicht einmal den Gitarrenhals umfassen konnte, und er hat mir die Griffe gezeigt, während ich auf seinem Schoß saß. Ihm verdanke ich es, dass ich Gedichte so mag, und er war es, der gesagt hat, dass ich das eine mit dem anderen verbinden soll. Vor einem Jahr hat er mir diesen Text hier gezeigt und ich habe die Musik dazu geschrieben. Er hat gesagt, dass ich es auf seiner Beerdigung spielen soll.«

Sie beugt sich über die Gitarre, und während sie singt, senkt Anna den Kopf und küsst Gerda auf die Stirn.

*Nobody heard him, the dead man,*
*But still he lay moaning:*
*I was much further out than you thought*
*And not waving but drowning.*

*Poor chap, he always loved larking*
*And now he's dead*
*It must have been to cold for him his heart gave way,*
*They said.*

*Oh, no, it was too cold always*
*(Still the dead one lay moaning)*
*I was too far out all my life*
*And not waving but drowning.*

Anschließend brechen die Leute auf. Die Nachmittagskälte breitet sich unter dem immer blauer strahlenden Himmel aus. Elin nimmt Gerda auf den Arm und geht zum Friedhof. Sie geht an Frans' Grab vorbei und weiter zu der Stelle, wo Harald liegt. Gerda gluckst vor sich hin und streckt ihre Finger nach dem Gesicht der Mutter aus. Haralds Grab hat einen Stein aus Granit bekommen, so groß wie ein Zehnlitereimer. Elin streicht dem Kind über den Kopf und steht eine Weile da. Dann kehrt sie zum Gemeindehaus zurück, legt das Kind in Annas Arme und steigt in den Sattel. Sie reitet vor den anderen nach Hause, ohne sich umzusehen.

# 4

Lisa kriecht unter die Decke und Anna sitzt auf der Bettkante.

»Warum lebt man?«, will das Mädchen wissen.

Anna hält einen Moment inne, bevor sie antwortet. Lisa wird ungeduldig und wiederholt die Frage:

»Warum lebt man?«

»Weil man geboren wurde.«

»Aber warum wurde man geboren?«

»Weil die Menschen Kinder haben wollen.«

»Warum wollen sie das?«

Anna streicht ihr über die Wange.

»Weil es schön ist mit Kindern.«

Lisa runzelt die Stirn.

»Du und Papa konntet doch nicht wissen, ob es schön mit mir werden würde.«

»Nein, das stimmt.«

»Und manchmal bin ich nicht nett.«

»Das stimmt auch.«

Lisa lächelt.

»Und manchmal bist du nicht nett.«

»Das stimmt wirklich.«

Lisa schweigt eine Weile, bevor sie weiterspricht:

»Glaubst du an Gott?«

»Nein.«

»Glaubt Elin an Gott?«

»Ich glaube nicht.«

»Und Vagn?«

»Vagn glaubt nicht an Gott.«

Lisa schweigt wieder. Dann fragt sie weiter:
»Wenn da jemand ist, der alles bestimmt, warum sollte er dann wollen, dass es Wildschweine gibt?«
»Das sind Fragen, die man denen stellen muss, die an Gott glauben.«
»Kennen wir jemanden?«
»Nicht, dass ich wüsste. Der Pfarrer, der Großvater begraben hat, natürlich, aber den kennen wir kaum.«
»Warum wollte Großvater von einem Pfarrer begraben werden, wenn er nicht an Gott geglaubt hat?«
»Vielleicht, weil es ihm richtig vorkam.«
»Wie kann es einem richtig vorkommen, von einem Pfarrer begraben zu werden, wenn man nicht an Gott glaubt?«
»Ich weiß nicht, was er dachte.«
»Du hättest ihn fragen müssen.«
»Es gibt vieles, was ich hätte fragen sollen.«
»Da war ein alter Mann, der gesagt hat, dass Großvater ein Weiberheld war.«
»Was war das für ein Mann?«
»Er war groß und trug eine Kappe und mit dem einen Auge stimmte was nicht. Es war, als ob das Augenlid runterhing.« Lisa legt den Zeigefinger auf ihr rechtes Augenlid und zieht es herunter. »Weißt du, wer das war?«
»Ja«, antwortet die Mutter.
»Warum hat er gesagt, dass Großvater ein Weiberheld war?«
»Ich weiß es nicht.«
»Was ist ein Weiberheld?«
»Jemand, der Frauen mag.«
»Ist Papa ein Weiberheld?«
»Das glaube ich nicht.«
»Aber er mag dich.«

»Das stimmt. Vielleicht ist er also doch ein Weiberheld.«

»Wie alt werde ich sein, wenn du stirbst?«

»Keine Ahnung.«

»Aber ungefähr.«

»Das kann man nicht wissen.«

»Warum nicht?«

»So ist das Leben. Wir wissen morgens nicht, was bis zum Abend passieren wird.«

»Wusste Großvater, dass er sterben wird?«

»Ja.«

»Hatte er Angst?«

»Ich glaube nicht.«

»Jetzt liegt er unter der Erde.«

»Ja.«

»Schade, dass ich nicht an Gott glaube.«

»Warum?«

»Wenn ich an Gott glauben würde, könnte ich daran glauben, dass Großvater und ich uns im Himmel wiedertreffen. Wir könnten jeder auf seiner Wolke sitzen und er könnte mit den Engeln singen. Er wäre doch bestimmt auch im Himmel Spielmann geworden. Könnte ich heute Nacht sterben?«

»Das ist nicht anzunehmen.«

»Woher weißt du das?«

»Ich weiß gar nichts, aber es ist einfach unwahrscheinlich.«

»Also glaubst du nicht, dass ich heute Nacht sterbe?«

»Ich bin sicher, dass du in ungefähr acht Stunden aufwachen wirst, und dann wirst du dich hinsetzen, um ungefähr zwanzig spanische Vokabeln zu lernen, und du wirst die Bildwand anschalten und mit all deinen Freunden in all deinen Sprachen sprechen.«

»Ich kann Schwedisch, ein bisschen Englisch und ein kleines bisschen Spanisch.«

»Und außerdem kannst du auf den Händen gehen, Gleichungen lösen und auf Black reiten.«
»Und ich bin erst acht.«
»Genau. Und wenn man erst acht ist, muss man um diese Uhrzeit längst schlafen.«
Lisa lacht.
»Sag Papa, dass er noch kommen und mich in den Arm nehmen soll.«

Draußen vor dem Fenster ist es dunkel und Gerda und Lisa schlafen. Anna, Gunnar und Elin sitzen am Küchentisch, auf den Vagn eine Teekanne und einen Teller mit Mandelgebäck stellt.
»Es war eine schöne Beerdigung«, sagt Gunnar und sieht seine Frau an.
Sie nickt.
»Morgen früh werde ich den Stein bestellen.«
»Was wollte er darauf haben?«
»Den Namen und das Datum.«
Vagn gießt ihnen Tee ein und Anna nimmt einen Mandelkeks, beißt die Hälfte ab und gibt Elin den Rest. Die wendet das Gebäckstück in der Hand, als würde sie überlegen, was sie damit machen soll.
»Lisa hat gefragt, warum man lebt«, erzählt Anna.
Elin steckt den Keks in den Mund.
»Die Beerdigung hat natürlich Fragen aufgeworfen.«
»Habt ihr Hammars Gesicht gesehen, als Lina getanzt hat?«

Vagn zerkleinert seinen Keks sorgfältig mit mahlenden Kiefern, als ob er ihn zu Pulver verarbeiten wollte. Anna nickt und nimmt noch einen Mandelkeks. Elin kommt ihr rasch zuvor:

»Den kannst du selbst essen.«

Anna beißt die Hälfte ab, schluckt und gibt den Rest an Vagn, der den Keks in den Mund stopft, während der Dackel mit dem Schwanz wedelt, und der Jämthund sabbernd bettelt.

Gunnar legt den Kopf schief und sieht seine Frau an.

»Was hast du gesagt?«

»Zu wem?«

»Lisa.«

»Ich habe gesagt, dass man lebt, weil man geboren wurde und weil die Menschen Kinder haben wollen.«

»Hast du nichts über Liebe gesagt?«, fragt Elin kopfschüttelnd.

»Sie hat gefragt, ob Papa ein Weiberheld ist.«

Da schaltet sich die Bildwand ein.

In der oberen Ecke des Bilds wird der Abstand zum Objekt mit 507 Metern angegeben und die Richtung mit 232 Grad. Die Geschwindigkeit des Objekts beträgt drei Kilometer in der Stunde. Gunnar ist der Einzige, der auf der Bank sitzt und die Bildwand im Blick hat. Die anderen sitzen ihm gegenüber und drehen sich jetzt um.

»Es ist eine Frau«, stellt Vagn fest und greift nach der Fernbedienung. Er zoomt das Gesicht heran, das bis zu den Augen mit einem Halstuch bedeckt ist.

Anna keucht.

»Ist es Karin?«

Gunnar beugt sich vor, hält eine Hand hinter die Flamme und bläst die Kerze aus. Dann erhebt er sich, öffnet das Fenster und schließt die metallenen Fensterläden. Anna geht zur Haustür, die Hunde folgen ihr. Auf der Bildwand ist zu sehen, wie die Frau sich das Tuch vom Gesicht reißt, als wüsste sie, dass sie beobachtet wird.

»Es ist Karin«, sagt Vagn und Anna holt tief Luft.

Die Frau rennt jetzt die Böschung herunter und auf das Haus zu. Die Nachtlichtkameras folgen ihr mit dem Vollbild links und einer Nahaufnahme von ihrem Gesicht rechts. Anna öffnet die Haustür und der Dackel bellt.

»Still«, zischt Anna und hält sich mit einer Hand am Türrahmen fest, als müsste sie sich stützen, um nicht umzufallen. Gunnar stellt sich neben sie und legt ihr einen Arm um die Taille. Elin und Vagn stellen sich vor die Eltern.

Es ist so dunkel, dass man die Person, die da auf sie zuläuft, nicht mit bloßem Auge erkennen kann, bis sie direkt an der Tür angelangt ist. Und auch da ist es noch so dunkel, dass sie sie erst richtig sehen, als Anna die Tür schließt und die Lampe anmacht.

Sie umarmt die Schwester.

Sie halten einander einen Augenblick lang fest, bis Karin einen Schritt zurückmacht und Gunnar, Vagn und Elin anblickt.

»Ich bleibe nicht lange. Und ihr dürft nicht fragen. Wir haben neunzig Prozent der Leistungskraft ihrer Computer ausgeschaltet. Sie kontrollieren fast nur noch die Nachrichten. Der Rest ist außer Gefecht gesetzt. Die Beobachter sind seit mehr als einer Woche halb blind. Sie fliegen noch weiter, weil die Leute glauben sollen, dass alles wie immer ist. Kann ich etwas zu trinken bekommen? Und ein Brot?«

Ihr Gesicht ist blass, die Wangenknochen stechen hervor und sie hat dunkle Ringe unter den Augen. Die Pupillen scheinen schwarz wie Teer und das Haar ist strähnig.

Vagn holt eine Tasse. Karin geht auf Elin zu, und als sie vor ihrer Nichte steht, bekommt sie glänzende Augen. Sie streckt eine Hand nach Elin aus und berührt mit zwei Fingern ihre Wange. Elin macht einen Schritt nach vorne und sie fallen einander in die Arme. Dann nimmt Karin die Teetasse von Vagn entgegen.

»Wie groß du geworden bist, Vagn. Wo ist Papa?«

Anna blickt zu Gunnar.

»Wir haben ihn heute beerdigt.«

Karins guckt jetzt drein, als bekäme sie einen Speer in die Seite ge-
stochen und würde alles dransetzen, um den Schmerz nicht zu zeigen.

»Es war vor drei Wochen«, sagt Gunnar. »Er ist hier gestorben.« Und
er deutet auf den Fußboden neben dem Küchentisch.

»Lisa hat eine Kreide verloren und Frans hat sich runtergebeugt,
um sie aufzuheben. Dann ist er umgefallen und liegen geblieben.«

»Woran ist er gestorben?«

»Das Herz.«

Karin keucht, schweigt einen Augenblick und sucht den Blick der
Schwester.

»Sie haben mich heute früh in ein Lazarett gebracht. Ich sollte einen Herzschrittmacher bekommen. Der Krankensaal, wo sie mich
eingesperrt haben, wurde in Brand gesetzt.«

Karin legt die Hand unter das Schlüsselbein auf die linke Brust.

»Es ist kein Tag vergangen, wo sie mich nicht verhört haben, und sie
glauben immer noch, dass ich etwas zu erzählen habe und mich
ihnen offenbaren soll. Es ist eine einfache Operation mit lokaler
Betäubung. Wenn ich sterben würde, würde ich ein Symbol für den
Kampf werden, und das wollen sie um jeden Preis verhindern. Auf
dem Heimweg wurde ich mitgenommen und jetzt bin ich hier. Ich
bleibe eine halbe Stunde. Darf ich die Toilette benutzen?«

Ohne eine Antwort abzuwarten, biegt sie in den Flur ab, in Richtung Elins Schlafzimmer.

Anna holt die Reste der gebeizten Forelle und das Knäckebrot hervor. Ihre Hände zittern, als sie den Teller auf den Tisch stellt.

»Sie wird noch mehr brauchen können«, sagt Vagn. »Ich koche
Eier.«

Er dreht sich zum Herd um und Elin beißt sich auf die Unterlippe.
»Wenn die Polizei sie fasst, werden sie fragen, wo sie die Eier herhat.«

Anna und Gunnar drehen sich zu ihr um.

»Ja?«, sagt Gunnar und es scheint, als würde in dem kurzen Wort sämtliche Enttäuschung stecken.

»Ihr Computersystem ist zerstört«, erinnert Anna.

Elin schüttelt den Kopf.

»Das wissen wir nicht, wir vermuten es nur. Wie gut informiert ist Karin wohl nach einem Jahr Gefangenschaft? Sie weiß nur das, was ihre Freunde ihr erzählt haben.«

»Sie bleibt eine halbe Stunde«, erinnert Vagn sie, während er Haferflocken in einen Topf schüttet.

Elin schluckt, geht zum Tisch, trinkt einen Schluck Tee und stellt dann die Tasse vor sich ab. So entschieden, dass der Tee überschwappt und auf den Boden tropft. Der Dackel kommt angelaufen und schnüffelt daran.

»Sie dürfen Gerda nichts antun«, sagt Elin.

»Gerda ist wohl am wenigsten von Interesse für sie«, gibt Gunnar zu. »Karin bleibt eine halbe Stunde. Sie braucht Essen und es wird ihr guttun, einen Moment zu sitzen.«

»Mir gefällt das hier nicht«, sagt Elin. »Ich habe gefesselt auf einem Stuhl gesessen, während eine nackte Frau vor mir auf dem Fußboden lag. Ich weiß, wozu sie fähig sind. Und ich weiß, dass sie ständig Fallen stellen.«

»Wir wissen, wozu sie fähig sind«, sagt Gunnar und legt einen Arm um Elins Schultern. »Karin riskiert ihr Leben, um sie auszuschalten.«

Elin setzt sich an den Tisch und stützt den Kopf in die Hände. Vagn rührt in dem Topf mit Grütze und Karin kommt von der Toilette zurück. Sie hat die tarnfarbene Jacke ausgezogen und hält sie zusammen mit einem grauen Pullover im Arm. Das grüne Hemd trägt sie über der Hose.

»Ich habe eine Wunde am Rücken. Sie blutet. Es ist nicht der Schrittmacher, der sitzt hier.«

Sie zieht das Hemd zur Seite und zeigt auf ein Pflaster, das mit einer dünnen Kunststoffschicht bedeckt ist und so groß ist wie die Handfläche eines erwachsenen Menschen. Rund um das Pflaster breitet sich ein grüngelber Fleck aus.

»Das hier ist die Wunde am Rücken«, sagt Karin, dreht sich um und zieht das Hemd ganz aus. Ein Pflaster klebt neben dem linken Schulterblatt.

»Als sie mich festgenommen haben, haben sie einen Kontrollchip eingepflanzt. Falls ich geflohen wäre, was sie als unmöglich erachteten, hätten die Drohnen mich geortet und ich wäre entweder getötet worden oder die Hubschrauber wären gekommen und hätten mich geholt. Sie haben auch meine Schuhe und die Unterwäsche mit Chips versehen. Die Chips sind kleiner als Ameiseneier. Aber ich habe die Kleider gewechselt und den Chip im Rücken hat man herausgenommen, nachdem ich freigekommen bin. Er liegt im Graben vor Idre. Das Risiko, dass sie gerade jetzt meine Position auf ihrem Bildschirm angezeigt bekommen, ist gering.«

Karin wirft einen Blick auf die Armbanduhr, die viel zu groß für das schmale Handgelenk ist.

»Ich bleibe zwanzig Minuten. Habt ihr Pflaster?«

Anna zieht eine Schublade in der Kommode neben dem Herd auf und nimmt eine Pflasterrolle und ein paar Kompressen heraus. Karin setzt sich auf einen Stuhl, beugt sich über den Tisch und legt die Wange auf die Tischplatte.

»Reiß das alte ab und mach ein neues drauf.«

Anna und Gunnar tauschen Blicke aus und dann tritt Anna vor, setzt Daumen und Zeigefinger an den Pflasterrand und reißt.

»Ich habe eine Tochter«, sagt Elin, als Gunnar die Kompresse auf der Wunde am Rücken platziert. Anna schneidet ein Stück Pflaster ab und drückt es fest über die Kompresse.

»Sie heißt Hallgerd, aber wir nennen sie Gerda. Sie ist vier Monate.« Karins und der Blick ihrer Nichte kreuzen sich.

»Wie schön für dich. Sie schläft bestimmt.«

Und dann dreht sie sich um zu Anna, als wolle sie das Thema wechseln.

»Und wie geht es Lisa?«

»Lisa geht es gut. Sie ist munter und neugierig und entzückt davon, Tante zu sein. Wenn ich etwas sage und streng klinge, dann sagt sie: ›So redet man nicht mit einer Tante.‹«

Karin lächelt.

»Warum fragst du nicht, wer Gerdas Vater ist?«, fragt Elin.

Karin dreht sich zurück zu Elin.

»Das will ich natürlich wissen. Wer ist Gerdas Vater?« Karins Gesichtshaut hat die gleiche Farbe wie Eierschalen und ihre Augen glänzen vor Müdigkeit.

Elin schüttelt den Kopf.

»Du weißt es, oder?«

Karin runzelt die Stirn.

»Jetzt verstehe ich nicht recht …«

»Du weißt, dass Harald Gerdas Vater ist und dass es deine Kameraden waren, die ihn ermordet haben.«

Gunnar stellt sich neben seine Tochter.

»Elin …«

»Du weißt es, weil du die Anweisung dafür gegeben hast, nicht wahr?«

»Beruhige dich, Elin«, ermahnt Gunnar sie. »Das ist nicht der rechte Augenblick.«

Elin steht auf.

»Die Polizei kann jede Minute hier sein. Ich will nicht hier sitzen und auf sie warten. Ich gehe.«

Karin steht auf mit einem Butterbrot in der Hand.

»Du hast recht. Ich sollte euch dem hier nicht aussetzen. Ich verschwinde.«

»Die Eier«, sagt Vagn.

»Ich stecke sie in die Tasche. Gib mir etwas Salz in einem Stück Papier mit.«

»Sie haben dir einen Herzschrittmacher eingesetzt«, sagt Elin. »Was haben sie dir außerdem noch eingepflanzt? Warum bist du so sicher, dass du nicht auf den Bildschirmen zu sehen bist? Nur weil du ein Ameisenei aus dem Rücken genommen und deine alten Kleider weggeworfen hast? Sie können jederzeit hier vor dem Haus auftauchen und dann will ich nicht mit Gerda hier sein.«

Karin hat sich den Rest Brot in den Mund gesteckt. Sie nimmt einen Schluck Tee, zieht sich das Hemd an und den Pullover und die Jacke darüber.

»Es war ein Fehler, herzukommen. Ich wollte Papa wiedersehen.«

Vagn reicht ihr zwei Eier in einem Handtuch und etwas zusammengeknülltes Papier mit Salz darin.

Karin zieht sich die Handschuhe an, steckt die Eier und das Salz in die Jackentasche und geht auf Elin zu.

»Ich glaube nicht, dass wir es waren, die Gerdas Vater getötet haben.«

Dann küsst sie Elin auf die Wange, nickt den anderen zu und geht durch die Tür.

Auf der Bildwand sehen sie, wie Karin den Hügel hinaufsteigt. Ihre Geschwindigkeit beträgt drei Kilometer in der Stunde. Die Richtung wird mit 130 Grad angegeben. Als die Entfernungsanzeige 506 Meter beträgt, schaltet sich das Bild ab. Anna sitzt über den Tisch gebeugt da und ihr ganzer Körper zittert.

»Schlechtes Herz und Schrittmacher«, sagt Gunnar. »Sie wird nicht allzu schnell gehen können.«
»Und auch nicht sehr weit«, sagt Vagn und beobachtet Elin, die den Blick senkt.
»Sie war kaum wiederzuerkennen«, flüstert Anna.

Elin kramt im Schrank und sucht die Sachen heraus, die sie mitnehmen will. Gunnar legt den Arm um sie.
»Elin, was machst du?«
Ohne sich umzudrehen und mit einer Tüte Milchpulver in der Hand sagt sie, dass sie fortgeht. Anna wimmert.
»Du kannst nicht mitten in der Nacht fortgehen«, sagt Gunnar.
»Du darfst Gerda nicht mitnehmen!«, ruft Anna.
»Sie ist meine Tochter«, erklärt Elin, den Blick auf ein Paket getrocknete Apfelscheiben gerichtet.
»Sei nicht so unerbittlich«, versucht Gunnar es. »Warte wenigstens bis morgen.«
Elin dreht sich um und Gunnar macht einen Schritt zurück.
»Sie haben Karin mehr als ein Jahr in einem geheimen Gefängnis eingesperrt. Sie ist im Moment angeblich die meistgesuchte Person im ganzen Land. Einen Chip im Rücken können ihre Freunde vielleicht entfernen, aber wenn sie den Herzschrittmacher herausnehmen, stirbt sie. Die Polizei verfolgt sie. Vielleicht war es ja auch beabsichtigt, dass sie flieht, damit sie sehen, wohin sie geht? Vielleicht ist das ihre Art herauszufinden, wo ihre Kameraden sich verstecken? Wenn es so ist, dann haben wir sie bald hier. Karin war für mehr als

ein Jahr ihre Gefangene. Wie lange können sie mich gefangen nehmen? Und euch? Sie können uns so lange gefangen nehmen, wie es ihnen passt. Ich verschwinde von hier und ihr könnt mich nicht daran hindern.«

»Es ist dunkel draußen und es sind null Grad«, sagt Vagn.

Anna schreit so, als hätte sie Schmerzen.

»Wie soll Gerda das bekommen, was sie braucht?«

»Ich bin ihre Mutter und gebe ihr, was sie braucht.«

»Jetzt beruhige dich, Elin«, sagt Gunnar. »Schlaf eine Nacht darüber und dann besprechen wir alles in Ruhe morgen früh.«

»Morgen früh ist es hell«, sagt Elin, zieht ihr Mobil hervor und legt es auf die Küchenablage. Das rote Band, an dem es befestigt ist, baumelt herunter.

»Wenn es hell ist, können sie mich sehen«, spricht sie weiter. »Ich habe mein ganzes Leben hier gewohnt. Ich finde den Weg. Sie nicht.«

»Wohin willst du?«, fragt Gunnar. »Welchen Weg willst du nehmen?«

Elin schüttelt den Kopf.

»Sie würden euch foltern und einer würde mich verraten. Ich sage es nicht.«

»Du darfst Gerda nicht mit dir nehmen«, schluchzt Anna. »Du reißt mir das Herz aus dem Leib. Erst Karin, dann Papa. Und jetzt du und Gerda. Das halte ich nicht aus! Ich verliere alle, die ich liebe!«

Sie steht auf, macht ein paar wankende Schritte auf Elin zu.

Vagn stellt sich in den Weg.

»Mama«, sagt er und hält sie fest. »Mama …«

Aus Annas Gesicht ist alle Farbe gewichen.

»Du darfst sie nicht mitnehmen!«, heult sie. »Du nimmst mir das Leben!«

Vagn hält Anna an der Taille und Elin betrachtet die Mutter.

Anna schluchzt, die Beine geben unter ihr nach und sie sackt zu Boden. Vagn setzt sich neben sie. Er legt beide Arme um die Mutter. Gunnar nestelt an dem Paket Apfelscheiben in seiner Hand herum und reicht es Elin.

»Wenn du fortgehen musst, dann tu es. Wenn du glaubst, dass das das Beste ist, dann muss es so sein.«

Sie stehen mit dem Paket zwischen ihnen da. Beide atmen schnell, als wären sie gerannt.

»Geh nicht«, schluchzt Anna vom Boden aus, »wenigstens nicht heute Nacht!«

Es ist, als ob die Kraft aus Elin wiche. Die Hand, die das Apfelscheibenpaket hält, wird schwach und der Arm schwer. Sie lässt das Paket los, steht da und sieht den Vater an.

»Soll ich bleiben?«

»Tu, was du willst«, flüstert Gunnar.

Elin sieht zur Mutter, die zusammengekauert auf dem Boden liegt, den Kopf auf Vagns Schoß.

»Ich bleibe bis morgen«, sagt sie.

Anna richtet sich auf und streckt die Hand nach der Tochter aus.

»Danke«, sagt sie. »Morgen darfst du gehen.«

## 7

Elin reitet auf den Ripsee zu und sieht die himbeerfarbene Decke ausgebreitet am Sandstrand. Sie denkt, dass Gerda unter der Decke liegt. Sie steigt vom Pferd und hebt die Decke an, aber da liegt keine Gerda, da liegt Harald, nackt. Er setzt sich auf und zeigt auf den See. Weit vom Ufer entfernt sieht Elin einen Mann mit nacktem Oberkörper, der ihr den Rücken zudreht. Über der Schulter des Mannes sieht sie Gerdas Gesicht. Elin und das Kind blicken einander an, dann verschwinden der Mann und das Kind.
Elin wacht von ihrem Schrei auf, steht auf und holt das Kind. Sie hat es auf dem Arm, als sie hört, wie sich das Fahrzeug nähert.

## 8

Gunnar erwacht, als sich die Bildwand einschaltet. Er geht in die Küche und beobachtet, wie sich der Militärgeländewagen auf dem Weg von Westen her nähert. Er ermahnt die Hunde und befiehlt ihnen, still zu sein.
Vagn stellt sich schlaftrunken neben ihn. Als das Fahrzeug fünfzig Meter von der Haustür entfernt stehen bleibt, kommt Elin mit Gerda im Arm dazu.
Vagn schaltet zwischen den unterschiedlichen Zoomeinstellungen um.
»Sieht so aus, als ob nur eine Person im Auto ist.«
Er zoomt den Fahrersitz heran.

»Vielleicht sitzt noch jemand dahinter, ich weiß nicht.«

Der Mann auf dem Fahrersitz öffnet die Tür und steigt aus. Er ist mit einem blauen Overall uniformiert und er setzt sich eine blaue Mütze mit goldenen Abzeichen der Reichspolizei über dem Schirm auf. Sein Bart ist grau und mehrere Zentimeter lang.

Vagn zoomt das Gesicht heran.

»Das ist der, der schon mal vor einem Jahr hier war.«

»Frank«, sagt Elin. »Ich kenne ihn am besten.«

Sie gibt Gunnar das Kind und verschwindet in ihr Zimmer.

Der Uniformierte entfernt sich ein paar Schritte vom Auto und guckt zu den Hügeln, hinter denen die Sonne gerade aufgeht. Er nimmt ein kleines Fernglas aus der Brusttasche. Dann wendet er den Blick zum Himmel.

»Wonach hält er Ausschau?«, wundert sich Vagn.

»Nach einem Vogel oder einem Beobachter, schwer zu sagen.«

»Was will er?«

»Das werden wir bald wissen.«

Gunnar spricht mit dem Kind, das die Augen geöffnet hat.

»Milchsuppe?«

Das Kind gibt ein glucksendes Geräusch von sich.

»Oder die Mama?«

Das Kind gluckst wieder.

»Wir versuchen es mal mit Milchsuppe, auch wenn es Protest gibt.«

Gunnar geht zum Herd und stellt einen Topf auf die kleinste Platte. Die Hunde streichen ihm um die Beine und Vagn redet beruhigend auf sie ein.

»Es ist gut, dass ihr nicht bellt, aber ihr könnt jetzt nicht raus. Niemand weiß, wie unser Besucher reagiert, wenn ihr knurrt. Platz, legt euch hin.«

Er wiederholt es noch einmal:

»Platz, legt euch hin!«

Aber die Hunde sind neugierig und stehen erwartungsvoll da, als Elin in Jeans und kariertem Hemd hereinkommt. Sie zieht sich Stiefel und Jacke an, während sie mit dem Bruder spricht.

»Halt sie fest, damit sie nicht rausschlüpfen können.« Sie öffnet die Haustür, nimmt eine graue Wollmütze aus der Jackentasche und setzt sie auf. Sie holt die Handschuhe aus den Taschen, und als sie vor dem Mann im Overall steht, hat sie sie über die Hände gezogen. Der kleine linke Finger ist durch ein Loch im Handschuh zu erkennen.

»Schöner Morgen.«

Elin steckt die Hände in die Jackentaschen.

»Was wollen Sie?«

Frank betrachtet sie, ohne zu antworten.

»Was wollen Sie?«, wiederholt Elin.

Frank blinzelt in die Sonne, hebt den Arm und zeigt nach oben.

»Siehst du den Beobachter?«

»Nein.«

»Zwölfhundert Meter hoch. Die Kamera kann das Loch in deinem Handschuh erkennen und solltest du Schuppen haben, sehen sie das ebenfalls. Deine Tante kann vielleicht untertauchen, wenn sie ein Haus gefunden hat, in dem sie sich verstecken kann. Eine richtig dichte Fichte kann ihr auch Schutz bieten, aber schlussendlich finden wir sie. Wir haben den Chip gefunden. Hat sie erzählt, dass ihr ein Chip aus dem Rücken geschnitten wurde?«

Elin tritt gegen einen Stein, sodass er wegrollt.

»Was wollen Sie?«

»Sie hat vielleicht nicht so viel erzählt, aber auch scheinbar unbedeutende Worte können eine Hilfe sein. Ich kann mir denken, dass sie nicht verraten hat, wohin sie gehen wollte, und mir ist klar, dass sie, wenn sie offensichtlich nach Süden verschwunden ist, trotzdem nach einer Weile nach Norden gegangen sein kann. Du kannst natürlich nicht wissen, wo sie ist, bestenfalls weißt du, wohin sie angeblich gehen wollte.«

Er schweigt, nimmt die Mütze ab und setzt sie wieder auf. Elin zittert vor Kälte. Er verzieht den Mund.

»Du hättest einen Pullover anziehen sollen. Es sind null Grad und bald fängt es an zu stürmen.«

»Wenn Sie nur hergekommen sind, um so einen Mist zu erzählen, dann verstehe ich nicht, warum ich hier stehe.«

»Deine Tochter heißt Hallgerd, nicht wahr?«

Elin schnaubt verächtlich, aber spürt, wie das Unbehagen ihre Brust hochkriecht.

»Gerda ist ein Säugling.«

»Sie ist vier Monate alt, nicht wahr?«

»Wenn Sie nichts zu sagen haben, dann können Sie von mir aus auch wieder verschwinden, damit ich wieder hineingehen kann.«

»Dir ist sicher klar, dass wir es mit einem Großeinsatz zu tun haben.«

Elin schnaubt wieder und gibt sich Mühe, unbeteiligt zu wirken.

»Großeinsatz?«

»Bei der Befreiung wurden zwei Polizisten getötet und mehrere verletzt. Du begreifst sicher, dass wir deine Tante fassen wollen.«

»Ich kann Ihnen nicht helfen.«

»Was du in dieser Sache kannst und was nicht, bestimmen andere. Ich will, dass du erzählst, was in der Nacht passiert ist. Am besten wäre es, wenn du das jetzt tust.«

Frank zeigt zum Himmel, der immer heller und blauer wird.

»Die Kamera da oben sieht uns und dieses Mikrofon nimmt alles auf, was wir sagen.«

Er legt eine Hand auf sein rechtes Revers. Das Mikrofon, das dort befestigt ist, ist so klein, dass Elin es nicht erkennen kann.

»Wir gehen ein Stück in diese Richtung.«

33

Er zeigt noch einmal auf die aufgehende Sonne.

»Das Mikrofon hat eine effektive Reichweite von fünfzehn Metern. Halte das Gesicht zur Sonne, dann sieht die Kamera da oben, wenn du dir auf die Lippen beißt und wann du rot wirst, und alles ist genauso, wie wir es haben wollen.«

Er verschränkt die Hände hinter dem Rücken und geht ein paar Schritte nach Osten. Elin folgt ihm mit den Händen in den Jackentaschen.

Er dreht sich nicht um, als er fragt:

»Also, was ist passiert?«

Elin zögert und er spricht weiter:

»Wir wissen, dass sie zu euch gekommen ist, und ich werde euch alle verhören, also kannst du ebenso gut gleich erzählen, was passiert ist, dann müssen wir nicht länger als nötig hier stehen und frieren.«

»Lisa hat geschlafen«, sagt Elin.

»Sie ist acht Jahre alt, oder?«

»Ja.«

»Deine Schwester hat geschlafen. Was haben alle anderen gemacht?«

»Wir haben am Nachmittag Großvater beerdigt.«

Frank bleibt stehen und dreht sich zu Elin um.

»Woher weiß ich wohl, dass dir Gedichte gefallen, was meinst du?«

»Jemand war auf der Beerdigung, der erzählt hat, was passiert ist. Aber es ist nichts Besonderes passiert.«

Frank legt den Kopf schief und schiebt sich erneut die Mütze zurecht.

»Ist die Mütze zu klein?«, fragt Elin, aber er antwortet nicht.

»97 Beerdigungsgäste, Kinder eingerechnet. Wir wissen so manches, Elin. Erzähl, was gestern Abend passiert ist.«

»Wir saßen in der Küche und haben Tee getrunken.«

»Worüber habt ihr gesprochen?«

Elin seufzt.

»Mama hat einen Keks genommen und die Hälfte abgebissen und mir den Rest gegeben. Wollen Sie so etwas hören?«

»Unter anderem. Was für Kekse waren es?«

»Das ist doch völlig egal.«

»Lass mich entscheiden, was von Bedeutung ist und was nicht. Worüber habt ihr gesprochen?«

»Die Beerdigung.«

»Was habt ihr genau gesagt?«

»Dass sie schön war.«

»Wer hat etwas dazu gesagt?«

»Vagn und ich, meine Mutter und mein Vater.«

»Und wo befanden sich Gerda und Lisa?«

»Sie haben geschlafen. Meine Mutter hat bei Lisa gesessen. Lisa hatte gefragt, warum man lebt.«

»Und was hat deine Mutter geantwortet?«

»Weil man geboren wird.«

Der Polizist dreht das Gesicht zur Sonne und schließt die Augen.

»Mein lieber Scholli.«

»Was hätten Sie geantwortet?«

»Ich stelle hier die Fragen, schon vergessen?«

»Mama hat von Großvaters Grabstein gesprochen, was draufstehen soll.«

»Was soll auf dem Stein stehen?«

Elin hebt die Stimme.

»Glauben Sie, es könnte eine geheime Botschaft sein?«

Sie seufzt und der Polizist wiederholt die Frage.

»Der Name, wann er geboren wurde und wann er gestorben ist.«

»Worüber habt ihr noch gesprochen?«

»Klatsch.«

35

»Über was oder wen?«

»Das ist doch unwichtig.«

»Das werden wir sehen.«

»Lina Hammar hat getanzt. Ihrem Mann gefiel das nicht. Er hat sie geschlagen.«

»Aber doch nicht auf der Trauerfeier?«

»Wollen Sie wissen, mit wem sie getanzt hat?«

»Das weiß ich schon. Worüber habt ihr noch gesprochen?«

»Jemand hat gesagt, dass mein Vater ein Weiberheld sei. Lisa hat es gehört und sie wollte wissen, was ein Weiberheld macht.«

Frank sieht interessiert aus.

»Und, was macht so jemand?«

Elin denkt nach, bevor sie antwortet:

»Nein, so war es nicht ganz. Lisa hat gefragt, ob mein Vater ein Weiberheld ist, und meine Mutter hat geantwortet, dass er das nicht ist. Da hat Lisa gefragt, ob mein Vater denn Frauen nicht mögen würde, und meine Mutter hat gesagt, dass er das nicht auf diese Weise tue, und dann wollte Lisa wissen, ob mein Vater denn meine Mutter nicht mögen würde.«

»Was ist dann passiert?«

»Die Bildwand hat sich eingeschaltet und wir haben jemanden in der Dunkelheit gesehen, fünfhundert Meter entfernt.«

»Was hast du gesehen?«

»Eine Person, die sich bewegt hat.«

»Bist du sicher, dass es eine einzelne Person war?«

»Ja.«

»Wenn ich sagen würde, dass es drei waren, was sagst du dann?«

»Dass zwei hinter der Fünfhundert-Meter-Grenze geblieben sein müssen.«

»Wusste Karin, dass sich eure Kameras bei fünfhundert Metern einschalten?«

»Alle Kameras, die ich kenne, schalten sich bei fünfhundert Metern ein.«

»Was hast du also gesehen?«

»Die Person hatte ein Tuch vor dem Gesicht, also konnte ich erst nicht sehen, wer es war, aber Mama hat geraten, dass es Karin war.«

»Wann hast du erkannt, wer es war?«

»Nicht, bevor sie ins Haus gekommen ist.«

»Und was ist dann passiert?«

»Karin hat meine Mutter umarmt.«

»Wann haben sie sich zuletzt gesehen?«

»Vor mehreren Jahren.«

»Was ist mit der Bildwand passiert, als Karin hereinkam?«

»Ist ausgegangen.«

»Wurde sie ausgestellt oder hat sie sich von selbst ausgeschaltet?«

»Sie schaltet sich aus, sobald sich nichts Größeres in der Umgebung bewegt. Menschen, Wildschweine, Rehe, Hirsche, Elche oder auch ein Adler. Bei einer Elster springt sie nicht an.«

Franks Gesicht drückt Ungeduld aus.

»Wenn also noch jemand in der Nähe gewesen wäre, dann wäre die Person von der Kamera nicht entdeckt worden?«

»Wer hätte das gewesen sein sollen?«

»Ich bin der, der die Fragen stellt.«

Elin nimmt die Hände aus den Jackentaschen, schirmt ihre Augen vor der Sonne ab, blinzelt und sieht hoch zum Beobachter.

»Er fliegt jetzt tiefer.«

»Was ist dann passiert?«

»Karin hat gesagt, dass Vagn groß geworden ist, und ich habe gesagt, dass ich ein Kind habe. Sie hat nicht gefragt, wie Gerdas Vater heißt oder wer er ist, und das fand ich verdächtig.«

»Was hattest du für einen Verdacht?«

»Dass sie weiß, wer Gerdas Vater ist.«

»Woher sollte sie das wissen?«

»Weil sie den Befehl gegeben hat, Harald zu töten.«

»Glaubst du das? Oder weißt du es?«

Elin steckt die Hände wieder in die Jackentaschen und ihr Blick kreuzt den des Polizisten. Sie mustern einander.

»Das letzte Mal, als wir uns getroffen haben, wollten Sie Frank genannt werden. Soll ich Sie auch so nennen?«

»Wenn du willst.«

»Machen Sie so etwas den ganzen Tag?«

»Was meinst du?«

»Herumfahren und Leute an zugigen Orten verhören, während alles von einer Kamera gefilmt wird, die einen Kilometer weiter oben in der Luft schwebt?«

»Meine Arbeit beinhaltet dieses und jenes.«

»Dieses und jenes! Sehr aufschlussreich!«

»Erzähl weiter!«

»Karin sagte, dass sie keine Ahnung habe, wer Harald getötet hat.«

»Was hat sie genau gesagt?«

»Ich war aufgebracht, so genau erinnere ich mich nicht.«

»Was hat dich so aufgebracht?«

»Zuerst sorgt sie dafür, dass der Vater meines Kindes ermordet wird, und dann kommt sie an und bringt Gerda in Gefahr.«

Derjenige, der Frank genannt werden will, runzelt die Stirn und kratzt sich mit der rechten Hand am Ohr.

Elin schnaubt.

»Was war das für ein Zeichen?«

Frank zieht eine Augenbraue hoch.

»Ein Zeichen?«

»Das, was Sie gerade mit Ihrem Ohr gemacht haben. War das ein Zeichen an die Verhöraufsicht?«

»Welche Verhöraufsicht?«

»Es sitzen ja wohl welche in der Festung und hören zu? Wenn Karin so wichtig ist, wie Sie sagen, dann sitzen doch Leute da und hören uns zu, oder nicht? Wahrscheinlich haben sie irgendeine Möglichkeit, Ihnen Botschaften zu übermitteln, während wir reden. Vielleicht haben Sie ein kleines Ding im Ohr, mit dessen Hilfe Sie ihnen Sachen sagen können. Wozu sonst sollten sie den Beobachter da haben?«

Derjenige, der Frank genannt werden will, schüttelt den Kopf.

»Du bist ein fantasievolles Mädchen.«

»Und Sie? Was gibt es über Sie zu sagen? Was sind das für Fantasien, die Sie dazu bringen, an einem Donnerstagmorgen hierherzukommen, sich auf unseren Hof zu stellen und all diese Antworten zu fordern?«

»Das letzte Mal, als wir uns getroffen haben, solltest du auf einer Musikschule anfangen. Was ist daraus geworden?«

»Ich habe angefangen, aber nach der ersten Woche wieder aufgehört.«

»Warum?«

»Weil es nicht so war, wie ich es mir vorgestellt hatte.«

»Was hattest du gedacht?«

»Dass es eine gute Schule für musikinteressierte junge Leute ist. Dass man kein Cool nehmen muss, dass ich viele Sachen lernen würde.«

»Aber so war es nicht?«

»Schon am zweiten Tag gab es eine Schlägerei zwischen zwei Gangs. Die Schule wurde geschlossen, und als sie wieder aufmachte, wurden alle gezwungen, Cool zu nehmen.«

»Und du wolltest keine Tabletten nehmen und deshalb wurde es nichts mit deiner Schule?«

»Auch wegen alldem hier mit Großvater und meiner Mutter.«

»Was war mit deinem Großvater und deiner Mutter?«

»Großvater wurde immer schwächer und meine Mutter immer seltsamer.«

»Auf welche Weise?«

»Es konnte eine ganze Woche vergehen, ohne dass sie aufstand. Manchmal lag sie nur da und weinte. Ich wollte bei ihnen sein. Mein Vater ist nicht so stark, wie man glauben kann. Es hatte den Anschein, als könnte auch er so wie meine Mutter werden, und dann würden sie beide nur noch daliegen. Großvater lag in seinem Zimmer und hat sich die Sonaten von Beethoven angehört. Es war schon schön, von hier wegzukommen, aber es war schwer, sie zurückzulassen. Vagn lebt komplett in seiner eigenen Welt. Er sucht nach Bugs in einem Spiel, das er programmiert hat. Im Herbst sollte er an der Universität in Luleå anfangen, aber er hat sich entschieden, stattdessen ein Spiel weiterzuentwickeln.«

»Wovon handelt es?«

»Was?«

»Das Spiel.«

»Das müssen Sie ihn fragen.«

»Ich frage aber dich.«

»Er nennt es die ›Festung‹.«

»Das kommt mir bekannt vor.«

»Er ist nie in Grövelsjö gewesen und hat keine Ahnung davon, wie es da oben aussieht. Es ist nur eine Fantasie.«

»Es gibt Vorschriften, was Grövelsjö angeht.«

»Sein Spiel ist nur eine Fantasie.«

»Fantasien können uns sowohl auf Ab- als auch auf Heimwege führen. Hast du sein Spiel gespielt?«

»Es ist noch nicht fertig.«

»Wenn Vagn vierzehn Stunden am Tag dasitzt und sein Spiel entwickelt, dann erzählt er wohl ab und zu, womit er beschäftigt ist?«

»Warum gerade vierzehn Stunden?«

»Ich habe einen jungen Bekannten, der auch Spiele entwickelt. Wovon handelt Vagns Spiel?«

»Eine Familienfehde aus der Wikingerzeit. Es hat nichts mit unserer Jetztzeit zu tun. Nicht wie mit der Festung in Grövelsjö. Es ist etwas vollständig anderes an einem anderen Ort zu einer anderen Zeit.«

»Also als Karin kam, bekamst du Angst, dass Gerda in Gefahr geraten könne?«

»Das ist doch klar.«

»Warum?«

»Ich weiß, wie Sie arbeiten.«

»Was hast du also gedacht?«

»Ich wollte, dass Karin verschwindet.«

Frank kratzt sich mit der rechten Hand an der Nase.

»Haben Sie Flöhe?«

»Was meinst du?«

»Erst kratzen Sie sich am Ohr, dann an der Nase. Was juckt Sie denn so?«

»Du bist vorlauter, als es gut für dich ist. Erzähl, was du in Bezug auf deine Tante gedacht hast.«

»Das habe ich schon gesagt. Ich habe Angst bekommen. Wegen Gerda.«

»Deine Tante flieht aus einem Hochsicherheitsgefängnis, hat blutende Wunden auf Brust und Rücken und ist vermutlich erschöpft und hungrig. Und du willst, dass sie wieder geht, sobald sie durch eure Tür getreten ist? Habe ich dich richtig verstanden?«

»Ja.«

»Ist es nicht etwas seltsam, dass du kein Mitgefühl mit deiner Tante hast?«

»Ich wusste, dass Sie ihr auf den Fersen sein würden, und wollte sie aus dem Haus haben. Sie haben wohl keine Kinder?«

Frank seufzt.

»Was hat deine Mutter gesagt, als du verlangt hast, dass Karin wieder geht?«

»Sie war aufgebracht, aber noch verzweifelter war sie, als ich sagte, dass ich mit Gerda fortgehen würde.«

»Du wolltest also mitten in der Nacht mit einem viermonatigen Kind verschwinden? Hast du nicht daran gedacht, was passieren würde, wenn du auf ein Dutzend Wildschweine stoßen würdest?«

»Ich bereue, dass ich geblieben bin, denn hätte ich getan, was ich vorhatte, dann würde ich jetzt nicht hier stehen.«

Derjenige, der Frank genannt werden möchte, schüttelt den Kopf und zeigt auf den Beobachter.

»Der hätte dich auch im Dunkeln gesehen. Der einzige Unterschied wäre gewesen, dass ich mit dir an einem anderen Ort stehen oder sitzen würde. Wie lange war Karin bei euch?«

»Keine halbe Stunde. Zwanzig Minuten vielleicht. Aber das können Sie ja sicher im Computer nachsehen? Wenn es so ist, wie Sie sagen, und der Beobachter mich gesehen hätte, wenn ich abgehauen wäre, dann können Sie wohl auch sehen, wann genau Karin die Tür geöffnet und hereingekommen ist?«

»Du weißt so viel, Elin. Du glaubst, dass du alles überblickst und alles verstehst. Deine Tante ist genauso. Sie glaubt, dass sie eine der wenigen ist, die wissen, wie es um das Land bestellt ist, wo die Probleme liegen und wie das Land geführt werden muss. Weißt du, dass sie in Nils Dackes Schattenkabinett sitzt? Sie haben sogar ein Parteiprogramm und nennen sich ›Zukunftspartei‹.«

»Das wusste ich nicht.«

»Sie ist die zukünftige Justizministerin der Terroristen, falls sie wider Erwarten an die Macht kommen sollten. Ein Mörder als Justizminister. Schwedens Antwort auf Robespierre.«

Er seufzt und schüttelt den Kopf.

»Wir können zurückgehen«, sagt er. »Ich rede mit den anderen.«

»Können Sie Spanisch?«

»Nein.«

Elin stößt verächtlich Luft aus.

»Dann werden Sie ein Problem mit Lisa bekommen. Wenn sie schlechte Laune hat, will sie nur Spanisch sprechen. Und Sie sind so jemand, bei dem sie schlechte Laune kriegen könnte.« Als sie zum Auto kommen, lehnt sich der Polizist dagegen, als ob er sehr müde wäre. Der Beobachter kreist weit oben an der südlichen Seite des Autos. Er kann nicht sehen, was auf der nördlichen Seite passiert. Mit einem Finger zeichnet derjenige, der Frank genannt werden will, fünf Buchstaben in den Staub der Autotür.

VIDAR

Dann wischt er den ersten und den letzten Buchstaben weg und blickt Elin in die Augen.

»Staubiges Auto. Du kannst hier warten, während ich mit deiner Mutter spreche. Bleib hier, dann passiert dir nichts.«

Dann geht er hinunter zum Haus, und als Anna auf den Hof tritt, hat sie Gerda im Arm. Frank unterhält sich mit ihr, dann verschwindet sie im Haus und kommt allein wieder heraus. Zusammen mit dem Polizisten geht Anna in kleinen Schritten und leicht vornübergebeugt den Hügel hinauf. Frank zeigt zum Himmel und legt die Hände auf den Rücken. Anna dreht sich um und blickt zur Tochter am Auto. Elin hebt eine Hand und winkt.

# 9

Als Frank sich ins Auto setzt, steht die Familie versammelt auf dem Hof und sieht zu, wie er wendet. Dann fährt er Richtung Waldweg und entfernt sich langsam nach Westen. Elin stillt Gerda und Lisa stillt ihre Puppe. Lisa sieht zufrieden aus, als sie erzählt, wie der Polizist versucht hat, sie zu interviewen.

»Ich habe ihn gefragt, ob er Spanisch kann. Das konnte er nicht. ›Lo siento‹, habe ich gesagt. Als er ging, habe ich zu ihm auf Schwedisch gesagt, dass er die Wildschweine jagen solle, weil die meine Puppe gefressen haben, aber er schien auch kein Schwedisch zu verstehen.«

»Wir brauchen Frühstück«, sagt Vagn und geht zum Herd. »Ich kann die Forelle und ein paar Eier braten.«

Gunnar sitzt da und sieht zu, wie auf der Bildwand das Fahrzeug über die Straßenkuppe verschwindet. Dann schaltet er das Bild ab.

Die Erwachsenen beginnen zu vergleichen, was sie erzählt haben, und stellen fest, dass sie ungefähr die gleichen Sachen ausgesagt haben, aber Gunnar macht darauf aufmerksam, dass Elin nicht erzählt hat, was der Polizist in den Staub am Auto geschrieben hat.

»Ich verstehe, dass du uns schützen willst und dass du findest, dass wir nicht mehr als nötig wissen müssen, aber wir haben es auf der Bildwand gesehen. Was er geschrieben hat, wurde von den Kameras aufgezeichnet.«

Gunnar schaltet die Bildwand an, gibt etwas ein und sie sehen, wie derjenige, der Frank genannt werden will, fünf Buchstaben in den Staub am Auto schreibt. Dann wischt er den ersten und letzten Buchstaben weg und sieht Elin an.

»Staubiges Auto«, sagt er«, Gunnar schaltet die Bildwand ab. »Gibt es noch mehr, das du uns nicht erzählt hast?«

Elin sieht unglücklich aus.

»Ich wollte euch schützen.«

»Das verstehe ich, aber es könnte sinnvoll sein, darüber zu sprechen, was du gesagt hast und was er gesagt hat und was du als sein Motiv vermutest. Warum hat er VIDAR geschrieben und es in IDA geändert?«

»Keine Ahnung, er könnte ein Überläufer sein oder eine bestimmte Untersuchung machen.«

»Was könnte er untersuchen wollen?«, fragt Vagn.

»Zum Beispiel herausfinden, was ich mache, wenn ich glaube, dass Vidar und Ida auf der Gegnerseite stehen. Keiner kann genau wissen, was er will, aber ich konnte Frank immer gut leiden, obwohl er Polizist ist. Es liegt irgendwie an seiner Ausstrahlung.«

»Ausstrahlung?«, prustet Vagn. »Ist er radioaktiv?«

»Du weißt, was ich meine. Du hast ihn selbst getroffen.«

»Ich habe nichts von einer Ausstrahlung gespürt.«

»Wir haben Idas und Vidars Namen auf der Autotür«, sagt Elin. »Es ist auf der Harddisk drauf. Wenn die Polizei zurückkommt und etwas wissen will, nimmt sie sie mit. Wenn Frank ein Überläufer ist, wird er entlarvt.«

Vagn nickt.

»Wir müssen sie zerstören. Ich lege die alte ein.«

Anna sieht besorgt aus.

»Wie zerstört man eine Harddisk?«

Vagn lacht.

»Nichts überlebt den Häcksler. Ich kümmere mich darum, wenn wir gegessen haben.«

Aus Lisas Zimmer ist ein Schüler aus Chile zu hören:

»Qué tal Lisa? Cómo estás hoy?«

»Lisa, wir essen!«, ruft Vagn. »Du musst später mit deinem Freund reden!«

Während sie essen, setzt sich die Bildwand wieder in Gang. Von Osten kommen drei Reiter mit drei Lastpferden im Gefolge. Gunnar zoomt das Gesicht des Vordersten heran. Sein staubiges Gesicht sieht aus wie eine riesige Zwetschge.

»Bullen-Olson und die Zwillinge. Wir sollten sie auf einen Kaffee einladen.«

»Wir haben nicht mehr viel Kaffee«, wendet Anna ein.

»Bullen-Olson zum Kaffee einzuladen ist eine gute Investition. Er hat immer etwas zu erzählen.«

Also geht Gunnar hinaus und begrüßt Bullen-Olson und seine Söhne, als sie auf den Hof geritten kommen. Bullen-Olson sitzt vornübergebeugt, die linke Hand in der Seite, als hätte er Schmerzen im Rücken oder der Niere. Seine Söhne sitzen gerade, beide mit schulterlangen strähnigen Haaren.

»Willkommen!«, ruft Gunnar. »Wir wollten gerade Kaffee trinken! Darf es eine Tasse sein?«

»Kaffee«, ruft Bullen-Olson zurück. »Hört sich gut an!« Er dreht sich im Sattel um.

»Nicht wahr, Jungs?«

Die jungen Männer tauschen Blicke aus und scheinen erfreut über den Vorschlag, doch noch mehr als über den Kaffee freuen sie sich darüber, Elin treffen zu dürfen, denn viele meinen, sie sei die schönste Frau weit und breit.

Also steigen die drei Männer aus den Satteln, die Söhne streichen sich mit den Händen über die schmutzigen Gesichter und die ungewaschenen Haare und klopfen mit den Händen auf die Hosen, dass es staubt, während Bullen-Olson Gunnars Hand ergreift.

»Wir hätten zur Beerdigung kommen sollen, aber wir waren zu spät dran.«

Und er deutet auf die Lastpferde, deren Packstücke mit grünen Plastikbahnen bedeckt sind.

»Frans war ein gescheiter Mann. Es wäre gut gewesen zu hören, was er von den jüngsten Entwicklungen gehalten hat.«

»Entwicklungen?«, sagt Gunnar. »Darüber wollen wir gern mehr erfahren.«

»Das machen wir beim Kaffee«, sagt Bullen-Olson. Sie binden die Pferde am Drahtseil an, das in westlicher Richtung vom Dach abgeht. Gunnar hält ihnen die Tür auf und die drei Gäste treten ins Haus. Als Gunnar auf der Schwelle steht, wirft er einen Blick über die Schultern, aber den Beobachter sieht er nicht mehr.

Vagn hat den Tisch gedeckt. Die Hunde wedeln mit den Schwänzen und versuchen, sich einzuschmeicheln. Die beiden jungen Männer werfen Elin lange Blicke hinterher, als sie mit Gerda in ihrem Zimmer verschwindet. Anna fordert die Gäste auf, sich zu setzen, während Vagn Kaffeetassen und Mandelgebäck auf den Tisch stellt.

»Falls ihr Hunger habt«, sagt Gunnar, »könnt ihr etwas Brot bekommen. Wir haben noch Forelle vom Leichenschmaus übrig, ihr könnt also, obwohl ihr nicht dort wart, wenigstens das Essen probieren und Frans' gedenken, während ihr esst.«

»Es gab einige, die zu seiner Musik getanzt haben«, berichtet Vagn. »Åkes Folke und ich haben getanzt und außerdem Hammars Lina, und als sie nach Hause kamen, war wohl der Teufel los, denn Hammar wurde erst rot im Gesicht und dann bleich. Möchte jemand ein Brot?«

»Das käme gerade recht«, dankt Bullen-Olson und wirft den Söhnen einen Blick zu. »Oder?«

Olof, der einmal den dritten Platz beim Mora-Marathon belegt hat, nickt und meint auch, dass etwas Brot gut schmecken würde.

»Wir haben seit dem Morgengrauen auf den Pferden gesessen«, erklärt der andere der Söhne, ebenfalls ein erfolgreicher Sportler. »Ich würde mich freuen, wenn ich etwas Brot und ein Glas Wasser bekommen könnte.«

»Setzt euch, Jungs«, fordert Gunnar auf. Olof und Nils lassen sich auf der Bank nieder, während Bullen-Olson am Kopfende des Tisches Platz nimmt.

Vagn reicht Nils ein Glas Wasser und holt dann den Teller mit der gebeizten Forelle und den Korb mit Knäckebrot. Anna schenkt Kaffee ein. Die drei Gäste lassen sich nicht lange bitten und greifen zu. Die Forellenstücke und das Brot rutschen ihre Kehlen hinunter wie strömendes Regenwasser in Fallrohren.

Die drei Gäste haben ihre Handschuhe und Mützen vor sich auf dem Tisch abgelegt und die Jacken geöffnet. Sie nehmen Kaffee nach und bald lehnen sie sich zurück und sehen zufrieden aus. Bullen-Olson wischt sich mit dem rechten Handrücken über den Mund, zu seinen Füßen haben die Hunde immer noch nicht die Hoffnung aufgegeben, etwas abzubekommen. Es riecht nach Schweiß, Pferd und langen Tagen mit Besuchern.

»Ihr bietet uns doch auch etwas Schnaps an, nehme ich an?«

Bullen-Olson blinzelt Anna zu und lacht. Er hat gelbe, schiefe Zähne und einen blauen Daumennagel an der rechten Hand.

»Gib mir einen Schluck, dann trinke ich auf Frans.«

Anna holt eine Flasche und sieht Bullen-Olsons Söhne fragend an, aber die schütteln beide den Kopf. Anna reicht dem Gast ein Schnapsglas und füllt es.

Bullen-Olson hebt das Glas. »Das hier ist für dich, Frans. Du hast auf meiner Hochzeit und auf der Beerdigung meines Vaters gespielt, und es war immer eine Freude, dir zuzuhören.«

Dann leert er das Glas in einem Zug, stellt es ab und sucht Gunnars Blick.

»Es wird behauptet, dass die Regierung ihre Flucht nach Norwegen vorbereitet und dass die Norweger auch bereit sind, sie aufzunehmen. Die Ortspolizei hat ihre Uniformen abgelegt und etwas landabwärts gibt es mächtige Gangs mit schusssicheren Westen und scharfen Waffen. Sie reiten bei den Leuten herum, die allein im Wald wohnen, und verlangen Schutzgeld. Wer nicht bezahlt, muss mit nächtlichem Besuch rechnen. Ein paar Häuser sind mit Dynamit gesprengt worden, weil die Bewohner sich geweigert haben zu bezahlen. Die Gangs sind gerade dabei, sich zusammenzuschließen, und nennen sich ›Stand By Me‹, abgekürzt SBM. Sie gravieren die Buchstaben auf Erkennungsmarken aus Metall, die sie auf ihre Westen nähen lassen. Es heißt, dass sie vorhaben, mit den Nationalen zusammenzuarbeiten, und dass sie die Leute nötigen, so zu wählen, wie die Gangs und die Nationalen es wollen. Andere Gerüchte besagen, dass SBM vorhat, das abgesperrte Gebiet einzunehmen und es zu einer autonomen Zone zu machen, mit Kasinos und Bordellen, und in der Drogen frei verkauft werden, die sie in den Chemiesälen der geschlossenen Schulen zusammenmixen. Unser Lokalableger hier ist die Borlänge-Gang.«

Da kommt Lisa aus dem kurzen Flur herein, auf Händen laufend. Sie trägt eine rote Strumpfhose. Ein enger Pullover mit einem Bären darauf bedeckt ihren Oberkörper und an den Füßen hat sie Pantoffeln mit Leopardenmuster und Schlappohren.

»Nein, seht doch mal, wer da kommt«, rufen Olof und Nils aus einem Mund.

»Ein komisches Tier«, behauptet Olof.

»Oder eher ein Gespenst«, vermutet Nils.

»Ich bin kein Gespenst!«, ruft Lisa. »Ich bin ein Artist vom Zirkus Gitane in Madrid. Sobald Papa ein Seil spannt, kann ich außerdem Seiltänzerin werden.«

Sie stellt sich auf die Füße, ihre Wangen und das restliche Gesicht hochrot.

»Ich habe gehört, du bist Tante geworden!«, sagt Bullen-Olson. »Ich hatte mal eine Tante, die mit der Zunge ihre Nasenspitze berühren konnte. Kannst du das?«

Lisa streckt die Zunge heraus und probiert es, aber sie erreicht die Nase nicht.

»Du musst üben«, behauptet Bullen-Olson. »Ich habe gehört, du sprichst fließend Französisch.«

Lisa schüttelt den Kopf.

»Du hast dich verhört. Ich spreche ein bisschen Spanisch, aber nicht fließend.«

Bullen-Olson seufzt, streckt eine Hand aus und wuschelt Lisa durch das Haar.

»Man hört viel, meistens weiß man nicht, ob es stimmt.«

»Ich kann mit drei Bällen jonglieren, wollt ihr mal sehen?«

»Klar«, sagen Nils und Olof wie aus einem Mund und Lisa läuft eilig zurück in ihr Zimmer. Dabei stößt sie beinahe mit Elin zusammen und wirft sich so heftig gegen die Wand, dass ein dumpfer Schlag ertönt. Dann ist sie weg und Elin bleibt in der Türöffnung stehen. Gerda hat sie ins Bett gesteckt.

»Hallo, Elin!«, kommt es von Olof und Nils.

Und weiter:

»Lange nicht gesehen.«

Elin guckt sie an, erst Olof, dann Nils.

»Lange nicht gesehen«, wiederholt sie und sieht nachdenklich aus.

»Wir haben gehört, du hast eine Tochter!«, sagen sie einstimmig.

Elin nickt.

»Gerda ist vier Monate alt.«

»Wir kannten Harald«, sagt Olof.

»Wir hatten eine Band zusammen«, spricht Nils weiter.

»*The early dead*«, erklärt Olof.

»Er war zwölf damals.«

»Und wir waren vierzehn.«

»Aber er war der einzige von uns, der spielen konnte.«

»Dass wir ausgerechnet *The early dead* hießen«, sagt Olof.

»Wie ein Omen«, ergänzt Nils.

»Omen«, wiederholt Olof.

»Genau«, sagt Nils.

Lisa kommt aus ihrem Zimmer zurück.

»Ich habe nur zwei Bälle gefunden. Wollt ihr sehen?«

»Klar«, sagen Nils und Olof einstimmig. Bullen-Olson hebt das Schnapsglas und hält es Anna entgegen. Während sie nach der Flasche greift und das Glas auffüllt, jongliert Lisa mit den beiden Bällen.

»Willst du mal sehen, was wir können?«, fragt Nils.

Lisa nickt und die Zwillinge stehen auf, ziehen die Jacken aus und öffnen die Haustür. Draußen auf dem Hof geht Nils in die Hocke.

Olof holt Schwung und springt auf ihn, stellt einen Fuß auf dessen Knie, greift die Hände des Bruders und Nils gibt ein bisschen nach, als Olof in den Handstand geht und mit gestrecktem Körper, gestützt auf die Hände des Bruders, auf den eigenen Händen steht.

Lisa applaudiert und die Hunde bellen.

»Das will ich auch lernen!«, ruft Lisa. »Das ist ja richtige Akrobatik!«

»Wir können noch mehr«, sagt Nils.

»Noch andere Kunststücke«, stimmt Olof ein.

Sie gehen wieder hinein. Als sie an Elin vorübergehen, die in der Türöffnung steht und sie mit fast unmerklichem Lächeln beobachtet, blicken sie beide schüchtern zu Boden.

»Wir haben ein paar Sachen zu verkaufen«, sagt Bullen-Olson, der die Hemdsärmel aufgekrempelt hat. »Reis, Zucker, Salz, Haferflocken, Roggenmehl, Milchpulver und Streichhölzer. Niemand weiß, wie lange es dauern wird, bis Wong eine neue Lieferung bekommt, und man sagt, dass landabwärts mehrere Brücken gesprengt wurden. Wollt ihr etwas kaufen?«

Anna öffnet den Schrank und sieht zusammen mit Vagn durch, was sie gebrauchen könnten. Wenig später ist der Kauf abgewickelt. Die Waren werden hereingebracht. Sie versuchen, Kontakt zu Wongs Bank zu bekommen, doch es lässt sich keine Verbindung aufbauen. Und die Nachrichtenseiten sind leer.

»Wir haben noch etwas anderes«, sagt Bullen-Olson. »Etwas, das sehr günstig sein könnte, jetzt, wo die Ortspolizei den Dienst quittiert hat und die Gangs der Halbstarken jeden Moment auftauchen können.«

»Was meinst du?«

»Jeder sollte lernen, sich selbst zu verteidigen«, macht Bullen-Olson klar und nickt den Zwillingen zu, die aufstehen und nach draußen verschwinden.

»Die größte Gang ist eine Gruppe von Verlierern aus Borlänge«, erzählt er weiter. »Etwa zwei Dutzend Hohlbirnen unter der Fuchtel eines brutalen Typs, der sich Dala Marlon nennt. Wenn sie kommen, willst du dich verteidigen können, so viel ist sicher. Sie wollen nicht nur Gold und Geld, sie sind auch auf Frauen für ihre Bordelle aus.«

Er schielt zu Elin herüber und kratzt sich an der Nase.

»Du hast schon von ihnen erzählt«, erinnert Gunnar sich und Bullen-Olson sieht verlegen aus.

Da kommen Olof und Nils durch die Tür. Olof trägt zwei Gewehre über der Schulter und Nils trägt eins. Sie legen die Waffen auf den Küchentisch. Gunnar springt mit einem Mal auf. Die Farbe weicht aus seinem Gesicht.

»Reiterkarabiner«, erklärt Bullen-Olson. »1896, ausgezeichnete Waffe. Stell drei Männer hintereinander und die Kugel geht durch alle drei.«

Olof und Nils stecken die Hände in die Jackentaschen und ziehen ein halbes Dutzend Munitionsschachteln heraus.

»Die Sachen sind nicht geschenkt«, erklärt Bullen-Olson, »aber ich gebe dir Kredit, und wenn sich alles wieder normalisiert hat, kannst du bezahlen.«

Er zeigt auf eine der Waffen, deren Kolben gesprungen ist. Um ihn zusammenzuhalten, wurde er mit grünem Klebeband umwickelt.

»Das da kannst du billiger haben.«

Er hebt die Waffe auf und reicht sie Gunnar, der sie nicht entgegennimmt. Gunnar fällt es schwer, seine Stimme zu kontrollieren.

»Ist dir klar, was du uns hier zumutest?«

Bullen-Olson lächelt.

»Die Polizei kommt nicht her. Sie ist damit beschäftigt, die Uniformen abzugeben.«

Er lacht und es klingt wie eine alte benzinbetriebene Motorsäge.

»Sie waren hier, kurz bevor du kamst. Eigentlich hättest du das Auto sehen müssen.«

Bullen-Olson wendet sich an seine Söhne.

»Wir haben nichts gesehen, oder?«

»Aber den Beobachter müsst ihr ja wohl gesehen haben.«

Alle drei schütteln den Kopf.

»Du hast doch selber gesessen«, fährt Gunnar fort, »und du weißt, was mit denen passiert, die mit einer Schusswaffe festgenommen werden. Mindestens ein paar Jahre in den Gruben. Nimm deine Waffen und verschwinde!«

Anna ist ebenfalls aufgestanden.

»Wenn wir gewusst hätten, dass ihr Schusswaffen dabeihabt, hätten wir euch niemals ins Haus gelassen.«

Bullen-Olson steht auf und hält die Hände beschwichtigend hoch. Er zeigt auf das Gewehr und seufzt. Die Söhne sammeln die Munitionsschachteln zusammen und Olof nimmt die Karabiner.

»Sieh zu, dass du so schnell wie möglich von hier abhaust!«, sagt Gunnar und nun kann er die Stimme nicht länger kontrollieren.

»Haut ab!«

Die Hunde fangen an zu bellen, der Dackel am lautesten.

»Selbstverständlich«, sagt Bullen-Olson. »Wir hauen ab. Kommt, Jungs, wir gehen.«

Sie ziehen nicht einmal die Jacken an, sondern steuern direkt auf die Haustür zu, öffnen sie und gehen zu den angebundenen Pferden.

»Jetzt ist es noch dringender, die Harddisk zu zerstören«, sagt Gunnar.

Vagn nickt.

»Ich nehme sie mir sofort vor.«

Anna horcht auf und blickt Elin an.

»Ich glaube, sie ist wach.«

Auf dem Hof sitzen die Männer schon auf den Pferden. Bullen-Olson stemmt die linke Hand wieder in die Seite und reitet voran. Die Söhne folgen ihm und hinterdrein kommen die Lastpferde in einer Reihe, mit einem Seil verbunden, das Nils in der Hand hält.

»Hast du es gerochen?«, fragt Olof.

Nils nickt.

»Sie hat die Haare gewaschen.«

»Das habe ich nicht gemeint. Sie hat nach Milch gerochen.«

»So ist das, wenn sie stillen«, behauptet Nils.

»Sie ist schön.«

»Ja …«

Und damit verschwinden sie schweigend. Ihre Einsamkeit und Sehnsucht macht sie halb blind, als sie gedankenverloren nebeneinanderherreiten, dem Westhimmel entgegen. Bullen-Olson vor ihnen massiert seine rechte Rippe.

Hinterher wird es kühl und sie knöpfen die Jacken zu. Es scheint fast, als würde es bald schneien, aber es kommt kein Schnee, gar keiner.

»Nichts mehr übrig«, sagt Vagn, nachdem er die Harddisk in den Häcksler gesteckt hat. »Ich habe die Überbleibsel zusammen mit den Holzspänen von ein paar Scheiten hinter dem Stall verstreut.«
Elin sitzt mit Gerda auf dem Schoß da.
»Glaubst du, dass sie kommen?«, fragt sie, den Blick auf das Kind gerichtet.
»Wenn sie uns hätten mitnehmen wollen, hätten sie ihn nicht hierhergeschickt, wie auch immer der nun heißt.«
»Frank.«
»Richtig. Sie hätten uns alle zusammen abgeholt.«
»Ein richtiger Irrer, dieser Olson«, murmelt Anna. »Begreift er denn gar nichts?«
»Vielleicht war er betrunken. Er schwankte, als er hereinkam.«
»Aber auch in angetrunkenem Zustand«, sagt Anna, »selbst betrunken hätte er begreifen müssen, in was für eine Lage er uns bringt.«
»Und sich selbst«, sagt Gunnar. »Wenn sie ihn mit drei Karabinern aufgreifen, landet er in den Gruben und bleibt für alle Ewigkeit.«
»Was kann Frank mit Vidar und Ida gemeint haben?«, fragt Elin.
»Schwer zu sagen«, findet Gunnar.
Vagn sitzt am Fenster, steht auf, geht zur Haustür und öffnet sie, während Gunnar ihm hinterherblickt.
»Hast du etwas gesehen?«
»Ich dachte, ich hätte einen Beobachter gesehen, aber es war ein Vogel.«
»Ich will hier nicht mehr bleiben«, sagt Elin. »Wir verschwinden, Gerda und ich. Gleich morgen früh.«
Sie steht auf und geht das Kind im Arm wiegend umher.

»Vielleicht ist das wirklich am besten«, meint Gunnar. »Und wahrscheinlich hast du recht, dass niemand von uns wissen sollte, wohin du gehst.«

»Ich setze anstelle dessen die alte Harddisk ein«, sagt Vagn. »Es sind nur Aufnahmen von den Wildschweinen drauf.«

Elin geht zum Zimmer des Alten und bleibt in der Tür stehen.

»Wenn ich zurückkomme, kann ich dann Großvaters Zimmer bekommen?«, ruft sie über die Schulter hinweg. Und dann betritt sie das Zimmer, das Frans' Schlafzimmer gewesen war, nimmt die Fernbedienung, die die Bildwand steuert, und gibt etwas ein. Aus den Lautsprechern ertönt Beethovens Sturm. Sie betrachtet den Klavier spielenden Kempff, das gealterte Gesicht ist dem des Großvaters, kurz bevor er starb, nicht unähnlich. Sie schließt die Augen. Als sie sie wieder öffnet, sieht sie eine junge Frau im lauschenden Publikum. Elin streicht dem Kind über den Kopf und schaltet die Bildwand aus, steht auf und geht mit Gerda in die Küche. Die Eltern sind in ihr Arbeitszimmer gegangen. Elin wendet sich Vagn zu:

»Hat Großvater je herausgefunden, wer Kempff gefilmt hat?«

In diesem Moment hören sie das Geräusch. Beide lauschen mit geöffneten Mündern. Vagn ruft. Seine Stimme überschlägt sich, Elin legt eine Hand in Gerdas Nacken und drückt das Kind schützend an ihre Brust.

»Papa, Mama, es kommt jemand!«

Sie hören das Geräusch eines Dieselmotors, dann geht die Bildwand an. Ein Kettenfahrzeug mit einer gewaltigen Schnellfeuerwaffe auf dem Dach kommt den Hang heraufgeprescht. Im Abstand von 480 Metern bleibt es stehen, die Richtung beträgt 194 Grad. Eine Dachluke wird aufgestoßen und ein behelmter Schütze nimmt hinter der Waffe auf dem Dach des Wagens Platz. Die Türen an der Rückseite werden geöffnet und zwei Männer laufen heraus, der eine nach links, der andere nach rechts. Sie tragen Unterlegmatten und große Waffen mit großen Magazinen. Die Soldaten rollen die Matten etwa zwanzig Meter vom Fahrzeug entfernt aus, werfen sich auf den Boden, klappen die Zweibeine für die Gewehrläufe aus und richten die Waffen auf das Haus.

Vagn zoomt sie heran. Einer von ihnen justiert sein Fernglas, der andere spricht, ohne dass ein Mikrofon zu sehen ist. Die Menschen im Haus hören die entfernten Geräusche eines Dieselmotors hoch über ihnen.

»Weg vom Fenster«, sagt Gunnar. »Wir gehen in Lisas Zimmer.«

Als sie dort eintreten, liegt Lisa unter dem Bett und schluchzt.

»Werden sie uns jetzt töten?«, fragt sie. Als Anna sich zu ihr herabbeugt und versucht, sie hervorzulocken, verkriecht sie sich noch tiefer.

»Werden sie uns jetzt töten?«, wimmert sie.

Gunnar legt sich auf den Fußboden.

»Sie werden uns wahrscheinlich bitten, die Tür zu öffnen, und sie werden hereinkommen wollen, um zu sehen, wer alles hier drin ist.«

»Ich will nicht, dass sie mich finden«, flüstert Lisa.

»Es wird wohl das Beste sein, wenn wir nicht versuchen, uns zu verstecken«, sagt Gunnar.

Dann hören sie das nächste Fahrzeug, das mit hoher Geschwindigkeit auf den Hof gefahren kommt und etwa zwanzig Meter vor dem Haus entfernt stehen bleibt.

Eine Lautsprecherstimme sagt:

»Kommt heraus, die Hände über dem Kopf! Wer irgendeine Form von Waffe bei sich trägt oder sich zu schnell bewegt, wird beschossen!«

Gunnar beugt sich herunter und zieht Lisa hervor, die versucht, sich an einem Bein des Bettes festzuhalten. Sie schreit und kratzt ihren Vater an den Wangen. Gunnar schlingt die Arme um sie und dreht sich zu Vagn um:

»Schließ die Hunde im Arbeitszimmer ein.«

Vagn lockt die bellenden Tiere zu sich und bugsiert sie ins Arbeitszimmer, wo die Computer laufen und die Aktienkurse von Shanghai, Hongkong und London blinken.

Elin ist sehr blass, sie drückt Gerda an ihre Brust.

»Verlasst das Haus!«, tönt es aus den Lautsprechern. »Verlasst sofort das Haus!«

Gunnar geht zuerst, mit der schreienden und um sich tretenden Lisa im Arm. Hinter ihm folgt Elin mit Gerda. Vagn stützt Anna, die weint. Sie öffnen die Haustür und Dieselabgase nebeln sie ein.

Die Lautsprecherstimme ist wieder zu hören:

»Geht den Hügel hinauf! Ich wiederhole: Geht den Hügel hinauf!«

Lisa heult und schreit und schlägt Gunnar ins Gesicht. Anna wankt und Vagn tut, was er kann, um sie auf den Beinen zu halten. Sie gehen an der Rückseite des vordersten Kettenfahrzeugs vorbei, und als sie es passieren, heult der gewaltige Motor auf und eine Dieselwolke schlägt ihnen entgegen. Gunnar hält die Hand vor Lisas Gesicht und fordert sie auf, die Luft anzuhalten. Vagn umfasst die Taille der Mutter noch fester und Elin wickelt die Decke um Gerdas Mund und Nase.

Als sie zehn Meter vom Kettenfahrzeug entfernt sind, tönt es aus dem Lautsprecher:

»Stehen bleiben!«

Sie bleiben stehen, hinter ihnen werden die Türen des Fahrzeugs geöffnet und drei schwer bewaffnete Soldaten und drei Polizisten in dunkelblauen Uniformen steigen aus. Zwei der Polizisten sind Frauen, sie haben blonde Pferdeschwänze und Mützen mit langen Schirmen.

Eine von ihnen geht zu Gunnar.

»Ihr hattet Besuch«, sagt die uniformierte Frau und blickt Gunnar an. Sie ist groß und schlank, hat dünne, lachsfarbene Lippen und viel Lidschatten aufgelegt. Auf den Schulterklappen trägt sie zwei goldene Streifen. Über der linken Brusttasche des Overalls steht *Lamberg* und unter der Tasche hängt ein Dienstausweis mit Foto. Sie ist die einzige aus dem Kettenfahrzeug, die unbewaffnet ist.

»Ihr hattet Besuch«, wiederholt die Unbewaffnete. »Genauer gesagt mehrere Besuche.«

Und sie versucht Blickkontakt mit Lisa zu bekommen.

»Du hast vielleicht deine Tante getroffen?«

Nach einem kurzen Moment:

»Nicht? Nein, es war ja am Abend und du hast bestimmt geschlafen. Aber meinen Kollegen, den mit dem Bart, den hast du getroffen, das weiß ich. Ich habe gehört, dass du versucht hast, Spanisch mit ihm zu reden. Du bist acht Jahre alt?«

Der Motor des Fahrzeugs wird abgestellt und die unbewaffnete Frau seufzt.

»Von dem Geruch wird einem übel. Ihr solltet mal sehen, wie es ist, da drinnen zu sitzen und durchgeschaukelt zu werden. Es kommt nicht selten vor, dass die Leute sich übergeben. Möchtest du ein Stück mitfahren, Lisa?«

Lisa fängt an zu schreien, sie schlingt die Arme um Gunnars Hals.

»Vier Monate, ein schönes Alter«, sagt die Unbewaffnete zu Elin und streckt die Hand nach Gerda aus, ohne das Kind zu berühren.

»Meine sind Teenager, die Teenagerzeit ist nicht immer leicht, nicht wahr? Was war das, das Frank in den Staub an seinem Auto geschrieben hat?«

Die Unbewaffnete runzelt die Stirn und Elin drückt das Kind fester an die Brust. Die Frau streckt eine Hand aus und will die Decke anheben, um Gerdas Gesicht zu sehen, aber Elin macht einen Schritt nach hinten.

»Was war es, das Frank geschrieben hat?«, wiederholt die unbewaffnete Frau. »Wir haben eine Aufnahme davon, dass er etwas geschrieben hat, aber aus diesem Winkel können wir nicht sehen, was es für Zeichen oder Buchstaben waren. Wir brauchen deine Hilfe, Elin. Willst du uns helfen?«

Anna stöhnt laut auf und die Unbewaffnete macht ein paar Schritte auf sie zu. Vagn geht einen Schritt vor, als wolle er die Mutter schützen.

Die Türen des Kettenfahrzeugs werden geöffnet und zwei weitere Soldaten steigen aus. Sie tragen Helme, gelbe Schutzbrillen, dicke Westen und sind behängt mit Waffen, Werkzeug und Kommunikationsausrüstung.

Sie gehen ins Haus.

»Das Beste für uns alle, das Einfachste«, spricht die Unbewaffnete weiter und wendet sich wieder an Elin, »wird sein, wenn du erzählst, was Frank geschrieben hat. Wir haben herausgefunden, dass es fünf Zeichen waren, vielleicht Buchstaben. Wirst du ein braves hilfsbereites Mädchen sein oder müssen wir andere Saiten aufziehen?«

»Können Sie nicht aufhören, uns zu schikanieren?«, bittet Gunnar. »Elin ist kaum erwachsen, Lisa ein Kind und Gerda ein Säugling. Was Sie da machen, ist unzulässig!«

Die Unbewaffnete stellt sich vor Gunnar, die Beine weit auseinander, die Hände hinter dem Rücken verschränkt. Wenn sie auf ebenem Boden stehen würden, wäre sie fast genauso groß wie Gunnar, aber das tut sie nicht. Die Unbewaffnete steht oberhalb von Gunnar auf dem Hang und so scheint es, als wäre sie eine Spur größer. Sie spricht jetzt mit einer anderen Stimme:

»Sie hatten Besuch von Olson.«

»Wir haben ihn hinausgeworfen, sobald wir begriffen haben, was er für einen Handel vorhatte.«

»Sie wissen sicher, was es für Folgen hat, eine oder mehrere Schusswaffen zu beschaffen, zu verwahren oder auf andere Weise zu besitzen oder anteilig zu besitzen?«

»Wir haben sie hinausgeworfen«, wiederholt Gunnar.

»Sie waren lange genug bei Ihnen, um eine Menge Geschäfte einzuleiten und abzuwickeln. Was haben Sie für Absprachen getroffen, welche Waren haben den Besitzer gewechselt?«

»Lebensmittel, sonst keine.«

Plötzlich ist ein Schuss aus dem Haus zu hören und die Unbewaffnete nickt.

»Sie hatten offenbar Haustiere.«

Lisa dreht sich um. Die Pupillen hinter einem Tränenschleier.

»Was war das?«

»Nichts«, lügt Gunnar. »Manchmal geht ein Schuss los.«

Die Unbewaffnete legt den Kopf schief und blickt Lisa in die Augen.

»Einer der beiden war ein Dackel, oder?«

Gunnar wird laut:

»Schluss jetzt!«

»Wie ist es eigentlich mit unserer Zusammenarbeit?«, fragt die Unbewaffnete.

»Schluss jetzt«, wiederholt Gunnar.

»Warum haben sie geschossen?«, fragt Lisa.

»Soldaten schießen manchmal«, erklärt Gunnar.

Die Unbewaffnete wendet sich an Elin:

»Jetzt bist du an der Reihe. Was wurde da geschrieben?«

»Ich weiß es nicht«, lügt Elin. »Ich habe nicht bemerkt, dass er etwas geschrieben hat.«

Die andere Polizistin hat einen Schritt vorwärts gemacht und steht nun dicht hinter Elin. Sie holt etwas aus der Tasche.

»Stimmt das auch wirklich?«

Die Polizistin hinter Elin nimmt die Plastikkappe einer Injektionsspritze mit dicker Nadel ab, sticht mit der Nadel durch Elins Hose und drückt die Flüssigkeit in Elins Oberschenkel. Elin keucht, blickt nach unten und sieht die Spritze, die in ihrem Bein steckt. Die Unbewaffnete streckt die Hände nach Gerda aus.
»Es ist das Beste, wenn ich das Mädchen nehme.«
Als Elin zusammensackt, lockert sie den Griff um Gerda. Zwei Soldaten halten Gunnars Arme fest und Anna schreit.
Der dritte Soldat nimmt Elin hoch und trägt sie zum Kettenfahrzeug. Anna liegt auf dem Boden und streckt schreiend die Hände nach der Frau aus, die Gerda hält.
»Sag auf Wiedersehen zu Großmutter«, sagt die Unbewaffnete in Annas Richtung und geht zum Fahrzeug.
Aus dem Haus kommen zwei Soldaten. Der eine ist groß, der andere klein. Der Kleine trägt die Harddisk und ein Stück entfernt senkt sich ein Schwarm Krähen nieder und zankt sich um etwas, das eine von ihnen im Gras gefunden hat.

Als Elin die Augen aufmacht, stinkt es nach Gummi und etwas Chemischem, das sie nicht wiedererkennt. Grelle Lampen sind an der Decke montiert. Sie zählt sie.
Die Matratze liegt direkt auf dem Boden. Sie hat nicht ihre eigenen Kleider an, sondern trägt eine graue Baumwollhose, ein grünes Baumwollhemd und keine Strümpfe. Sie legt sich auf die Seite. Auf dem Boden liegen eine zusammengefaltete gelbe Baumwolldecke und ein Kissen mit gelbem Bezug. In einer Ecke steht ein blauer

Plastikeimer. Eine ungeöffnete Flasche Mineralwasser steht daneben.

Elin setzt sich auf.

Es ist viel wärmer als zu Hause. Keine Fenster. Sie steht auf und geht zur Tür, an der keine Klinke ist. Sie sieht zur Decke, lehnt sich an die Wand und streckt den rechten Arm nach oben. Mehr als drei Meter sind es bis zur Decke. Die Wand fühlt sich weich an, ist aber trotzdem unbeweglich. Elin schlägt mit der Faust auf sie ein. Die Wand gibt leicht nach, da, wo die Faust gelandet ist. Elin geht wieder zur Tür, die mit einem grünen elastischen Material bedeckt ist. Neben der Tür auf der Höhe ihres Scheitels befindet sich eine kleine verschlossene Metallluke. Auch der Fußboden gibt leicht nach. Die Stille ist so intensiv, dass sie bedrohlich wirkt. Elin öffnet den Mund.

»Hallo!«, ruft sie.

Und dann: »Gerda!«

Sie lauscht.

»Gerda!«

Elin brüllt so, als ob sie ihre Eingeweide ausspeien wollte.

Tränen schießen ihr in die Augen und sie wirft sich auf die Matratze und hämmert mit den Fäusten auf den Boden.

Schließlich hat sie keine Kraft mehr, weiter zu schreien, und sie zieht die gelbe Decke über sich.

Ihr Körper fühlt sich fremd an. Die Injektion. Wie eine dumpfe Dunkelheit, fortwährend mahlend in ihren schlaffen, kraftlosen Muskeln.

Etwas später schläft sie ein.


Sie erwacht von den Geräuschen und Lauten eines Kindes. Die Geräusche sind so schwach, dass sie kaum zu hören sind, und sie bewegen sich im Raum. Zuerst sind sie an der Tür zu vernehmen, dann am anderen Ende des Raums, dann genau über ihr.

»Gerda!«, ruft sie und setzt sich auf.

Sie sitzt da und lauscht den Geräuschen des Kindes.

Dann bemerkt sie, dass es aus ihrer Brust tropft und ihr Hemd nass wird. Sie reißt sich das Hemd herunter und schleudert es von sich. Dann wird es wieder still.

»Gerda?«, sagt sie. »Hörst du mich, hörst du Mama?«

Elin rollt sich auf die Seite und presst das Ohr gegen die Wand. Sie hört nichts, steht auf, geht zwischen den vier Wänden umher und lauscht.

Das glucksende Geräusch des Kindes kommt zurück, so leise, dass sie es kaum hört.

Dann ist es weg und sie legt sich wieder auf die Matratze.

Das Licht wird schwächer, es wird so dunkel, dass sie nur mit Anstrengung die Finger ihrer Hand erkennen kann, wenn sie diese ausgestreckt vor sich hält.

»Oh Gott«, sagt sie, leise und wie zu sich selbst, »lass mich sie wiedersehen.«

Dann kommt ihr der Gedanke, dass sie nicht merken dürfen, dass sie schwach wird. Sie dürfen nicht spüren, dass sie die Oberhand gewinnen. Sie beschließt, nichts mehr zu sagen, nichts wird ihr mehr über die Lippen kommen.

Aber sie denkt: Oh Gott.

Noch nie zuvor hat sie gedacht, dass jemand, der Gott genannt wird, sie hören kann.

Oh Gott, denkt sie. Lass sie Gerda nichts antun.


Vielleicht hat sie lange geschlafen, sie ist sich nicht sicher. Zwei uniformierte Frauen kommen in den Raum. Eine von ihnen schiebt einen Rollstuhl. Im Rollstuhl sitzt eine Frau, ebenso gekleidet wie Elin. Die Frau hat lange Haare, die schwarz sind, fast blau. Sie hat dunkle Ringe unter den Augen und sie betrachtet Elin. Die Wächterin der Frau löst die Gurte um Arme, Beine und Brust der Frau und hilft ihr, sich hinzustellen. Dann nehmen sie den Rollstuhl mit sich, die Frau sinkt auf den Boden und hinter den Uniformierten schließt sich die Tür wieder.

Die zwei Frauen sehen einander an.

»Wie heißt du?«, fragt Elin schließlich.

»Ragna.«

Sie betrachten einander weiter.

»Und du?«, fragt Ragna.

»Elin.«

Und Elin fügt hinzu:

»Meine Tochter ist hier. Sie ist vier Monate alt. Ich habe sie gehört.«

Elin zeigt zur Decke.

»Wenn sie deine Tochter haben, werden sie sie benutzen.«

»Sie ist erst vier Monate.«

»Sie wissen, was sie tun müssen, um dich zur Zusammenarbeit zu bewegen. Bist du schon lange hier?«

»Ein paar Stunden, glaube ich. Wo sind wir?«

Die Frau zuckt mit den Schultern.

»Diejenigen, die hierherkommen, sind entweder betäubt oder sie haben etwas über den Kopf gestülpt. Man fährt mit einem Aufzug. Der geht nach unten. Das ist das Einzige, was ich weiß. Was wollten sie von dir?«

»Ich weiß nicht.«

Die Frau, die Ragna heißt, sieht sich um.

»Jemand sitzt vermutlich da und sieht uns zu. Alles, was wir tun und sagen, wird aufgezeichnet.«

Sie zeigt auf die Wasserflasche.

»Das Wasser ist präpariert.«

»Wie meinst du das?«

»Sie haben etwas hineingetan. Nach und nach wirst du Durst bekommen und nicht mehr davon ablassen können. Sie erhöhen die Temperatur. Bald wirst du trinken wollen. Du wirst anfangen, seltsame Dinge zu sehen und noch seltsamere zu hören.«

»Weswegen bist du angeklagt?«

Die Frau antwortet nicht, sondern steht auf und geht an der Wand entlang, den Blick zur Decke gerichtet. Sie zeigt nach oben.

»Dort sitzt eine Kamera.«

Sie weicht einen Schritt zurück und winkt.

»Hallo!«, ruft sie.

Elin beobachtet die Frau, die die Knöpfe ihres Hemds öffnet und es aus der Hose zieht.

»Wie lange bist du schon hier?«, fragt Elin.

»Vielleicht einen Monat. Du kannst bald nicht mehr mitzählen. Das ist Teil der Behandlung. Du sollst den Boden unter den Füßen verlieren, nicht lange und es wird dir schwerfallen, dich an Dinge zu erinnern und deine Erinnerungen zu bewahren. Du wirst froh sein, wenn sie dich an das erinnern, was du erlebt hast. Manchmal zeigen sie Videos, die aufgenommen wurden, während du woanders warst. Bald bist du dankbar für jedes Mal, an dem sie dich daran erinnern, dass du einmal ein anderes Leben hattest. Gibt es jemanden, der weiß, dass du hier bist?«

»Du hast gesagt, dass niemand weiß, wohin sie uns bringen. Wie sollte dann jemand wissen können, wo wir sind?«

»Gab es jemanden, der gesehen hat, dass du fortgebracht wurdest?«

»Ja.«

»Wer?«

»Das möchte ich nicht sagen.«

Elin zeigt zur Decke und die andere Frau nickt.

»Sie ist erst vier Monate alt«, sagt Elin.

Dann fängt sie an zu weinen.

Ragna kriecht an Elin heran, legt einen Arm um sie und flüstert:

»Wenn ich hier zwei Monate gewesen bin, dann ist meine Tochter vierzehn, wenn es nur einer war, dann ist sie noch dreizehn. Sie hat ein weißes Pferd mit einer grauen Blesse. Als ich sie zuletzt gesehen habe, ist sie in den Wald geritten und sollte bald wieder zu Hause sein. Sie haben einen Sack über meinen Kopf gestülpt und die Autofahrt hat ungefähr zwei Stunden gedauert, wir könnten also in der Festung sein. Ich war mit meinem Vater in Grövelsjö, als es noch offen für Touristen war, daher weiß ich, wie lange man braucht, um dort hinaufzufahren.«

Sie schweigt eine Weile, bevor sie weiterspricht:

»Ich sehe sie, wie sie mit geradem Rücken auf Schneewittchen sitzt und im Wald verschwindet. Ich kann es immer wieder vor mir sehen und ich werde dessen nie müde. Ohne diese Bilder wäre ich verrückt geworden.«

»Wie heißt sie?«

»Gina, nach Großmutter.«

Ragna sieht sich um.

»Hier drinnen haben sie alles weggenommen, das einem helfen könnte, Selbstmord zu begehen, aber ich schätze, es klappt auch, wenn man aufhört zu essen und zu trinken.«

»Tu das nicht.«

»Ich versuche, davon abzusehen.«

»Sie sind dabei, die Festung zu stürzen. Alle reden davon.«

»Das habe ich schon damals gehört, als ich noch frei war. Es war Gina, die davon erzählt hat, als ich nicht schlafen konnte. Mama, sie können nicht bis in alle Ewigkeit bleiben. Bald ist es vorbei. Aber neunzehn Jahre. Neunzehn lange Jahre lang haben sie das Land verwahrlosen lassen und uns diesen Qualen ausgesetzt. Wie konnte es nur dazu kommen?«

»Es ist bald vorbei«, behauptet Elin. »Haben sie die Heizung höher gedreht?«

Sie liegen eine Weile da und sehen einander an, Ragna mit Schweißtropfen auf der Stirn.

»Wenn du das Wasser trinkst, wirst du glauben, dass du verrückt bist«, sagt Ragna nach einer Weile.

»Was ist in dem Wasser drin?«

»Lysergsäurediethylamid.«

»Was?«

»LSD.«

»Was hast du gesagt, wie es heißt?«

»Lysergsäurediethylamid.«

»Warum weißt du so was?«

»Ich bin Chemikerin, ich war an der technischen Hochschule in Stockholm.«

»Das war Großvater auch.«

»Chemiker?«

»Straßen- und Wasserbauingenieur. Er hat Brücken geliebt.«

»Ist er tot?«

»Ja.«

»Du darfst keine Angst haben, das ist das Wichtige. Wenn du von der Wasserflasche trinken musst, dann trink ein paar kleine Schlucke, nicht alles auf einmal. Deshalb ist es besser, dass du zu trinken beginnst, bevor du so ausgetrocknet bist, dass du alles herunterkippst. Du kannst es in einer kleinen Dosis zu dir nehmen und dich daran gewöhnen.«

»Soll ich jetzt anfangen?«

»Wenn du willst.«

Elin krabbelt den Fußboden entlang, nimmt die Wasserflasche und krabbelt zur Matratze zurück. Sie lehnt sich mit dem Rücken an die Wand und untersucht die Flasche. Das Etikett. Den Text. Marke Ramlösa.

»Natürliches Mineralwasser«, sagt sie und sieht Ragna an.

»Ursprünglich war es bestimmt natürlich. Sie haben etwas injiziert, wahrscheinlich durch den Verschluss.«

Elin hält die Flasche vor sich und deutet auf eine Stelle.

»Hier vielleicht?«

Ragna nimmt die Flasche und untersucht sie.

»Schwer zu sagen.«

Elin nimmt die Flasche wieder an sich und umfasst den weißen Plastikverschluss. »Soll ich?«

»Es wird schon gut gehen.«

Elin schraubt den Verschluss ab und legt ihn auf die Matratze. Mit der linken Hand streicht sie sich über die Stirn.

»Ganz schön warm jetzt.«

Sie hebt die Flasche hoch.

»Soll ich?«

»Wenn du willst.«

»Nur ein bisschen?«

»Ja, nur ein bisschen.«

Elin setzt die Flasche an den Mund und trinkt.

»Es schmeckt nach nichts.«

»Es hat keinen Geschmack.«

»Soll ich noch mehr trinken?«

»Nimm noch ein bisschen.«

Elin trinkt noch ein bisschen und reicht Ragna die Flasche, die sie ergreift und einen kleinen Schluck daraus nimmt.

»Möchtest du nicht mehr?«

Ragna schüttelt den Kopf.

»Ich werde dein Lotse sein. Ich nehme nichts mehr.«

»Soll ich noch ein bisschen trinken?«

»Ja.«

Als Elin getrunken hat, schraubt sie den Verschluss zu und stellt die Flasche neben die Matratze.

»Erinnerst du dich noch daran, als deine Tochter klein war?«

»Ja.«

»Erinnerst du dich, als sie vier Monate alt war?«

»Wir sind umgezogen in dem Jahr, weil es zu gefährlich war zu bleiben. Bist du mal in Stockholm gewesen? Die Unternehmen beherrschen dort alles, jede Straße ist das Revier irgendeines anderen. Wer nicht bezahlt, für den sieht es schlecht aus. Wir haben die Stadt verlassen und hatten es ganz gut, bis die Polizei vor einem Jahr meinen Mann abgeholt hat. Niemand begriff warum. Aber wir sollten uns nicht zu sehr in unserem Unglück suhlen. Wenn du dich deinem Elend hingibst, kann die Angst eine unerträgliche Stufe erreichen.«

»Ich denke an Gerda.«

»Es ist besser, wenn du an etwas anderes denkst.«

»Ich habe ein Pferd, das ich sehr liebe.«

»Wie sieht es aus?«

»Es ist schön. Und klug.«

»Wenn du die Augen schließt, kannst du es sicher sehen.«

Elin schließt die Augen.

»Siehst du es?«

»Sein Schweif ist lang.«

Elin macht die Augen auf, legt sich auf den Bauch und betrachtet die Wasserflasche.

»Wie bist du deinem Mann begegnet?«

»Auf einer Verkleidungsparty.«

»Ein Maskenball?«

Ragna nickt.

»Er war als der Chemiker Jöns Jacob Berzelius verkleidet, der ein entfernter Verwandter ist. Ich war die Einzige, die ihn erkannt hat, weil ich im Gymnasium ein Referat über ihn schreiben musste. Es waren seine Koteletten und die Kartoffelnase, die ich erkannt habe.

Leffe hat sich viel Mühe mit der Nase gegeben. Seine eigene ist eher spitz. Wir haben geheiratet, als ich dreiunddreißig war. Als Kind ist er mal in eine Lawine geraten, ein anderes Mal in einen Zugunfall, bei dem fast alle verletzt wurden. Er selbst ist mit blauen Flecken davongekommen. Deshalb habe ich keine Angst um ihn.«

Sie verstummt, dann beginnt sie zu weinen.

»Ich habe keine Angst«, schluchzt sie.»Unser Sohn heißt Jacob, wir haben ihn nach Berzelius genannt.«

»Wie alt ist er?«

»Fünfzehn.«

Ragna wischt sich mit dem rechten Handrücken über die Wangen.

»Reitet er auch?«

Sie schüttelt den Kopf.

»Er programmiert Spiele.«

»Wie sieht er aus?«

»Schön, wie sein Vater. Große Ohren, spitze Nase, breiter Mund, der immer lacht.«

Elin setzt sich auf und lauscht.

»Hörst du das?«

»Nein.«

»Beethoven.«

Elin lauscht mit offenem Mund.

»*Der Sturm*. Großvaters Lieblingsstück. Woher wissen die das?«

»Ich höre nichts.«

»Doch, hör genau hin, steh auf.«

»Ich höre nichts.«

Ragna steht auf, dreht den Kopf und hält das Ohr Richtung Decke.

»Ich höre nichts.«

»Woher wissen sie, dass Großvater Beethoven gehört hat?«

»Sie wollen dir zeigen, dass sie deine Geschichte kennen. Das ist ein Teil der Kontrollübernahme.«

»Wer kann es ihnen erzählt haben?«

»Dein Großvater hatte bestimmt Freunde?«

»Ja.«

»Jemand hat erzählt, dass er Beethoven mochte. Sie haben gefragt, ob es ein bestimmtes Stück gibt, das er besonders geliebt hat. Derjenige, mit dem sie gesprochen haben, hat verraten, dass es – wie sagtest du noch mal, wie es heißt?«

»*Der Sturm.*«

»Genau. Viel mehr muss nicht dahinterstecken.«

»Jetzt hört man nichts mehr.«

»Sie wissen, dass du vom Wasser getrunken hast, und wollen auf dich einwirken, damit du gefügig wirst.«

Elin steht auf und geht ein paar Schritte im Raum umher.

»Sieben Schritte lang, fünf breit, knapp drei Meter hoch. Trockene Luft, kein Surren, sechs Lampen an der Decke, weiche Wände, Fußbodenheizung, Tür ohne Klinke, kleine Luke auf Augenhöhe …«

»Hinter der Luke ist eine Steckdose.«

Elin tastet die Luke ab.

»Unmöglich aufzubekommen.«

»Ja.«

»Hast du es versucht?«

»Ich habe einen Plastiklöffel aufbewahrt und versucht, sie damit aufzubiegen, aber das war natürlich aussichtslos.«

»Mein Bruder programmiert auch Spiele, genau wie dein Sohn.«

Elin zeigt zur Decke.

»Jetzt höre ich es wieder.«

»Was?«

»Das Klavier.«

Ragna schüttelt den Kopf.

»Dein Gehör ist besser als meins.«

Elin setzt sich im Schneidersitz auf die Matratze.

»Wohnst du auch in so einem Raum?«, fragt sie Ragna.

»Meiner ist genauso, aber er hat blaue Wände.«

»Warum haben sie dich zu mir hereingebracht?«

»Vermutlich, damit ich irgendwie dazu beitrage, dich weich zu klopfen. Oder aber ich bin diejenige, auf die sie Einfluss nehmen wollen.«

Ragna fährt sich stumm mit der Handfläche über das verschwitzte Gesicht und trocknet die Hände am Hosenbein ab. Eine feuchte Stelle bleibt zurück.

»Wie soll ich denn für sie sein?«, fragt Elin weiter.

Ragna fährt sich wieder über das Gesicht.

»Gefügig?«

»Woher weiß ich, dass du nicht eine von ihnen bist?«

»Das weißt du nicht, genauso wenig, wie ich wissen kann, ob du eine von ihnen bist. Wir wissen nichts übereinander und müssen davon ausgehen, dass die andere alles Mögliche sein kann.«

»Bist du vielen begegnet, seit du hier bist?«

»Ganz am Anfang habe ich eine Frau aus dem Västerås-Umkreis getroffen. Dort ist alles überschwemmt.«

»Wie lange können sie einen hier festhalten?«

»Manche kommen nicht lebend von hier weg, nehme ich an. Die Frau aus Västerås war sich sicher, dass ich eine Art Agentin bin, sie hat wahrscheinlich nur behauptet, dass sie aus Västerås kommt, vielleicht hat es nicht gestimmt. Ob sie noch hier ist, weiß ich nicht. Die einzigen ›anderen‹, die ich gesehen habe, seit ich hierhergebracht wurde, sind die Wächter, die mich hergefahren haben, und noch eine Frau, die mich immer verhört hat, auch wenn sie es als ›sich miteinander unterhalten‹ bezeichnet hat. Sie heißt Eva und hat sich liften lassen. Das Gesicht sieht aus, als ob sie dreißig wäre, aber an den Händen sieht man, dass sie viel älter ist, bestimmt über sechzig. Du bist ihr nicht begegnet?«

»Nein.«

Ragna legt den Kopf schief.

»Wie geht es dir?«

Elin zuckt mit den Schultern.

»So wie vorher auch, nur warm ist mir.«

»Sie drehen die Heizung für gewöhnlich bald wieder herunter, sie wollen einen nicht umbringen, nur gefügig machen.«

»Und du weißt nicht, warum sie dich hierhergebracht haben?«

»In meiner Anklage war von Drogen die Rede, die man eingesetzt hat, um Menschen die Wahrheit sagen zu lassen.«

»Die Wahrheit«, murmelt Elin. »Bemerkenswert, dass diese Regierung an der Wahrheit interessiert ist.«

»Sie ist nur an der Wahrheit interessiert, die für sie selbst von Vorteil ist. Alle Statistiken, alle Informationen, alle Nachrichten, alles ist manipuliert.«

Elin blickt zu der Stelle, wo Ragna eine Kamera vermutet hat.

»Hast du keine Angst, dass es sie verärgert, wenn du so etwas sagst?«

»Ich sage das nur zu dir. Ich bekomme gar keine Gelegenheit, es zu jemand anderem zu sagen. Alles, was in diesem Raum gesagt wird, landet auf der Harddisk. Dass ihre Analysten darüber nachdenken, wie wir uns benehmen, hat nichts zu bedeuten. Wir sind hier, bis sie beschließen, dass sie erfahren haben, was wir ihrer Ansicht nach wissen. Ihr Plan ist es, uns auszuquetschen.«

Sie schweigt einen Moment, bevor sie weiterspricht:

»Als ich Kind war, habe ich mal einen Schwarz-Weiß-Film über Menschen in Afrika gesehen. Sie haben Kerben in einen Gummibaum geschlagen, Gefäße darunter aufgehängt und das Gummi des Baums abgezapft. Ich glaube, so sehen sie uns. Sie haben ihre Gefäße an uns befestigt und jetzt ritzen sie mit rostigen Klingen Kerben ein und sammeln Tropfen um Tropfen von dem, was sich in uns befindet. Sie kommen jeden Tag und nehmen mit, was aus uns in der Nacht herausgeflossen ist. Es gibt nichts, womit wir sie daran hindern können, genauso wie ein Baum im Urwald niemanden daran hindern kann, mit einem Messer Kerben in seine Rinde zu ritzen und seinen Saft in Gefäßen aufzufangen.«

»Ich habe große Bäume immer schon gemocht«, sagt Elin. »Ich habe viele zerkleinert, die der Sturm entwurzelt hat. Am meisten mag ich Fichten. Der Duft, wenn die Späne um die Säge wirbeln, das Weiß, das auf den Schuhen landet, all das mochte ich.«

»Deine Pupillen haben sich verändert.«

Elin hält eine Hand hoch, als könne sie sich in der Handfläche spiegeln.

»Spieglein, Spieglein in der Hand, wer hat die größten Pupillen im ganzen Land? Glaubst du, dass ich Gerda wiedersehen werde?«

»Wir sprechen nicht von ihr.«

»Warum nicht?«

»Das ist nicht gut für dich.«

»Was ist mit meinen Pupillen?«

»Manchmal mischen sie auch Amphetamine hinein, damit man nicht schlafen kann. Dann werden die Pupillen zu schwarzen Löchern. Manchmal wollen sie einen schlafend, dann bekommen wir Schlafmittel.«

Elin beugt sich vor. Sie glaubt, ihr Spiegelbild im Auge der Besucherin zu erkennen.

Dann erklingt wieder die Musik.

»Jetzt hörst du sie sicher.«

»Ja.«

»Kempff sieht so traurig aus beim Spielen. Hast du gesehen, wie er Beethoven spielt? Das gibt es im Netz.«

»Nein.«

Sie schweigen und hören der Musik zu. Schließlich werden die Laute leiser und leiser und verstummen.

»Großvater hat *Robinson Crusoe* gelesen. Er konnte lange Passagen auswendig und hat daraus zitiert. Es handelte immer davon, dass Robinson Angst hatte, jemand könne auf die Insel kommen und ihn angreifen. Hast du *Robinson Crusoe* gelesen?«

»Nein.«

»Meine kleine Schwester liebt es. Sie baut oft Robinsons Höhle unter dem Küchentisch nach. Wirst du mein Freitag werden?«

»Vielleicht solltest du noch etwas trinken?«

»Ist das gut?«

»Ich glaube schon.«

»Werde ich gefügig werden?«

»Vielleicht.«

Elin streckt sich nach der Flasche aus, dreht den Verschluss ab und trinkt. Als sie den Verschluss wieder zuschraubt, geht die Tür auf und die Frauen mit dem Rollstuhl kommen herein. Ragna steht auf und setzt sich in den Stuhl. Die eine der Frauen bindet Gurte mit Klettverschluss um ihre Beine, Arme und die Brust. Die andere beobachtet Elin.

»Falls wir uns nicht noch mal sehen!«, ruft Ragna, als sie sie hinausschieben, und ihr Gesicht ist schon in Richtung Tür gedreht. »Falls wir uns nicht mehr sehen, meine Tochter heißt Greta und das Pferd Schneewittchen! Sie macht bei Wettkämpfen im Dressurreiten mit, sie ist also leicht ausfindig zu machen!«

Dann wird die Tür geschlossen und die Töne der Musik werden etwas lauter gedreht. Elin winkt in Richtung der geschlossenen Tür, und als sie die Hand herunternimmt, merkt sie, dass die Hand noch immer in der Luft hängt, wo das Winken angefangen hatte. Die Hand bewegt sich wie im Stroboskoplicht. Sie nimmt sie herunter, und während sie sich lachen hört, denkt sie, dass sie jeden Moment in Tränen ausbrechen wird.

# 12

In der Mitte des Etiketts ist das Porträt eines Mannes mit langem Haar, möglicherweise einer Perücke. Das Bild ist so klein, dass Elin es mit der Spitze des Zeigefingers bedecken kann. Sie hält die Flasche näher vors Gesicht. Der Mann spricht mit Lisas Stimme zu ihr: »Hola! Mi Habitación es muy pequeña. Qué es de tu vida?«

Sie betrachtet das Bild des Mannes. Er bewegt die Lippen und wiederholt seine Frage.

Im Hintergrund spielt Kempff Beethoven.

»Qué es de tu vida?«, fragt der Mann auf der Flasche erneut.

Elin nimmt die Flasche und hält sie dicht vor das Gesicht. Über dem Bild stehen drei Worte. Johan Jacob Döbelius. Unter dem Bild steht *Gründer der Ramlösa-Quelle* und darunter *Original*. Aus dem Wort mit den acht Buchstaben löst sich der Name *Gina*.

»Gina?«, hört Elin sich selbst sagen und das Wort bildet ein Echo und kommt zurück, die Buchstaben blasen sich auf, werden größer und projizieren sich auf die Wand über dem Eimer.

»Gina«, sagt Elin zum Eimer. »Deine Mutter war hier. Ich habe nicht verstanden, ob sie Freund oder Feind ist, aber sie hat von Schneewittchen erzählt.«

Als sie sich selbst »Schneewittchen« sagen hört, kommt ein Mädchen durch die verschlossene Tür. Es trägt ein bodenlanges weißes Kleid, hat ein funkelndes Diadem auf dem Kopf, und in der Hand hält es einen roten Apfel, den es Elin hinhält. Elin nimmt den Apfel und will hineinbeißen, aber genau in diesem Moment sieht sie, dass Schneewittchen zwar das Gesicht einer jungen Frau hat, seine Hände aber runzlig sind und braune Flecken haben. Elin wirft den Apfel weg und der Mann auf der Flasche spricht zu ihr und sagt, dass sie genau das Richtige getan hat. Wieder tanzen die Buchstaben des Wortes *Original* vor ihren Augen und der Name *Ria* entsteht. Wo hat sie den schon mal gehört? Vielleicht in einem alten Film? Vielleicht hat Vagn ihn mal erwähnt? Der Name durchläuft sämtliche Assoziationsbahnen und sie kann ihn im Inneren ihres Kopfes sehen, zwischen 130 Milliarden Neuronen. Die Neuronen sehen aus wie gelbe Reiskörner.

Wie viel Raum nehmen wohl 130 Milliarden Reiskörner ein? Wie können sie in ihren Kopf passen? Sie sieht, wie die Neuronen den Raum füllen und unter der geschlossenen Tür hindurchrinnen. Dann ist der Raum leer. Angenommen, ein Mann hat das Schachspiel erfunden und der Herrscher des Landes legt ihm ein Reiskorn auf das erste Feld, zwei auf das zweite, vier auf das dritte …

Es war Vagn, der ihr von den Reiskörnern erzählt hat. Sie war zehn Jahre alt und hatte Zöpfe. Sie spürt die vorsichtigen Hände ihrer Mutter in den Haaren, als sie ihr die Zöpfe flicht oder ihr die Haare zu einem Knoten hochsteckt. Sie hat mal eine Frau mit hochgesteckten Haaren getroffen, die Syria hieß, nicht Ria, sondern Syria.

Johan Jacob Döbelius spricht wieder zu ihr. Er flüstert und sie nimmt die Flasche und hält sie ans Ohr. Hörst du das Meer?, fragt Döbelius und sie lacht. Ich höre es! Genau, sagt Döbelius! Es gibt nur so viel Wasser, wie da ist. Du bestehst zum Großteil aus Wasser. Du bist keine Kohlensäure, aber du bist eingesperrt in einer Flasche, auf die man einen Verschluss gedreht hat, sodass es unmöglich ist, dich zu befreien. Wenn du zu reinem Wasser wirst, kannst du unter der Tür hindurchfließen.

Elin kriecht zur Tür. Die Türschwelle ist aus Stahl und sie hat die Flasche in der Hand. Eine stillende Frau braucht drei Liter Wasser pro Tag, sagt Döbelius und sein Gesicht wird kleiner, die Perücke verschwindet und sein Bild verwandelt sich in das Gesicht der Hebamme.

»Anette!«, sagt Elin. »Anette! Sag, dass ich drei Liter Wasser pro Tag brauche, damit ich nicht austrockne.«

Sie geht durch eine Wüste mit rotem Sand. Ein Mann in blauem Burnus und in flatternder leichter Kleidung reitet ihr entgegen. »Harald!«, ruft sie. Ein Wirbelsturm zieht hinter ihm auf und das Pferd erhöht das Tempo.

»Pass auf!«, ruft sie, aber der Sturm fährt in Haralds Kleider, reißt sie ihm vom Leib und wirbelt ihn hoch in die Luft, bis er in einer Wolke aus Sand verschwindet.

All das hier wird bald Schweden erreichen, sagt die Meteorologin, deren Lippen so dick wie Karotten sind. All das wird morgen den nördlichen Teil von Dalarna erreicht haben und als Blutregen herunterkommen.

Die Tür wird geöffnet. Eine uniformierte Frau steht auf der Schwelle mit einer Flasche in der Hand. Hinter ihr erscheint eine andere Frau.

»Du bist so schön!«, ruft Elin und die Frau mit der Flasche geht auf Elin zu, reicht ihr die Flasche und nimmt die halb leere mit.

»Ich bin in der Wüste!«, sagt Elin. »Kein Wunder, dass es so heiß ist!«

Als die Uniformierte Elin den Rücken zudreht und auf die Tür zugeht, wird sie zu ungefähr zehn Frauen, die alle die gleichen Schritte machen, einen Fuß auf den Boden setzen, das andere Bein heben, die Tür erreichen und in einer langen Reihe verschwinden.

Dann wird die Tür geschlossen und es klingt wie das Donnern eines Wasserfalls. Elin hält sich die Ohren zu.

Sie betrachtet die neue Flasche.

»Da bist du!«, sagt sie und kreuzt Johan Jacob Döbelius' Blick. »Ich brauche drei Liter Wasser pro Tag. Jetzt schlucke ich dich.«

Sie dreht den Verschluss von der Flasche, setzt sie an den Mund und leert sie. Dann steht sie auf, lässt die Flasche auf den Boden fallen und geht zum Eimer. Sie zieht die Hosen herunter, setzt sich auf den Eimer und pinkelt. Sie betrachtet die gelbe Flüssigkeit.

»Moleküle«, sagt sie. »Ich sehe euch. Wassermoleküle, die mit anderen verschmelzen.«

Sie versucht herauszufinden, was die anderen Moleküle sind, denkt an Phosphor, denkt an Phosphat, aber erkennt die Moleküle nicht und lässt den Gedanken ziehen. In ihr verfestigt sich das Bild von Wassermolekülen, der große Ball mit zwei angehängten Brüsten. Die eigene Brust schmerzt. Zu voll. Gerda. Sie schiebt den Gedanken schnell beiseite, steht auf, geht zur Matratze zurück und legt sich hin.

Qué es de tu vida?

Sie will antworten, aber findet die Worte nicht.

Qué es de tu vida?

Während sie nach Worten sucht, schläft sie ein.

Im Traum ist sie bei Gerda.

Als man sie weckt, weiß sie nicht, wo sie ist, bis sie in den Rollstuhl gesetzt wird.

Unter ihrer Brust ist ein Gurt geschnallt. Man öffnet ihr Hemd und befestigt einen Saugnapf auf der linken Brust. Sie pumpen ihre Milch ab, um sie Gerda zu geben. Sie will sagen, dass die Milch giftig ist, dass sie sie dem Kind nicht geben dürfen. Die beiden Frauen bewegen sich im Zimmer und ihre Körper multiplizieren sich und werden zu etwa zehn Körpern, die in einer Reihe hintereinander hergehen.

Dann schläft Elin ein, den Blick auf die Kabel gerichtet, die zur geöffneten Luke neben der Tür führen. Die Kabel sind schön rot und dick und leben, wie eine undurchschaubare Schlange.

Sie erwacht davon, dass jemand in den Raum kommt und sie wieder in den Rollstuhl gesetzt wird. Man zieht ihr einen Sack über den Kopf, schiebt sie ein Stück im Stuhl, hält an, öffnet eine Tür mit

Zahlencode und fährt sie in einen Raum, in dem immer wieder das gleiche Musikstück abgespielt wird, wie in ihrem eigenen Raum. Beethoven.
Man nimmt ihr den Sack vom Kopf.

Der Raum ist dreimal so groß wie der, in dem Elin eingesperrt war. Eine Bildwand mit einem Gemälde einer Herbstlandschaft befindet sich darin. Gelbe Birken, eisblaues Wasser, weit entfernte Berge mit Schnee auf den Kuppen.
Eine Frau sitzt in einem Lehnstuhl, wie man sie aus alten englischen Filmen kennt, die in der Oberschicht spielen. Der Stuhlbezug ist moosgrün. Die Frau, die mit überschlagenen Beinen darauf sitzt, hat ein hellgraues Kostüm, eine weiße Bluse mit großem Kragen an und sie trägt schwarze Pumps mit halbhohem Absatz. Sie sieht aus, als wäre sie in ihren Dreißigern. Sie lächelt. Die Zähne haben das strahlende Weiß, das sie bekommen, wenn man sie bleicht. Die Lippen sind voll und rosa, mit kaum sichtbarem Lippenstift.
»Hast du gut geschlafen, Elin?«
Elin antwortet nicht und die Frau legt den Kopf schief.
»Wir haben gehofft, dass es zu einer Zusammenarbeit zwischen uns kommt.«
»Ist Gerda hier?«
»Es ist nachvollziehbar, dass du wissen willst, wie es deiner Tochter geht.«
»Ist sie hier?«

»Du wirst sicher begreifen, dass ich nicht hier sitze, um auf deine Fragen zu antworten. Meine Aufgabe ist eine andere.«

»Ist sie hier?«

»Wir können noch früh genug über deine Tochter sprechen. Möchtest du irgendetwas? Essen, etwas zu trinken?«

»Was wollen Sie?«

»Das, was ich gerade gesagt habe. Ich will, dass wir zusammenarbeiten.«

»Bei was?«

Die Frau dreht den Kopf und Elin betrachtet ihre Hände. Sie sind runzlig, aber die Nägel sind lang, gefeilt und rot, als hätte man sie in Preiselbeerkompott getunkt.

»Bildsequenz Elin neunundzwanzig achtzehn«, sagt die Frau und auf der Bildwand erscheint Elins Gesicht.

Die Stimme gehört zu dem Mann, der Frank genannt werden will.

*Das, was du uns bisher erzählt hast, ist das wahr?*

*Ja.*

*Und deine Tante Karin, hast du sie gesehen?*

*Nein.*

*Sicher?*

*Ja.*

*Ich würde gerne einen Test machen, geht das?*

*Was für einen Test?*

*Einen Lügendetektortest.*

»Stopp«, sagt die Frau und Elins Gesicht in der Nahaufnahme füllt die halbe Wand aus.

»Du erinnerst dich an diesen Moment, oder?«

»Ja.«

»Es war das erste Mal, dass du Frank Wehner begegnet bist.«

»Ja.«

»Seitdem seid ihr euch mehrere Male begegnet, zuletzt kürzlich.«

Die Frau hebt die Stimme.

»Bildsequenz Elin neunundzwanzig neunzehn«, sagt die Frau und auf der Bildwand erscheint das tarnfarbene Militärfahrzeug. Auf der anderen Seite des Kühlers steht Elin, das Gesicht zur Kamera gewandt. Ihr gegenüber steht Frank. Man sieht ihn von hinten.

»Sieh genau hin«, sagt die Frau und die Kamera zeigt, wie Frank eine Bewegung mit dem Arm macht, die bedeuten kann, dass er etwas in den Staub am Auto schreibt.

»Stopp«, sagt die Frau und das Bild hält an, sodass nur Franks Rücken zu sehen ist.

»Was schreibt er?«

»Was meinen Sie?«

»Tu nicht so!«

»Er hat nichts geschrieben.«

»Er hat den Arm bewegt, oder?«

»Wenn es so aussieht, dann hat er das vielleicht getan, ich weiß nicht. Es war kalt. Ich erinnere mich, dass ich gefroren habe.«

»Frösteln«, sagt die Frau. Und dann mit lauterer Stimme:

»Elin neunundzwanzig zwanzig.«

Die Bildwand läuft wieder weiter und drei Personen kommen angeritten. Die drei Gesichter werden in der Nahaufnahme gezeigt. Es sind Folke, Vagn und Elin. Sie halten am Strand vom Ripsee an. In der nächsten Sequenz wirft Elin den Korken mit der Mutter in den See hinaus.

Dann ein Schnitt und der nackte Folke kommt aus dem Wasser, geht auf Elin zu und reicht ihr etwas. Elin nimmt es entgegen und steckt es in die Tasche. Schnitt, Nahaufnahme von Elins Gesicht. Die Frau hält das Bild mit einem leisen Kommando an, als würde sie mit einem Haustier sprechen.

»Wonach hat er getaucht?«

»Ein Korken mit einer Mutter.«

Die Frau schnaubt.

»Das soll ich dir abkaufen?«

»Wir haben gewettet.«

»Worüber?«

»Wer am längsten die Luft anhalten kann.«

»Und der Verlierer musste im Ripsee baden?«

»Ja.«

»Kannst du nachvollziehen, dass es mir schwerfällt, dir zu glauben?«

»Nein.«

»Wonach hat er getaucht?«

»Ein Korken und eine Mutter.«

Die Frau seufzt.

»Bildwand aus«, sagt sie und das angehaltene Bild von Elins Gesicht verschwindet. Anstelle dessen kommt die Gebirgslandschaft zurück.

»Osslund«, sagt die Frau.

»Kenne ich nicht. Habe ich nie getroffen.«

Die Frau lächelt.

»Was hältst du von Frank Wehner?«

»Ich habe nichts gegen ihn.«

»Glaubst du, dass er der ist, als der er sich ausgibt?«

»Warum sollte er das nicht sein?«

»Er verfolgt vielleicht seine eigenen Pläne?«

»Das kann ich nicht wissen.«

»Hat er etwas in den Schnee geworfen, das jemand aufheben sollte?«

»Soweit ich weiß, nein.«

»War es eine Nachricht an Karin?«

»Welche Karin?«

»Kennst du viele?«

»Meine Tante.«

»Dann sprechen wir über sie.«

»Ich weiß nichts über sie.«

»Ein bisschen weißt du sicher.«

»Nichts, was Sie nicht auch wissen.«

»Woher weißt du, was ich weiß?«

»Ich rate.«

»Warum war es so wichtig, sie so schnell wieder loszuwerden, nachdem sie nach ihrer Befreiung zu euch gekommen ist?«

»Ich wollte nicht, dass Sie kommen und uns bedrohen.«

»Du hattest also etwas zu verbergen?«

»Nein, aber ich dachte, dass Sie Karin verfolgen und dann zu uns nach Liden kommen würden. Ich wollte Gerda beschützen.«

»Und wie hättest du Gerda in einem solchen Moment beschützen wollen?«

»Das weiß ich nicht.«

Die Frau nickt.

»Genau. Aber ich weiß es.«

Sie schweigen beide.

»Ist sie hier?«, fragt Elin.

»Du hast sie vielleicht gehört?«

»Sie haben unsere Harddisk gehackt, Sie haben unsere Videos gesehen und das kopiert, wovon Sie vermuten, dass es Ihnen behilflich sein wird.«

Die Frau verzieht den Mund.

»Du hast eine etwas zu lebendige Vorstellung davon, wie wichtig du bist.«

»Sie wissen, dass Großvater Kempff mochte.«

»Als dein Großvater fünfundsechzig wurde, gab es einen Bericht darüber in den Lokalnachrichten, daran erinnerst du dich vielleicht, wenn du nachdenkst? Dein Großvater sprach über Musik, die ihm viel bedeutet, und er nannte Kempff. In den letzten Bildern der Reportage sah man deinen Großvater davonreiten, während Beethovens *Der Sturm* eingespielt wurde. Mehr ist darüber nicht zu sagen. Von Gerda haben wir Aufnahmen bei der Beerdigung deines Großvaters gemacht. Wenn man die Datei filtert, lässt sich das störende Rauschen ausschalten. Wir haben nicht die Harddisk der Familie Holme gehackt. Glaub nicht, dass du das Zentrum der Welt bist, Elin. Du hast eine Tante, die eine Verbrecherin ist, das ist das Interessanteste an dir. Deine Tante führt eine Gruppe an, die Andersdenkende foltert und Polizisten ermordet. Es ist im Interesse der Allgemeinheit, dass wir sie fassen. Es ist ebenso im Interesse der Allgemeinheit, dass wir wissen, wer für uns und wer gegen uns ist, wer die Terroristen unterstützt und wer eine Regierung haben will, die im Sinne der Demokratie gewählt wurde. Welche Meinung und Gedanken du zu den übergeordneten Fragen hast, interessiert uns herzlich wenig. Wissen wollen wir hingegen, ob du als Mittlerin zwischen deiner Tante und Menschen fungierst, die sich Organisationen angeschlossen haben und die somit ihren Auftrag vernachlässigen und ein Sicherheitsrisiko darstellen.«

»Sie reden von Frank?«

»Erzähl, was das war, das aus dem Ripsee geholt wurde.«

»Eine Mutter und ein Korken, die ich mit einer Schnur aneinandergeknotet habe. So etwas hatte ich, als ich klein war und mir das Tauchen beibringen sollte. Vagn war es immer, der es warf. Wir haben gewettet und Folke hat verloren.«

Die Frau schließt die Augen, seufzt, öffnet die Augen und blickt Elin an.

»Merkst du nicht, wie unglaubwürdig deine Geschichte ist?«

»Aber so war es.«

»Erzähl von dem Besuch deiner Tante.«

»Das habe ich schon gemacht.«

»Erzähl es noch einmal.«

Elin erzählt und wiederholt fast Wort für Wort, was sie vorher dem Mann, der Frank genannt wird, gesagt hat.

»Und die Botschaft, die Frank in den Staub am Auto geschrieben hat, wie lautet die?«

»Soweit ich mich erinnern kann, habe ich keine Botschaft bekommen.«

Die Frau im grauen Kostüm verdreht die Augen.

»Langsam bin ich dich leid, Elin.«

Die Frau muss eine Art Signal gegeben haben, denn hinter Elin wird die Tür geöffnet und jemand zieht die schwarze Kapuze über ihren Kopf.

»Ich hoffe, dass du auf andere Gedanken kommst«, hört sie die Frau im Kostüm sagen.

Dann wird der Stuhl umgedreht und sie wird auf den Flur hinausgerollt. Nachdem sie etwa fünfzehn Sekunden gegangen sind, halten sie an. Sie hört, wie sich die Tür des Aufzugs öffnet, dann wird der Stuhl in den Aufzug geschoben. Der Aufzug fährt nach unten. Die Tür wird wieder geöffnet und sie biegen nach links ab. Nach knapp zehn Sekunden halten sie vor einer Tür mit Zahlencode. Elin hört, wie vier Ziffern eingegeben werden, dann schiebt man sie in einen Raum, der stark nach etwas Künstlichem riecht, ein Geruch, den sie erst nicht einordnen kann, aber schließlich doch wiedererkennt.

Kaugummi.

Elin wird die Kapuze abgenommen.

Im Raum ist es dunkel, nirgendwo ein Licht. Dann hört sie, wie die Tür hinter ihr geöffnet wird, ein Lichtstrahl fällt in den Raum, dann wird die Tür wieder geschlossen und es wird wieder dunkel.

Die Dunkelheit ist da. Elin öffnet und schließt die Augen. Als sie sie schließt, sieht sie eine ganze Welt aus Farben. Das Bild der Gebirgslandschaft kommt zurück und darauf sieht sie die Frau im grauen

Kostüm, die mit Wanderstab und schwerem Schuhwerk auf den See im Hintergrund zugeht.
Dann wird die Leuchtröhre eingeschaltet.
Elin sitzt vor einem Glasfenster. Das Licht, das eingeschaltet wurde, ist auf der anderen Seite der Scheibe. Es ist so grell, dass Elin zuerst die Augen zukneifen muss, aber dann öffnet sie die Augen schnell wieder.
Auf der anderen Seite der Scheibe steht ein Plastikkorb auf einem Gestell. Das Gestell ist erhöht.
Im Korb liegt Gerda.

Die Augen des Kindes sind geschlossen und Elin weint. Sie ruft nach Gerda, aber das Kind kann sie nicht hören. Elin versucht, die Arme zu befreien, die mit breitem Klettband an die Armlehnen des Rollstuhls gefesselt sind. Sie wirft sich nach vorne, zurückgehalten vom breiten Gurt unter der Brust. Das Kind auf der anderen Seite liegt mit geschlossenen Augen da, der Mund so klein. Einen Moment lang bleibt Elin die Luft weg. Das Weinen scheint sie zu ersticken.
Sie hat keine Ahnung, wie lange sie dagesessen hat. Als das Licht im anderen Raum ausgeschaltet wird und jemand hinter ihr die Tür öffnet, ist ihr Hals rau vom Brüllen.
Als ihr die Kapuze über den Kopf gestülpt wird, kommt es ihr wie eine Befreiung vor.

## 15

Im Aufzug wird ihr die Kapuze abgenommen.

Vor ihr steht eine uniformierte Frau mit der Kapuze in der Hand.

Der Aufzug fährt nach oben.

»Syria«, keucht Elin, mit vom Schreien heiserer Stimme.

Die Uniformierte nickt.

»Die Kameras im Aufzug gehen nicht. Ich kann mit dir nach oben fahren und wieder nach unten in die richtige Etage. Der Aufzug macht das manchmal, die Computer sind unzuverlässig. Ich will dir helfen, unter der Bedingung, dass du dich daran erinnern wirst.«

»Woran soll ich mich erinnern?«

»Einfach, dass ich dir geholfen habe. Wenn es zu einem Verfahren kommt und Anklage gegen mich erhoben wird, werde ich dich als Zeugin nennen. Dann musst du dich erinnern.«

»Kannst du mein Kind befreien?«

Syria nickt.

»Sie lassen dich raus, wenn du ihnen eine Nachricht schickst, sobald du Karin oder Frank begegnest. Geh auf diesen Vorschlag ein. Sie werden dich in den Ort bringen. Wahrscheinlich morgen. Mach, was sie sagen, tu, was sie von dir verlangen, und ich gebe dir dein Kind zurück.«

Syria zieht Elin die Kapuze über das Gesicht. Der Aufzug hält an. Jemand will einsteigen. Syria weist ihn zurück.

»Ich habe eine Gefangene. Du musst den anderen nehmen.«

Die Tür geht wieder zu und der Aufzug fährt nach unten.

»Mach alles mit. Das Wichtige ist, dass du tust, was sie von dir verlangen. Wenn du Schwierigkeiten machst, bist du für sie nutzlos und kommst von hier nicht lebend weg.«

Syria steckt Elin eine Flasche Mineralwasser zu.

»Darin ist nur reines Wasser. Das, was du zuletzt bekommen hast, enthielt ein Schlafmittel. Gieß es in den Eimer und pinkele hinterher, wenn du Glück hast, merkt niemand etwas.«

Dann hält der Aufzug an, die Tür geht auf und Elin wird in ihrem Stuhl einen Korridor entlanggeschoben. Sie kann den Geruch des Korridors nicht wahrnehmen, er ist nicht stark genug, um durch den Stoffsack über ihrem Kopf zu dringen.

Dann hält der Stuhl an und ein Code wird eingegeben.

Im Raum sieht alles aus wie zuletzt. Syria löst die Gurte mit dem Klettband und hilft Elin aufzustehen, dann dreht sie sich um, nimmt den Stuhl mit und geht durch die Tür.

Elin sinkt auf dem Boden zusammen, die Beine wollen sie nicht tragen, als sie versucht aufzustehen. Sie leert die Wasserflasche und kriecht zur Matratze. Dann holt sie die andere Flasche hervor, steht auf und leert den Inhalt in den Eimer aus, zieht sich die Hosen herunter und pinkelt.

Zurück auf der Matratze liegt sie auf dem Rücken. Sie hält eine Hand vor sich und lässt sie langsam auf die Brust sinken. Die Hand scheint eine Reihe anderer Hände nach sich zu ziehen, die langsam der ersten folgen.

Sie kann nicht weinen.

## 16

Vielleicht hat sie geschlafen. Ein Mann kommt ins Zimmer. Er ist klein, dick und trägt Jeans. In der Türöffnung steht eine uniformierte Frau mit blonden halblangen Haaren. Sie ist nicht alt, vielleicht zwanzig. Der Mann ist mittleren Alters, hat Bartstoppeln und der Bauch hängt über den Gürtel, der unterste Hemdknopf ist offen.

»Jetzt ist deine Chance«, sagt die Frau.

»Sie ist so gut wie leblos, das ist sinnlos.«

»Es ist deine Chance.«

»Scheißegal.«

»Morgen ist alles wieder normal und du kommst nicht rein in die Abteilung.«

»Scheißegal«, sagt der Mann.

»Du musst den Eimer leeren«, sagt die Frau in der Tür.

»Danach oder davor?«

»Nach oder vor was?«

»Sollen wir sie jetzt in den Stuhl setzen?«

»Also ist es dir scheißegal?«

»Ja.«

»Dann setzen wir sie in den Stuhl.«

Elin sitzt vor dem Bild mit der Gebirgslandschaft. Der Stuhl mit dem moosgrünen Wollbezug ist leer und der schwarze Sack liegt auf Elins Knien. Ihre Handgelenke sind wund, nachdem sie versucht hat, die Hände von den Fesseln zu befreien, als sie vor dem Fenster saß, hinter dem Gerda zu sehen war.
Aus den Lautsprechern in der Decke hört sie sich selbst das singen, was sie auf der Beerdigung gesungen hat.

*I was much further out than you thought.*

Dann verstummt die Musik. Die Frau, die beim letzten Mal ein graues Kostüm getragen hat, kommt durch die Tür hinter Elin, nimmt im Lehnstuhl Platz und lächelt. Das Lächeln ist von der Sorte, wie Leute es bei Kindern aufsetzen, die sie nicht leiden können.
Heute ist das Kostüm schwarz und die Bluse grün, wie der Stuhl. Elin nimmt ihren Geruch wahr, obwohl zwei Meter Abstand zwischen ihnen sind. Das Parfüm ist schwer, als hätte sie eine Bluse aus Rosenblättern am Körper. Aus ihren Augen spricht Besorgnis. Sie schlägt das eine Bein über das andere und streicht mit der Hand über ihren Rock. Während sie spricht, mustert sie den Stoff des Rocks.
»Ich gehe davon aus, dass du zur Zusammenarbeit bereit bist.«
Sie zupft etwas vom Rock ab, vielleicht ein Haar, lässt es auf den Boden fallen und blickt Elin an.
»Was soll ich tun?«, fragt Elin.
Die Frau lächelt fast unmerklich.

»Wir lassen dich nachher frei und du wirst in eine Ortschaft gebracht. Dort nimmst du den Bus und fährst nach Hause. Wir werden dir ein Mobil mitgeben, mit dem du die Reise bezahlen kannst. Es ist auch ein Guthaben für ein paar wenige andere Ausgaben darauf. Wenn du in die Nähe deiner Tante kommst oder von Frank kontaktiert wirst, dann wirst du eine Frage an Wongs schicken. Die Frage lautet: ›Habt ihr hellrosa Lippenstift?‹«

»Habt ihr hellrosa Lippenstift?«, wiederholt Elin.

Die Frau nickt, langsam, als würde sie eine Übung machen, die immer in Zeitlupe ausgeführt wird.

»Und Gerda?«, will Elin wissen. Ihr Herz schlägt schneller, als sie den Namen des Mädchens nennt.

»Die behalten wir hier, bis wir uns vergewissert haben, dass du mitarbeitest. Es ist nicht unwahrscheinlich, dass deine Tante sich in der Gegend um den Ripsee aufhält. Du solltest also einen Reitausflug zum Ripsee machen, wenn du nach Hause kommst. Das Reiten gefällt dir doch, oder? Du reitest zum Ripsee, umrundest den See und siehst dich um. Vielleicht wirst du von deiner Tante kontaktiert oder von denjenigen, die ihr nahestehen. Du schickst dann eine Anfrage an Wongs. Weißt du noch, was du fragen sollst?«

»Habt ihr hellrosa Lippenstift?«

»Genau. Wenn wir merken, dass du deine Sache gut machst, dann bringen wir deine Tochter an einen Platz, wo du sie abholen kannst.«

»Sie wissen doch, wo ich bin, kann ich sie nicht mitnehmen?«

»Bedaure, aber wir erzielen bessere Ergebnisse, wenn Gerda hierbleibt.«

Die Frau setzt ein weiteres minimalistisches Lächeln auf.

»Sind wir uns einig?«

Elin nickt.

»Ja, wir sind uns einig.«

Die Frau steht auf und verlässt den Raum. Kempff spielt *Der Sturm*.
Jemand kommt in den Raum und steht hinter Elin, beugt sich über
sie, nimmt den Sack von ihren Knien und zieht ihn ihr über den
Kopf. Die Person hinter ihr riecht nach Schweiß.
Dann wird sie zurück in ihren Raum geschoben.

Sie drückt die Schulterblätter in die Matratze und guckt an die Decke. Die Raumtemperatur ist nicht mehr so hoch, es ist fast kühl.
Auf dem Fußboden neben ihr liegen die Kleider, die sie anhatte, als
man sie mitgenommen hat. Oben auf dem Kleiderstapel liegt ein
Mobil mit blauem Band, mit dem man es um den Hals hängen
kann. Elin drückt darauf herum, aber nichts passiert. Sie legt das
Mobil zurück und guckt an die Decke.
Ihr Magen zieht sich in Krämpfen zusammen. Sie schluchzt, trock-
net ein paar Tränen, drückt die Schultern in die Matratze und lässt
die Muskeln locker. Ihr ganzer Körper ist so angespannt, dass es im
Rücken schmerzt.
Die inneren Bilder von Gerda im Korb kehren zurück. Die Vorstellung, was sie dem Kind gegeben haben mögen, nagt in ihr. Wie viel
LSD, Amphetamine und Schlafmittel sind in ihrer eigenen Milch
enthalten? Was passiert mit Gerda, wenn sie die Chemikalien
schluckt?
Sie massiert ihren linken Oberarm mit der rechten Hand.
Sie wechselt Arm und Hand und versucht, den Rücken zu erreichen. Sie steht auf, holt die Jeans und rollt sie so fest zusammen, wie
sie kann, platziert die Jeansrolle auf dem Boden und legt sich auf
den Rücken, so, dass sich die Rolle zwischen ihren Schulterblättern
befindet. Sie tut, was sie kann, um mithilfe der aufgerollten Jeans
ihre angespannten Rückenmuskeln zu massieren.
Die ganze Zeit über hat sie vor ihrem inneren Auge die wiederkeh-
renden Bilder.

Gerda.

Sie steht auf, zieht die Kleidung aus, die man ihr gegeben hat, um sie in diesem Raum zu tragen und untersucht nackt ihre eigenen Kleider. Ob sie mit einem Chip versehen sind, kann sie nicht feststellen. Nichts deutet darauf hin, dass die Säume aufgetrennt wurden und etwas noch so Kleines in die Kleider eingearbeitet wurde. Vielleicht begnügt man sich damit, dass sie das Mobil hat. Das kann man auf den Zentimeter genau orten.

Sie zieht sich an, hängt sich das Mobil um den Hals, hält die Handflächen vors Gesicht und tut so, als würde sie sich spiegeln.

»Spieglein, Spieglein in der Hand, wer bringt mir meine Tochter zurück ins Land?«

Wenn alles nur Betrug sein sollte – was wäre die Alternative? Sie würde bleiben, immer mehr Drogen verabreicht bekommen, immer unsicherer werden, wer sie ist und was sie will und weiß. Wäre das wirklich eine Alternative?

Wenn sie aus der Höhle herauskommt, hat sie mehr Möglichkeiten, nicht sehr viele, aber doch ein bisschen. Draußen kann sie handeln, draußen hat sie eine Art Wahl. Solange sie weiter in der Höhle ist, kann sie nichts anderes tun, als sich mit allem abzufinden. Den Drogen, dem Rollstuhl, Gerda hinter einer Scheibe, durch die nicht der kleinste Laut dringt, die Musik und Gerdas Stimme in den Lautsprechern, die Heizung, die aufgedreht wird, damit man sie später wieder abdrehen kann, das Wasser, das dieses oder jenes enthält, ungewiss was.

Zu bleiben ist keine Alternative.

Besonders nicht, wenn sie sie erst vergiften, danach Milch abzapfen und Gerda mit der Milch füttern. Wenn sie nicht mehr in der Höhle ist, können sie auf jeden Fall nichts mehr von ihrer Milch nehmen. Andererseits können sie dann alles Mögliche mit Gerda machen. Aber auch, wenn sie bleibt, kann sie sie nicht daran hindern.

# 18

Syria hat den Rollstuhl dabei und Elin nimmt darin Platz, wird festgeschnallt und bekommt die Kapuze über den Kopf. Der Aufzug bringt sie nach oben und der Stuhl wird herausgeschoben. Der Geruch von Öl, Benzin und etwas anderem, das mit benzin- und dieselbetriebenen Fahrzeugen einhergeht, schlägt ihr entgegen. Eine Autotür wird zugeschlagen, ein fernes Gespräch zwischen Männern. Elin erinnert sich an die Dieselabgase auf dem Hof, als sie abgeholt wurde. Davon abgesehen ist es lange her, dass sie derartige Gerüche wahrnommen hat.

Sie kommen am Fahrzeug an und Elins Gurte werden gelockert, sie steht aus dem Stuhl auf, bekommt aber sofort einen Plastikriemen um die Handgelenke, die auf dem Rücken zusammengebunden werden. Man hilft ihr, auf den Rücksitz des Autos zu steigen. Sie hat immer noch die Kapuze über dem Kopf. Das Auto wird gestartet, sie setzen zurück, dann wird Gas gegeben und sie fahren los.

Nach einer Weile hält das Auto an und Syria öffnet das Fenster auf der Fahrerseite. Offenbar wird eine Karte in einen Automaten am Ausgang gesteckt. Dann nimmt das Auto Fahrt auf und sie fahren über glatten Asphalt.

Anfangs geht es immer geradeaus. Weit entfernt hört Elin ein Flugzeug. Ist der Straßenabschnitt gleichzeitig eine Landebahn?

Sie fahren über einen Kilometer, vermutet Elin, bevor das Auto sachte nach rechts abbiegt und sie auf einen leicht abfallenden Weg hinunterfahren.

»Wohin fahren wir?«
»Nach Idre.«
»Ist das weit?«

»Wir sind fast da.«

»Bin ich in der Festung gewesen?«

Auf diese Frage erhält sie keine Antwort.

Ein paar Augenblicke später hält das Fahrzeug an. Die Frau auf dem Fahrersitz lässt die Scheibe neben sich herunter und öffnet offensichtlich ein Tor mithilfe einer Karte. Sie fahren noch ein paar Hundert Meter weiter, bevor das Auto anhält, die Fahrerin aussteigt, Elin die Tür öffnet, ihr die Kapuze abnimmt und vom Rücksitz hilft, eine Zange aus der Tasche nimmt und die Riemen um Elins Handgelenke durchschneidet.

Das Licht brennt Elin in den Augen und sie kneift sie zusammen. Zehn Meter entfernt steht ein blaues Schild mit weißem Text. Syria trägt eine Uniform mit zwei goldenen Streifen auf den Schulterklappen.

»Dein Mobil ist aktiviert, und der Bus geht in zwei Stunden. Du bezahlst die Busfahrt mit dem, was auf dem Mobil ist. Wenn du essen, trinken oder einen Kaffeestopp machen willst, dann ist dafür ein kleines Guthaben auf dem Mobil.«

Syria legt einen Finger auf die Lippen und geht zum Kofferraum des Autos, öffnet ihn und nimmt eine blaue Segeltuchtasche heraus, auf der ein Abzeichen aufgenäht ist, groß wie die Hand eines Kleinkinds. Das Abzeichen ist das dunkelblaue Symbol des örtlichen Regiments mit zwei gekreuzten Pfeilen. Syria schließt den Kofferraum wieder, geht auf Elin zu und reicht ihr die Tasche.

Sie ist schwer und Elins Knie werden weich. Sie schielt in die Tasche. Der Reißverschluss ist nur halb zugezogen. Eine gelbe Baumwolldecke. Das ist alles, was sie sehen kann, aber das Gewicht ist ihr vertraut.

Sie gehen nebeneinander auf das Schild zu, das die Ortsgrenze von Idre markiert.

»Ist es da drüben?«

Elin zeigt mit dem Finger vor sich. Ihr Mund ist trocken.

»Ich kann ein Stück mit dir gehen, dann siehst du den Busbahnhof«, bietet Syria an.

Sie gehen weiter und passieren das Schild, Syria guckt auf den Boden und flüstert:

»Vergiss nicht, dass du mir einen Gefallen schuldig bist.«

Dann dreht sich Syria auf dem Absatz um und eilt mit großen Schritten zum Auto zurück.

Elin geht weiter, den Blick auf den Bahnhof gerichtet. Hinter sich hört sie, wie das Auto Gas gibt und in die entgegengesetzte Richtung verschwindet. Elin wendet das Gesicht der Sonne zu, schließt die Augen und spürt die Wärme. Sie stellt die Tasche auf den Asphalt, geht in die Hocke und öffnet den Reißverschluss.

Gerda schläft mit offenem Mund.

Elin berührt mit einem Finger Gerdas Lippen, steht auf, nimmt die Tasche und geht in Richtung Ortschaft. Sie hat hämmernde Kopfschmerzen, ihr ist speiübel und schwindlig.

Der Busbahnhof befindet sich in einem Betongebäude, dessen Stahldach mit acht in meterhohen Betonsockeln verankerten Drahtseilen befestigt ist. Es ist mit Solarzellen bedeckt.

Vor dem Bahnhof parkt der große Bus. Die Fenster sind verdunkelt und hinter dem Bus steht ein gepanzertes Militärfahrzeug. Aus den zwei Türen des Busses strömen Fahrgäste.

Elin nimmt das Mobil und versucht, eine Verbindung nach Hause aufzubauen. Erfolglos. Der einzige mögliche Kontakt, ist Wongs.

Und jemand, der »Mama« genannt wird. Elin ist sich ziemlich sicher, dass sie Kontakt zu einer Frau in Kleid und Pumps mit hohen Absätzen bekommen wird, wenn sie »Mama« anruft.

Elin stellt die Tasche wieder ab und beugt sich darüber. Sie streckt die Hand aus und streichelt die Wange des schlafenden Kindes.

Als sie den Bahnhof fast erreicht hat, kommt ein kleines tomatenrotes Elektroauto die Straße entlang. Es fährt Schrittgeschwindigkeit. Auf dem Dach hat es ein rotierendes Blaulicht und drei Lautsprecher.

»Eine Trombe nähert sich von Südosten her. Sturmschutz gibt es im Busbahnhof. Die Trombe wird in zwanzig Minuten hier sein. Es ist unbedingt notwendig, Schutz im Sturmkeller oder in der öffentlichen Sturmschutzstelle im Busbahnhof zu suchen. Eine Trombe nähert sich. Sturmschutz gibt es im Busbahnhof. Die Trombe wird in zwanzig Minuten hier sein …«

Das Auto verschwindet um die Ecke und Elin bemerkt all die Menschen, die plötzlich umherrennen. Eine junge Mutter kommt aus Wongs Idrefiliale und schiebt einen Zwillingswagen vor sich her. Als Elin den Kinderwagen erblickt, fängt ihre Brust an zu tropfen und sie läuft schneller.

Vor dem Eingang zum Bahnhof steht ein Schutzwall aus unbemaltem Beton. Er ist drei Meter von den Türen entfernt und zwei Meter hoch. Die Menschen drängen sich zwischen den Schutzwall und die Türen. Ein Aufseher mit grellgelber Weste, von Alkohol aufgedunsenem Gesicht, traurigen Augen und Kinnbart spricht in ein Mikrofon an seinem Uniformkragen.

Vor Elin steht die Frau mit dem Zwillingswagen und spricht mit jemandem im Mobil. Zwei Mädchen mit hüpfenden Pferdeschwänzen, engen schwarzen Jeans mit Nieten an den Seitennähten und passenden schwarzen Jacken gehen direkt hinter der Frau mit dem Wagen. Während sie sich vordrängen, reden sie unaufhörlich.

»Eine gewisse Person hat ihr ein Scheißkind gemacht.«

»War das Mauschler?«

»Have a guess!«

»Arschloch.«

»Wäre nicht das erste Mal.«

»*Give me a gum, Darling.*«

Die eine der beiden holt etwas aus der Tasche, und dann verschwinden die Mädchen nach rechts. Die Frau mit dem Zwillingswagen drängt sich an Elin vorbei, die neben einem Mann mit Dreitagebart steht. Er riecht nach Wald und Schweiß und dreht sich zu ihr.

»Ich wusste nicht, dass es so viele Leute in Idre gibt.«

Elin wendet den Blick von Gerdas Gesicht ab und sieht ihm in die Augen.

»Es sind wohl viele mit den Bussen angekommen.«

»Bist du von hier?«

»Nein.«

»Ich auch nicht. Das hört man vielleicht?«

»Ich weiß nicht. Fährst du …?«

Sie zeigt in die Richtung, wo der Bus steht, und er schüttelt den Kopf.

»Bin hier, um meinen Bruder zu treffen.«

Er beugt sich etwas vor und mustert Gerdas Gesicht.

»Wie alt ist sie?«

»Vier Monate.«

»Ist sie vielgereist?«

»Was meinst du?«

»Ist sie schon viel umher gereist?«

»Kaum.«

»Ich heiße Skarpheden.«

»Elin.«

Aus dem Lautsprecher ertönt eine Stimme.

»Aufgrund der Sturmwarnung lässt sich schwer voraussagen, ob der Bus nach Mora planmäßig abfährt.«

Skarpheden streckt den Hals und sieht sich um.

»Mein Bruder und ich sehen uns sehr ähnlich, aber er sieht besser aus. Er ist groß und kräftig, hat Locken, schöne Augen, ist blass und

hat eine spitze Nase. Er hat nicht diese schiefen Zähne. Er heißt
Grim. Wir haben als Kind um alles gewetteifert. Er kann genauso
hoch springen, wie er lang ist, und schwimmen wie ein Seehund.«
»Könnte doch auch dich beschreiben«, sagt Elin und betrachtet
sein Gesicht.

Skarpheden runzelt die Stirn.

»Habe ich nicht gesagt, er sieht gut aus?«

»Tust du das nicht auch?«

Skarpheden lächelt.

»So hübsch wie Grim und so groß bin ich nicht und so hoch springen kann ich auch nicht.«

»Wie groß bist du?«, fragt Elin.

»Eins achtzig.«

Elin mustert ihn von Kopf bis Fuß.

»Du siehst kleiner aus als ich.«

»Sollte trotzdem funktionieren«, meint Skarpheden.

Elin runzelt die Stirn.

»Was sollte funktionieren?«

»Unsere Freundschaft. Die sollte nicht dadurch gestört werden, dass
du fünf Millimeter größer bist als ich.«

»Schwimmst du auch wie ein Seehund?«

»Na klar, und ich kann auch andere Kunststücke.«

»Nämlich?«

»Ich kann Forellen mit Trockenfliegen fischen und weiß fast alles
darüber, wie man Wildschweine vernichtet, ohne dass die Radioaktivität freigesetzt wird.«

»Machst du das beruflich?«

Skarpheden sieht sich um, stellt sich auf die Zehenspitzen und
scheint nach seinem Bruder Ausschau zu halten. Immer noch kommen Leute durch die Tür und der Raum ist so voll, dass die Luft
verbraucht zu sein scheint.

Eine kleine runzlige Frau und ein noch kleinerer Mann mit Krücke und weißen Haaren drücken sich gegen Elin und Skarpheden. Elin rückt die Tasche weg, zeigt darauf und sagt zu der Frau:

»Da ist ein Kind drin.«

Die Frau scheint nicht zu verstehen und Elin wiederholt mit lauterer Stimme und zeigt dabei auf die Tasche:

»Da ist ein Kind drin!«

Die Frau zeigt auf den Mann, der auf seine Krücke gestützt dasteht. Auf der Jacke hat er ein goldenes Abzeichen. Zwei parallele Skier und ein Lorbeerkranz.

»Er ist neunzig geworden an Weihnachten und muss sitzen.«

Elin sieht sich um und Skarpheden legt eine Hand auf den Arm eines Nebenmanns, schafft eine Lücke zwischen den Menschen und drängt sich zum Ausgang, während er den Hals reckt.

»Wir fahren nach Mora«, erzählt die runzlige Frau, die eine abgenutzte Tasche vor den Füßen stehen hat. Es ist eine hellblaue Stofftasche mit einem Bären auf der Vorderseite.

»Kannst du einen Stuhl besorgen?«, bittet der Mann mit der Krücke. Die Frau scheint nicht zu hören.

»Besuchen die Urenkel«, erklärt die Frau mit der Bärentasche. »Wir haben fünf.«

»Kannst du einen Stuhl besorgen?«, wiederholt der Mann mit der Krücke. Seine Stimme zittert, wie es die zarten Flügel eines Vogeljungen bei den ersten Flugversuchen tun.

»Er braucht etwas zum Sitzen«, sagt Elin.

»Dieses Schwitzen«, sagt die Frau. »Es gibt nichts Lästigeres als dieses Schwitzen. Mir graust schon vor dem Sommer.«

»Ich kann nicht mehr stehen«, beschwert sich der Alte.

Da kommt Skarpheden mit einem Stuhl zurück, den er über den Kopf hält. Es sind jetzt so viele Leute im Bahnhof, dass er sich kaum vorarbeiten kann.

»Sie bekommen gleich einen Stuhl«, verspricht Elin.

»Er hört schlecht«, erklärt die Frau mit der Bärentasche. »Du musst es noch mal sagen.«

»Sie bekommen gleich einen Stuhl!«, ruft Elin.

Dann ist Skarpheden zurück bei ihnen und stellt den Stuhl neben dem Alten ab.

»Die Jugend heutzutage«, sagt die Frau mit der Bärentasche. »Die ist besser als zu meiner Zeit.«

»Setzen Sie sich!«, fordert Skarpheden den alten Mann auf.

Der Mann mit der Krücke zieht die Bärenfrau am Ärmel.

»Da ist ein Stuhl.«

»Setz dich!«, sagt die Bärenfrau.

Der Alte lässt sich auf dem Stuhl nieder, es sieht aus, als würde er sich auf der Bank eines Ruderboots auf hoher See niederlassen. Skarpheden greift ihm unter die Arme und der Alte landet auf der Sitzfläche.

»Sind alles Mädchen«, erzählt die Bärenfrau.

Skarpheden stellt sich zwischen sie und Elin. Vor ihren Füßen haben sie Gerda.

»Sie schläft fest«, sagt Skarpheden.

»Etwas zu fest«, sagt Elin.

»Von wo kommst du?«

»Hab Bekannte besucht«, behauptet Elin, den Blick fest auf Gerda gerichtet.

Skarpheden sieht sie an.

»Du hast Wunden an den Handgelenken, als ob du festgebunden gewesen wärst, und auf deiner Tasche ist das Emblem des Dalarna-Regiments. Du bist aber eher keine Soldatin. Mit einem kleinen Kind bist du kaum geeignet für die Armee. Außerdem siehst du aus, als würdest du jederzeit umkippen.«

Er beugt sich zu ihr hinüber und flüstert:

»Ich glaube, dass du gerade aus der Festung freigelassen wurdest.«
Der Alte tippt mit der Krücke auf Skarphedens Oberschenkel und
Skarpheden dreht sich um.

»Kannst du noch einen Stuhl besorgen?«
Er zeigt auf die Frau mit der Bärentasche.

»Sie ist ebenso alt wie ich.«

»Ich sehe mal, was ich tun kann«, verspricht Skarpheden und bahnt
sich erneut einen Weg durch die Umstehenden.

Da ertönt das Donnern.

Die Wände sind aus Stahlbeton, das Dach ist mit zehn Millimeter
dicken zusammengeschweißten Stahlplatten gedeckt und die
Drahtseile, die in den Betonsockeln befestigt sind, sind dreißig Millimeter stark. Das Gebäude bebt. Zwei Leuchtröhren gehen aus, etwas landet mit gewaltigem Knall auf dem Dach. Was immer es war,
es rutscht noch ein Stück abwärts und bleibt schließlich liegen.
Dann erlöschen die übrigen Leuchtröhren.

Einige Leute schreien und Elin bildet sich ein, die hellen Stimmen
der schwarz gekleideten Mädchen in der Menge zu erkennen. Elin
fällt neben der Tochter auf die Knie. Da öffnet das Kind die Augen.
Elin trocknet sich die Wangen mit dem Handrücken.

»Hallo, Gerda«, flüstert sie mitten in all dem Krach und Radau.
Aber das Kind schließt die Augen wieder.

Auf dem Dach scheppert es, als würde man es mit einer von einem
Traktor gezogenen Stahlbürste bearbeiten, die man früher be-
nutzte, um im Frühjahr die Wege vom Kies zu befreien. Ein Mann
und eine Frau liegen sich in den Armen.

»Hat er einen Stuhl gefunden?«, fragt der Mann mit der Krücke.

»Scheint nicht so«, sagt die Bärenfrau.

»Wir können uns abwechseln«, sagt der Mann.

»Muss nicht sein«, sagt die Frau.

»Aber du bist sicher müde?«

»Nicht mehr als du.«
Und dann dreht sich die Alte zu Elin um und zeigt auf Gerda.
»Wie heißt sie?«
»Hallgerd.«
Die Alte zieht geräuschvoll die Luft ein.
»Schöner Name.«
»Wir nennen sie Gerda.«
Die Frau zeigt auf den Mann mit der Krücke.
»Er heißt Jonas.«
Und sie räuspert sich und legt los. Es ist schwer vorstellbar, dass in einer so kleinen Frau so viel Stimme steckt, und viele drehen sich um, als sie spricht. Es ist, als würde sie in einer dieser Kanzeln stehen, die man in Kirchen hatte, bevor es Lautsprecher gab. Aber es sind nur wenige, die sie sehen können, die anderen hören nur ihre beeindruckende Stimme:

»Die böse und ehebrecherische Art sucht ein Zeichen; und es wird ihr kein Zeichen gegeben werden, denn das Zeichen des Propheten Jona. Denn gleichwie Jona war drei Tage und drei Nächte in des Walfisches Bauch, also wird des Menschen Sohn drei Tage und drei Nächte mitten in der Erde sein.«

Sie verstummt und die Rufe eines Mannes sind zu hören. Es ist der Aufseher mit dem Kinnbart. Er kommt aus der Region Älvdal, was deutlich an seiner Art zu sprechen zu erkennen ist:

»Wir öffnen die Türen. Es liegen Gegenstände auf dem Dach, bleiben Sie also nicht in der Nähe des Gebäudes. Es wird ein Feldlazarett an der Ladebrücke aufgebaut, falls jemand Hilfe benötigt.«

»Haben sie dir ein Mobil mitgegeben?«, fragt Skarpheden.
Elin greift nach dem Mobil, das an dem blauen Band um ihren Hals hängt. Sie hält es hoch, sodass Skarpheden es sehen kann.
»Sie überwachen dich«, sagt er. »Willst du mit zu mir nach Hause kommen? Ich wohne auf dem Berg hier drüben.«

»Danke, gerne«, antwortet Elin.
»Ich kann das Mädchen tragen«, schlägt Skarpheden vor. Er streckt den Arm aus und Elin lässt ihn die Tasche nehmen.

Die Trombe hat die zweihundert Meter lange Straße, die durch den Ort führt, verwüstet. Der Sturm ist heulend von der Landstraße aus östlicher Richtung gekommen. Bäume, die am Wegrand standen, sind mitsamt Wurzeln aus dem Boden gerissen. Eine hochgewachsene Birke wurde mit dem Wurzelballen voran auf ein zweigeschossiges Haus geschleudert und hat sein Dach zertrümmert. Die Birke ragt durch das Dach, so als hätte sie jemand eigens dort gepflanzt.
Das kleine Elektroauto mit Lautsprechern liegt auf dem Dach des Bahnhofsgebäudes. Der Bus nach Mora wurde hochgerissen und ist vor dem Busbahnhof auf der Seite zum Liegen gekommen. Eine Schubkarre, die die Trombe in einem Vorgarten aufgewirbelt hat, wurde in den Maschendrahtzaun, der Wongs umgibt, geschleudert. Ein kleines Mädchen hält seine Mutter an der Hand, zeigt auf das Auto auf dem Dach und fragt, wie man es da wieder herunterbekommt.
Skarpheden und Elin verlassen das Zentrum von Idre und gehen langsam einen langen von Einfamilienhäusern gesäumten Weg den Berg hinauf. Bei den nächstliegenden Häusern wurden die Gartentore aus den Angeln gehoben und Bäume und Sträucher entwurzelt. Vor einem Haus wurden zwei Gartenzwerge gegen die Hauswand geschmettert und sind zerbrochen.
Weiter bergaufwärts merkt man kaum etwas.

»Weiter als hierher ist die Trombe nicht gekommen«, zeigt Skarpheden.

Und er betrachtet Elin.

»Kannst du noch?«

Sie nickt und ist sehr blass.

»Es ist nur noch ein kleines Stück«, verspricht Skarpheden und bald darauf sind sie da.

Das Haus ist ein zweistöckiges Gebäude mit Stahldach und Verstärkungen. *Pension* steht auf einem Schild am Gartentor.

»Die Gastwirtin ist in Umeå und ich bin der einzige Gast.«

Die Tür ist nicht verschlossen, Skarpheden öffnet und hält Elin die Tür auf, damit sie vor ihm in den Flur treten kann. Dort steht ein kleiner Tisch mit einem Läufer, ein paar Fotografien von Männern, die Forellen und Angelruten vor sich halten. Ein anderes Foto zeigt einen Jägertrupp hinter zwei geschossenen Elchen und an der Wand hängt ein Elchkopf.

»Geradeaus«, sagt Skarpheden, »dann ein Stockwerk hinauf.«

Elin geht voraus und der Geruch von Scheuermittel und etwas, das man benutzt, um die Möbel zu polieren, wird zusammen mit der Wärme und Stille zu einer Erinnerung an eine vergangene Zeit, in der sie sich verkriechen und verstecken will.

»Geradeaus«, sagt Skarpheden, als sie im oberen Stockwerk sind. Elin geht einen Flur mit drei geöffneten Türen entlang. Ganz hinten ist eine Tür geschlossen, sie öffnet sie und gelangt in einen Raum mit Fenstern zu beiden Seiten.

»Hier wohne ich«, sagt Skarpheden und stellt die Tasche mit Gerda auf das Bett. »Kann ich dir etwas anbieten?«

Elin nickt.

»Danke.«

»Was?«

»Egal, Hauptsache, es ist warm.«

»Grütze?«

»Gerne.«

Skarpheden dreht sich um und sie hört seine Schritte im Flur. Sie setzt sich auf das Bett und guckt das Kind an. Dann nimmt sie Gerda hoch, legt sie auf das Bett und zieht sie aus. Sie holt Wasser aus dem Bad und wäscht das Kind. Dann wickelt sie es in ein Handtuch. Gerda guckt die Mutter an.

Elin öffnet Jacke und Hemd und legt das Kind an die Brust, aber Gerda trinkt nicht. Elin versucht sie mit der Brustwarze zu locken, aber sie will nicht. Ein paar Augenblicke später ist das Kind eingeschlafen.

»Gerda«, sagt Elin. »Jetzt wird alles wieder wie früher.«

Ein wenig später kommt Skarpheden mit einer Portion Grütze, Preiselbeermarmelade, Milch, einem Klacks Butter und einem Brot.

»Du hast bestimmt etwas Ruhe nötig«, sagt er, als er Elin ansieht, während sie auf dem Bett sitzt und isst. »Wenn du möchtest, kann ich dafür sorgen, dass dein Mobil in den Bus gelangt. Dann hast du mindestens fünf Stunden gewonnen, ehe sie merken, dass etwas nicht stimmt. Wenn sie es überhaupt merken. Die meisten ihrer Computer funktionieren nicht mehr und es gibt auch keine Beobachter mehr, die umherfliegen. Die Hubschrauber stehen still, weil es keinen Treibstoff mehr gibt. Was du riskierst, wäre, dass sie trotzdem mitbekommen, dass etwas nicht so läuft, wie sie wollen. Dann könnten sie Leute nach dir schicken und du müsstest dich verstecken.«

»Woher weißt du das?«, fragt Elin mit Milch am Kinn und dem Löffel voll Grütze in der Hand.

»Das Oppositionsradio sendet jede Stunde Nachrichten. Nördlich von Rogen wird noch immer gekämpft.«

»Wo ist das?«

Skarpheden geht zu einer Kommode zwischen den Fenstern. Er zieht die oberste Schublade auf und sucht. Elin sieht sich im Raum um.

Es gibt dort ein schmales Bett, einen Schreibtisch vor dem Fenster, das nach Süden geht, einen Kleiderschrank und einen Schreibtischstuhl, auf dem sich Hemden und ein Wollpullover türmen. In einer Ecke stehen zwei Paar Stiefel und in einem Bücherregal am Bett befindet sich ein halber Meter Bücher. *Nuclear Transmutations* steht auf dem dicksten Buchrücken. Auf einem dünneren steht: *Equations for Nuclear Transmutations.*

»Hier kannst du es sehen«, sagt Skarpheden, faltet eine Karte aus Papier auseinander und setzt sich damit neben sie.

»Wir sind hier. Dort liegt die Festung. Auf dem Storvätteshågna befindet sich eine Bergkompanie mit Kettenfahrzeugen. Bei Hävlingskläppen ist eine weitere Kompanie stationiert. Das ist die gesamte Verteidigung nach Norden. Vorher hatten sie Hubschrauber, aber jetzt fliegen sie nicht mehr, die Kräfteverhältnisse sind also neu verteilt.«

Er zeigt auf die Karte.

»Rogen liegt hier oben. Nördlich von dort wird gekämpft. Die Haupttruppe der Regierung liegt bei Långfjället. Man ist davon ausgegangen, dass ein Angriff auf die Festung von Süden erfolgt. Doch jetzt ist es anders gekommen, wenigstens wenn man den Gerüchten glauben soll.«

»Ich will nach Hause«, sagt Elin.

»Wenn du nach Süden musst, rate ich dir zu warten. Es wird zu Kämpfen entlang der Straßen kommen und du willst sicher nicht in die Schusslinie geraten.«

Elin zieht die Karte zu sich und dreht sie.

»Sie zeigt nur das Gebiet runter nach Särna.«

»Ja, und so weit solltest du nicht gehen, solange sie sich bekämpfen.«

Sie sieht ihn an.

»Wohin soll ich gehen?«

Skarpheden tippt auf die Karte. Er hat kräftige Finger und kurze Nägel.

»Du kannst auf Spångkojan übernachten, ich kann dich dorthin fahren, sobald es dunkel ist. Wenn wir dein Mobil im Bus verstecken, dann werden sie dich in Mora oder Falun suchen. Dann hast du Zeit gewonnen und kannst durch den Wald zur Bergstation von Idre gehen. Sie ist geschlossen, weil es seit mehreren Jahren keinen Schnee mehr gab. Es wohnt nur eine Person dort. Das ist mein Bruder Grim. Er liest Romane, guckt Kubrick-Filme und freut sich über Gesellschaft. Niemand wird da oben nach dir suchen, und falls doch, dann würde das seine Zeit brauchen, denn es ist eine riesige Anlage mit Hunderten Hütten und unzähligen Räumen.«

Elin nimmt das Mobil und legt es in Skarphedens Hand.

»Was wirst du damit machen?«

Er wischt es an seinem Hemd ab.

»Ich wasche es ab, damit keine Fingerabdrücke drauf sind. Dann ziehe ich ein Paar Handschuhe an, stecke es in die Tasche und gehe zum Busbahnhof. Je nachdem, welche Gelegenheit sich bietet, steige ich in den Bus und lege es irgendwo dort hin. Oder ich stecke es in einen Umschlag und schicke es als Brief oder ich stecke es in irgendein Gepäckstück.«

»Wenn du es in eine Tasche tust, wird irgendjemand verhaftet und verhört werden. Das will ich nicht.«

Skarpheden steht auf und geht zum Schreibtisch. Er zieht eine Schublade auf, holt einen braunen Umschlag und zwei Briefmarken heraus, klebt die Briefmarken auf den Umschlag und greift nach einem Kugelschreiber. Mit der linken Hand kritzelt er:

*Zeitungsredaktion Dala-Demokrat*
FALUN

Er steckt das Mobil in den Umschlag und klebt ihn zu.

»Jetzt muss niemand Unschuldiges mit hineingezogen werden. Ich gehe hinunter und stecke es in den Briefkasten, der geleert wird, kurz bevor der Bus abfährt. Wenn man das Mobil am Computer verfolgt, sieht man, dass es in Mora oder Falun ist. Man wird denken, dass du dort bist, um jemanden zu treffen, einen Verwandten zum Beispiel, der dich nach Hause bringen wird.«

Er erhebt sich und guckt Gerda an.

»Wenn es Windeln bei Wongs gibt, werde ich welche mitbringen. Aber man kann nicht davon ausgehen. Das meiste ist seit der Zeit des Hamsterns ausverkauft.«

Dann geht er hinaus. Elin stellt den Teller mit der Grütze und die Tasche auf den Boden, legt sich aufs Bett, zieht Gerda zu sich heran und schläft ein.


Als Skarpheden neben ihr steht, weckt er sie nicht sofort. Er steht da und guckt sie und das Kind an. Beide schlafen mit offenen Mündern, beide atmen fast unmerklich.

»Elin«, sagt er.

Aber sie hört nicht.

»Elin!«

Als sie die Augen nicht öffnet, streckt er eine Hand aus. Fast streift er ihre Wange, dann zieht er die Hand zurück und berührt sie an der Schulter.

Sie macht die Augen auf.

»Der Brief liegt im Briefkasten und der Bus fährt heute Abend. Ich habe einen Rucksack für dich gepackt und einen Tragegurt für Gerda gemacht. Möchtest du einen Tee?«

Elin setzt sich auf und nickt.

»Spångkojan ist ein netter Ort, ich habe da manchmal gewohnt, wenn ich angeln war.«

»Ist es ein Haus?«

»Eine Hütte für Zimmermänner und Köhler. Sie ist bestimmt hundertfünfzig Jahre alt, vielleicht noch älter. Es gibt acht Schlafplätze, getäfelte Wände und einen offenen Herd in der Mitte. Du musst einen Schlafsack mitnehmen, dann wirst du nicht frieren. Es gab keine Windeln, aber du kannst ein paar Handtücher mitnehmen. Das Wasser draußen vor der Hütte ist gut und man kann es trinken. Ich habe dir zwei Tüten Blaubeersuppe eingepackt, Haferflocken, Salz und Zucker, Milchpulver, ein Brot und eine Rolle Toilettenpapier. Ich habe auch Fleisch gebraten und vier Eier für dich gekocht. Du bekommst meinen Wollpullover und zwei Paar Socken und wir klauen die Stiefel der Hauswirtin, ich denke, die passen. Ich habe keinen Regenmantel, aber in meinem Geländefahrzeug habe ich eine Überlebensdecke, in die wir Löcher schneiden können, damit ein Poncho daraus wird. Du kannst mein Messer ausleihen und im Geländefahrzeug habe ich ein Wildschweinspray, einen Topf und einen kleinen Kocher, der mit Trockenbrennstoff betrieben wird.«

»Was ist das für ein Spray?«

»Ein neues, das wirksam sein soll. Die alten haben nicht viel getaugt, aber dieses soll sie wirklich fernhalten. Solltest du draußen übernachten müssen, spannst du eine Schnur zwischen vier Sträuchern und an der Schnur befestigst du Tannenzweige. Die Zweige sprühst du ein, und wenn es so funktioniert, wie es heißt, kommt kein Wildschwein in die Nähe deiner Absperrung.«

Er holt ein Feuerzeug aus der Tasche und hält es ihr hin.

»Hier.«

Als sie seine Hand streift, spürt sie seine Wärme.

112

Da erwacht Gerda.
Das Kind wimmert und hebt die Arme. Elin nimmt es auf den Arm, öffnet das Hemd und legt das Mädchen an die Brust. Das Kind fängt sofort an zu saugen.
»Von der hungrigen Sorte«, sagt Skarpheden. »Braucht sie noch etwas anderes oder ist sie zufrieden, wenn sie deine Milch bekommt?«
»Sie braucht nur mich«, sagt Elin.

Skarpheden hat Löcher in einen kleinen Rucksack geschnitten. Durch die Löcher passen Gerdas Beine. Ein schwarzer Rollkragenpullover wurde ihr übergezogen, dessen Kragen ihr über den Mund reicht. Der Pullover sieht aus wie ein ungeheuer überdimensioniertes Kleid.
»Hübsch sieht sie aus«, sagt Skarpheden und lächelt das Kind an, das als Antwort gluckst und brabbelt.
Sie gehen in die Garage, Elin mit Gerda vor der Brust und einem größeren Rucksack auf dem Rücken.
In der Garage stehen ein Geländefahrzeug und zwei Fahrräder. *Institut für Strahlenschutz* steht auf der Seite des Fahrzeugs. Skarpheden entfernt den Stecker vom Fahrzeug und hängt das Kabel neben die Steckdose.
»Dann also los.«
Er öffnet die Garagentür, setzt sich ans Steuer und Elin nimmt hinter ihm Platz. Gerda sitzt in ihrer Tasche dazwischen.

Es ist vollkommen dunkel, und als sie vor Foskros sind, schaltet Skarpheden die Scheinwerfer aus. Als sie auf der anderen Seite des Ortes sind, der so klein ist, dass man sich darüber streiten kann, ob er überhaupt Ort genannt werden soll, hält er an und deutet auf ein paar erleuchtete Häuser und einen mit Scheinwerfern beleuchteten Hof, auf dem ein paar Lastwagen parken.

»Da arbeite ich.«

Dann fährt er weiter, und bald darauf schaltet er die Scheinwerfer wieder ein. Er fährt langsam. Während des letzten Stücks ist der Weg holperig. Es gibt keinen Schotterweg mehr, nur einen Pfad, in dem die Waldmaschinen tiefe, mit Wasser vollgelaufene Spuren hinterlassen haben.

Als er den Motor abstellt und das Licht ausgeht, sieht sie nichts, nicht einmal ihn, obwohl er dicht neben ihr steht. Er nimmt ihre Hand und führt sie an einem Holzstapel vorbei. Sie vernimmt den Geruch des Holzes, hört die Tür quietschen, und dann ist sie in der Hütte. Er holt einen Kerzenstummel aus der Tasche, zündet ihn an und befestigt ihn auf einer Steinplatte.

Die Flamme flackert in der Zugluft.

»Es zieht«, sagt er. »Aber das macht nichts. Du hast meinen besten Schlafsack. In dem frierst du nicht einmal bei Minusgraden.«

Dann sucht er nach etwas unter dem Dach und holt ein Stück Birkenrinde hervor. Auf der Steinplatte neben dem Herd liegen ein paar fingerdicke Äste. Skarpheden zündet das Birkenstück an, baut einen kleinen Kamin über der brennenden Rinde, nimmt dann dickere Äste von einem Holzstapel und kurz darauf haben sie ein Feuer, das flackernde Schatten an die Wände wirft. Funken steigen auf, und Elin blickt ihnen nach. Die fein aufwirbelnde Glut bildet ein Band. Sie nimmt einen brennenden Zweig aus dem Feuer und fährt mit ihm durch die Luft. Er hinterlässt einen glühenden Streifen, der nur langsam verblasst.

Skarpheden beobachtet sie stumm und Elin sieht sich um. Breite Pritschen längs der Wände, in der Mitte der Hütte eine steinerne Platte mit Aussparung zum Kochen. Holzstapel an der Tür.

»Es sind gute Leute hier oben«, sagt Skarpheden, holt ein paar Holzscheite und legt sie auf das Feuer. »Niemand verschwindet von hier, ohne sich um Holzscheite und Reisig zu kümmern, für den Nächsten, der durchnässt und durchfroren hier ankommt.«

Elin hat den Rucksack, den sie auf dem Rücken hatte, abgestellt. Sie nimmt den Schlafsack heraus und breitet ihn auf der Pritsche aus, die am weitesten von der Tür entfernt ist. Sie hebt Gerda aus der Tasche und legt sie auf den Schlafsack.

Skarpheden hat etwas aus dem kleinen Sack genommen, den er bei der Fahrt dabeihatte. Ein in Folie gewickeltes Paket, so dick wie sein Unterarm und ebenso lang.

»Forelle«, sagt er. »Ich habe sie gestern Abend aus dem Gefrierfach genommen. Es gibt auch Kartoffeln.«

Er legt das Folienpaket neben das Feuer, holt mehr Holz und legt es auf das Feuer. Dann setzt er sich auf die Pritsche, auf der der Schlafsack liegt. Er guckt Gerda an, über deren Gesicht die Schatten wandern. Aus seiner Innentasche holt er einen Flachmann. Er hält ihn Elin hin, die den Kopf schüttelt.

Skarpheden führt den Flachmann an die Lippen und nimmt einen Schluck.

»Also, was ist passiert?«, fragt er, steckt den Flachmann in die Tasche und blickt Elin an.

Sie erzählt alles, was ihr passiert ist, nachdem die Polizei sie und Gerda auf Liden mitgenommen hat.

Skarpheden hört zu, ohne zu unterbrechen oder Fragen zu stellen.

»So, jetzt weißt du, was ich erlebt habe«, sagt sie und schweigt. Er steht auf und legt sechs Birkenscheite nach, zwei in die Glut, zwei über Kreuz darüber und darauf weitere zwei.

Sie sitzen da und sehen zu, wie die Rinde der Birkenscheite langsam Feuer fängt, sich zusammenrollt, zu brennen beginnt, und wie dann das Feuer aufs trockene Birkenholz übergreift.

»Wenn das da heruntergebrannt ist, können wir den Fisch auf die Glut legen«, sagt er. »Er braucht nicht lange.«

»Großvater hat Forellen gefangen«, sagt Elin. »Er hat sie auch in Folie gewickelt und wir haben sie mit Salz gegessen. Er hat mit Fliegen geangelt, die er selbst gebunden hat.«

»Das mache ich auch«, sagt Skarpheden. »Den hier habe ich mit einer grünen Nymphe gefangen, ein Stück flussaufwärts. Der Fisch hat fast ein Kilo gewogen und war so schön, dass ich überlegt habe, ihn wieder freizulassen.«

Dann holt er den Flachmann wieder hervor und nippt daran. Als er ihn zurücksteckt, nimmt er einen Kompass aus der Tasche und reicht ihn zusammen mit der Karte und einem Messer Elin.

»Du gehst immer nach Osten, dann kommst du nach einer halben Stunde an eine Stromleitung, die nicht vergraben wurde. Du gehst noch ein Stück weiter und kommst an einen Pfad, den du in südlicher Richtung entlanggehst, bis du an einen Flussübergang kommst. Du ziehst die Stiefel aus und die Schuhe an, watest hindurch und ziehst dann Schuhe aus und Stiefel wieder an.«

»Glaubst du, ich bin noch nie im Freien gewesen?«, fragt Elin.

»Ich erzähle nur, wie ich es machen würde. Du gehst den Pfad entlang und kommst an eine Brücke über den Grundån. Von da sind es zwanzig Kilometer bis zur Bergstation. Schwer zu sagen, ob du das an einem Tag schaffst. Du musst das Kind tragen und es muss versorgt werden. Von der Brücke führt ein Weg hinunter zu einer Sennerei, da wohnen Leute, und ich glaube, sie sind in Ordnung, dort kannst du also Obdach bekommen, wenn du müde bist. Erzähl nicht, wohin du unterwegs bist.«

Elin schnaubt wieder.

»Glaubst du, ich bin blöd?«

»Ich weiß, dass du nicht blöd bist. Von der Sennerei aus ist es recht einfach, es gibt Übernachtungsmöglichkeiten in den Hütten am Burusee. Von dort ist es eine Meile bis nach Idrefjäll. Wenn du dort ankommst, grüß meinen Bruder von mir und zeig das Messer. Dann weiß Grim, dass du die bist, für die du dich ausgibst, und er wird tun, was er kann, um dir zu helfen.«

»Wie bekommst du dein Messer zurück?«, fragt Elin und betrachtet es. Die Scheide ist aus dickem schwarzem Leder. Sie zieht das Messer heraus. Die Klinge ist ungefähr zwölf Zentimeter lang, ebenso wie der Schaft.

»Ich werde kommen und es abholen, du musst also sagen, wo du wohnst.«

»Ich wohne auf Liden mit meinen Eltern, meinem Bruder und meiner kleinen Schwester. Du kommst von Wongs 63 dorthin.«

»Ich weiß, wo das ist«, sagt Skarpheden.

Elin spricht weiter:

»Von Wongs musst du in den Wald hinauf. Ich kann dir eine Karte zeichnen, wenn du etwas zum Schreiben und ein Papier hast, auf das ich zeichnen kann.«

Skarpheden nimmt etwas aus seiner Brieftasche. Es ist eine Fotografie. Dann holt er einen Kugelschreiber aus der Jackentasche.

Elin zeichnet eine Karte auf die Rückseite des Fotos, während Skarpheden den in Folie gewickelten Fisch auf die Glut legt.

»Ist das deine Verlobte auf dem Bild?«

Seine Antwort kommt verzögert, als müsste er erst über die Frage nachdenken.

»Von ihr habe ich das Messer bekommen.«

Er betrachtet das Bild, das im Licht des Feuers kaum zu erkennen ist, und dann sagt niemand von ihnen mehr etwas dazu.

»Wie bist du hier oben gelandet?«, fragt Elin schließlich.

»Ich arbeite an meiner Abschlussarbeit und bekam die Möglichkeit, an der Dekonstruktionsstation in Foskros zu arbeiten. Ein großer Teil Westschwedens ist kontaminiert. Je mehr wir über Radioaktivität wissen und was passiert, wenn sie sich halbiert, desto besser. Mein Betreuer arbeitet hier, es könnte also gar nicht besser sein. Und jetzt, wo die Festung im Begriff ist, gestürzt zu werden, ist alles möglich und vieles kann in Zukunft anders laufen.«

»Es sieht so dunkel aus«, sagt Elin.

Skarpheden räuspert sich und klingt wie Frans, wenn er sie unterrichten wollte.

»Im sechzehnten Jahrhundert waren wir von den Dänen besetzt und sie jagten Gustav Eriksson Wasa ein Stück weg von hier. Sobald Gustav auf den Thron gelangte, gab es Aufstände, einen nach dem anderen, nicht nur in Dalarna. Die Leute wurden gefoltert, ihnen wurden die Schädel eingehauen und so gut wie alle hungerten. Bald darauf gab es einen Wettstreit zwischen den Königssöhnen und das brachte viel Elend über das Land. Als das siebzehnte Jahrhundert kam, gab es Krieg zwischen Deutschland, Dänemark und Polen. Jungen, die jünger waren als du, wurden eingezogen und waren gezwungen, auf dem bloßen Fußboden zu schlafen, sie zogen sich Lungenentzündungen zu und starben wie die Fliegen. Noch schlimmer wurde es zu Anfang des achtzehnten Jahrhunderts. Das Land wurde durchkämmt und alles, was man an einsatzfähigen Jungen und Männern auftrieb, wurde nach Russland geschickt, um dort zu sterben, manche auf dem Schlachtfeld, viele an Krankheiten.«

Er schweigt und stochert mit einem Stock im Feuer herum, bevor er weiterspricht.

»Wäre ich nicht so mit den Rätseln der Radioaktivität beschäftigt, würde ich Politiker werden wollen.«

»Was würdest du dann tun?«

Er lacht.

»Die Umweltfragen sind uns über den Kopf gewachsen. Das Gute an diesem Elend ist, dass wir alle auf der Erde zum ersten Mal überhaupt das gleiche Problem haben, und es gibt nur eine Lösung. Wir müssen zusammenarbeiten – oder untergehen. Zusammenarbeit ist das einzige Wort, das wir alle kennen müssen, nicht nur als leeres Wort.

Unter anderem ist es deswegen so wichtig, dass die Festung fällt. Ohne Demokratie keine Zusammenarbeit.«

Er nimmt den Flachmann wieder hervor und schraubt den Deckel ab, setzt ihn an den Mund und nimmt einen Schluck.

Kurz darauf holt er das Folienpaket mithilfe von zwei Stöcken aus der Glut und öffnet es. Dort liegt der Fisch, seine Haut löst sich und er dampft. Vier kleine Kartoffeln liegen daneben. Er bittet um sein Messer und entfernt die Fischhaut.

»Es ist lange her, dass ich eine Zitrone gesehen habe«, sagt er und gibt ihr das Messer zurück, »und gerade jetzt würde ich gerne eine haben.«

Sie essen den Fisch mit den Fingern, während er noch so heiß ist, dass sie sich fast verbrennen, und zuletzt essen sie die Kartoffeln. Als sie aufgegessen haben, sieht Skarpheden auf die Uhr und steht auf.

»Meine Schicht beginnt in einer halben Stunde. Wir werden uns eine Weile nicht sehen, aber du sollst wissen, dass ich nach Liden komme und das Messer abhole, sobald der Weg passierbar ist.«

Er macht ein paar Schritte Richtung Tür. Dann dreht er sich um und geht zurück, greift Elins Rucksack und hängt ihn an einen Haken in Kopfhöhe. Der Haken sitzt am Ende eines dünnen Drahtseils, das an einem Dachbalken befestigt ist.

»Es gibt Mäuse. Am Drahtseil kommen sie nicht hoch, dein Essen wird also nicht verspeist, während du schläfst. Gute Nacht!«

Und dann ist er weg.

Der Rucksack an seinem Haken dreht sich langsam im Kreis und wirft große Schatten an die Wand bei der Tür.

Elin legt ein paar Holzscheite auf die Glut, sieht sich um und geht in der Hütte umher, um Mäuse zu erspähen. In der Hand hat sie ein Holzscheit und ist bereit, es zu werfen, aber sie bekommt keine Mäuse zu Gesicht. Sie legt das Holzscheit auf den Herd und kehrt zurück zu der Pritsche. Sie kriecht in den Schlafsack, ohne sich mehr als die Schuhe auszuziehen, die sie auf Gerdas Tragetasche legt. Die gestohlenen Stiefel stellt sie daneben, damit sie sie im Dunkeln finden kann. Dann legt sie sich auf den Rücken mit Gerda auf der Brust.

Jemand hat sie in einen Stuhl gesetzt und man zeigt ihr ein glänzendes Werkzeug. Es sieht aus wie ein Zahnarztbohrer und derjenige, der es hält, beteuert, dass es unfehlbar ist, alle Falten verschwinden im Handumdrehen. Dann spürt sie das Gerät an ihrer Wange und begreift, dass man dabei ist, ein Loch durch sie zu bohren.

Sie erwacht davon, dass die Maus über ihr Kinn läuft, sie spürt die spitzen Krallen auf der Haut. Das Tier flitzt am Schlafsack entlang, und sie hört, wie die Maus rennt, dann ist sie weg. Sie schläft sofort wieder ein.

»Elin!«

Sie öffnet die Augen und sieht einen Schatten im fahlen Licht, das durch das eine Fenster fällt.

»Es wimmelt von Soldaten in Foskros. Wahrscheinlich sind sie auf dem Weg hierher, um den Übergang zu verteidigen, hier ist eine gute Stelle, wenn man den Storån überqueren will und vorhat, den Storvätteshågna anzugreifen. Du musst weg von hier.«

»Gerda muss trinken.«

»Sie muss davor bewahrt werden, in ein Kettenfahrzeug gesperrt zu werden. Mach dich auf den Weg. Ich muss zurück.«

Skarpheden befühlt die Asche.

»Sie werden jeden Moment hier sein. Wenn du in einer knappen Stunde den Bach erreichst, musst du durchs Wasser, sooft es geht. Sollten sie dich mit Hunden verfolgen, wird es dadurch schwieriger für sie. Wir sehen uns, wenn ich komme, um das Messer zurückzubekommen. Wenn du das Toilettenpapier benutzen musst, vergrab es nicht, sondern nimm es mit.«

Elin steigt von der Pritsche und stellt sich vor Skarpheden.

»Was soll ich sagen, wenn sie mich gefangen nehmen?«

Skarpheden streicht sich über das Kinn. Sie kann seine Augen kaum ausmachen.

»Sag, dass du nach Idre gekommen bist, wie es vorgesehen war. Während des Tornados kam ein Mann im Sturmschutz, der gesagt hat, dass er dir helfen wolle. Sag, dass du mit ihm nach Hause gekommen bist und dass er dort zudringlich wurde. Als du fortwolltest, hat er dich festgehalten und geschlagen. Du hast Gerda gepackt und bist in den Wald gerannt.«

»Das werden sie nie glauben. Ich habe einen vollgepackten Rucksack dabei und eine Tasche für Gerda.«

»Sag, dass er gesagt hat, dass er dir helfen will und dir einen Rucksack gepackt hat, aber dann getrunken hat und unberechenbar wurde.«

»Sie werden mir niemals glauben. Ich brauche einen offensichtlichen Beweis.«

»Was meinst du?«

Elin zeigt auf ihr linkes Auge.

»Schlag mich.«

Skarpheden schüttelt den Kopf.

»Das mache ich nicht.«

Elin nimmt das Holzscheit, das sie in der Hand gehalten hat, als sie nach Mäusen gesucht hat. Sie gibt es Skarpheden.

»Schlag mich.«

Sie zeigt auf ihre Wange.

»Das kann ich nicht.«

»Dann tue ich es selbst«, sagt Elin und will sich das Scheit zurückholen. Da schlägt Skarpheden zu. Der Schlag ist so gewaltig, dass Elin taumelt und sich auf die Pritsche neben Gerda setzen muss.

»Das ist gut«, sagt Elin. »Jetzt werden sie mir glauben, wenn ich etwas darüber zusammenlügen muss, was mir in Idre zugestoßen ist.«

Skarpheden lässt das Holzscheit auf den Boden fallen, dann geht er hinaus und schließt die Tür hinter sich. Elin hört das dumpfe Geräusch des Geländefahrzeugs, als es Richtung Foskros verschwindet.

Sie rollt den Schlafsack zusammen, packt ihn auf den Boden des Rucksacks, sieht sich um und prüft, ob sie alles eingesteckt hat. Sie befestigt Skarphedens Messer an ihrem Gürtel, knüllt die Folie zusammen, in der der Fisch gelegen hat, steckt sie in eine Außentasche des großen Rucksacks, geht hinaus und schmeißt die Fischknochen in den Wald, kehrt zurück in die Hütte, setzt Gerda in die Tasche und schnallt sie sich um. Das Kind schlägt die Augen auf.

»Wir gehen hinaus, Gerda. Das ist doch toll, oder?«

## 21

Elin hält den Kompass in der Hand und geht nach Osten. Sie hat den Rucksack auf dem Rücken und Gerda nach vorn gerichtet vor ihrer Brust. Der Boden ist gefroren und der Weg gut passierbar. Sie kommt an ein Moor und hin und wieder tauchen Pfützen mit einer Eisschicht auf, kaum dicker als eine Eierschale. Sie beeilt sich und achtet nicht darauf, dass die Riemen des Rucksacks an ihren Schultern scheuern. Sie geht vornübergebeugt, darauf bedacht, die Füße richtig zu setzen und nicht zu stolpern.

Nach und nach weicht die Dunkelheit, und als sie die Überlandleitung erreicht, ist es richtig hell. Sie blickt den Weg mit den Leitungen in beide Richtungen entlang und steht eine Weile unschlüssig im Unterholz, bis sie schließlich unter ihnen hindurchgeht. Sie beeilt sich, und als sie im Wald auf der anderen Seite angekommen ist, setzt sie Gerda auf das Gras, nimmt den großen Rucksack ab und lässt die Arme kreisen, damit die Durchblutung in Schultern und Armen wieder in Gang kommt.

Sie bleibt eine Zeit lang so stehen, bis sie sich schließlich wieder den großen Rucksack aufsetzt und die Riemen strafft, sodass er auf ihrem Rücken weiter oben sitzt. Sie nimmt Gerda vor ihre Brust und setzt ihren Weg fort.

Als sie an den Bach kommt, steigt die Sonne über die Fichtenwipfel vor ihr. Sie sucht die Stelle, an der sie durch den Bach waten kann, und findet sie dort, wo er am breitesten ist. Sie steigt ins Wasser, aber erst als sie in der Mitte ist, reicht ihr das Wasser bis zur Hälfte des Stiefelschafts. Sie muss eine tiefe Rinne durchqueren und sie streckt das rechte Bein, so sehr sie kann. Schließlich kommt sie über die Vertiefung, ohne dass Wasser in die Stiefel gelangt.

Am Ufer auf der östlichen Seite des Bachs geht sie im Wasser noch einige Hundert Meter nach Süden. Dort klettert sie an Land, geht zu drei niedriggewachsenen buschigen Tannen und kriecht darunter. Der Boden dort ist braun vor lauter Nadeln und die Äste bilden einen kleinen Raum, wo sie und Gerda vor den Blicken Fremder geschützt sind.

Elin setzt den großen Rucksack ab und dann die Tasche mit Gerda. Sie bricht ein paar Tannenzweige ab und legt sie übereinander auf das Polster aus braunen Nadeln, dann öffnet sie den Rucksack und holt Skarphedens Wollpullover heraus. Sie legt ihn zusammengefaltet auf die Tannenzweige und setzt sich darauf. Sie hebt Gerda aus der Tasche, öffnet die Jacke und das Hemd und legt sich das Kind an die Brust. Gerda trinkt, und als sie fertig ist, setzt Elin Gerda in die Tasche und trägt das Kind und den schwarzen Aluminiumtopf zum Bach.

Elin füllt den Topf und kehrt zurück zu den Tannen, holt den Kocher, Brennstofftabletten und das Feuerzeug hervor, zündet fünf Tabletten Brennstoff an und stellt den Topf auf das kleine Kochgestell darüber. Während das Wasser kocht, isst sie eins der Eier und ein bisschen Brot. Als das Wasser heiß genug ist, rührt sie eine halbe Tüte Blaubeersuppe in den Topf und stellt ihn zum Abkühlen auf den Nadelteppich.

Sie zieht Gerda aus, trägt sie zum Bach und wäscht sie. Dann wickelt sie das Mädchen in eines der Handtücher und darüber zieht sie Skarphedens Rollkragenpullover. Gerda gibt keinen Laut von sich, sie wimmert nicht einmal. Die Sorge versetzt Elin einen Stich. Sie geht zurück zu den drei Tannen, kriecht darunter und setzt sich im Schneidersitz auf den Wollpullover.

»Jetzt wird Mama etwas essen«, erklärt Elin und drückt das Kind an sich. Sie berührt den Topf mit der Suppe, aber er ist immer noch heiß.

»Haben wir es nicht schön hier in unserem Haus?«, fragt Elin, ohne eine Antwort zu erwarten.

In diesem Moment entdeckt sie sie.

Sie kommen von Osten und sind dabei, den Bach an seiner breitesten Stelle zu überqueren. Sie gehen mit fünf Metern Abstand zwischeneinander und haben verschiedenste Waffen bei sich. Sie sind etwa zweihundert Meter entfernt, vielleicht etwas mehr, und Elin zählt mit, als sie den Bach durchwaten und im Wald verschwinden. Es sind vierzehn, alle in ziviler Kleidung, alle mit Rucksäcken.

Als sie verschwunden sind, trinkt Elin Blaubeersuppe, die immer noch zu heiß ist, und verbrennt sich daran, aber sie will sich nicht mehr Zeit lassen. Sie kümmert sich nicht darum, den Topf auszuspülen, sondern sucht alle Sachen zusammen, packt sie ein, nimmt den Rucksack, hängt sich Gerda um und macht sich auf den Weg. Die Sonne steht hoch am Himmel und Elin geht mit langen schnellen Schritten. Hin und wieder bleibt sie stehen und lauscht. Es geht kein Wind und es ist vollkommen still.

Nach einer Weile findet sie den Pfad, der nach Süden führt, und sie folgt ihm, bis sie die Brücke sieht. Sie setzt sich ohne den Rucksack abzunehmen auf eine Anhöhe und lässt den Blick zwischen Gerda und der Brücke hin- und herwandern. Sie vermutet, dass es vielleicht einen Wachposten an der Brücke geben kann, und möchte von keinem Soldaten gesehen werden, weder von der einen noch von der anderen Seite. Einen Moment später steht sie auf und steigt im Schutz des Waldes ein Stück vom Pfad entfernt und westlich der Brücke hinab. Als sie an eine Stelle kommt, wo es nicht so tief aussieht, geht sie ein Stück im Wasser, doch schon nach ein paar Schritten ist klar, dass sie nass werden wird, wenn sie weitergeht.

Sie kehrt zurück an Land und zieht sich Stiefel, Socken und Hose aus, steckt Hose und Strümpfe in den Rucksack, zieht sich die Schuhe an und nimmt die Stiefel in die Hand.

Sie geht in den Fluss hinaus, und als sie sich in seiner Mitte befindet, reicht das Wasser bis über die Waden. Die Strömung ist so kräftig, dass sie aufpassen muss, nicht umgerissen zu werden. Sie klettert aus dem Wasser und schneidet einen zwei Meter langen Birkenast ab. Mit dem Ast in der Hand geht sie wieder in den Fluss. Sie stemmt den Ast in die Strömung, stützt sich darauf und die ganze Zeit über spricht sie mit Gerda, aber das Kind gibt keinen Ton von sich.

Dann ist sie drüben auf der anderen Seite.

Sie zieht sich wieder an und geht weiter auf dem Weg. Dort liegen frische Pferdeäpfel, Hufspuren sind sichtbar. Sie geht weiter nach Süden und erkennt bald eine Gruppe rot gestrichener Holzhäuser. Ganz am anderen Ende, neben dem, was man eine Dorfstraße nennen kann, steht ein zweigeschossiges Haus mit dem üblichen Stahldach und kubikmetergroßen Betonsockeln an den Seiten und Drahtseilen zur Sicherung. Hinter dem Haus sind zwei Windräder. Als sie näher kommt, nimmt sie den Geruch der Pferde wahr und weiter entfernt entdeckt sie einen Stall.

Sie tritt an die Pforte und bleibt stehen, um den Namen auf dem Briefkasten zu lesen. Da fängt drinnen im Haus ein Hund an zu bellen.

*Henny & Axel Bruse* ist auf dem Briefkasten zu lesen. Auf einem Schild mit verwitterten Buchstaben steht: *Waffeln mit Moltebeermarmelade zu verkaufen.*

Die Tür wird geöffnet und eine große Frau mit gestreifter Schürze, langen grafitfarbenen Haaren und einer Haube starrt sie an.

»Ja, hallo! Wohin möchtest du?«

»Ins Tal hinunter«, antwortet Elin. »Aber ich müsste das Mädchen wickeln und wollte wissen, ob ich hereinkommen kann.«

»Herrgott noch mal!«, ruft die Frau. »Ist das ein Kind, das du da in der Tasche hast?«

»Sie müsste sich etwas ausruhen«, sagt Elin.
Ein Jämthund erscheint in der Tür und die Frau tritt auf den kurzen Kiesweg heraus.
»Kommt herein«, sagt die Frau, den Blick auf Gerda gerichtet.
Der Hund hat weiße Wangen, weiße Vorderbeine und eine weiße Brust. Er steht still mit gespitzten Ohren.
Die Frau öffnet die Gartenpforte und lässt Elin in den Garten treten und der Hund kommt auf den Weg heraus. Die Frau krault ihn zwischen den Ohren.
»Wie nett, Elke. Wie nett für uns, Besuch zu bekommen!«
Und die Frau dreht sich zu Elin um:
»Ich habe Brot im Ofen. Es ist gleich fertig. Darf ich dich vielleicht auf ein Stückchen einladen?«

Drinnen in der Küche kann Elin durch eine breite Türöffnung in einen größeren Raum mit mehreren Tischen blicken, wie ein Café. Der Duft und die Wärme aus dem Ofen schlagen ihr entgegen. Die Frau steht vor ihr und hält den Kopf unter Elins Kinn, als wollte sie sich mit in die Tragetasche drängen, in der Gerda sitzt.
»So eine süße Kleine!« Die Frau bezirzt Gerda mit gekünstelter Stimme. »Da werden sich die Mädchen aber freuen!«
Sie macht einen Schritt zurück, kneift die Augen zusammen, runzelt die Stirn und deutet auf Elin.
»Was ist das da auf deiner Wange? Was hast du gemacht?«
Erst jetzt bemerkt Elin den brennenden Schmerz an ihrem Wangenknochen.

»Das ist eine lange Geschichte.«

»Möchtest du vielleicht mit uns essen? Es gibt Ren und Kartoffeln.«

»Das wäre herrlich.«

Die Frau wirft einen Blick auf die Wanduhr.

»Oh, jetzt gibt es Nachrichten!«

Die Frau hastet auf ein Radio auf der Fensterbank zu und schaltet es an. Der Ton ist laut aufgedreht. Sie zieht einen Lehnstuhl heran, setzt sich und stützt die Ellenbogen auf den Küchentisch. Elin nimmt den Rucksack und die Tasche, die sie vor der Brust hängen hat, ab. Dann setzt sie sich mit Gerda im Arm dazu.

INTERVIEWER: Generalmajor Alf Törnberg, was können Sie zur militärischen Lage sagen?

TÖRNBERG: Um Särna wurden diese Nacht Gefechte ausgetragen und anscheinend zwischen Riddarhyttan und Hällefors. Die Informationen, die wir haben, gelten vor allem für das Gebiet um Särna, wo die ganze Nacht lang Kämpfe ausgetragen wurden. Auf beiden Seiten gibt es Verluste zu beklagen. Was die übrigen Kampfhandlungen betrifft, so verfügen wir über so wenige Informationen, dass es schwer ist, eine Aussage zu machen.

INTERVIEWER: Stimmt es, dass die Luftwaffe und die Hubschrauber der Regierungstruppen ausgeschaltet sind?

TÖRNBERG: Reporter berichten einhellig, dass innerhalb der letzten vierundzwanzig Stunden weder Einsätze mit Kampfflugzeugen noch mit Hubschraubern, Drohnen oder Beobachtern verzeichnet werden konnten. Die Regierungstruppen sind dazu ausgebildet, im Verbund mit Flugzeugen oder Hubschraubern zu kämpfen. Mithilfe der Drohnen und Beobachter sollen sie sowohl strategisch als auch taktisch die Oberhand gewinnen. Nun sind diese Kampfmittel ausgeschaltet und das, was heute ausgefochten wird, sind Infanteriekämpfe ohne Unterstützung durch Luftwaffe oder Artillerie.

INTERVIEWER: Danke an Generalmajor Alf Törnberg, der auch in der nächsten Sendung mit mutmaßlich neuen Informationen zugeschaltet sein wird. Ich spreche jetzt mit Majken Eriksson, Politikwissenschaftlerin an der Universität Uppsala. Wie konnte es so weit kommen in einem Land, in dem seit 1809 Frieden herrschte?

ERIKSSON: Um zu verstehen, was gerade passiert, müssen wir das Ganze aus unterschiedlichen Perspektiven betrachten, genauer gesagt aus einer Makro- und einer Mikroperspektive.

INTERVIEWER: Was meinen Sie mit Makro- und Mikroperspektive?

Die Worte der Politikwissenschaftlerin werden mit Akkordeonmusik überblendet. Die Frau geht zum Radio und schaltet es ab.

»Störsender«, schnaubt sie.

Die Frau legt ihre Haube auf den Tisch und lässt die Haare offen auf die Schultern fallen.

»Ich nehme an, Sie sind Henny«, sagt Elin.

An der Wand über dem Büfett hängt eine gerahmte Fotografie von zwei Hunden. Der eine ist ein Setter, der andere ein Spitz.

»Natürlich bin ich Henny, das steht ja auf dem Briefkasten. Wie heißt du?«

»Sara.«

Henny hat kurze, unlackierte Nägel und Ringe an den Fingern der linken Hand. Auf dem Kinn prangt eine Warze, groß wie eine Kaffeebohne.

»Und woher kommst du?«

Elin antwortet nicht und Henny spricht weiter:

»In diesen Zeiten soll man nicht zu viel fragen, aber andererseits, wenn du ein Kind bei dir hast ...«

Dann beugt sie sich vor und setzt eine Brille auf, die ihr an einem Band um den Hals hängt.

»Deine Wange hat es ganz schön erwischt.«

»Ich hatte Probleme mit einem Mann.«

Henny legt den Kopf auf die Seite.

»Aha, mit welchem Mann denn?«

»Ich kam aus der Festung und sollte den Bus nach Mora nehmen. Ich bin am Busbahnhof abgesetzt worden, als der Tornado kam. Ich habe mich mit anderen in den Sturmschutz gedrängt, als ein Mann auftauchte und fragte, ob ich mich ein bisschen ausruhen wolle. Sie haben gesagt, dass es nicht sicher sei, ob ein Bus nach Mora fahre. Ich habe das Angebot angenommen, weil Gerda gewickelt werden musste und ich mich erschöpft fühlte. Und der Mann sah freundlich aus.«

»Was für ein Mann war das?«

»Ein normaler Mann. Er hat mich zu seinem Haus mitgenommen, und ich durfte Gerda versorgen, und er hat mir etwas zu essen gegeben.«

»Was war das für ein Haus?«

Henny steht auf und geht zum Herd, rührt in einem Topf und öffnet die Ofenklappe. Dann holt sie sechs Teller hervor und stellt sie im Stapel auf den Tisch. Es sind weiße Teller, verziert mit Immergrünblättern.

Vom oberen Stockwerk sind schwere Schritte zu hören.

»Auf dem Rasen lagen ein paar zerbrochene Gartenzwerge. Das Haus lag am Berg hinter Wongs. Er hat nicht gesagt, wie er heißt.«

Die Schritte über ihnen hören auf.

Da wird die Haustür geöffnet und die erste der Töchter bleibt auf der Schwelle stehen. Sie ist genauso groß wie Elin und vielleicht ein paar Jahre älter, ihre Haare sind zu einem Pferdeschwanz gebunden und sie trägt einen grünen Overall. Hinter ihr kommt eine weitere Frau mit Overall herein, groß wie die erste, aber breiter um die Hüften. Die Dritte bemerkt, dass in der Küche etwas vor sich geht, und schubst diejenige, die am nächsten steht, dann kommt sie herein und zieht die Tür hinter sich zu. Sie trägt eine Jeans und ein kariertes Flanellhemd, hat kurze Haare, ist etwas größer als die anderen und hat einen großen Busen. Stallgeruch breitet sich aus.

»Wir haben ein kleines Kind im Haus«, verrät Henny strahlend und klingt, als hätte sie in der Lotterie gewonnen.

Die drei mit dem Stallgeruch beugen sich über Elin, um Gerda besser betrachten zu können, sie lächeln alle drei und richten schließlich den Blick auf Elin.

»Henny hat mich hereingebeten. Ich heiße Sara.« Sie zeigt auf Gerda. »Sie heißt Hallgerd, wird aber Gerda genannt.«

»Sara ist unten im Dorf etwas passiert«, erklärt Henny. »So ein Kerl war bei ihr.«

»Welcher Kerl?«, fragt die größte der Frauen, die Elin für Hennys Töchter hält.

Elin zuckt mit den Schultern.

»Ich weiß nicht genau.«

»Er hat ein Haus mit Gartenzwergen«, erklärt Henny bedeutungsvoll. »Auf dem Berg hinter Wongs.«

»Auf dem Weg den Berg hinauf?«, fragt die Älteste. »Wohnt er ein Stück den Berg hinauf?«

Elin nickt.

»Was hast du in der Festung gemacht?«, fragt Henny.

»Meine Schwester ist mit einem Spanier verheiratet und sie haben ein Restaurant da oben. Ich habe sie besucht und wollte nach Hause.«

Henny streicht sich eine Haarsträhne aus dem Gesicht.

»Es gibt nicht viele, die sie wieder weglassen. Noch weniger dürfen rein. Wie kam es, dass sie dich haben weggehen lassen?«

»Gerda hat Diabetes und ich brauche ihr Insulin. Es ist eine besondere Sorte, die sie da oben nicht haben«, lügt Elin.

»Dann hast du es vielleicht eilig?«

»Nicht so schlimm«, behauptet Elin. »Ich habe noch Vorrat für zwei Tage, aber ich muss es nach Hause schaffen.«

»Und dann gerätst du an so ein Schwein«, schimpft die Tochter in Jeans und Hemd. »Ich heiße übrigens Lotten.«

»Ich heiße Frida«, sagt die Frau im blauen Overall.

»Und ich heiße Turid«, murmelt die im grünen vor sich her, als ob sie nicht richtig entschieden wäre, ob sie ihren Namen sagen will oder nicht.

»Und wie willst du es nach Hause schaffen?«, fragt Henny. »Der Bus wird wohl nicht fahren, während sie in Särna kämpfen.«

»Wenn das Insulin reicht, kannst du bei uns bleiben«, schlägt Lotten vor. »Wir finden es schön, ein kleines Kind unter unserem Dach zu haben, das kommt schließlich selten vor.«

»Braucht sie irgendetwas?«, fragt die mit dem grünen Overall, Turid.

Die zwei Jüngeren tauschen Blicke aus und lachen.

»Ein Bad würde ihr gefallen«, meint Elin.

»Wir haben eine Badewanne«, sagt Henny. »Warum hat er dich denn geschlagen?«

»Ich habe mich geweigert, das zu tun, was er verlangt hat, und da hat er mich geschlagen. Als er versucht hat, mich festzuhalten, ist er die Treppe hinuntergefallen. Er war ziemlich betrunken.«

»Ich glaube, ich weiß, wer das war«, murmelt Lotten und ihre Gesichtszüge verfinstern sich.

»Ich lasse ein Bad ein«, sagt Turid und verschwindet durch die Türöffnung in das hintere Zimmer.

»Weil ich so überstürzt weggelaufen bin, konnte ich nicht alles mitnehmen. Ich habe fast alle Kleider von Gerda verloren.«

»Wir werden uns etwas einfallen lassen«, verspricht Henny.

»Natürlich werden wir das«, pflichtet Frida im blauen Overall bei.

»Wir haben Puppenkleider genäht, bis wir dreizehn waren.«

»Bis ihr fünfzehn wart, wenn ich mich recht erinnere«, sagt Henny und holt ein Blech aus dem Ofen. Der Brotduft verbreitet sich im ganzen Raum. Irgendwo im Haus plätschert Wasser in eine Wanne. »Sollen wir essen, wenn das Mädchen gebadet hat?«, fragt Henny. »Oder vorher?«

Vom oberen Stockwerk hört man für einen Moment wieder schwere Schritte, so als würde jemand quer durch den Raum zur schmaleren Seite gehen, etwas holen und zurück zu einem Stuhl auf der anderen Seite des Raumes gehen.

»Wir essen, wenn das Mädchen gebadet hat«, entscheidet Henny, weil noch niemand auf ihre Frage geantwortet hat.

Elin steht auf und nimmt Gerda mit ins Badezimmer. Turid hat sich einen zerschlissenen roten Morgenmantel angezogen, bei dem der Gürtel verloren gegangen ist und durch einen schmalen aus Leder ersetzt wurde.

»Ich werde nach dem Mädchen baden«, sagt sie. »Wir sparen am warmen Wasser, so gut es geht. Du willst vielleicht auch baden?«

Elin nickt und Turid holt zwei Handtücher hervor und legt sie auf den Toilettendeckel.

»Ich gehe so lange hinaus. Du kannst so viel Shampoo und Seife nehmen, wie du möchtest.«

Elin schließt die Tür und zieht sich aus, während Gerda auf einem Handtuch auf dem Boden liegt. Dann zieht Elin das Kind aus, wäscht es ein bisschen im Waschbecken, prüft das Badewasser mit dem Ellenbogen, gibt kaltes Wasser dazu und steigt mit Gerda im Arm in die Wanne.

Zunächst gibt Gerda keinen Laut von sich, aber dann fängt sie an, gellend zu schreien und Elin drückt das Kind an ihre Brust.

»Schrei nur, Gerda«, flüstert sie. »Ich verstehe, dass du wütend bist, aber jetzt bist du bei mir und alles wird werden wie vorher.«

Erst als sie fertig gebadet haben, hört Gerda auf zu schreien, und als Elin sich angezogen hat und das Kind in eines der Handtücher gewickelt hat, geht sie zu den anderen in die Küche.
Turid schlüpft ins Badezimmer, aber bleibt nicht lange darin.
Henny fragt, ob sie das Kind halten soll, während Elin sich die Haare bürstet. Elin darf eine Bürste ausleihen und kurz darauf kommt Turid frisch gebadet in Jeans und Pullover aus dem Badezimmer. Henny nimmt einen Besen und klopft mit dem langen Stiel mehrere Male an die Decke.

Gleich darauf ertönt ein Trampeln vom oberen Stockwerk, die schweren Schritte werden schneller und sind schließlich hinter einer tapezierten Tür an der Wand neben dem Büfett zu hören. Die Tür wird geöffnet und ein grauhaariger, breitschultriger Mann mit Schifferkrause und dunklen Augen steht in der Küche, als wäre er direkt der Wand entstiegen. Er trägt einen dunklen Anzug, schwarze schwere Stiefel und ein weißes, bis zum Hals zugeknöpftes Hemd.
»Axel«, sagt Henny mit lauter Stimme, als würde sie mit jemandem sprechen, der schlecht hört. »Das hier sind Sara und Gerda!«
Axel nickt und setzt sich an das schmale Ende des Tisches vor das Büfett. Er faltet seine großen Hände und blickt auf die Tischplatte. Dann schließt er die Augen, während die anderen sich setzen und Gerda ein paar gurgelnde Laute von sich gibt.
»Komm, Herr Jesus, sei unser Gast und segne, was du uns bescheret hast«, sagt der Mann und seine Frau und die Töchter fallen in das Gebet ein.

»Amen«, tönt es von ihnen und der Mann sieht auf und blickt Elin an. Seine Augenbrauen sehen aus wie ein krauses graues Dickicht. »Wohl bekomm's«, sagt er und hebt den Topfdeckel ab. Aus dem Topf dampft es. Er streckt die Hand nach Elins Teller aus und tut ihr Fleisch und Soße auf. Die anderen nehmen sich aus dem Topf, dann wird die Schüssel mit den Kartoffeln herumgereicht. Henny gießt Wasser aus einer Kanne mit grünen Ranken ein und zeigt mit der Gabel zum Radio.

»Sie haben in den Nachrichten gesagt, dass in Särna gekämpft wird.« Der Mann nickt.

»Wir haben Garpen beschlagen«, sagt Lotten.

»Unserem Gast ist es schlecht im Dorf ergangen«, berichtet Henny.

»Garpen ist dabei, noch ein Eisen zu verlieren«, sagt die Jüngste.

Der Mann betrachtet Elin. Er klingt etwas unfreundlich, als er sagt: »Du bist nicht alt.«

»Siebzehn.«

»Wo ist der Vater des Kindes?«

»Er ist gestorben.«

»Was machst du in Idre?«

»Ich hab meine Schwester in der Festung besucht.«

Der Mann fährt sich mit dem Handrücken der rechten Hand über die Lippen.

»Und auf dem Heimweg bist du in Schwierigkeiten geraten?«

»Ja.«

»Was machst du hier oben in den Bergen?«

»Ich bin von einem schrecklichen Ort geflohen. Jetzt werde ich den Bus nehmen, sobald er fährt.«

Henny steckt das Haar wieder zusammen, nimmt die Haube aus der Schürzentasche und rückt sie sich zurecht.

»Aber über Nacht bleibst du bei uns?«, fragt sie und klingt gleichzeitig fragend und flehend.

135

»Wenn es keine Umstände macht.«

»Natürlich nicht. Wir haben genug Schlafplätze. Und das Mädchen braucht neue Kleider. Ich kenne zwei, die sich gerne an die Nähmaschine setzen.«

Die zwei jüngsten Töchter sehen einander an und grinsen.

»Können wir ein paar Handtücher nehmen?«, fragt die eine.

»Sicher«, sagt Henny.

Und sie blickt Elin an.

»Wir haben früher eine Pension geführt und haben Handtücher und Laken im Überfluss.«

Dann werden sie alle still, als würden sie anderen Gedanken nachhängen. Der Mann isst langsam und kaut mit mahlenden Bewegungen, beinahe wie ein Pferd. Die Töchter essen schnell und haben die Augen auf Gerda gerichtet, die hin und wieder leise vor sich hin brabbelt.

»Ist sie immer so lieb?«, fragt die Jüngste.

»Im Badezimmer hat sie ja laut protestiert, aber sonst ist sie meistens sehr still.«

»Ihr gefällt es sicher, mit Mama draußen im Wald zu sein«, vermutet Lotten.

»Haben sie sonst noch etwas in den Nachrichten gesagt?«, fragt Axel, ohne den Blick vom Teller zu nehmen.

»Sie erwarten einen Angriff auf die Festung«, antwortet Henny.

Der Mann kaut eine Weile schweigend, bevor er den Blick seiner Frau sucht.

»Wir sollten alle zusammen zum Treffen gehen.«

»Natürlich, wir reiten gegen fünf hinunter, dann können wir mit den Leuten reden, bevor es anfängt.«

Sie wendet sich Elin zu:

»Die meisten hier oben haben ihre Stimme der Regierung gegeben. Jetzt hat sich das Blatt gewendet und die Opposition wird bald an die Macht kommen. Niemand weiß, wo das hinführen soll, aber die Leute sind bewaffnet und werden von Nils Dacke unterstützt. Wir müssen heute Abend hinunter ins Dorf zu einem Treffen, um darüber zu sprechen, wie es werden soll, wenn die Kämpfe vorüber sind.«

»Wenn sie vorübergehen«, sagt Axel. »Es kann den einen oder anderen geben, der an einer Abrechnung interessiert ist.«

»Wir haben für die Regierung gestimmt, weil man uns mit der Methanolfabrik übers Ohr gehauen hat. Es sollten viele Arbeitsplätze kommen, haben sie behauptet, als sie den Boden bekommen wollten. Und alles in allem waren es nur ganze zwölf Arbeitsplätze.«

Sie richtet sich an ihren Mann:

»Wie viele haben sie anfangs gesagt?«

»Achtzig«, sagt er. »Es sollten achtzig Stellen in der Fabrik entstehen. Es wurden zwölf. Bei dieser Gelegenheit wurden die Busse mit Robotern ausgestattet. Ich war Fahrer und bin von Mora nach Grövelsjö gefahren, als es da noch die Touristenstation gab. So ist der Beruf des Fahrers verschwunden, erst aus den Bussen, dann den Waldfahrzeugen, zuletzt den Taxis. Nicht eine Stelle als Fahrer gab es hier mehr seit sieben Jahren. Das meiste wurde robotisiert, die Fahrer, halb Wongs, die Methanolfabrik, Haushaltshilfen, Altenpflege, fast alles andere auch. Diejenigen, die keinen Universitätsabschluss in Chemie oder Wirtschaft hatten, waren aus der Sache raus, schon von Anfang an.«

Henny zeigt mit der Gabel auf die Töchter.

»Die Mädchen haben studiert, auch das hat nicht geholfen. Und die Jungs hier oben verstehe, wer will. Sie wollen so leben wie zu Großvaters Zeiten, auf einem Waldtraktor sitzen und Snus-Tabak nehmen, während sie darauf warten, dass die Elchjagd beginnt.«

Turid zischt:

»Du musst immer übertreiben!«

Henny wird laut:

»Aber es stimmt, drei von vier Mädchen machen eine Universitätsausbildung, während die Jungen Schnaps brennen und von einem neuen Geländefahrzeug träumen. Jedes Elend trägt einen Männernamen hier oben.«

Turid schüttelt den Kopf.

»Was willst du werden?«, fragt Axel und blickt Elin an.

»Musikerin. Mein Großvater war Reichsspielmann.«

Axel nickt, als würde ihm gefallen, was er hört.

»Ich bin selbst Akkordeonspieler. Was ist dein Instrument?«

»Geige und Gitarre.«

»Was hast du an der Wange gemacht?«

»Ich bin an einen miesen Kerl geraten.«

Die Bildwand schaltet sich ein und eine Frau mit Korkenzieherlocken und großem Mund blickt direkt in die Kamera.

»Das Treffen diesen Abend im Bürgerhaus fällt aus, weil es zu Kampfhandlungen in der Gegend kommen kann. Voraussichtlich wird das Treffen morgen früh um acht stattfinden.«

Dann erscheint eine Karte, die das Gebiet um Särna zeigt. Die Festung ist rot eingekreist und das Gebiet zwischen Idre – Grövelsjö – Långfjället-Nationalpark nördlich und der Festung südlich ist rot markiert und nicht mit Symbolen oder Höhenangaben versehen. *Abgesperrtes Gebiet* steht dort. Ein paar dicke Pfeile zeigen in unterschiedliche Richtungen.

*Die Kämpfenden, 12 Uhr* steht bei den Pfeilen.

»Aha«, sagt Axel. »Dann bleiben wir wohl bis morgen zu Hause.«

Der Hund hat sich neben ihn gesetzt. Er krault ihn zwischen den Ohren und die Bildwand geht aus.

»Dann können wir ja die Kleidung nähen«, sagt Frida.

»Es ist bemerkenswert, wie still das Mädchen ist«, sagt Henny und beugt sich vor, um das Kind besser sehen zu können.

Der Mann schiebt den Teller vor, schließt die Augen und faltet die Hände.

»Segne, Vater, diese Speise, uns zur Kraft und dir zum Preise.«

Die anderen Familienmitglieder falten die Hände und stimmen beim »Amen« mit ein. Danach steht der Mann auf, dreht sich um und verschwindet durch die tapezierte Tür. Lotten steht auf und fängt an abzuräumen.

»Können wir die Nähmaschine auf den Küchentisch stellen?«, fragt Frida.

Henny nickt und vom oberen Stockwerk hört man die schweren Schritte.

Lotten verstaut das Geschirr in der Maschine und die beiden anderen Schwestern wischen den Tisch ab. Dann tragen sie die Nähmaschine herein. Turid und Frida, die nähen soll, holen Frotteehandtücher und halten sie vor Gerda, nehmen Maß und schneiden den Stoff zu. Als die Nähmaschine den ersten Ton von sich gibt, fängt Gerda an zu schreien, hoch und gellend. Frida, die an der Maschine sitzt, hält inne. Gerda beruhigt sich und bald darauf fängt Frida wieder an zu nähen und Gerda schreit.

## 24

Die Schwestern nähen einen Rock, einen Pullover und ein paar Latzhosen für Gerda. Als sie fertig mit Nähen sind, wird die Kleidung anprobiert. Den Hund sperren sie in einen Raum ein und breiten für Gerda eine doppelt gefaltete Decke auf dem Boden aus. Sie liegt auf dem Rücken und spielt mit ihren Fingern.

Henny hat die Küche verlassen und die drei Schwestern und Elin sind allein mit Gerda.

»Ich glaube, wir müssen unten im Dorf etwas erledigen«, sagt Lotten.

Die anderen beiden tauschen Blicke aus.

»Ein kleiner Ausflug würde gut passen«, sagt sie.

»Unbedingt«, stimmen die anderen beiden zu. »Das würde gut passen.«

Die Ältere begegnet Elins Blick.

»Wenn unsere Mutter oder unser Vater fragt, wohin wir gehen, sagst du einfach, dass wir ein bisschen den Berg hinaufreiten wollen.«

Sie ziehen sich alle drei an, nehmen jede ihre Armbrust sowie den Gürtel mit den Bolzen im Köcher und dann machen sie sich auf den Weg.

Etwas später hört Elin Hufe auf dem Kiesweg und sieht hinaus. Henny erscheint mit der Schürze in der Hand.

»Wo sind sie hingegangen?«

»Ein Stück den Berg hinaufgeritten.«

»Aber es ist doch bald dunkel und ich dachte, sie würden hinunterreiten.«

»Sie sollten bald zurück sein.«

Vom oberen Stockwerk hört man Schritte, kurz darauf dann auf der Treppe. Axel kommt aus der tapezierten Tür. In der Hand hält er eine zugeschlagene Bibel mit blauem Leseband.

»Wo sind sie hingegangen?«

»Ein Stück den Berg hinauf«, antwortet Elin.

Der Mann schiebt mit dem Fuß den Flickenteppich vom Herd weg, fällt auf die Knie und nimmt ein Messer aus der Tasche. Er klappt es auf und steckt die größte Klinge zwischen zwei Bodenbretter und setzt es so an, dass ein Brett ein Stück angehoben wird. Dann steckt er die Hand in die Lücke zwischen Brett und Fußboden, nimmt das Brett hoch, steckt die Hand in das Loch und holt eine grüne Gewehrhülle hervor. Er öffnet sie und zieht eine Jagdflinte am Kolben heraus. Aus einer Tasche in der Hülle holt er eine Schachtel Patronen und lädt die Waffe. Die Patronen, die übrig sind, steckt er zurück.

»Rechnest du mit Ärger?«, fragt Henny.

»Es gibt Plünderer in der Gegend«, antwortet Axel. »Sie haben im Radio davor gewarnt. Heute Nacht lassen wir die Hunde auf den Hof.«

Dann stellt er die Flinte in die Ecke beim Büfett und verschwindet mit der Bibel in der Hand durch die tapezierte Tür.

»Soll ich dir zeigen, wo du schlafen kannst?«, fragt Henny.

Sie gehen durch das Zimmer mit den acht runden Kaffeetischen, an dessen anderem Ende eine Tür ist. Henny tastet nach dem Lichtschalter, findet und drückt ihn, aber das Licht geht nicht an.

»Scheint kaputt zu sein. Ich hole eine Kerze.«

Henny verschwindet und die Holzschuhe klappern auf dem Boden des Cafés.

Das Zimmer hat zwei Etagenbetten. Eines der beiden ist mit einem Laken bezogen und mit zwei Decken ausgestattet. Elin setzt sich, mit Gerda auf dem Arm. Ein Fenster geht auf einen Hof raus. Elin legt Gerda auf dem Bett ab und sich daneben. Henny kommt mit einer Stearinkerze, und als sie sie auf der Kommode unter dem Fenster abgestellt hat, sieht die Luft um die Flamme aus wie ein gelbroter Rand. Als Henny ein paar Schritte zur Seite macht, erscheint ihr Bild mehrfach nebeneinander.

»Möchtest du eine Tasse Tee?«, fragt sie. Elin nickt und Henny verschwindet wieder. Als sie wiederkommt, hat sie ein hellblaues Nachthemd und eine Teetasse dabei.

»Das ist Turids Nachthemd«, erklärt sie. »Das könnte angenehm sein, falls die Decken klamm sind. Das Zimmer wird nur benutzt, wenn wir Gäste haben, und das hatten wir schon eine Weile nicht mehr. Gibt es sonst noch etwas, das du brauchst?«

»Nein, danke.«

»Möchtest du, dass ich die Wunde säubere?«

»Das wäre vielleicht gut.«

Henny verschwindet wieder. Als sie zurückkehrt, hat sie eine Kompresse in einer Papierverpackung und eine kleine Plastikflasche in der Hand. Sie setzt sich neben Elin auf das Bett, öffnet die Verpackung, nimmt die Kompresse heraus, tröpfelt Flüssigkeit darauf und tupft rings um die Wunde.

»Er ist schon immer eine Plage gewesen«, sagt sie.

»Wer?«

»Mauschler.«

»Was meinen Sie?«

»Derjenige, der über dich herfallen wollte.«

»Ich weiß nicht, wie er hieß.«

»Es gibt nur einen, der so etwas tun würde. Wir wissen, wer das ist. Er hat Gartenzwerge.«

Henny steht auf und schraubt die Flasche wieder zu.

»Wenn du die Tür auflässt, wird es schneller warm hier drinnen. Ich bleibe wach, bis die Mädchen nach Hause kommen. Wenn du etwas brauchst, sag nur Bescheid.«

Henny verlässt das Zimmer. Elin legt sich auf den Rücken und betrachtet die Kerze. Schließlich steht sie auf und holt sie zu sich, fährt von rechts nach links durch ihre Flamme. Es sieht aus, als würde sie einen Strich in die Luft malen. Nur langsam verschwindet die Farbe um den Rand der Flamme. Sie stellt die Kerze zurück auf die Kommode, zieht sich aus und streift sich das Nachthemd über, das viel zu groß ist, aber weich und warm. Sie wickelt sich die Decken um und nimmt Gerda in den Arm. An die Wand gelehnt sitzt sie da und guckt die Kerze an, während sie Gerda stillt. Kurz darauf schläft sie ein, und als draußen auf dem Weg die Pferde ankommen, erwacht sie nur für einen kurzen Augenblick.

Ein Flüstern.
»Sara!«
Elin öffnet die Augen und erblickt Turid.
»Hast du gut geschlafen?«
Noch nicht richtig wach, hört sie sich antworten:
»Ja.«
Turid hat einen Hocker herangezogen und sich daraufgesetzt.
»Gefällt dir mein Nachthemd?«
»Schläft sie?«
»Ja.«
»Ich hätte auch fast ein Kind bekommen, aber habe es wegmachen lassen. Das war vor drei Jahren. Ich bin an den gleichen Kerl geraten wie du.«
»Bist du sicher?«

»Womit?«

»Dass es der Gleiche war.«

»Es gibt nur einen, der so etwas tut«, schnaubt Turid. »Aber jetzt wird er sich wohl zurückhalten. Möchtest du etwas frühstücken?«

»Danke, gern.«

»Wir werden in Kürze zum Treffen runterreiten. Wenn du möchtest, kann ich mit einem Tablett hereinkommen.«

»Ich stehe auf.«

»Klar.«

Turid steht auf und durchquert das Café. Sie trägt Wollsocken und es ist kein Geräusch zu hören, als sie sich hinausschleicht.

Elin zieht sich an und geht mit Gerda ins Badezimmer. Sie wäscht sich das Gesicht, bürstet die Haare, wickelt das Mädchen und geht in die Küche.

Im Ofen brennt ein Feuer. Henny und die Töchter sitzen am Tisch mit Brot, Butter und Käse vor sich.

»Gut geschlafen?«, fragt Frida, die eine Kratzwunde an der linken Wange hat.

»Was hast du gemacht?«

Frida setzt ein freudloses Lächeln auf.

»Böse Katzen bekommen Kratzer. Möchtest du ein Ei?«

»Ja, danke.«

Vom oberen Stockwerk sind die Schritte in den schweren Schuhen zu hören und Frida holt Elin ein Ei.

»In unserer Familie essen wir nur hart gekochte.«

Der Mann stapft die Treppe herunter und kommt durch die Tapetentür. Er trägt dasselbe wie am Tag zuvor, aber er hat einen dicken Islandpullover unter dem Jackett und der Bart ist gestutzt. Er sieht so aus, als wolle er bei den Menschen, die er treffen will, Eindruck hinterlassen.

Er nickt Elin zu.

»Wir reiten jetzt hinunter nach Idre. Der Hund bleibt zu Hause und du lässt ihn drinnen. Wenn jemand vorbeikommt, machst du nicht auf. Kannst du mit einer Armbrust umgehen?«

»Ja.«

»Es gibt Schießscharten neben dem Fenster.«

Er zeigt auf die Flinte.

»Kannst du die da benutzen?«

»Nein.«

Er holt einen breitkrempigen Hut vom Regal im Flur und setzt ihn auf.

»Dann ist es besser, wenn du es auch bleiben lässt. Man sagt, dass Diebe in Fjätervålen waren. Wir bleiben sicher ein paar Stunden weg. Funktioniert die Kommunikation?«

»Scheint alles zu funktionieren«, sagt Frida, nimmt das Mobil heraus und tippt darauf herum.

Sie seufzt.

»Nein, passiert nichts. Anscheinend liegt alles wieder brach.«

»Wir bleiben ein paar Stunden weg«, wiederholt der Mann. »Lass niemanden herein.«

Er sieht sich um.

»Sind wir fertig?«

Henny hängt sich einen schwarzen Mantel um, der so aussieht, als könnte man ihn auch bei Hochzeiten oder Beerdigungen tragen.

»Turid ist draußen und sattelt die Pferde.«

»Öffne niemandem, wenn wir weg sind«, ermahnt der Mann, während er sich einen schwarzen Herrenmantel anzieht.

»Es nieselt«, sagt Henny und Frida holt einen Topf Moltebeermarmelade, den sie auf den Tisch stellt. Dann zieht sie sich einen Regenmantel über die Jacke.

»Wir sind bald zurück«, verspricht sie und reicht Elin eine Armbrust. »Bolzen sind im Flur.«

Durch das Fenster sieht Elin, wie Turid auf einem grauen Pferd mit Zöpfen in der Mähne angeritten kommt. Hinter sich hat sie vier kaffeebraune Nordschwedische Kaltblüter. Elin beobachtet, wie Henny und Frida aufsitzen. Der Mann hat Schwierigkeiten, in den Sattel zu kommen, und Elin sieht, wie ihm Turid offenbar ihre Hilfe anbietet. Dann reiten sie den Weg hinunter. Der Regen färbt den Kies braun. Elin setzt sich an den Küchentisch und isst Eier und vier Roggenbrötchen mit Käse und Moltebeermarmelade.

Als sie fertig ist, schneidet sie ein paar Brötchen auf, belegt sie mit Käse, räumt den Tisch ab und kehrt die Brotkrümel auf. Sie holt den Rucksack und steckt die Brötchen hinein, dann geht sie in das Café, in dem es ein Gästebuch gibt. Sie findet auch einen Kugelschreiber und nimmt Buch und Stift mit in die Küche. Sie sperrt den Hund in das Schlafzimmer der Töchter, damit er nicht frei herumläuft, wenn sie Gerda auf den Fußboden legt.

Gerda brabbelt vor sich hin und Elin blättert im Gästebuch, das lange Zeit zurückreicht. Es gibt Zeichnungen von Menschen auf einem Ausritt, von Menschen auf Skiern und eine gut gelungene Bleistiftzeichnung eines Moltebeerstrauchs mit einem Dank für wunderbare Septembertage. Sie blättert bis zur letzten Seite vor und schreibt:

*Vielen Dank für alle eure Mühen. Aus Gründen, auf die ich nicht näher eingehen kann, muss ich aufbrechen. Ich habe ein paar Brötchen mitgenommen und die Kleider, die ihr für Gerda genäht habt. Wenn sich alles beruhigt hat, werde ich von mir hören lassen und zurückkommen und euch ausgiebig für alles danken, was ihr für Gerda und mich getan habt. Sara.*

Sie legt den Stift neben das Buch, geht zum Büfett und schaltet das Radio ein.

Eine Frau spricht: »… er behandelt die Situation der von der Welt abgeschnittenen Menschen als etwas Zeitloses …«
Da wird die Frau von einer Männerstimme unterbrochen. »Und das war alles, was wir heute im Philosophischen Zimmer geschafft haben. Nächste Woche …«
Elin macht das Radio aus und steht auf. Nach einer Weile hat sie alles zusammengesucht und eingepackt. Sie überlegt einen Moment, die Armbrust mitzunehmen, entscheidet aber, dass das denen gegenüber, sie ihr so geholfen haben, ungerecht wäre. Eine Armbrust zu nehmen ist nicht das Gleiche, wie sich ein paar Roggenbrötchen einzustecken.
Sie benutzt Skarphedens Messer, um ein Loch in die Überlebensdecke zu schneiden. Sie zieht sie über den Kopf und lässt sie über Gerda fallen, die sie in der Tasche vor ihrer Brust trägt. Dann schneidet sie ein weiteres Loch aus, sodass Gerda den Kopf hindurchstecken kann. Ein paar Wollsocken liegen auf dem Büfett, von denen sie mit dem Messer den Schaft abschneidet, damit sie Gerda einen davon über den Kopf ziehen kann.
Das Messer ist schwer und die Klinge scharf.
Sie geht zum Gästebuch, greift nach dem Stift und fügt unter der falschen Unterschrift hinzu:

*Ich habe ein paar Wollsocken mitgenommen und hoffe, dass ich euch damit keinen allzu großen Ärger bereite. Gerda brauchte eine Mütze.*

Dann lässt sie den Hund aus dem Schlafzimmer und krault ihn zwischen den Ohren. Sie nimmt den Kompass hervor und faltet die Karte auf dem Küchentisch auf. Es sind zwanzig Kilometer bis zum Skihang von Idrefjäll. Fünf Stunden, vielleicht sechs.
Danach zieht sie sich die Stiefel an und geht los. Prompt spürt sie an der rechten Ferse eine Blase.

## 26

Eine Weile später verlässt sie den Kiesweg und biegt auf einen Pfad ab, der nach Süden führt. Es nieselt und sie bedeckt Gerdas Kopf mit der wasserdichten Überlebensdecke. Hin und wieder schlüpft sie darunter und betrachtet das Kind.

Sie geht beständig schnell und bemüht sich, nicht an die Blase am Fuß zu denken. Der Pfad, der sich anfangs über festen Boden erstreckte, führt weiter zu einem Sumpfgebiet. Sie watet durch Wasser, und obwohl es ihr nicht höher als bis zu den in den Stiefeln steckenden Knöcheln reicht, ist sie bald nass bis über die Knie.

Der Regen wird nach und nach stärker und sie geht schneller. Sie ist vielleicht drei Stunden unterwegs, als sie die mit Torf verkleideten Zeltkoten und den gezimmerten Verschlag am See erkennt.

Das erste Zelt hat in der nördlichen Wand ein Loch, das groß genug wäre, um hineinzuklettern, wenn sie wollte. Sie geht zu dem anderen Zelt. Dort drinnen tropft es von der Decke und Elin steuert die Hütte an. Auf der Südseite gibt es ein Fenster mit Fensterläden und eine geschlossene graue Tür, an der sich ein Vorhängeschloss befindet, doch die rostigen Eisenriegel und das Schloss hängen lose neben der Tür. Elin steigt die Stufen hinauf und zieht die Tür auf, ein Regenschwall landet in ihrem Nacken. Sie tritt ein.

Innen ist es dunkel und sie sieht zuerst nichts, aber nimmt den Geruch wahr. Es riecht nach Alkohol und menschlichen Ausdünstungen. Dann wird sie plötzlich vom Lichtkegel einer grellen Taschenlampe geblendet, die direkt auf ihr Gesicht gerichtet ist.

»Na, Kleine, du kommst gerade recht!«

Die Stimme ist barsch, der Sprecher rollt das R und sein Dialekt verrät, dass er nicht aus der Gegend stammt.

»Komm nur rein und wärm dich auf«, spricht die Stimme weiter und der Lichtkegel blendet Elin. Sie hebt eine Hand, um die Lampe abzuwenden. Sie bekommt die Lampe zu fassen, aber der Mann hält sie weiter fest auf ihr Gesicht gerichtet, gleichzeitig macht er einen Schritt auf sie zu. Aus der Dunkelheit hört sie die nach Trunkenheit klingende Stimme eines anderen Mannes.

»Was hast du gefunden, Ville?«

»'ne kleine Schlampe!«, grunzt der Mann mit der Lampe. »Komm her, Kleine, auf dich haben wir gerade gewartet.«

»Wie viele sind es?«, tönt es von dem, der sich weiter hinten im Speicher befindet.

»Nur eine«, stellt der Mann mit der Lampe fest. »Eine für mich.«

Da fängt Gerda an zu schreien, gellend und anhaltend.

»Zum Teufel!«, ruft der Lampenmann, macht einen Schritt rückwärts und richtet die Lampe auf Gerda, die brüllt wie am Spieß.

»Sag dem Satansbraten, er soll den Mund halten!«, klingt es aus dem Inneren der Hütte.

Elin weicht einen Schritt zurück. Da macht der Mann mit der Lampe einen Satz nach vorn, fasst unter die Überlebensdecke und greift Gerdas Fuß, der aus der Tasche um Elins Brust herausragt. Gerda brüllt.

»Lass sie los!«, sagt Elin.

»Hier werden keine Kommandos gegeben«, nuschelt der Lampenmann. Er steht jetzt dicht vor Elin und sie bekommt seinen nach Alkohol riechenden Atem ins Gesicht.

»Sag dem Balg, dass es aufhören soll!«, poltert der andere aus der Dunkelheit.

»Lass das Mädchen los!«, ruft Elin und der Mann vor ihr holt mit der Lampe aus, als wolle er sie schlagen.

Elin hat das Messer in der rechten Hand und hält es jetzt über die Hand, die Gerdas Fuß umfasst. Die Klinge fährt in den Handrücken, der Mann lässt los, weicht zurück und richtet die Lampe auf die Wunde, aus der ein dicker Strahl Blut schießt.

»Du Miststück«, heult er, aber auf seiner Augenhöhe befindet sich die Messerspitze und er weicht zurück und stolpert nach hinten.

»Zum Teufel, was soll das? Hau ab!«, tönt es von dem, der sich hinten in der Dunkelheit befindet.

Elin ist draußen im Regen, hat das Messer in die Scheide gesteckt, und während Gerda heult, rennt Elin am Steinwall entlang Richtung Seeufer. Oben vom Berg breitet sich der Nebel nach unten aus, kalt und nass.

Als sie so weit gerannt ist, wie sie konnte, setzt sie sich auf einen Stein und keucht. Gerda hat aufgehört zu schreien und Elin nimmt die Socke ab, die den Kopf des Kindes bedeckt.

Sie sitzt eine Weile dort und blickt auf die knapp einen Kilometer entfernte Hütte. Doch niemand kommt heraus, und als sie langsam in Nebelschwaden eingehüllt wird, steht sie auf und geht weiter am See entlang.

Sie folgt dem Ufer. Als der See aufhört, findet sie einen Pfad, nimmt den Kompass und die Karte hervor und geht so lange weiter, bis sie an das erste Feriendorf gelangt. Sie setzt sich hin, um auszuruhen, und nimmt ein Brötchen aus dem Rucksack. Sie isst, holt mit dem Topf aus einem Bach Wasser und trinkt. Dann ruht sie sich noch einen Moment aus, bevor sie wieder aufbricht.

# 27

Elin überquert ein paar Ferienhausgrundstücke, bis sie den ersten Mast einer Sesselliftbahn sieht und schließlich ein roter Sitz für vier Personen über ihr schwebt. Eines der Räder hat sich vom Drahtseil gelöst und der Sitz hängt gefährlich schief, als würde er jeden Moment auf den Boden krachen.

Sie vermeidet es, darunter hindurchzugehen, ebenso wie unter den anderen verschiedenfarbigen Sitzen, die die Orkanwinde von den groben Drahtseilen gerissen haben. Sie hängen unbrauchbar da, wie Tiere, die plötzlich vom Tod überrascht wurden.

Elin geht die ganze Zeit bergauf und der Schweiß rinnt ihr den Rücken hinunter. Sie wird auf einmal sehr müde. Sie versucht, nicht an die Blase am Fuß zu denken, und merkt, dass an der anderen Ferse auch eine entsteht.

Dann erblickt sie die Gebäude mit den großen Fenstern.

Sie überquert den Parkplatz, und als sie beim Hotelgebäude ankommt, steht da eine grün bemalte Holzbank neben einem Papierkorb. Sie setzt sich hin und blickt von der anderen Seite auf den Parkplatz. Er ist groß wie ein Fußballfeld, die Linien, die die einzelnen Stellplätze markieren, sind kaum erkennbar. Hier und da ziehen sich große Risse über den Asphalt und bilden ein Zickzackmuster. Durch die Risse sprießt das Gras.

Auf der anderen Seite des Parkplatzes steht ein fünf Meter hoher Stahlmast. Ganz oben sitzt eine Kamera. Elin steht auf und geht über den Asphalt. Sie hat den Blick fest auf das Kameragehäuse gerichtet und die Kamera folgt ihr. Sie bleibt stehen und die Kamera bleibt ebenfalls stehen. Sie bewegt sich auf die Kamera zu und die Kamera senkt langsam die Linse. Als sie zwei Meter vor dem Mast steht, hat die Kamera die maximale Neigung erreicht. Als sie näher tritt, kann die Kamera ihr nicht folgen und sie geht ein paar Schritt zurück und sieht, wie sich die Linsen im Kameragehäuse bewegen. Sie winkt.

»Ich komme von Skarpheden!«

Dann geht sie zu der Bank vor einem großen Schaufenster, das von einer Metalljalousie verdeckt ist. Gerda wimmert und Elin friert. Das verschwitzte Hemd ist zu einer kalten Haut geworden. Elin streift sich einen der Stiefel ab, legt den Fuß auf ihren Oberschenkel und zieht sich den nassen Strumpf aus. Auf der Ferse hat sie eine mit Flüssigkeit gefüllte Blase, halb so groß wie Gerdas Hand. Sie setzt den Rucksack ab, den sie auf dem Rücken hat, und sucht nach einem trockenen Strumpf. Dann wiederholt sie die gleiche Prozedur mit dem anderen Fuß. Als sie wieder in den Stiefeln steckt, kommen die Hunde angelaufen.

Es sind drei Schäferhunde, die um die Ecke biegen und zehn Meter entfernt mit aufgestellten Ohren stehen bleiben. Hinter ihnen erscheint ein Mann. Er trägt Gummistiefel, Jeans und einen roten Pullover, über dem Pullover einen offenen Regenmantel. Er bleibt ein Stück von ihr entfernt stehen. Die Hunde versammeln sich um ihn. Der größte steht an seiner rechten Seite, die beiden kleineren an seiner linken.

»Was willst du?«

»Skarpheden hat mich geschickt.«

»Warum?«

»Er hat gesagt, dass du mir helfen kannst.«

Sie nimmt das Messer aus der Scheide, hält es an der blutigen Klinge und reicht es dem Mann, der ein paar Schritte nach vorne macht, das Messer entgegennimmt, es betrachtet und wendet.

Ihre Blicke kreuzen sich.

»Da ist Blut dran.«

»Ich musste mich verteidigen.«

»Gegen wen?«

»Einen, der mich bedroht hat.«

Er sieht das Messer wieder an und wiegt es in der Hand.

»Wohin bist du unterwegs?«

»Zum Busbahnhof. Ich habe in der Festung gesessen.«

Und sie zeigt auf Gerda.

»Das ist Hallgerd, die Gerda genannt wird.«

»Ich heiße Grim.«

»Elin.«

Er wendet das Messer in der Hand.

»Skarpheden verleiht das nicht gerne. Warum hat er es dir geliehen?«

»Ich weiß nicht.«

Der Mann, der Grim heißt, reicht Elin das Messer und nickt mit dem Kopf in Richtung Hausecke.

»Gehen wir rein.«

Die drei Hunde trotten voran und Elin, Gerda und Grim folgen ihnen. An der Tür drehen sich die Hunde zu Grim um und er öffnet sie mit etwas, das er in der Tasche hat.

In der Eingangshalle befindet sich ein langer Tresen, aber keine Möbel. Sie liegt im Halbdunkel, die Fenster sind mit einer Metalljalousie verdeckt. Eine nackte Glühbirne, die von der Flurdecke hängt, ist die einzige Lichtquelle. Der Lampenschirm ist auf den Fußboden gefallen und liegt verbeult und nutzlos da wie eine Erinnerung an eine bessere Zeit.

Grim zeigt den Weg.

»Treppe.«

Die Hunde laufen vor und Elin nimmt das Treppengeländer zu Hilfe.

»Ich kann den Rucksack tragen«, bietet Grim an.

»Nicht nötig.«

Oben an der Treppe ist ein Absatz und vor zwei Glastüren befindet sich eine Garderobe mit Haken und Kleiderbügeln für jede Menge Kleider. Ein Blechschild besagt, dass die Garderobe unbewacht ist und dass Gäste ihre Kleidung auf eigenes Risiko dort lassen. Ein anderes Blechschild zeigt einen grünen Pfeil, der zu den beiden Glastüren weist. Unter dem Pfeil steht *Speisesaal.*

»Durch die Türen«, sagt Grim und Elin drückt eine der Glastüren auf, auf der ein Skifahrer und ein Berg eingraviert sind.

Sie betritt ein Zimmer, das sicher fünfzig Meter lang und zwanzig Meter breit ist. In der Mitte des Zimmers steht ein Tisch, vollgepackt mit Computern, Bildschirmen und Festplatten. Unter dem Tisch befindet sich ebenso viel unterschiedliches Computerzubehör und weiter im Zimmer stehen etwa zwanzig Klappstühle. Was daraufsitzt, ähnelt aus größerer Entfernung Schaufensterpuppen, zum Teil voll bekleidet, zum Teil nicht.

»Meine Freunde«, erklärt Grim, während Elin die Rucksackträger abstreift. An der den Glastüren am nächsten gelegenen Wand steht ein ungemachtes Bett. Daneben ein Nachttisch mit einer Lampe, zwei Teetassen und einem Teller mit einem angebissenen Butterbrot. Auf dem Fußboden neben dem Bett liegen zwei Papierbücher. An der gesamten Längsseite befinden sich große Fenster und der Regen rinnt die Scheiben hinunter. Grim greift nach etwas in seiner Tasche, einige Lampen schalten sich ein und die schaufensterpuppenähnlichen, menschengroßen Figuren werden angestrahlt.

Grim ruft:

»Jack!«

Eine der halb nackten und puppenartigen Gestalten erhebt sich.

»Hast du den Ball?«

Die Puppenartige bückt sich und hebt etwas auf, das aussieht wie ein Tennisball.

»Zeig, was du kannst, Jack!«

Die Puppenartige hebt den Wurfarm über den Kopf und wirft auf die zehn Meter entfernte Wand. Der Ball kommt unter der Decke an der Wand auf. Die Deckenhöhe beträgt mehr als vier Meter. Der Ball prallt ab, kommt zurück und die Puppe namens Jack fängt den Ball mit der rechten Hand, hebt den Arm erneut und schmettert den Ball ein weiteres Mal gegen die Wand.

Er fängt ihn wieder und Grim ruft:

»Danke, Jack. Das reicht.«

Jack lässt den Ball auf den Boden fallen und setzt sich zurück auf seinen Platz.

»Alan!«, ruft Grim und eine andere puppenartige Person erhebt sich. Sie taumelt ein wenig, geht ein paar Schritte, stemmt die rechte Hand in die Hüfte und hebt das Bein. Als sie bei dem mit Computern beladenen Tisch ankommt, dreht sie den Schreibtischstuhl zu sich und nimmt Platz. Die Gestalt trägt einen dunklen Anzug, ein weißes ungebügeltes Hemd mit abstehendem Kragen und eine gestreifte Krawatte. Sie ist glatt rasiert, schlank und genauso groß wie Elin.

»Das hier ist Alan«, stellt Grim vor.

Er wendet sich Alan zu.

»Erzähl deine Geschichte, Alan.«

Elin hebt Gerda aus dem Tragegurt.

»Kann ich mich setzen?«

»Natürlich.«

Grim wendet sich wieder zu Alan:

»Warte einen Moment.«

Und zu Elin sagt er:

»Möchtest du irgendetwas? Eine Tasse Tee, eine warme Decke, irgendwas ...?«

»Eine Tasse Tee wäre gut«, antwortet Elin und Grim geht zu dem

Tisch am Bett, auf dem zwei Thermoskannen stehen. Grim greift nach einer der beiden und schraubt den Deckel ab, nimmt die beiden Tassen, die auf dem Tisch stehen, und stellt sie wieder zurück. Dann geht er durch die Glastüren hinaus und Elin geht zum Bett, setzt sich, legt Gerda neben sich und zieht sich erst den einen, dann den anderen Stiefel aus. Sie streift die Wollsocken ab, lässt sie auf den Boden fallen und betrachtet ihre Blasen.

Grim kehrt mit einer Tasse zurück und gießt Tee hinein. Er reicht sie Elin.

»Es ist im Moment vielleicht etwas zu viel, meine Kameraden kennenzulernen?«

Elin nippt am Tee.

»Ich will deine Kameraden unbedingt kennenlernen. Sind das alles Robos?«

»Alle, aber nur zwei funktionieren. Die übrigen sind Ersatzteillager.«

Und er dreht sich zu Alan um:

»Bist du bereit?«

»Natürlich«, kommt es von dem Roboter. »Ich fange an, wenn du es für angebracht hältst.«

»Es ist jetzt angebracht«, sagt Grim, und der Roboter, der Alan heißt, räuspert sich und fängt an zu erzählen. Seine Stimme klingt eine Spur künstlich, was man für ein Begleitsymptom einer Erkältung oder Halskrankheit halten könnte. Eigentlich ist nichts Merkwürdiges daran, eine ganz normale Stimme, würden die meisten sagen. Vielleicht würde jemand bemerken, der Sprecher habe einen leichten Akzent, würde vermuten, dass er in Großbritannien aufgewachsen ist.

»Man kann sagen, dass das Jahr, in dem ich geboren wurde, den einen oder anderen Hinweis auf meine Zukunft liefert. Ich kam zwei Monate nachdem die Titanic im Nordatlantik versank, auf die

Welt. Die Ursache für diese Katastrophe lag unter anderem daran, dass man sich weigerte, Informationen, die man de facto hatte, auch zu verwerten. Der Umgang mit Informationen sollte etwas werden, das mein Leben stets begleiten würde. Schiffe und der Nordatlantik ebenfalls.«

Er macht eine Pause und spielt an seinem Jackenärmel herum, als wäre er in Gedanken versunken. Dann sammelt er sich und nimmt die Erzählung von einer anderen Warte wieder auf:

»Ich wurde 1912 geboren. In der Schule zeigte ich eine natürliche Veranlagung für Mathematik und bald schon promovierte ich in diesem Gebiet. Zu jener Zeit hatte ich ein nicht geringes Interesse an der Anwendung mathematischer Prinzipien im Bereich der Verschlüsselung.«

Gerda beginnt zu weinen, woraufhin Alan sich erhebt und hinkenden Schrittes zurückweicht. Gleichzeitig drehen Elin und Grim ihre Gesichter Gerda zu.

»Would you care for a song?«, lässt Alan verlauten. Er wirft die Arme in die Luft, als wolle er jemanden umarmen, und ohne eine Antwort abzuwarten, singt er mit tiefer und schöner Stimme:

*There'll be Bluebirds over*
*The white cliffs of Dover*
*Tomorrow*
*Just you wait and see*

*There'll be love and laughter*
*And peace ever after*
*Tomorrow*
*When the world is free*

*The shepherd will tend his sleep*
*The valley will bloom again*
*And Jimmy will go to sleep*
*In his own little room again*

*There'll be Bluebirds over*
*The white cliffs of Dover*
*Tomorrow*
*Just you wait and see.*

Als er aufhört zu singen, lächelt er Gerda zu, wartet einen Moment und wiederholt den letzten Satz: »Just you wait and see.«
Er sieht beinahe peinlich berührt aus, als hätte er sich mit der Erinnerung und den Erfahrungen aufgedrängt, die so lange zurückliegen, dass ihnen etwas Albernes anhaftet. Er steckt eine Hand in die Hosentasche und streicht sich mit der anderen die Haare zurück.
»Just one of those songs, you know … Jenes mit der Verschlüsselung führte zu Bletchley Park. Es war natürlich von Bedeutung, was wir dort taten, aber manchmal denke ich, dass man meinen Einfluss überschätzt hat.«
Er streicht sich wieder über die Haare. Sein Scheitel ist äußerst akkurat.
»Wie auch immer, es war eine erfreuliche Arbeit und es gelang uns, zu großen Teilen Nützliches hervorzubringen. Meine Leidenschaft war das Laufen, und wenn die Zeiten andere gewesen wären, so wäre ich vielleicht ein erstklassiger Langstreckenläufer geworden. Manchmal fuhr ich nach London, aber nicht ausgesprochen häufig. Ab und zu ging ich ins Kino. Mein Lieblingsfilm … ich weiß tatsächlich nicht, wie viele Male ich ihn gesehen habe, was ein wenig merkwürdig ist, denn ich weiß eigentlich alles über mein Leben, das sich in Zahlen fassen lässt. Es gibt da eine Szene, die ich als

unglaublich gut empfinde, Grim, du weißt, welche ich meine, aber du ... wie war dein Name noch mal?«

Und er sieht aus, als würde er sich dafür schämen, ihren Namen vergessen zu haben.

»Elin.«

Er lächelt ein wenig unsicher.

»Natürlich. Es gibt da eine Szene, weißt du. Sieh her ...«

Und er ruft der Bildwand zu:

»Favourite scenes, number seven!«

Und auf der Bildwand an der hinteren schmalen Wand erscheint eine Sequenz aus einem Zeichentrickfilm, in der man Schneewittchen mit dem vergifteten Apfel sieht.

Alan sieht jetzt aus, als wäre gerade seine Gabel bei einem feinen Abendessen auf den Boden gefallen.

»Das war gar nicht die Szene, die ich zeigen wollte, aber nun gut. Das Faszinierendste ist ja eigentlich die Verwandlung der Königin, nicht wahr? Dass sie so höllisch bösartig werden kann ... und dass wir diese Entwicklung miterleben, obwohl es fast nur über Bilder vermittelt wird. Ja, wie auch immer, ich kam hin und wieder nach London, gar nicht oft, wir hatten einen vollgepackten Stundenplan. England war weder im Besitz von Waffen noch von Munition. Es gab einen Mangel an Arznei, an Treibstoff. Wir hatten so gut wie nichts, und als Winston im Parlament stand und zugab, dass ...«

Alan verändert die Tonlage, alle Zweifel und alle Vorsicht weichen aus seiner Stimme und er lispelt ein bisschen.

»We shall fight in France, we shall fight on the seas and oceans, we shall fight with growing confidence and growing strength in the air, we shall defend our Island, whatever the cost may be, we shall fight on the beaches, we shall fight on the landing grounds, we shall fight in the fields and in the streets, we shall fight in the hills, we shall never surrender ...«

Alan verzieht den Mund, als würde er sich für das, was er gerade aufgeführt hat, genieren, ungefähr so, wie wenn man eine lustige Geschichte weitererzählt und bemerkt, dass die Zuhörer diese schon kennen und ihre Reaktion gleichermaßen mitfühlsam wie ablehnend ausfällt.

»Die Rede war natürlich glänzend, aber gewagt und jenseits aller Vernunft. Ohne Hilfe der USA wären wir nicht sonderlich lange zurechtgekommen und die Hilfe, die wir bekamen, kam über den Atlantik. Da draußen lagen die deutschen U-Boote. Sie versenkten unerhörte Mengen Fracht, aber waren angewiesen auf entsprechende Informationen. Den U-Boot-Kommandanten wurden mittels eines verschlüsselten Systems die Berichte der Befehlshaber in Deutschland telegrafiert. Sie bekamen Hinweise zu den Routen der Konvois und erhielten Anweisung, mit Rudeltaktik vorzugehen, und sie waren entsetzlich effektiv. Unsere Aufgabe in Bletchley Park war es, ihre Funksprüche zu entschlüsseln, was uns gelang. Das ist es wohl, was sich als mein Beitrag zur Zivilisation bezeichnen lässt. Wir hatten die Systeme entschlüsselt und konnten ihre Kommunikation dekodieren. Und wir schafften es, dies geheim zu halten. Damit waren wir überlegen, denn unser Feind glaubte, er würde kommunizieren, ohne abgehört zu werden.«

Gerda fängt wieder an zu schreien und Alan macht ein paar Schritte auf sie zu, nimmt die Hand aus der Hosentasche, wirft die Arme hoch und stimmt ein neues Lied an:

*We'll meet again, don't know where, don't know when,*
*but I know, we'll meet again some sunny day!*

Dann verstummt er und geht zum Fenster an der Längsseite des Raumes. Er hebt eine Hand und schreibt etwas auf die staubige Scheibe, dreht sich um und sieht Elin an.

»Du möchtest sicher wissen, was ich geschrieben habe?«

»Nicht unbedingt«, antwortet Elin.

Alan seufzt.

»Es ist meine Aufgabe, den Datenverkehr der Regierung zu entschlüsseln, und wo es mir möglich war, habe ich interveniert. Ich konnte ihren letzten Beobachter gehörig stören. Seit ein paar Stunden ist der Großteil der Computerkraft zerschlagen. Das hat natürlich sowohl Vorteile als auch Nachteile. Solange sie kommunizieren und glauben, dass ihre Mitteilungen den Empfänger erreichen, ohne dass jemand sie belauschen kann, ist man überlegen, genau wie im U-Boot-Krieg. Gleichzeitig können wir ab dem Moment, wo die Computer nicht mehr funktionieren, ihre Pläne nicht weiter verfolgen, da sie über diese keine Mitteilungen mehr senden können. Wenn ich hätte entscheiden dürfen ...«

Alan schweigt und humpelt zum Arbeitstisch, streckt den Arm aus und nimmt einen Apfel vom Tisch. Er hält ihn Elin hin, um sie draufblicken zu lassen. Er ist rot und groß und schön.

»Der Apfel hat einen besonderen Stellenwert in unserer Kultur. Adam und Eva, die Schlange, die Frucht der Weisheit, Scrapple from the Apple, The Big Apple und die gigantische Computerfirma. Der Apfel hat eine Bedeutung und viele der Assoziationen, die sich heute bei einem Apfel einstellen, waren zu meiner Zeit nicht geläufig. Aus meinem letzten Apfel, den ich gegessen habe, wurde eine große Sache gemacht. Es gibt sogar jemanden, der ein Theaterstück über diesen Apfel geschrieben hat, das *Der schönste Apfel* heißt. Der Titel des Stücks fußt auf der Vorstellung, dass ich meinen abendlichen Apfel mit Zyankali vergiftet und mir auf diese Weise das Leben genommen haben soll. Ich aß ja vor dem Schlafen immer einen Apfel. Ja, natürlich nicht immer, denn es gab Zeiten, in denen es alles andere als leicht war, Obst aufzutreiben, aber im Prinzip war ich ein Großverbraucher von Äpfeln.«

Er geht zum Arbeitstisch und legt den Apfel wieder hin. Als dieser auf dem Tisch aufkommt, hört man, dass er aus Metall ist. Alan berührt einen der Computerbildschirme, ungefähr so, wie er zuvor die Fensterscheibe berührt hat.

»Ich wurde mit dem Verdienstabzeichen des British Empire belohnt. Sie wollten nicht, dass eine ihrer größten Auszeichnungen dadurch beschmutzt werde, dass ein ehrwürdiger Träger derselben im Gefängnis landete.«

Er seufzt.

»Das Gesetz zur Homosexualität stammte von 1885. Ende des neunzehnten Jahrhunderts war die Dampfmaschine eine große Sache und sie wurde als wiederkehrende Metapher genutzt, auch für das Menschliche. Man sollte ›Kohlen nachlegen‹ oder ›Dampf ablassen‹. Man dachte, dass meine Sexualität einer Art Überdruck geschuldet war und dass man sie manipulieren konnte, indem man ein Sicherheitsventil öffnete.«

Er lacht kurz auf, aber seine Augen sind voller Trauer.

»Eine Sache ist zuverlässig, aber Menschen sind keine Maschinen. Sie sollten auch nicht mit Maschinen verglichen werden, denn sie verfügen weder über die Fähigkeiten einer Maschine noch weisen sie die Mängel einer Maschine auf.

Mein Verhältnis mit Arnold wurde zu meinem Fiasko. Dass ich gemeinsam mit unzähligen hart arbeitenden Männern und Frauen in Bletchley Park Tausenden britischen und amerikanischen Seeleuten das Leben gerettet hatte, spielte keine Rolle. Mein Vergehen schien so schauderhaft, dass darüber hinaus alles andere vergessen wurde. Ich hatte die Lust verspürt, einen Mann aus sexuellem Interesse heraus zu berühren. Ich hatte Arnold berührt. So etwas war unverzeihlich. Was direkt zu der Frage nach dem Verhältnis von Hardware zu Software führt. Software spiegelt die menschlichen Vorstellungen auf eine andere Weise wider als die Hardware. Die

Hardware ist zwar auch von Menschen geschaffen, aber unterliegt anderen Gesetzen als die Software. Wenn man glaubt, dass die Menschen auf gleiche Weise entwickelt werden können wie Maschinen, sitzt man einem Missverständnis auf. Vergiss nicht, dass wir in Bletchley Park etwas schufen, das viele nach uns als den ersten Computer überhaupt ansahen. Gleichzeitig spielte sich um uns herum ein unvergleichlicher Wahnsinn ab. Auf meinem Schreibtisch hatte ich einen Stahlhelm und eine Gasmaske. Der Helm und die Gasmaske sagen etwas über uns als Schöpfer der Software aus. Die Hardware war all das, was sich in unserer Maschine befand, reine Mathematik, Logik und notdürftig funktionierende Technik. Aber die Taten des Menschen sind keine Funktion, die dem ähnelt, was in Maschinen abläuft. Der Mensch ist ein Sammelsurium an Software voller Softwarefehler und die größte aller Wahnvorstellungen ist die, dass wir Menschen von der Vernunft gesteuert werden sollten. Gibt es ein unvernünftigeres Geschöpf als den Menschen?«

Er schweigt einen Moment, ehe er weiterspricht:

»Ich sollte gemäß eines Gesetzes aus dem Jahr 1885 verurteilt werden. Das gleiche Gesetz, nach dem man auch Oscar Wilde verurteilt hatte.«

Alan hebt die Stimme, sein Akzent verändert sich und er klingt noch stärker nach Upper Class als vorher:

»Outside, the day may be blue and gold, but the light that creeps down through the thickly-muffled glass of the small iron-barred window beneath which one sits is grey and niggard. It is always twilight in one's cell, as it is always twilight in one's heart.« Es heißt manchmal, dass es auch möglich ist, dass ich vom britischen Geheimdienst ermordet wurde, dass man fürchtete, dass ich zum Überläufer werden und mich den Russen anschließen könne. Man soll über die ganze Angelegenheit denken, was man will, aber zum Staatsverräter zu werden, das stand nie auf meiner Tagesordnung.

Sie boten mir eine Alternative. Ich sollte Oscar Wildes Schicksal entgehen, wenn ich mich einer Behandlung unterziehen würde, der nachgesagt wurde, sie könne meine Homosexualität kurieren. Ich ging auf ihren Vorschlag ein, was naiv war, aber auch daraus kann man lernen, nicht wahr? Ich konnte zwischen Gefängnis und einer Behandlung wählen, deren Ergebnis offen war. Doch bald bekam ich zu spüren, um was es ging. Die Behandlung ging nicht ohne unerwünschte Nebeneffekte vonstatten. Ich verlor alle Körperbehaarung, entwickelte weibliche Geschlechtsmerkmale und wurde unheimlich niedergeschlagen.«

Er schweigt einen Moment, den Blick zum Fenster gerichtet.

»Irgendwann würde ich etwas geleistet haben. Aber nicht in Mathematik oder Logik, sondern in dem Gebiet, welches das zutiefst menschliche ist. Das ist es doch, was man heute unter Psychologie versteht, oder nicht?«

Er legt den Kopf schief, dreht sich um, humpelt auf den Stuhl zu, auf dem er zuvor gesessen hat, und lässt sich darauf fallen.

»Ich bin ein bisschen müde geworden«, sagt er und streicht sich mit der Handfläche über die Haare. Die drei Hunde kommen auf ihn zu und der größte stellt sich vor ihn und winselt.

»Sie heißt Kirke, die größte. Sie liebt Alan«, sagt Grim.

»Wie heißen die anderen?«, fragt Elin.

»Skylla und Charybdis. Jetzt möchtest du bestimmt dein Zimmer sehen und etwas später kannst du etwas zum Abendessen bekommen.«

Sie stehen auf und Skylla und Charybdis folgen ihnen, während Kirke neben Alan stehen bleibt.

Da schaltet sich die Bildwand ein. Mit einem angegebenen Abstand von 499 Metern und der Richtung von 240 Grad werden zwei Männer sichtbar. Die Bildwand teilt sich in drei Bereiche. Auf dem größeren Bildbereich sind die Männer in voller Größe zu sehen. In

kleinerem Format werden Nahaufnahmen gezeigt. Einer der beiden trägt einen schmutzigen Verband um die rechte Hand.
»Ich weiß, wer das ist«, sagt Elin. »Sein Blut klebt an Skarphedens Messer.«

Die Männer kommen näher und Grim und Elin gehen ans Fenster, um zu verfolgen, wie die beiden über den Asphalt geschlichen kommen. Die Hunde knurren und Elin liest, was Alan fast unleserlich auf die Fensterscheibe geschrieben hat:

*There is hope in the wilderness.*

Der Mann mit dem Verband schiebt die Jacke zur Seite und aus einem Waffenhalfter zückt er eine Pistole. Er entsichert sie, streckt den Arm in die Luft und ist im Begriff zu schießen, doch sein Kamerad hindert ihn daran. Der Mann schimpft und dann gehen sie weiter auf das Hotel zu. Als sie an der Tür zur Eingangshalle angekommen sind, werden sie von der Kamera erfasst und beide Männer blicken direkt hinein. Die Tonwiedergabe der Bildwand ist dumpf.
»Siehst du, sie bewegt sich«, sagt der Mann mit dem Verband und deutet auf die Kamera.
»Das bedeutet, dass jemand da drinsitzt und uns beobachtet.«
»Aber doch nicht in der Kamera.«
»Logisch nicht in der Kamera, im Haus natürlich.«
»Genau, im Haus.«

Der mit dem Verband rüttelt an der Türklinke.

»Was machen wir, wenn sie hereinkommen?«, flüstert Elin.

»Wir können nur für sie hoffen, dass sie die Tür nicht aufbekommen. Kirke mag diese Sorte Besucher nicht.«

Der Mann mit dem Verband drückt die Mündung an das Schloss und gibt einen lauten Schuss ab.

»Hat es geklappt?«, fragt der Mann ohne Verband und rüttelt an der Klinke.

»Hau ab.«

Der mit dem Verband drückt die Pistolenmündung noch einmal an das Schloss und lässt einen weiteren Schuss los. Kirke bellt.

Die Männer horchen.

»Da ist ein Scheißhund drin«, sagt der Mann mit dem Verband und geht ein paar Schritte zurück, um am Gebäude hochzublicken.

»Da ist jemand drinnen!«, ruft er seinem Kameraden zu. »Ich habe jemanden gesehen.«

Er richtet die Pistole zum Fenster und Grim zieht Elin am Jackenärmel.

»Geh da weg«, sagt er und auf der Bildwand sehen sie, wie der Mann den Finger um den Abzug legt, aber kein Schuss kommt. Der Mann nimmt das Magazin aus der Pistole.

»Leer«, sagt er und setzt das leere Magazin zurück in die Pistole.

Der Mann ohne Verband stellt sich neben seinen Kameraden. Sie stehen beide mit dem Kopf im Nacken da und blicken an der Hauswand hoch. Sie sind unrasiert und sehen aus, als ob sie mehrere Nächte in ihren Kleidern geschlafen haben.

»Da ist jemand drinnen«, wiederholt der mit der leeren Pistole. »Ich habe jemanden gesehen.«

»Und einen Hund haben sie«, sagt der andere. »Ohne Munition sind wir schlecht dran, wenn sie den Köter rauslassen.«

»Das kann auch ein Chihuahua sein«, feixt der mit dem Verband.

»Dann können wir ihn fangen und haben was zum Abendessen.«

»Woher weißt du, dass das ein Chihuahua ist?«

»Ich weiß es nicht, ich sage nur, es könnte ein Chihuahua sein.«

»Warum sollte es einer sein?«

»Warum nicht?«

»Es kann ein Dobermann oder ein Rottweiler sein. Es klang nicht nach einem kleinen Hund.«

»Warum bist du immer so negativ?«

»An einem Rottweiler ist viel Fleisch. Schmeckt wie Kaninchen. Gar nicht so zäh, wenn es eine Weile hängt.«

»Wie willst du das schaffen, bevor er dir die Hand abbeißt?«

»Ich lasse einen Riesenfurz vor ihm ab.«

Sie stehen einen weiteren Moment lang da und blicken am Haus hoch, dann macht der mit dem Verband kehrt und geht auf den Weg zurück, den sie gekommen sind. Sein Kamerad folgt ihm unverzüglich und kurz darauf sind sie verschwunden.

»Ich zeige dir dein Zimmer«, sagt Grim.

»Danke.«

Grim geht voraus auf die Glastüren zu und Skylla und Charybdis folgen ihm, während Kirke bei Alan bleibt.

»Du wohnst im zweiten Stock. Soll ich den Rucksack nehmen?«

Elin gibt ihn Grim und er steigt zwei Stufen auf einmal nehmend die Treppe vor ihr hinauf.

Sie ist ein bisschen außer Atem, als sie fragt:

»Woher weißt du so viel über Roboter?«

»Unser Vater hat eine Firma in Stavanger. Er stellt Roboter her, die ebenso gut an Land wie unter Wasser arbeiten können. Sie werden auf Bohrinseln eingesetzt. Weil die Japaner so weit vorne liegen, was Robotics angeht, haben wir dort gewohnt, während unser Vater seine Geschäftskontakte ausbauen und Möglichkeiten ausloten konnte. Wir zogen dorthin, als ich zwölf war.«

167

»Welche Möglichkeiten?«, fragt Elin.

»Die Möglichkeiten sind unbegrenzt«, antwortet Grim, als sie oben an den Türen angelangt sind, die zum Flur im zweiten Stock führen. Er öffnet sie und zeigt den Weg.

»Es ist ein Stück.«

Er geht mit langen Schritten voran, die Hunde wuseln zwischen ihnen herum und Elin fragt weiter mit lauter Stimme.

»Also hast du in Japan gewohnt?«

»Zwei Jahre lang, dann sind wir zurück nach Hause gekommen, aber ich bin noch mal dorthin gegangen, als ich neunzehn war und habe an der Universität von Osaka angefangen zu studieren. Auf der ganzen Welt gibt es keine qualifiziertere Ausbildung in Robotics als dort. Ich bin vier Jahre geblieben, habe den Master gemacht und bin nach Stavanger zurückgegangen, aber das war nicht so von Erfolg gekrönt.«

»Was machst du dann hier?«, fragt Elin.

»Ich brauche einen Ort, wo ich mit dem weitermachen kann, was mich interessiert.«

»Und das ist?«

»Das Gefühlsleben der Roboter oder besser gesagt die Neurosen der Roboter.«

»Bist du eine Art Roboter-Psychologe?«

Er lacht und dreht sich um.

»Ich bin vorwiegend damit beschäftigt, es zu schaffen, bei einem Roboter dieselben inneren Konflikte zu kreieren, die bei einem Menschen zur Neurose führen. In einem Roboter sind Neurosen eine Art Fehlprogrammierung. Es sollten keine Konflikte in einer Programmierung auftauchen. Alles muss glasklar sein. Es ist eine Frage von A oder B. Es ist eine Frage von Einsen oder Nullen. Es gilt entweder Ja oder Nein. Bei einer Neurose willst du A und B gleichzeitig und du willst vielleicht nicht zugeben, dass du A willst, weil

A peinlich, schuldbeladen oder nicht rechtens ist. Du willst A, aber denkst aus irgendeinem Grund, dass du B auch machen solltest. Der Kompromiss, den du eingehst, schafft die Basis des Symptoms, eine Neurose entwickelt sich. Ich versuche einen neurotischen Roboter zu entwickeln, einen Roboter, der Gefühle hat, keine menschlichen Gefühle, aber die Gefühle eines Roboters, genau wie Hunde die Gefühle von Hunden haben, nicht von Menschen.«

Er kratzt sich heftig, fast schon wütend an der rechten Hand.

»Unser Vater raste, als ich versucht habe, mit ihm über diese Sachen zu sprechen. Er ist nicht interessiert an Robotern, die Gefühle haben, noch weniger an Robotern mit Neurosen. Er will Roboter haben, die astrein funktionieren, die Entscheidungen treffen können, die unter der Wasseroberfläche und höchstmöglichem Druck etwas reparieren können. Ein innerer Druck interessiert ihn nicht. Hast du gemerkt, dass Alan von innerem und äußerem Druck gesprochen hat?«

»Ja.«

»Ich will, dass Alan wie ein gewöhnlicher Mensch spricht, eine Person, die zwar besondere Fähigkeiten hat, sich aber im Großen und Ganzen wie eine gewöhnliche Person benimmt.«

»Meinst du damit, dass Alan eine Person ist? Ist er nicht eine Maschine?«

Grim zögert einen Moment, bevor er eine Antwort gibt.

»In gewisser Weise ist er eine Person, und sollte er es noch nicht vollständig sein, dann wird er es bald werden. Wir sind da.«

Und er zeigt auf die Tür.

»Nummer 237. Die Tür lässt sich nicht verschließen, weil der Schlüsselcomputer vom Netz genommen ist.«

Er kichert.

»Ich brauchte ihn für etwas oder eher für jemanden. Du kannst es dir schon denken … Bitte sehr.«

Er öffnet die Tür und Elin tritt ein. Grim bleibt auf der Schwelle und hinter ihm stehen Skylla und Charybdis mit hängenden Zungen.

»Ich gehe hinunter in die Küche. In zwanzig Minuten gibt es Essen. Ich schicke die Hunde hinauf, wenn du kommen sollst.«

Er deutet auf die Bildwand.

»Dieses Zimmer, der Speisesaal und die Küche sind die Räume, die funktionierende Bildwände haben. Alles andere ist abgeschaltet. Wenn du ›Grim‹ rufst, werde ich dich sehen können, vorausgesetzt, ich bin in der Küche oder im großen Saal. Wenn es funktioniert, was es leider nicht immer tut.«

Er lacht und geht hinaus.

Das Zimmer hat ein Doppelbett mit Überwurf und es gibt ein Badezimmer mit Badewanne, Handtüchern, Seife in einem Spender und Shampoo. Elin legt Gerda auf das Bett, geht zum Fenster und sieht hinunter in den Garten. Der Nebel ist zurück und sie kann nicht einmal bis zum Parkplatz blicken.

Sie nimmt Gerda mit ins Badezimmer, legt sie auf ein doppelt gefaltetes Handtuch auf den Fußboden, zieht sich aus und stellt sich unter die Dusche. Es gibt Warmwasser und sie wäscht sich die Haare, während Gerda sie beobachtet.

Elin drückt die Blasen an den Fersen aus und zieht sich Socken an, wäscht Unterhosen und Gerdas Windeltücher und hängt sie zum Trocknen auf. Sie sucht nach einer Haarbürste, findet aber keine und versucht, sich mit gespreizten Fingern zu kämmen.

Dann hört sie die Hunde winseln.

Sie zieht sich an, nimmt Gerda auf den Arm, geht hinaus zu den Hunden und folgt ihnen den Flur entlang. Die Hunde schleichen vor ihr ins Erdgeschoss hinunter, an der Eingangshalle vorbei und entlang der Küchenzeile mit glänzenden Metallschränken an den Wänden. Elin nimmt den Essensgeruch wahr und kommt dann in ein kleines Zimmer, in dem Grim den Tisch gedeckt und zwei Kerzen angezündet hat. Er steht mit in die Seiten gestemmten Händen an die Anrichte gelehnt da und beobachtet sie.

»Du hast nicht zufällig eine Haarbürste, oder?«, fragt sie und fährt sich mit gespreizten Fingern durch ihre Haare.

»Nicht hier, aber du kannst eine Salatgabel benutzen.«

Er zieht eine Schublade auf und reicht ihr eine große Gabel mit fünf Zinken. Sie wiegt sie in der Hand und zieht sie sich dann einige Male durch die Haare.

»Ich kann dich kämmen, wenn du möchtest«, bietet er ihr an.

»Danke, nicht nötig. Darf ich mich setzen?«

Er zeigt auf den Stuhl nahe der Tür.

»Bitte.«

Neben ihr stehen die Hunde und hecheln und Grim holt eine Pfanne und Servietten.

»Fisch aus den Seen hier oben. Ich nehme an, Skarpheden hat von seinem Anglerglück erzählt?«

Er lacht über seine Frage.

»Das hat er in der Tat. Als wir in Spångkojan zu Mittag gegessen haben, hat er eine Forelle serviert, die er im Fluss gefangen hat.«

Grim geht um den Tisch herum und tut sich selbst Fisch auf. Dann stellt er die Pfanne zurück auf den Herd und holt eine zweite.

»Bratkartoffeln.«

Er stellt die Pfanne auf ein Schneidebrett auf den Tisch, setzt sich und scheint Mühe zu haben, sich das Lachen zu verkneifen.

»Skarpheden hat vermutlich viele Anglergeschichten erzählt?«

»Nur eine.«

Grim kichert.

»Es werden noch mehr werden.«

Elin spürt, dass sie rot wird, aber versteht nicht, was ihr peinlich ist.

»Interessiert er sich so sehr fürs Fischen?«

»Ja.«

»Aber du interessierst dich nicht für Radioaktivität?«

Grim schüttelt den Kopf.

»Die Isotope darf er für sich selbst haben. Hat er gesagt, dass er kommen und das Messer holen wird?«

»Ja.«

Grim lacht.

»Ganz der Alte.«

»Wie meinst du das?«

»Er verleiht das Messer gelegentlich, aber nur an Mädchen, an denen er Interesse hat. Er sieht immer zu, dass er es zurückbekommt. Hat er erzählt, wie er es bekommen hat?«

»Nein.«

»Das wird er noch tun. Möchtest du Wein oder Wasser?«

»Gibt es Wein?«

»Der Weinkeller ist nicht groß, aber es gibt einen kleinen, wo die Köche ein paar Flaschen für sich selbst versteckt haben.«

»Ich trinke lieber Wasser.«

»Dann gibt es Wasser«, sagt Grim und schenkt Elin und danach sich selbst aus einer Kanne ein. Er lehnt sich zurück und beobachtet Elin.

»Was hast du mit deiner Wange gemacht?«

»Skarpheden hat mich geschlagen.«

Grim schüttelt den Kopf.

»Das glaube ich nicht.«

»Ich habe ihn darum gebeten.«

»Warum?«

»Damit man mir glaubt, wenn ich behaupte, dass ich auf der Flucht vor einem Mann war, der mich misshandelt hat.«

Er runzelt die Stirn.

»Die Wange ist grün.«

Elin starrt auf die Tischplatte, isst eine Weile und legt dann die Gabel hin.

»Es gibt eine Sache, die ich nicht verstehe.«

»Was?«

»Hat es Alan wirklich gegeben?«

Grim nickt.

»1912 geboren, Selbstmord 1954. Manche sind der Ansicht, dass er derjenige war, der den ersten Computer konstruiert hat. Nahm sich das Leben mit einem vergifteten Apfel, weil er es nicht mehr aushielt, dass sie ihn mit Hormonen behandelten.«

»Also hat er existiert?«

»Hast du in der Schule nichts gelernt?«

»Ich bin in keine Schule gegangen.«

»Warum nicht?«

»Meine Eltern wollten nicht, dass ich Cool nehme.«

Elin isst weiter und spricht mit vollem Mund.

»Und jetzt erschaffst du Alan noch einmal?«

Grim nickt.

»Wie hast du Skarpheden getroffen?«

Elin erzählt und Grim verrückt die Kerze, die zwischen ihnen steht, ein Stück. Elin drückt sich gegen ihre Stuhllehne und Grim betrachtet sie.

»Was ist los?«, fragt er.

»In der Luft war plötzlich eine Art Rand, als du die Kerze verschoben hast.«

»Flashback.«

»Was meinst du?«

»Hast du was genommen?«

»Sie haben mir was gegeben, als ich in der Festung saß.«

»Vermutlich LSD?«

»Weißt du etwas darüber?«

Er lacht und sie essen eine Weile schweigend weiter.

»Ich frage mich, wie ich nach Hause kommen soll«, sagt Elin schließlich. »Ich habe kein Mobil und ohne werde ich kaum den Bus nehmen können.«

»Erzähl von der Festung«, fordert Grim sie auf.

Als sie die ganze Geschichte erzählt hat, betrachtet sie Gerda, die auf ihrem Arm eingeschlafen ist.

»Ich habe Angst, dass sie ihr irgendetwas angetan haben. Sie ist so anders, seit wir von dort abgehauen sind.«

»Wenn sie dir LSD gegeben haben, kann sie davon etwas über deine Milch aufgenommen haben. Das verschwindet nach und nach aus dem Körper, dauert aber eine Weile. Vielleicht hat sie auch ein Schlafmittel bekommen, als sie in die Tasche gelegt und von da weggebracht werden sollte. Sie ist klein, vielleicht haben sie ihr zu viel gegeben.«

»Glaubst du, wir sind hier oben sicher?«, fragt Elin.

Grim zuckt mit den Schultern.

»Keine Ahnung. Die Radionachrichten sind unzuverlässig, man kann nie sagen, wer was sendet, und die Mobile funktionieren nur sporadisch.«

»Stell dir vor, diese Männer da kommen zurück.«

»Es wird das Beste für sie sein, wenn sie es bleiben lassen. Wenn die Hunde sie angreifen, haben sie schlechte Karten.«

Elin bemerkt, dass unter der Arbeitsplatte in der Küche einige Kisten stehen, auf deren Etiketten japanische Schriftzeichen sind.

Sie deutet darauf.

»Wem gehören die?«

Grim dreht den Kopf.

»Den Forschern, die hier vorher gewohnt haben. Sie sind verschwunden, aber haben Essstäbchen, Schälchen und Servietten dagelassen.«

»Sprichst du Japanisch?«

»Einigermaßen.«

»Was steht auf den Schildern?«

Grim liest.

»Ozu, Kurosawa, Kitano, Imamura und noch ein Kitano.«

»Ist Japanisch schwer?«

»Ein bisschen schon. Ich kann dir ein Mobil bauen.«

»Danke.«

»Was hat Skarpheden über mich gesagt?«

»Dass du hier oben hockst und dir alte Filme ansiehst.«

Grim schnaubt verächtlich.

»Er hat nie viel von mir gehalten. Hat er noch etwas gesagt?«

»Ich glaube nicht. Hast du noch mehr Geschwister?«

»Unser Vater hatte einen Sohn aus erster Ehe, aber der ist älter und ich kenne ihn kaum. Er heißt Helge.«

»Hast du keine Schwester?«

»Nein, du kannst meine Schwester werden.«

Elin lacht. Als sie kurz darauf aufgegessen haben, stellt Grim Teller und Besteck in die Maschine und schaltet sie ein. Dann nimmt er Elin mit in das Esszimmer. Er zeigt auf etwas, das wie ein großer Koffer aussieht.

»Das da kann Kopien von allem Möglichen machen. Erst brauchen wir ein Foto, dann brauchen wir deine Geburtsnummer und deine Codes und dann können wir die Maschine in Gang setzen.«

Er benutzt sein eigenes Mobil, um ein Foto von Elin zu machen.

Als er es im Computer hochlädt, wird das Bild wiedererkannt und mit Elins Geburtsnummer und zwei Sicherheitscodes verglichen, an die Elin sich zu ihrer Erleichterung erinnert. Während der 3-D-Drucker arbeitet, legt sich Elin aufs Bett. Skylla und Charybdis kommen angelaufen und setzen sich neben sie. Mit dem Hundehecheln im Ohr schläft sie ein.

»Elin«, flüstert Grim und rüttelt sie an der Schulter.
Sie schlägt die Augen auf. Sein Gesicht ist fast nicht zu erkennen. Eine Lampe mit blauem Licht steht auf dem Tisch bei den Computern. Vor die Fenster sind schwarze Vorhänge gezogen. Irgendwo in der Ferne ist ein dumpfes Knallen zu vernehmen.
»Ist das Donner?«
»Granaten. Komm mit, ich zeig dir was.«
Verschlafen steht sie auf und folgt ihm an den Tisch mit den Computern. Er nimmt das neu angefertigte Mobil in die Hand.
»Die Leitungen sind gerade alle nicht funktionstüchtig, kein Kontakt in irgendeine Richtung möglich. Bitte schön.«
Sie nimmt das Mobil entgegen, streift dabei seine Hand und steckt es in die hintere Hosentasche. Kirke liegt vor der Bildwand zu Alans Füßen. Skylla und Charybdis stehen vor dem Bett und bewachen Gerda.
»Ich muss mich hinlegen, mit Gepäck in den Bergen herumzulaufen zehrt ganz schön an den Kräften. Hast du vielleicht ein Pflaster?«
Grim nickt. Elin hebt Gerda hoch und geht mit ihr hinauf zu Zimmer 237. Sie wickelt das Kind und wäscht Gerdas Kleidchen. Als sie gerade anfangen will, sich selbst auszuziehen, klopft es an die Tür. Elin öffnet und Grim steht mit einem Päckchen Pflaster und einem Metallapfel vor der Tür.
»Komm rein«, sagt sie und er reicht ihr die Pflasterpackung und

macht zwei Schritte in den Raum hinein, lässt aber die Tür offen stehen.

»Warum bist du nicht mit dem Bus gekommen, als Skarpheden auf dich gewartet hat?«, fragt Elin, den Blick auf den Apfel gerichtet.

»Ich habe die hier gefunden«, sagt er und holt eine Haarbürste aus der Hosentasche.

»Skarpheden hat auf dich gewartet.«

»Hat er gesagt, dass ich mit dem Bus kommen sollte?«

»Ja.«

Grim grinst breit.

»Man kann von hier aus nicht mit dem Bus hinauf nach Idre kommen. Seit das Hotel geschlossen wurde, halten die Busse hier nicht mehr.«

»Er muss geglaubt haben, dass du von woanders herkommst.«

Grim schüttelt den Kopf.

»Wir hatten seit Längerem schon keinen Kontakt. Er hat nicht auf mich gewartet.«

»Warum hat er es dann behauptet?«

Grim zuckt mit den Schultern.

»Vielleicht ist er hinunter zum Bus gegangen, um zu sehen, ob er ein Mädchen finden kann, das … Ich weiß nicht.«

»Das was?«

»Er war am Busbahnhof, um jemanden aufzureißen.«

»Er hat also nicht auf dich gewartet?«

»Nein.«

Sie bleiben voreinander stehen, Elin mit der Pflasterpackung in der einen Hand und der Haarbürste in der anderen, Grim mit dem Metallapfel.

Er hält ihr den Apfel entgegen. Sie steckt die Pflasterpackung und die Bürste in die Tasche und nimmt ihn in die Hand. Er wiegt sicher ein halbes Kilo.

»Drück die Daumen auf die grünen Flecken«, fordert Grim sie auf. Elin sieht zunächst keine Flecken, doch dann entdeckt sie sie. Sie sind mit einem Zwischenraum von fünf Zentimetern verteilt und groß wie Erbsen. Elin drückt die Daumen auf die Flecken.

»Sag, es soll deine Stimme registrieren und einen Code, dessen letztes Wort ›Wilderness‹ ist.«

Elin runzelt die Stirn.

»Los!«, sagt er.

Elin zögert.

»Los!«

»Registriere meine Stimme und einen Code, dessen letztes Wort ›Wilderness‹ ist«, sagt Elin.

»Done«, tönt es aus der Metallfrucht.

Elin ist so überrascht, dass sie den Apfel beinahe fallen lässt.

»Tu ihn in dein Gepäck«, sagt Grim. »Morgen erzähle ich dir mehr über den Code.«

»Ich verstehe nicht«, sagt Elin.

»Schlaf gut«, sagt Grim und die Hunde neben ihm beobachten Elin mit großen dunklen Augen.

Dann dreht Grim sich um, geht durch die Tür und zieht sie hinter sich zu.

# 30

Elin steigt den Berg hinauf und sieht zum entfernten Wald hinunter. Sie rückt sich den Rucksack zurecht und weiß, dass sie mit diesen Armen, die sie kaum spürt, nicht ewig wird weitergehen können. Dann fällt ihr ein, dass sie Gerda im Hotel vergessen hat. Sie dreht sich um und will zurückgehen, um das Mädchen zu holen, aber der Weg, auf dem sie gerade gekommen ist, ist steil und matschig, und als sie versucht umzukehren, rutscht sie im Lehm aus und kommt nicht mehr vom Fleck.

Sie erwacht, als die Hunde zu bellen anfangen. Schon folgt die Explosion, so stark, dass der Fußboden unter dem Bett bebt. Sie legt den Arm über Gerda, dann hört sie die Salven der Maschinengewehre.
Die Gewehrsalven kommen näher, als würde jemand ins Haus eindringen. Sie hört Hundegebell, weitere Schüsse einer Waffe, dann einen Mann, der Befehle zu rufen scheint, und wieder Schüsse.
Elin rollt sich mit Gerda in den Armen vom Bett, dann steht sie auf, glättet die Decke und breitet den Überwurf über das Bett. Sie zieht sich die Jeans und die Stiefel an, während sie die Männer weiter unten im Haus Kommandos rufen hört. Sie versteht keine einzelnen Worte, aber hört, dass es mehrere sind. Ihr Herz fühlt sich an, als wolle es zerspringen, ihr Mund ist trocken und sie hört sich selbst wimmern.
Die Morgendämmerung sickert wie trübes Wasser durch die Fenster. Elin drückt sich dicht an die Wand und späht zum Parkplatz hinunter. Zwei bewaffnete Männer stehen dort mit acht Pferden. Weitere Männer treten hinaus auf den Parkplatz. Sie tragen etwas,

das in eine Decke eingewickelt ist. Ein Geländewagen kommt mit hohem Tempo angefahren und hält dann so dicht vor dem Eingang, dass Elin ihn nicht mehr sehen kann.

Die Bildwand schaltet sich nicht ein, obwohl Elin mit immer lauterer Stimme wieder und wieder Grims Namen sagt. Elin legt sich auf den Fußboden zwischen Bett und Fenster und drückt Gerda an sich. Sie hört die Männer auf dem Parkplatz einander zurufen, dann die Hufe der Pferde auf dem Asphalt und das davonfahrende Auto. Dann wird es still.

Elin steht auf und blickt hinaus auf den Parkplatz. Keine Bewegung weit und breit. Sie nimmt den Tragegurt, setzt Gerda hinein, öffnet die Tür und späht in den Flur.

Nichts.

Sie geht quer über den Flur und öffnet die Tür zu Raum 236. Es ist die gleiche Art Zimmer wie das, in dem sie selbst wohnt. Doppelbett mit Überwurf, Bildwand, Badezimmer, saubere Handtücher, ein Fenster zur Rückseite.

Sie bleibt einen Moment lang am Fenster stehen und blickt zu den Bergen hinauf, die in dichte Nebelschwaden getaucht sind.

Nichts.

Gerda wimmert und Elin flüstert, dass alles in Ordnung ist.

Sie geht in ihr eigenes Zimmer zurück, legt Gerda auf das Bett und zieht sich die Jacke an. Dann legt sie sich Gerdas Tragegurt um und setzt das Mädchen hinein. Vorsichtig und mit kleinen Schritten verlässt sie das Zimmer und geht den Flur entlang.

Hin und wieder bleibt sie stehen und lauscht, aber es ist kein Geräusch zu hören.

Sie kommt zum Treppenhaus und mit einer Hand am Geländer steigt sie zögernd und lauschend bis auf die Stufe vor dem Speisesaal herab.

Überall leere Patronenhülsen.

Die Glastüren sind zertrümmert, nur die Holzrahmen sind übrig und auch in diese sind Kugeln gejagt worden. Überall Glassplitter, wie glitzernder Kies. Sie dreht sich um und blickt zur Eingangshalle hinunter. Auf der untersten Treppenstufe liegt Kirke, den Kopf in einer Lache aus Blut.

Elin öffnet, was vor einem Moment noch eine Glastür gewesen war. Jetzt ist es ein zerschossener Holzrahmen mit einer Türklinke.

Sie geht in den großen Saal, der einst Speisesaal war. Es hängt ein Geruch im Raum, den sie nicht benennen kann, wie eine Erinnerung an etwas, das nah und gleichzeitig weit entfernt ist.

Vor dem schmalen Ende des Arbeitstischs liegen Skylla und Charybdis in einer Blutlache. Die Köpfe dicht beieinander, verzerrte Mäuler, zerfetzte Körper und Gebisse. Hinter den Hunden liegt Grim, auch er in seinem eigenen Blut.

Elin geht zum Bett, holt die Decke und trägt sie zu Grim. Sie breitet sie über seinen Körper aus. Dann geht sie zum Bett zurück und setzt sich, die Beine wollen sie nicht mehr tragen. Die Vorhänge des nächstliegenden Fensters sind durchlöchert und zum Teil aufgerissen, ein Luftstoß weht herein. Der Vorhang bewegt sich sachte, als würde er sich selbst in den Schlaf wiegen. Der Boden ist übersät mit Patronenhülsen. Sie zählt sie in einem jähen Anfall von Automatismus, als wäre es von Bedeutung, wie viele es sind.

Sie geht hinaus ins Treppenhaus und blickt nicht hinunter zur Eingangshalle, wo Kirke liegt, sondern ergreift das Geländer, zieht sich daran die Treppe hinauf und biegt auf den Flur ab, erreicht Zimmer 237 und öffnet die Tür.

Sie sammelt ihre Kleider zusammen und steckt sie in den Rucksack. Den Apfel rollt sie in eine Bluse ein, die die Bruse-Schwestern für Gerda genäht haben.

Als sie den Rucksack zubindet und ihn aufsetzen will, hört sie ein Motorengeräusch.

Sie geht wieder auf den Flur hinaus. Das Geräusch kommt von der Rückseite des Hotels. Sie überquert den Flur und öffnet die Tür von Zimmer 236. Jetzt ist das Geräusch deutlicher. Sie drückt sich dicht an die Wand, geht vor zum Fenster, und noch bevor sie es ganz erreicht hat, erkennt sie zwei Kettenfahrzeuge.
Sie geht zurück zu Zimmer 237, verstaut den Rucksack und Gerda in ihrer Trage in der Nische zwischen Bett und Fenster, hebt Gerda heraus und legt sich neben sie.
»Es ist alles gut«, flüstert sie dem Kind zu. Die Lüge soll sie selber trösten.

Sie liegt ganz still da und das Kind guckt sie an, ohne einen Laut von sich zu geben. Elin weint, spricht mit dem Kind und versichert ihm unaufhörlich, dass alles gut ist. Dann hört man plötzlich ein Krachen an der Tür, als ob jemand dagegen tritt. Die Stimme, die von draußen hereindringt, ist schroff.
»Du da drinnen, komm heraus. Komm auf allen vieren und unbewaffnet. Du hast dreißig Sekunden, danach wird die Tür aufgesprengt.«
Elin steht auf, steckt Gerda in den Tragegurt, geht zur Tür, geht auf alle viere, streckt die Hand aus, drückt die Klinke und öffnet die Tür.
»Ich komme heraus, mit meinem Kind!«, ruft sie laut, sodass Gerda anfängt gellend zu schreien.
Mit der schreienden Gerda vor ihrer Brust krabbelt sie auf Knien den Flur entlang. Gerdas Kopf schlägt auf den Fußboden auf und Elin schluchzt.

Zwei Männer mit Maschinengewehren stehen rechts in fünf Metern Entfernung. Sie haben sie mit ihren Waffen im Visier, und als sie nach links guckt, steht da noch ein weiterer Mann. Er hat einen dichten dunklen Bart und trägt eine braune Baskenmütze. Vor ihr auf dem Fußboden steht etwas, das aussieht wie ein Spielzeug auf Kettenrädern. Es ist groß wie ein Dackel und hat zwei Antennen. Als Elin sich ihm nähert, weicht es lautlos zurück.

»Setz dein Kind ab!«, befiehlt der Mann mit der Baskenmütze und Elin tut, was ihr gesagt wird. Er nähert sich Elin, die da kniet und ihn anguckt. Er trägt grüne Schnürstiefel, Jeans und eine grüne Jacke. Auf die linke Seite der Jacke ist ein Abzeichen genäht, groß wie eine Untertasse. Auf dem Abzeichen befindet sich eine Armbrust und am oberen Rand ist mit Goldfaden *Nils Dacke* aufgestickt. Der Mann hält seine Waffe in beiden Händen und die Mündung ist auf Elins Gesicht gerichtet. Er riecht stark nach Schweiß.

»Steh auf.«

Sie steht auf.

»Wessen Kind ist das?«

»Meins.«

»Sind da oben noch mehr außer dir?«

»Soviel ich weiß, nein.«

»Wie heißt du?«

»Elin Holme.«

»Bist du mit Karin Holme verwandt?«

»Sie ist die Schwester meiner Mutter.«

»Du trägst den Nachnamen deiner Mutter.«

»Ja.«

»Was machst du hier?«

»Ich bin auf die Festung gebracht worden, sie haben mich eingesperrt und verhört. Eine Polizistin, die ich vorher schon einmal getroffen hatte, hat mir geholfen zu fliehen. Ich habe einen Mann in

Idre getroffen, der gesagt hat, dass ich mich bei seinem Bruder verstecken kann.«

»Weißt du, was hier passiert ist?«

»Nein. Ich bin unten gewesen und habe nachgesehen und die Decke über Grim ausgebreitet. Dann bin ich hinaufgegangen, um Kleider zu holen und damit von hier zu verschwinden. Da kamen Sie.«

Der Mann zeigt auf Gerda.

»Nimm das Kind mit, dann gehen wir.«

Elin hebt Gerda hoch und sie gehen mit den anderen Männern vor sich die Treppen hinunter und nach draußen. Der Mann, mit dem sie gesprochen hat, geht dicht hinter ihr und sie hört das fast tonlose Surren der kleinen Maschine auf den Kettenrädern.

Auf der Treppe fährt die Maschine sechs Beine aus und bewegt sich mit meterhohen schwingenden Antennen und einem leisen Quietschen der Beine nach unten.

An der zerschossenen Tür steht eine Frau mit blonden, zerzausten hochgesteckten Haaren, einem hellgrünen Halstuch und Sonnenhut. Sie trägt eine dunkelblaue Jacke mit vielen Taschen und auch sie hat auf der linken Seite der Jacke ein Abzeichen, auf dem *Nils Dacke* steht. Im Arm hält sie ein Maschinengewehr. Als sie Gerda sieht, lächelt sie und macht einen Schritt nach vorne.

»So eine Kleine aber auch.«

Sie hebt die Hand, streckt sie Gerda entgegen und berührt das Kind mit einem beringten Finger an der Wange. Dann macht sie einen Schritt zur Seite und Elin betritt den Raum, der früher einmal der Speisesaal war. Die Gardinen bewegen sich leicht vor und zurück.

Ein großer ganz in Schwarz gekleideter Mann, der ein Maschinengewehr um die Schulter trägt, wendet sich Elin zu. Er ist dünn und grauhaarig und auch er trägt das Nils-Dacke-Abzeichen. Am Arbeitstisch sind zwei Männer damit beschäftigt, einen der Computer zu untersuchen.

»Wir haben sie oben in einem Zimmer im zweiten Stock gefunden«, erklärt der nach Schweiß riechende Mann mit Bart.

Der Große sieht Elin an.

»Ist das dein Kind?«

»Ja.«

»Junge oder Mädchen?«

»Mädchen.«

»Name?«

»Hallgerd, aber sie wird Gerda genannt.«

»Wie heißt du selbst?«

»Elin Holme, Karin Holme ist meine Tante.«

Der Große sieht an Elin vorbei die Männer hinter ihr an.

»Versucht, mit Karin Kontakt über Funk aufzunehmen.«

Dann blickt er Elin an und streckt eine Hand aus.

»Dein Mobil.«

Elin holt es aus der Hosentasche und legt es in seine Hand. Er hält es auf Schulterhöhe hoch und ruft, ohne sich umzudrehen:

»Torsten!«

Einer der Männer am Computer kommt dazu und nimmt das Mobil. Der Große spricht wieder Elin an.

»Was machst du hier?«

»Ich bin in der Festung gefangen gewesen, sie haben mich rausgelassen und ich musste fliehen.«

Im Treppenhaus ruft die Frau mit den blonden Haaren:

»Sag Runge, er soll herkommen!«

Der Große zeigt auf die Hunde und auf Grim.

»Was weißt du hierüber?«

»Ich bin von einem Knall wach geworden …«

»Sie haben die Tür gesprengt«, erklärt der Große.

»… dann habe ich Schüsse gehört. Ich habe mich versteckt und gehofft, dass sie mich nicht bemerken würden …«

»… sie waren nicht an dir interessiert.«

»Ich wollte gerade von hier fortgehen, als ich die Kettenfahrzeuge gehört habe. Ich habe Angst bekommen und mich wieder versteckt.«

»Wohin wolltest du gehen?«

»Nach Hause. Ich wohne bei Wongs 63.«

»Es wird überall gekämpft. Die Wege sind nicht sicher.«

Der, der Torsten genannt wird, kommt mit dem Mobil zurück. Er sieht Elin an und gibt es ihr.

»Das hier ist ein Spielzeug. Es kann nicht einmal ein Bild des Eigentümers aufnehmen, geschweige denn benutzt werden, um eine Verbindung zu jemandem aufzubauen.«

Der Große nickt und sieht Elin an.

»Wo hast du es her?«

Elin zeigt auf Grims Körper.

»Er hat es für mich gemacht.«

»Warum sollte er ein Spielzeug für dich bauen?«

»Er hat nicht gesagt, dass es ein Spielzeug ist, er hat gesagt, dass ich es im Bus nach Mora benutzen kann.«

»Warum?«

»Er wollte mir vermutlich helfen?«

»Wenn du es im Bus nach Mora benutzt hättest, hätte es nicht funktioniert. Was wollte er?«

»Ich habe gedacht, er wollte mir helfen.«

»Warum hätte er das tun sollen?«

»Sein Bruder hatte ihn darum gebeten.«

»Wie heißt der Bruder?«

»Skarpheden.«

»Weiter?«

»Ich weiß nicht.«

»Jemand, dessen Nachnamen du nicht kennst, hat dir also geraten, dich bei jemandem zu verstecken, der angeblich sein Bruder ist. Der Bruder baut eine Attrappe und schlägt vor, dass du sie für eine Busfahrt nach Mora nutzen sollst. Das ist eine traurige Geschichte. Besonders wenn man bedenkt, dass derjenige, der dich beherbergt hat, Hausmeister hier oben war und nicht befugt, Besucher unterzubringen.«

»Er hieß Grim.«

Der Große nickt.

»Was weißt du über ihn?«

Elin sieht sich um. Mehrere Roboter sind von ihren Stühlen gefallen. Der mit Namen Jack hat eine Gewehrsalve in die Brust bekommen.

Ein Mann in ziviler Kleidung kommt in das Zimmer, er hält eine große Waffe in der Hand. Auf dem Rücken trägt er ein Feldfunkgerät. Es ist dünn und sieht aus wie ein zusammengeklapptes Papierbuch mit einer meterlangen Antenne.

»Was soll ich machen?«, fragt der Funker und sein Blick schweift von Gerda zu Elin und zu dem Großen, der auf Elin deutet.

»Sie sagt, dass Karin Holme ihre Tante ist. Versuch, Karin zu erreichen.«

Der Mann mit dem Funkgerät dreht sich auf dem Absatz um und eilt hinaus. Auf dem Weg hinunter zur Eingangshalle spricht er mit jemandem über etwas, aber Elin kann nicht verstehen, was er sagt.

Der Große wendet sich wieder Elin zu:

»Willst du dich setzen?«

»Ich stehe lieber.«

»Also, was weißt du über Grim?«

»Er hat an der Universität in Osaka studiert und war Spezialist für Roboter. Er hielt sich hier oben auf, weil sein Vater nichts von seiner Forschung hielt.«

»Die auf was genau abzielte?«

»Einen menschlichen Roboter.«

»Und was soll das bedeuten?«

»Dass der Roboter Neurosen entwickelt.«

Der Große seufzt.

»Hat er das gesagt?«

»Ja.«

Der Große geht zu den kaputt geschossenen Fenstern und zieht den Vorhang etwas beiseite. Es ist jetzt ganz hell, wenn auch neblig.

»Der Roboter soll neurotisch werden, war es das, was er gesagt hat?«

»Ja.«

»Welcher Roboter war es, der auf diese Art weiterentwickelt werden wollte?«

»Alan.«

Der Große zeigt auf die schmale Wand, wo die zerschossenen Roboter sitzen oder liegen.

»Welcher von ihnen ist Alan?«

Elin geht am Arbeitstisch vorbei und deutet auf einen Roboter.

»Der hier heißt Jack. Er konnte einen Tennisball an die Wand werfen und ihn fangen, als er zurückkam.«

Sie sieht sich um.

»Alan ist weg.«

Der Große stellt sich neben sie.

»Bist du sicher?«

»Ja.«

»Hat Grim dir den Roboter, den du Alan nennst, vorgeführt?«

»Ja.«

»Was konnte Alan machen?«

»Singen.«

»Ach nein, wirklich? Was konnte er denn singen?«

»Ein englisches Lied.«

»Welches?«

»Es fängt an mit ›There will be bluebirds over the white cliffs of Dover‹ …«

Der Große zeigt auf die Roboter.

»Und du bist absolut sicher, dass Alan nicht dabei ist?«

»Ja.«

Der Große dreht sich zu dem Mann um, der Torsten genannt wurde.

»Was habt ihr herausgefunden?«

»Im Computer, den wir hierhaben, ist nicht viel zu entdecken, was wir nicht schon aus anderer Quelle haben. Der Staub auf der Tischplatte deutet darauf hin, dass noch zwei weitere Computer neben dem hier standen.«

Er zeigt auf den Fußboden unter dem Tisch.

»Hier standen sechs Server, das sieht man am Staub. Jetzt stehen hier nur noch drei.«

»Also haben sie zwei Computer, drei Server und Alan mitgenommen?«

»Ja.«

»Was ist Alan?«, fragt Elin.

»Ein Humanoid.«

»Hat Grim Alan konstruiert?«

Der Große mustert Elin, streckt eine Hand aus und berührt Gerdas Wange, genau wie die Frau an der Tür.

»Du hast verstanden, dass Grim hier oben Hausmeister war?«

»Er wollte sich vor seinem Vater verstecken, der Roboter für Bohrinseln gemacht hat.«

»Grim war Hausmeister.«

»Aber er war auch Spezialist in Robotics, hat an der Universität in Osaka …«

»Grim hat nie studiert, weder an der Universität von Osaka noch irgendwo anders. Das hat sein Bruder hingegen aber getan, er führt heute Promotionsstudien in Physik aus und arbeitet mit radioaktiven Stoffen in der Station für Zerstörung in Foskros.«

»Ich verstehe das nicht«, sagt Elin.

Der Große zuckt mit den Schultern.

»Grim war hier oben Hausmeister und sonst nichts, und als fünf Japaner hier oben wohnten und damit beschäftigt waren, Alan zu entwickeln, machte er ihre Betten, putzte und bereitete ihr Essen zu. Idrefjäll war ein heimliches Labor, in dem wir Spitzenkompetenzen auf dem Robotergebiet beschäftigt haben. Alan war nicht einfach ein Blechhaufen. Er war aus pluripotenten Stammzellen entwickelt und ähnelte etwas, das man vielleicht einen Menschen nennen kann. Jetzt haben ihn Söldner in ihre Gewalt gebracht. Wenn sie es schaffen, Alan zu klonen, seine Bewegungsfertigkeit weiterzuentwickeln und damit in die Massenproduktion zu gehen, können sie eine riesige Armee erschaffen. Niemand wird diese Armee besiegen können.«

Da setzt sich die Bildwand in Gang.

Zwei Reiter mit Helmen nähern sich von Süden, der eine auf einem weißen, der andere auf einem schwarzen Pferd. Sie haben Maschinengewehre in den Händen und reiten im Schritt auf den Eingang zu, die Zügel straff. Ein dritter kommt um die Ecke. Er hat um die linke Hand etwas gewickelt, das wie ein Stück einer schwedischen Flagge aussieht, und scheint unbewaffnet.

»Der da mit dem Verband war vorher schon hier«, sagt Elin.

Die Männer im Zimmer versammeln sich hinter dem Vorhang des zerstörten Fensters und der Große spricht in ein Mikrofon, das er am Revers seiner Jacke hat, während er auf der Bildwand verfolgt, wie die Reiter sich nähern.

Die Bildwand gibt einen Abstand von hundert Metern an, als der Mann mit dem Verband irgendetwas entdeckt haben muss. Er zieht die Zügel straff, wendet das Pferd, drückt die Fersen in die Seiten des Tieres, beugt sich nach vorn und verschwindet in die Richtung, aus der er gekommen ist.

»Schießen!«, ruft der Große.

Das Geräusch von Gewehrsalven füllt den Raum aus, als hätte man eine ganze LKW-Ladung Kies auf das Dach gekippt. Gerda brüllt wie am Spieß, leere Patronenhülsen schießen in Kaskaden aus den Waffen und landen glühend auf dem Boden. Der Pulvergeruch hüllt die Zurückgebliebenen in etwas ein, das später Erinnerung und Albtraum zugleich sein wird.

Der Mann auf dem schwarzen Pferd fällt vom Pferd herunter, bleibt auf dem Bauch liegen und das Pferd rennt mit leerem Sattel davon. Der Reiter des weißen bleibt quer auf dem Pferderücken hängen und dann stürzt auch er herunter und bleibt liegen.

Außer Gerdas Schreien ist nichts zu hören.

Auf dem Bildschirm tauchen zwei Männer auf, die von der Eingangshalle nach draußen laufen, der eine zu dem Gefallenen auf dem Parkplatz, der andere zu dem, der weiter entfernt liegt. Sie knien sich neben die Körper und stehen schnell wieder auf, drehen sich zum Hotelgebäude um und recken die Daumen nach oben.

»Warum sind sie zurückgekommen?«, fragt der Große.

»Vielleicht wollten sie noch weitere Server holen?«, schlägt der Bärtige vor.

»Wir verschwinden jetzt«, sagt der Große. »Versammlung an den Wagen.«

Dann richtet er sich an Elin:

»Wir werden versuchen, diejenigen, die Alan mitgenommen haben, zu stellen. Es wird zum Kampf kommen, wenn wir sie gefunden haben, darum können wir dich nicht mitnehmen.«

Der Mann, der das Funkgerät trägt, erscheint in der Türöffnung.

»Kein Kontakt zu Karin Holme möglich!«

Der Große geht mit langen schnellen Schritten zur Tür.

»Wir verschwinden!«

In der Türöffnung dreht er sich um und blickt Elin an.

»Wenn ich du wäre, würde ich hier oben bleiben.«

Er macht eine ausladende Handbewegung, als wolle er die ganze Berggegend auf einmal einfangen.

»Es ist gefährlich da draußen.«

Dann verhallen die Schritte der Soldaten auf der Treppe, kurz darauf starten die Motoren der Kettenfahrzeuge, und Elin hört, wie das Geräusch abnimmt, um gleich darauf wieder lauter zu werden. Die Fahrzeuge haben den Häuserkomplex einmal umrundet und kommen zurück auf den Parkplatz. Sie halten bei den erschossenen Männern, laden ihre Körper ein und fahren in südlicher Richtung davon.

Es wird still draußen, aber erst nach einer Weile hört Gerda mit dem Schreien auf und Elin geht hinunter in die Küche und sucht nach etwas zum Frühstücken. Als sie an Kirke in seiner Blutlache vorübergeht, guckt sie an die Wand und hält den Atem an.

Sie findet ein Paket Knäckebrot und kocht Tee. Dann gibt sie Gerda die Brust, aber das Kind möchte nicht, Elin versucht, sie zum Trinken zu bewegen, aber es gelingt ihr nicht. Elin findet Omelettpulver, macht ein Omelett und kocht noch mehr Tee. Nachdem sie fertig gegessen hat, stellt sie abwesend Teller und Tasse in die Spülmaschine und lässt sich dann wieder auf ihren Stuhl fallen. Sie sitzt einen Moment nur da, die Ellenbogen auf dem Tisch und den Kopf auf den Arm gestützt. Dann steht sie auf und geht zu Zimmer 237 hinauf.

Elin schließt die Tür, holt Gerda aus der Trage und legt sie auf das Bett. Dann holt sie die Karte, faltet sie auf und versucht herauszufinden, welcher Weg in den Bergen am günstigsten erscheint. Sie möchte keinen offenen und breiten Weg gehen und auch nicht hinunter nach Idre, wo es vielleicht Menschen geben könnte, die nach ihr suchen. Sie zieht die Stiefel aus, legt eine Hand auf Gerdas Fuß und schläft ein.

Als sie wach wird, ist der Nebel verschwunden und die Sonne scheint ihr ins Gesicht. Sie steht auf, wäscht sich das Gesicht und wickelt Gerda, nimmt das Messer aus der Scheide und spült die blutverschmierte Klinge unter dem Hahn am Waschbecken ab.

Sie steckt Gerda in die Trage und geht wieder hinunter in die Küche und genauso wie beim letzten Mal hält sie den Atem an und guckt zur Wand, als sie am Hund vorbeikommt. Sie bereitet ein weiteres Frühstück zu, dieses Mal mit Haferflocken und Trockenmilch, die sie mit Wasser anrührt.

Gerda gluckst und Elin streichelt dem Mädchen über den Kopf und sagt, dass jetzt alles gut wird, sie müssen nur herausfinden, wie sie nach Hause kommen.

In dem Moment, als sie aufsteht, um die Küche zu verlassen, schaltet sich die Bildwand ein.

Die Frau kommt über den Asphalt und trägt dunkelblaue Jeans, rote Gummistiefel und eine graue Jacke mit pelzbesetzter Kapuze. Die Jacke ist offen und ein Pullover und ein weißer Kragen blitzen darunter hervor. Die Frau trägt eine Ledertasche über der linken Schulter und auf dem Rücken einen kleinen Rucksack. Die gestrickte Mütze, die sie trägt, ist dunkelblau und so weit, dass ihre aufgetürmten Haare darunter Platz haben.

Ihr Gesicht kommt Elin bekannt vor, aber sie kann es nicht zuordnen. Sie geht aus der Küche und hinauf in die Eingangshalle, wo die

Glassplitter unter ihren Stiefelsohlen knirschen. Sie stellt sich dicht an die Wand in der Nähe der Tür. Da, wo sie steht, kann sie die Frau auf dem Parkplatz nicht sehen.

Ein paar Augenblicke später wird die Frau mit der blauen Mütze wieder vor dem Mast, an dem die Überwachungskamera befestigt ist, sichtbar. Sie betrachtet etwas auf dem Asphalt und steht nach vorne gebeugt da, dann richtet sie sich wieder auf und blickt zum Hotelgebäude.

Elin geht hinaus und positioniert sich einige Meter vom Eingang entfernt, die Frau kommt ihr entgegen. Als sie näher kommt, erkennt Elin ihr Gesicht wieder. Die Frau bleibt stehen, rückt sich die Mütze zurecht und zeigt auf den aufgesprengten Eingang.

»Gibt es da drin etwas zu essen?«

»Ich glaube schon. Ich heiße Elin.«

»Yasmin.«

»Ich kenne dich. Du bist immer in den Nachrichten.«

Yasmin nickt und betrachtet den Eingang.

»Was ist passiert?«

»Es wurde gekämpft.«

Yasmin dreht sich um und zeigt zum Mast mit der Kamera.

»Auf dem Asphalt ist Blut.«

»Ich weiß. Sollen wir in die Küche gehen?«

Yasmin beugt sich vor, nimmt die Mütze ab, lässt das Haar nach vorne fallen, fährt mit gespreizten Fingern hindurch und betrachtet Gerda.

»Sie lächelt!«

»Sie heißt Gerda und war in letzter Zeit nicht besonders glücklich.«

»Sollen wir reingehen?«

Elin dreht sich im Vorraum um und das Glas knirscht unter ihren Füßen.

»Oh Gott, was ist das denn?«, keucht Yasmin, die stehen geblieben ist. Sie presst eine Hand vor den Mund und zeigt mit der anderen auf Kirkes Körper.

»Im Speisesaal liegen noch zwei weitere«, sagt Elin. »Ich versuche, nicht hinzusehen.«

Yasmin schüttelt den Kopf, plötzlich ist sie ganz blass.

Sie flüstert:

»Arbeitest du in diesem Hotel?«

»Nein.«

»Warum bist du hier?«

»Ich habe einen Bekannten besucht. Von wo kommst du?«

»Von der Festung. Es fahren keine Busse, deswegen dachte ich, ich gehe ein Stück zu Fuß, aber man hat mir den falschen Weg gezeigt.«

»Bist du lange unterwegs gewesen?«

»Seit heute früh. Ich habe gehört, wie hier oben geschossen wurde, und wollte umkehren, aber dann sah ich die Soldaten auf dem Weg und bin wieder zurückgegangen.«

Sie sind unten im Flur, der in die Küche führt, und Elin geht vor, ohne sich umzusehen.

»Sie waren mir gegenüber feindlich gestimmt in Idre«, erklärt Yasmin. »Den Leuten da unten gefällt es nicht, dass ich Nachrichtensprecherin war, und sie sagen, dass ich sie verraten habe, weil ich nicht die Wahrheit erzählt habe. Ein Mann hat mich mit einem Knüppel geschlagen und hat versucht, andere dazu zu bringen, auf mich loszugehen. Sie haben einen alten Mann mit Bart und Islandpullover an einer Laterne aufgehängt. Seine Frau sitzt auf einem Stuhl und hält seine Füße fest.«

Yasmin verstummt. Sie kommen in die Küche und Elin holt eine Pfanne hervor.

»Möchtest du ein Omelett?«

»Ist das alles, was es gibt?«

»Im Tiefkühlfach ist Fisch, aber der muss aufgetaut werden.«

»Gibt es Brot?«

»Ja.«

Yasmin nimmt den Rucksack ab, stellt ihn auf den Boden und die Handtasche auf den Tisch. Auf der Tasche prangt eine Metallplatte: Dolce & Gabbana.

Yasmin setzt sich an den Tisch, nimmt eine Bürste aus der Handtasche, legt den Kopf zur Seite, teilt einen Haarschopf vom Rest ihrer Haare ab und bürstet mit langen Strichen.

»Ich war eine von den Letzten, die aus der Festung freigelassen wurden. Um von dort wegzukommen, habe ich mein erspartes Geld der Frau gegeben, die fuhr. Es ist nur eine Frage von Stunden, bis die Opposition übernommen hat. Die Regierung ist angeblich nach Norden geflohen. Seit gestern senden wir nur alte Sportsendungen, Landesmeisterschaften und so. Wie, hast du gesagt, heißt du?«

»Elin.«

»Und der, den du besuchen wolltest, wo ist er?«

»Tot.«

»Tot?«

»Es kamen welche, die ihn erschossen haben. Sie haben auch seine Hunde erschossen.«

Yasmin kämmt weiter ihre dicken schwarzen Haare.

»Bist du traurig?«

»Ich kannte ihn kaum.«

»War er der Einzige, der erschossen wurde?«

»Auch drei Hunde.«

»Ich mag keine Hunde. Warum ist auf dem Asphalt Blut?«

»Es kamen noch andere Soldaten und es gab eine Schießerei. Möchtest du Tee?«

»Gern. Bist du schon lange hier?«

»Ich habe eine Nacht hier verbracht. Wohin bist du unterwegs?«

»Ich habe gehofft, nach Särna zu kommen.«

»Wenn du nach Särna gehst, brauchst du dafür einen ganzen Tag.«

»Ich kenne da Leute.«

»Weißt du, wann die Busse fahren?«

»Alles wirkt so still. Die Mobile funktionieren immer nur kurz. Es gibt so viele Gerüchte. Manche sagen, dass es Säuberungen geben wird, wenn die Kämpfe vorbei sind.«

Sie schweigen eine Weile und Yasmin bürstet sich.

»Stört es dich, wenn ich die Haare am Esstisch bürste?«

»Du kannst machen, was du willst.«

Yasmin bürstet weiter.

»Vorgestern war ich im *La Giostra*.«

»Ist das ein Restaurant?«

»Es gibt zwei italienische Lokale da oben. Das *La Giostra* ist das Beste. Wir hatten Gamberi fritti als Vorspeise.«

»Was ist das?«

»Frittierte Wildgarnelen in gehackten Haselnüssen an Zitrone.«

»Klingt gut.«

»Danach Linguine mit Waldpilzen und Gemüse. Dazu haben wir Prosecco getrunken. Das Dessert war ein Schokoladenkuchen, der auf der Zunge zergangen ist, Espresso und ein kleiner Grappa. Das war vorgestern Abend.

Da oben gibt es alles. Dreiundzwanzig Restaurants, von denen zwei Sterne im Restaurantführer haben. So viele Cafés und Espressobars, dass ich gar nicht erst versucht habe, sie zu zählen. Massagesalons, Pilates-Studios, Geschäfte, alles da. Weil so viele Familien mit Kindern dort wohnen, haben wir einen Skihügel mit Liften auf dem Gebiet. Nicht sehr steil, aber wenn die Schneekanonen losgelegt haben und Minusgrade waren, konnte man schon ein bisschen fahren. Alles, damit wir die Isolation ertragen. Jetzt ist es vorbei und nichts wird mehr sein wie früher. Es war wie ein kleines Paradies. Ich bin stolz, dabei gewesen zu sein.«

Elin tritt mit der Pfanne heran und serviert das Omelett.

»Wie lange bist du dort gewesen?«

»Drei Jahre. Ich wollte Schauspielerin werden, habe aber umgesattelt und bin Journalistin geworden. Am Anfang war es ein fast normaler Journalistenjob, ich durfte meine Meinung äußern, welche Nachrichten wir präsentierten sollten und welche nicht, wer interviewt werden sollte, wie alles aufgezogen werden sollte. Aber im letzten Jahr wurde alles von oben gesteuert. Die Nachrichten sollten eine positive Grundstimmung vermitteln. Die Reportagen zum Leben außerhalb der Festung wurden immer seltener. Ich selbst bin seit Weihnachten nicht mehr draußen gewesen und davor war ich es das letzte Mal vor einem halben Jahr. Es war zu deprimierend, nach Mora zu kommen, wo die Leute nur klagten. In der Festung hatte ich es gut. Man konnte mitten in der Nacht rausgehen, es bestand kein Risiko, dass man überfallen wird, da oben gab es keine Kriminalität, keine Streitigkeiten, nur Freundlichkeit und Güte. Ich schätze, die Leute können schwer begreifen, dass die Leute, die da oben waren, tatsächlich an das glaubten, was sie taten, auch als sie uns untersagten, unserer Arbeit nachzugehen. Wir haben natürlich auch BBC und andere Kanäle gesehen, die nicht zugelassen waren, aber das kümmerte niemanden, solange wir das nicht an die große Glocke hängten.«

Yasmin hält kurz inne, dann spricht sie weiter.

»Als Nils Dacke vor einem Jahr Raketen auf die Festung feuerte, durften wir kein Wort sagen. Niemand schlug auch nur vor, dass wir davon berichten könnten, obwohl eine Frau auf einem Spielplatz in tausend Stücke gerissen wurde. Die Regierung hat die Flüchtlinge in Westschweden zählen lassen. Sie sind aus Jütland in Booten gekommen und man hat sie per Satellit gezählt. Allein im letzten halben Jahr waren es mehr als fünfzigtausend. Sie leben auf kontaminiertem Boden und kümmern sich nicht darum, dass alles um sie herum radioaktiv ist. Diejenigen, die interviewt wurden, sagten, dass sie lieber an Blutkrebs an der schwedischen Küste sterben als an Hunger auf dem Balkan. Das, was sich auf dem abgesperrten Gebiet abspielte, wurde als Staatsgeheimnis gehandelt und wir durften nichts senden. Ist Brot da?«

Elin holt die Brotpackung hervor und Yasmin legt Stücke vom Omelett auf ein Stück Brot.

»Wie alt bist du?«, fragt sie, den Mund voller Essen.

»Siebzehn.«

»Du siehst älter aus. Rate, wie alt ich bin.«

»Fünfundzwanzig vielleicht?«

»Achtundzwanzig«, sagt Yasmin und wischt sich einen Brotkrümel vom Mundwinkel. »Wie lange willst du hier bleiben?«

»Ich weiß nicht.«

»Ich habe eine Freundin in Särna. Wir haben die Ausbildung zusammen gemacht. Sie hat keinen Job gefunden und ist zurück nach Hause gezogen. Sie hat eine Pension.«

»Es gab dort Gefechte«, sagt Elin. »Schwer zu sagen, wie gefährlich es wird, dorthin zu kommen.«

Yasmin steht auf und geht zur Spüle, nimmt ein Glas aus dem Schrank und dreht das Wasser auf. Dann macht sie das Glas voll und kommt zurück.

Sie nimmt Platz und isst weiter.

»Ich habe eine Blase am Fuß«, sagt sie, als sie das letzte Stück Omelett gegessen hat.

Elin nickt.

»Ich auch.«

»Hast du ein Pflaster?«

»Ja.«

Yasmin schiebt den Teller weg und lehnt sich zurück. Sie wischt sich mit dem Handrücken über die Lippen, durchsucht ihre Tasche und holt einen Spiegel heraus. Sie hält ihn ans Gesicht und zeigt ihrem Spiegelbild die Zähne.

»Wenn man ständig eine Kamera vor sich hat, gewöhnt man sich an, nichts zwischen den Zähnen zu haben.«

Sie untersucht weiter ihren Mund.

»Findest du, dass meine Lippen zu dick sind?«

»Nein«, sagt Elin.

Yasmin betrachtet weiter ihren Mund.

»Wenn man auf den Bildwänden erscheinen soll, wollen sie, dass man mit seinem Aussehen zufrieden ist, deshalb kann man alle möglichen Eingriffe bestellen. Ich habe um dickere Lippen gebeten. Es gab zwei Chirurgen da oben, die im Bereich plastischer Chirurgie gearbeitet haben. Aber es wurde nicht gut. Sie haben die Lippen nur so unwesentlich dicker gemacht, dass ich darum bat, es ändern zu lassen. Sie wurden dicker, aber nicht so voll, wie ich es wollte. Also habe ich sie noch einmal machen lassen. Jetzt sind sie zu dick. Ich sehe grotesk aus, findest du nicht?«

»Nein.«

»Sicher?«

»Ja.«

»Wenn ich noch einmal die Gelegenheit bekommen würde, würde ich meine Ohren machen lassen. Beide Chirurgen arbeiten jetzt in Oslo, das sagen jedenfalls alle, dass sie nach Oslo gegangen sind. Der Markt in Norwegen ist für diese Chirurgie gewaltig. Alle haben Geld und alle lassen sich operieren.«

Sie hält sich die Haare hinter die Ohren.

»Guck, sie stehen ab!«

»Du hast schöne Ohren.«

»Sie stehen ab.«

»So was denkt man nur, wenn man sich selbst anguckt. Die Ohren sehen gut aus. Klein und hübsch. Möchtest du eine Tasse Tee?«

»Nein, danke.«
»Möchtest du ein Pflaster?«
»Ich bräuchte zwei.«
Elin holt einen Saibling aus der Gefriertruhe, legt ihn auf die Spüle und geht vor Yasmin hoch zur Eingangshalle.
»Ich halte die Luft an«, sagt Elin, ohne sich umzusehen, und sie gucken beide zur Wand, als sie an Kirkes Körper vorbeigehen.
»Es liegt noch zwei Hunde und ein Mensch da drin«, sagt Elin, als sie am Speisesaal vorbeigegangen sind.

Sie versorgen Yasmins Blasen mit Pflastern und liegen dann nebeneinander auf dem Doppelbett, Gerda zwischen sich.
»Wo ist ihr Vater?«
»Tot.«
»Im Krieg?«
»Sozusagen.«
»Wenn ich doch nur ein funktionierendes Mobil hätte«, seufzt Yasmin. »Das hier hätte ein richtiger Scoop werden können.«
»Funktioniert deins nicht?«
»Um die Journalisten überprüfen zu können, hat man uns gezwungen, das Mobil für Bilder und Mitteilungen zu autorisieren, wenn wir uns außerhalb der Festung bewegten. Die Führung hatte eine Heidenangst davor, dass wir etwas ohne positiven Touch senden könnten. Mein Mobil ist in dem Moment ausgegangen, als ich das letzte Tor passiert habe.«
Elin nickt.

»Ich habe meins weggeworfen, um nicht geortet zu werden.«

Yasmin nimmt die Karte hervor und sie studieren sie gemeinsam.

»Drei Meilen«, sagt Elin und deutet auf die Karte. »Wenn wir morgen früh aufbrechen, haben wir den ganzen Tag.«

»Wenn kein schlechtes Wetter ist«, wendet Yasmin ein. »Es kann Sturm geben.«

»Umso wichtiger, dass wir wegkommen und nicht hier oben festsitzen.«

Yasmin hält Gerda den Finger hin und Gerda greift danach. Yasmin lächelt.

»Hast du Kleidung für sie? Ich meine, etwas, das sie vor Wind schützt?«

»Eigentlich nicht.«

Yasmin sieht sich um.

»Gibt es kein Radio?«

»Ich habe keins gesehen.«

»Gibt es in Hotelzimmern nicht immer ein Radio?«

»Sie haben es wahrscheinlich weggenommen, als sie die Bildwand angebracht haben.«

»Wenn wir ein Radio finden, können wir das Wetter überwachen. Wo hast du Schutz gesucht, als der Tornado kam?«

»Im Sturmschutz beim Busbahnhof.«

Yasmin spielt mit ihren Haaren und zieht an ihnen, als wollte sie sie glätten, obwohl sie bereits vollkommen lockenlos sind.

»Ich will nicht in den Bergen sein, falls es Sturm gibt. Wenn ein Tornado kommt, ist man geliefert.«

Sie zeigt zum Fenster.

»Komisch, dass das alles noch da ist.«

»Spezialglas«, sagt Elin. »Hast du die Sockel gesehen, in denen die Drahtseile befestigt sind? Die Seile sind so dick wie mein Arm.«

Yasmin steht auf und setzt sich auf die Bettkante, beugt sich über

Gerda und lässt ihre langen schwarzen Haare auf das Gesicht des Kindes herunterfallen.

Gerda gluckst und greift danach.

»Sie zieht mich an den Haaren!«, ruft Yasmin und lacht. »Sie mag meine Haare!«

Elin steht auf, setzt Gerda in die Trage und sie gehen gemeinsam in den Speisesaal.

Sie durchsuchen das ganze Zimmer, finden aber kein Radio. Vor den Robotern bleibt Yasmin einen Moment stehen. Sie hält sich die Hand vor den Mund.

»Wenn ich eine Kamera hätte, könnte ich eine großartige Geschichte erzählen.«

»Worüber?«

»Über dich und dein Kind und wie du hier lebst mit toten Hunden, einem erschossenen Mann und einer Gefriertruhe voller Süßwasserfische. Blut auf dem Asphalt, Blasen an den Füßen, kein Radio, Hunderte Patronenhülsen auf dem Boden, total abgeschottet von der Welt. Kannst du die Bildwand aktivieren?«

»Das Militär hat sie zum Laufen gebracht, als es da war, aber jetzt ist sie tot. Anscheinend haben sie irgendeine Einstellung verändert.«

Yasmin rümpft die Nase.

»Es stinkt. Gehen wir wieder raus?«

»Klar.«

»Wir sollten alle Räume durchsuchen.«

Sie kehren in den zweiten Stock zurück und durchsuchen ein Zimmer nach dem anderen. Das Einzige, was sie finden, sind riesige Bestände an Handtüchern, Bettwäsche und unzähligen kleinen Seifen in weißem Papier. In einem Schrank an der schmalen Wand gegenüber vom Fenster finden sie drei Dutzend Extrakissen und Yasmin zieht ein paar davon heraus und verteilt sie über den Fußboden. Sie setzen sich auf Kissen unter das Fenster und Gerda bekommt ein paar eigene, um darauf zu liegen.

»Ein Scoop«, sagt Elin. »Ist es das, wovon man als Journalist träumt?«

Yasmin nickt.

»Hattest du mal einen Scoop?«, fragt Elin.

Yasmin schüttelt den Kopf und streckt eine Hand nach Gerda aus, die ihren kleinen Finger ergreift.

»Vor einem halben Jahr war ich einem nahe, aber das konnte nie gesendet werden.«

»Worum ging es?«

»Im Reichstag hat man Ausschüsse, das weißt du?«

»Ja«, lügt Elin.

»Man hat sechzehn Stück. Früher waren es fünfzehn. Der letzte kam vor zehn Jahren bei der Verfassungsreform dazu. Der sechzehnte ist der sogenannte besondere Ausschuss, kurz BA. Seine Aufgabe ist es, Informationen über eventuelle Bedrohungen zu sammeln. Bei den Zusammenkünften wird Protokoll geführt, aber die sind nur für einen geschlossenen Kreis. Nicht mal in der Regierung hat jeder Zugriff darauf. Niemand, der nicht im Ausschuss sitzt, weiß, was eigentlich diskutiert wird. Der Ministerpräsident wird natürlich informiert, auch der Justiz- und der Verteidigungsminister, aber sonst ist das unter Verschluss. Ich hatte einen Informanten, der mir erzählt hat, was auf den Listen des BA war. Die lange Liste ist nicht so spektakulär, man kann sich ausrechnen, was darauf ist: Flüchtlinge im gesperrten Gebiet, Firmen, Enklaven, die korrupte Ortspolizei und alle anderen Übel, derer man sich bewusst ist und die Monat für Monat an einem nagen. Auf der Liste stand aber auch anderes. Es wurde zugegeben, dass die Wohnungen einiger Regierungsmitglieder überwacht werden und dass die Wände verwanzt sind. Alle Mitteilungen, die über das Netz von der Festung aus mitgeteilt werden, werden kopiert und auf geheimen

Servern gespeichert. Mein Informant versprach mir, später genauere Auskünfte zu geben, aber bevor ich herausfand, worüber er erzählen wollte, kam er um. Er hatte im Rogen geangelt und auf dem Heimweg verunglückte das Flugzeug. Er war Techniker und dabei gewesen, als man die Abhörausrüstung installiert hatte.«

»War es ein Unfall?«

»In dem Gebiet hatte es schon vorher Unfälle gegeben, aber bei denen hatte es daran gelegen, dass das kleine Flugzeug überladen gewesen war. Diesmal waren nur ein Pilot und ein Passagier an Bord gewesen. Trotzdem flog das Flugzeug gegen eine Bergwand, weil es nicht steigen konnte. Mein Informant wog fünfundsiebzig Kilo. Sein Gepäck dreißig Kilo. Das Flugzeug nahm für gewöhnlich vier Passagiere samt Gepäck mit. Es hätte ein wirklicher Scoop werden können.«

Sie denkt eine Weile über die Sensation nach, die keine wurde, und nimmt dann einen anderen Faden auf:

»Wohnst du noch zu Hause?«

»Ja.«

Yasmin legt den Kopf auf die Seite.

»Ich bin ausgezogen, als ich neunzehn war. Mit vier Brüdern kam ich mir wie eine Gefangene in meinem Zimmer vor. Hast du Brüder?«

»Ja.«

»Viele?«

»Einen.«

»Ist er nett?«

»Ja. Wo hast du gewohnt?«

»Nördlich von Stockholm. Nur Gesocks da. Total enklavisiert. Die Gangs haben die Polizei vertrieben. Es gab Krieg zwischen denen, die den Handel mit Drogen in der Hand hatten, und denen, die die Prostitution an sich reißen wollten. Ein Fass ohne Boden.«

»Wie bist du zu einer Wohnung gekommen?«

Yasmin lacht, fast höhnisch.

»Wohnung? Ich habe mich mit einem verlobt, der ein Reihenhaus hatte. Er war nett, aber ansonsten unmöglich und ist am Tag unserer Verlobung dreißig geworden. Als ich mit dem Studium anfangen wollte, hatte er ein Problem damit. Ich habe eine Fehlbildung der Gebärmutter und kann deswegen wahrscheinlich keine Kinder bekommen und ich danke Gott für diese Fehlbildung. Wenn ich mit einem Kind bei meinem Mann festgesessen hätte, wäre ich verrückt geworden.«

Yasmin verdreht die Augen.

»Was ist?«

Elin streckt die Hand aus und zeigt auf Yasmins Kragen.

»Hast du das selbst gemacht?«

»Das macht meine Großmutter. Sobald ich eine neue Bluse gekauft habe, möchte sie sie mit Spitzenstickerei verzieren. Kannst du nähen?«

»Einen Knopf annähen vielleicht.«

Yasmins Magen knurrt und beide lachen. Yasmin streicht sich über den Kragen und schielt auf ihn herab.

»Gibt es nur diesen tiefgekühlten Fisch?«

»Ich habe nicht so gründlich nachgeguckt.«

»Sollen wir hinuntergehen und nachsehen?«

Sie stehen auf, und als sie an einem der Schränke im Flur vorbeigehen, holt Elin drei Badetücher heraus.

»Für was brauchst du die?«

»Der Hund.«

Als sie an Kirke vorbeigehen, breitet Elin die Handtücher über den Hundekörper und geht dann hinunter in die Küche, wo Yasmin alle Schränke durchsucht. Sie entdeckt einen Raum, in dem nur Gefriertruhen stehen. Dahinter befindet sich ein Raum mit mehreren Säcken Reis, einem ganzen Schrank voll Nudeln und Mehlpackungen, einem voller Knäckebrot, Gläsern mit Marmelade und Honig, Salz- und Zuckerpäckchen. Hinter den Reissäcken finden sie eine Kiste, aus der Yasmin vier Flaschen Wein hervorzieht.

Yasmin nimmt zwei Flaschen Wein mit in die Küche und legt sie in den Kühlschrank. Dann nimmt sie ein Päckchen Hefe heraus.

»Ich werde backen.«

Elin setzt sich auf einen Stuhl und streichelt Gerda über den Kopf, während sie Yasmins schnelle und sichere Handgriffe verfolgt.

»Hier unten ist es kalt«, beschwert sich Yasmin und holt eine Schüssel hervor. »Backst du manchmal?«

»Mein Vater backt, ich nicht.«

»Du bist hübsch.«

Elin wird rot.

»Findest du?«

»Du siehst aus wie ein Filmstar. Wie groß bist du?«

»Eins achtzig ungefähr.«

»Ich bin eins dreiundsechzig. Was sind deine Lieblingsfilme?«

Sie erzählen einander von den Filmen, die sie gesehen haben, und welche Schauspieler sie mögen. Nach einer Weile nimmt Yasmin die Schüssel, holt zwei Löffel, verteilt den Teig in Klecksen auf einem Backblech und streut Getreideflocken darüber, die sie in einem der Schränke gefunden hat. Sie öffnet sämtliche Schranktüren und kurz darauf hat sie einen Stapel weißer Schürzen gefunden. Sie nimmt eine heraus und breitet sie über die Teighäufchen.

»So«, sagt sie. »Jetzt muss der Teig gehen. Sollen wir so lange hinaufgehen?«

Sie verlassen die Küche, und als sie an Kirkes mit Tüchern zugedecktem Körper vorbeikommen, fällt es ihnen leicht, woandershin zu gucken.

## 34

Sie liegen auf dem Doppelbett. Yasmin hat sich in den Hotelbademantel aus Frottee eingewickelt. Sie versuchen, das Codewort für die Bildwand herauszufinden.

»Idrefjäll«, sagt Elin mit lauter Stimme, ohne dass etwas passiert.

»Idrefjäll!«, wiederholt sie.

»Idre!«, sagt Yasmin.

»Skilaufen«, sagt Elin.

»Ich weiß«, sagt Yasmin.

»Was?«

»Ich weiß«, wiederholt Yasmin. »Kannst du es erraten?«

»Nein.«

»Doch, rat mal.«

»Ich weiß nicht.«

»Ich kann sie zum Laufen bringen«, sagt Yasmin.

»Zeig.«

»Was ist die Zimmernummer?«

»237.«

Yasmin dreht sich zur Bildwand.

»Idrefjäll 237!«

Und die Bildwand schaltet sich ein.

Zwei grauhaarige Herren sitzen in je einem Sessel. Der erste trägt einen Anzug und einen blauen Schlips mit weißen Streifen, der zweite ein offenes Hemd mit übertrieben breitem Kragen.

»Es ist jetzt genau fünfundzwanzig Jahre her«, sagt der Mann mit Schlips. »Und das ist einer der größten Triumphe in der schwedischen Sportgeschichte?«

»Ohne Zweifel«, sagt der Mann mit dem offenen Hemd.

Und der Schlipsträger guckt in die Kamera.

»Schweden schlägt Kanada im Eishockey. Wer das noch nicht gesehen hat, bekommt einige ereignisreiche Momente geboten.«

Und das Match beginnt.

»Wie lange soll das noch so weitergehen?«, fragt Yasmin und streckt eine Hand aus, damit Gerda ihren Finger umklammern kann. Das Kind lacht und Yasmin lächelt.

Nach dem ersten Drittel steht es zwei zu eins für Kanada und Yasmin steht auf und zieht sich an.

»Ich gehe hinunter und stelle die Brötchen in den Ofen.«

Als sie gerade durch die Tür gehen will, schaltet sich die Bildwand aus. Sie dreht sich um.

»Was ist passiert?«

»Das Bild ist weg.«

Yasmin drückt den Lichtschalter. Nichts passiert. Sie geht ins Badezimmer und drückt den Lichtschalter.

»Es gibt kein Licht!«

Elin steht auf, zieht sich an und setzt Gerda in die Trage.

»Die Sicherungen sind wahrscheinlich in der Eingangshalle, oder?«

Sie gehen hinunter und in einem Raum vor der Eingangshalle finden sie einen Sicherungskasten. Elin öffnet ihn.

»Alles in Ordnung mit den Sicherungen. Wir müssen Decken sammeln. Es wird heute Nacht unter null Grad.«

Sie gehen wieder hinauf, tragen Decken in das Zimmer und breiten sie auf den Betten aus, eine Wolldecke als untere Lage und vier Wolldecken und die Bettdecke darüber.

»Morgen früh gehen wir los, sobald es hell ist«, sagt Elin und guckt Yasmin an, die sich von Gerda an den Haaren ziehen lässt.

»Schade, dass es jetzt kein Brot gibt. Frisches Gebäck wäre genau das Richtige gewesen, um die Stimmung aufzuhellen.«

»Ich habe einen kleinen Kocher, der mit Trockenbrennstoff brennt.

Er reicht vielleicht nicht aus, um damit Fisch zu kochen, aber wir können heute Abend Tee machen und vielleicht eine Tasse morgen früh. Und es gibt Knäckebrot.«

Wenig später gehen sie in die Küche hinunter, zünden Kerzen an und sitzen da mit dem Kocher auf der Spüle. Sie trinken Tee und Yasmin erzählt von ihren Brüdern.

Als sie wieder nach oben gehen, haben sie die Kerzen bei sich, aber letztlich kommen sie darauf, dass es nicht gut ist, wenn jemand sehen kann, dass in ihren Zimmern Licht brennt. Sie löschen die Lichter und schlafen sofort ein.


Unterhalb des Fensters kriecht das Licht der Dämmerung herauf, sich vorantastend, voll kaltem, waberndem Nebel. Vom Fenster aus lässt sich der Metallmast nicht erkennen, aber die Kamera ganz oben ist sichtbar, als würde sie im leeren Nichts schweben.

Sie frühstücken in der Küche mit Kerzen auf dem Tisch und Elin packt den kleinen Kocher zusammen.

»Jetzt ist er leer. Der Brennstoff ist alle.«

Sie stecken ein Paket Knäckebrot und ein Glas Honig ein und gehen in ihr Zimmer zurück. Elin rollt zwei Wolldecken zusammen, schneidet aus einem Laken Bänder und knotet das Bündel zusammen. Sie nimmt eine weitere Decke und schneidet ein handtuchgroßes Stück heraus. Sie macht ein Loch hinein, sodass das Stück Decke über Gerdas Kopf gezogen werden kann. Sie setzt Gerda in die Trage. Yasmin steht am Fenster.

»Der Nebel verzieht sich, jetzt sehe ich den Kameramast komplett.«

»Gut, man kann sich leicht verlaufen, wenn er so dicht ist.«

»Du hast gesagt, dass du einen Kompass hast?«

»Wenn der Nebel sehr dicht ist, dauert es nicht lange, bis man anfängt zu glauben, dass mit dem Kompass etwas nicht stimmt.«

»Guck mal«, sagt Yasmin und zeigt hinaus.

Über den Parkplatz geht ein weißes, gesatteltes Pferd. Es geht langsam, als ob es nach etwas suchen würde. Dann bleibt es zwischen Kameramast und Eingang stehen.
»Großartig«, sagt Elin. »Wie auf Bestellung.«
Yasmin beißt sich auf die Unterlippe.
»Was meinst du?«
»Wir können reiten.«
Yasmin schüttelt den Kopf.
»Ich habe Angst vor Pferden.«
Elin zuckt mit den Schultern.
»Dann musst du nebenhergehen.«
Yasmin sieht misstrauisch aus.
»Du kannst nicht auf einem fremden Pferd reiten.«
Elin nimmt das Paket Knäckebrot aus dem Rucksack und geht zur Tür.

Yasmin bleibt am Eingang stehen und Elin macht ein paar Schritte nach vorn. Sie hat Knäckebrot in der Hand und redet mit dem Pferd. Das Tier steht dreißig Meter weit entfernt und beobachtet sie mit großen Augen.
»Komm, mein Lieber«, sagt Elin. »Du hast doch bestimmt Hunger.«
Das Pferd geht ein paar Schritte auf Elin zu und bleibt dann jäh stehen, als hätte es sich die Sache anders überlegt.
»Komm, mein Lieber«, wiederholt Elin.
Sie streckt die Hand mit dem Knäckebrot aus und das Pferd macht noch einen Schritt auf sie zu.

Sie betrachten einander und Elin geht einen Schritt nach vorne, die Hand weiter ausgestreckt.

»Guck mal, Brot!«

Das Pferd macht zwei Schritte zur Seite und Elin bleibt mit der ausgestreckten Hand stehen.

Dann geht das Pferd ein paar Schritte auf Elin zu und bleibt drei Meter von ihr entfernt stehen. Das Pferd schnaubt und schüttelt den Kopf. Elin streckt die Hand mit dem Brot so weit vor, wie sie kann.

Das Pferd macht noch ein paar Schritte vorwärts, streckt den Hals, bleckt die Zähne, senkt den Kopf und schnappt sich die Brotstücke. Elin vernimmt den Geruch des Tieres. Sein Atem ist feucht und er wird zu kleinen Wolken vor den Nasenlöchern.

»Du bist schön«, schmeichelt Elin. »Du hast wohl Hunger.«

Elin streckt die Hand aus, und als das Pferd sich das dritte Brotstück geschnappt hat, kann Elin es am Kopf streicheln.

»Du warst bestimmt einsam in der Nacht. Hier gibt es Wölfe und Wildschweine, du hast also bestimmt kein Auge zugemacht. Möchtest du noch ein Stück Brot?«

Während das Pferd frisst, kann Elin sich neben es stellen und den Sattelgurt berühren.

»Du kannst jetzt kommen!«, ruft sie Yasmin zu.

Yasmin kommt zögerlich auf das Pferd zu, das den großen Kopf zur Seite wirft, schnaubt und sie beobachtet.

Elin reicht Gerda Yasmin.

»Nimm sie so lange.«

»Was hast du vor?«

»Aufsitzen.«

»Er ist vielleicht wild. Ist das wirklich vernünftig?«

»Es ist eine Stute, sie hat einen Sattel und ist bereits mein Freund.«

Elin stellt einen Fuß in den Steigbügel und schwingt sich hinauf.

Mit den Zügeln in beiden Händen lässt Elin das Pferd auf den Birkenwald zugehen, und als sie den Parkplatz verlassen, dreht das Pferd den Kopf und sieht Elin mit einem seiner dunklen Augen an. »Keine Sorge«, beruhigt Elin es. »Ich habe so viel Brot dabei, wie du möchtest.«

Elin reitet zwischen den niedriggewachsenen Birken, und als sie ein Stück vom Hotel entfernt ist, treten fünf Rentiere aus dem Nebel. Die Tiere stehen einen Augenblick reglos da. Dann drehen sie sich um und traben dicht beieinander davon, in Richtung einer Schlucht, in der der Nebel ihre Körper umhüllt, während ihre sich auf und ab bewegenden Geweihe frei zu schweben scheinen. Nur noch ihre Hufe sind zu hören. Klapper-di-klapp, klapper-di-klapp.

Elin macht kehrt, und als sie wieder den Asphalt erreicht, geht Yasmin mit Gerda, die wie am Spieß schreit, auf und ab. Elin sitzt ab, gibt dem Pferd ein Brotstück, geht zu Gerda und nimmt sie an sich. Das Kind hört auf zu schreien.

»Wir können beide reiten.«

Yasmin schüttelt den Kopf.

»Ich geh nicht in seine Nähe.«

»Sie ist nicht gefährlich.«

»Niemals setze ich mich darauf.«

»Dann befestigen wir die Rucksäcke hinter mir und du kannst nebenhergehen.«

»Ist gut. Ich gehe gerne zu Fuß.«

Elin gibt Yasmin den Rest des Brotes.

»Füttere sie, damit sie nicht wegläuft.«

Yasmin verdreht die Augen.

»Was, wenn sie mich beißt!«

»Sie beißt nicht.«

»Ich hab Angst vor den Zähnen.«

»Sie ist kein Hund. Bleib hier mit ihr, während ich etwas hole, womit wir die Rucksäcke festbinden können.«

Elin nimmt Gerda mit ins Hotel und geht zu Zimmer 237 hinauf, reißt das Laken aus dem Bett und schneidet mit dem Messer drei zentimeterbreite Streifen daraus. Sie knotet die Streifen am Türgriff fest und flicht sie zu einem Seil zusammen, das stark genug ist, um zwei Rucksäcke, das Deckenbündel und eine Handtasche hinter dem Sattel festzubinden. Während sie damit beschäftigt ist, hört sie Yasmins Stimme dumpf durch die Scheibe, die ruft:

»Komm zurück!«

Elin geht zum Fenster und sieht, wie Yasmin dasteht, die Hände auf den Knien und dem Pferd hinterherruft:

»Komm zurück, du undankbare Bestie!«

Die weiße Stute verschwindet mit schleifenden Steigbügeln im Trab um die Ecke und ist weg.

Elin geht hinunter. Yasmin sieht verzweifelt aus.

»Sie hat etwas gehört und Angst bekommen. Das hat man an den Augen gesehen.«

Elin zuckt mit den Schultern.

»Wir hatten vor, zu Fuß zu gehen. Also hat sich nichts geändert. Sollen wir aufbrechen?«

Sie setzen die Rucksäcke auf und gehen in die gleiche Richtung, die das Pferd eingeschlagen hat. Sie gehen nebeneinander, und jedes Mal, wenn Yasmin sehr nah neben Elin geht, will Gerda nach ihren Haaren greifen. Nach einer Weile stehen die beiden oben auf einem Berg und blicken über ein Moor mit niedrigen gekrümmten Birken ohne Laub.

»Gehen wir in die richtige Richtung?«

»Wir gehen nach Osten. Nach ein paar Kilometern kommen wir an einen Waldweg. Den können wir nach unten gehen.«

Sie gehen weiter, und als sie an den Weg gelangen, steht das Pferd da, als hätte es auf sie gewartet. Sie halten an und Elin holt etwas Brot hervor. Sie streckt den Arm nach vorne und macht einige Schritte auf das Pferd zu. Es kommt auf sie zu und schnappt sich das Brotstück. Elin nimmt den Rucksack ab und holt das geflochtene Seil aus den Laken heraus. Sie benutzt es, um das Gepäck hinter den Sattel zu spannen, und schwingt sich dann hinauf.

»Bist du sicher, dass du nicht reiten möchtest?«

»Ja.«

Elin drückt die Absätze in den Bauch des Pferdes und Yasmin läuft im Dauerlauf nebenher. Nach einer Weile bleibt Yasmin stehen, legt die Hände auf die Schenkel, beugt sich vor und keucht. Elin hält das Pferd an. Als es nicht mehr weitergeht, protestiert Gerda. Das Pferd legt die Ohren zurück und macht ein paar Schritte seitwärts. Elin tätschelt dem Tier den Hals. Als das Pferd sich wieder in Bewegung setzt, hört Gerda auf zu schreien.

Der Weg geht bergab, er ist schmal, gewunden und mit Kies bedeckt. Auf dem Gipfel eines Bergs zügelt Elin das Pferd. In der Ferne, wo der Weg eine Kurve macht, huscht ein Fuchs hinunter in den Graben. Der Nebel liegt noch in den Senken, aber als die Sonne hervorbricht, wird es richtig warm.

»Geht es noch?«, ruft Elin Yasmin zu, während Gerda ihren Unmut darüber äußert, dass das Pferd stehen geblieben ist.

»Ja, es geht«, behauptet Yasmin. »Wie lange sind wir schon unterwegs?«

»Zwei Stunden vielleicht. Wie geht es deinem Fuß?«

Yasmin antwortet nicht.

Als sie an der Stelle vorbeikommen, wo der Fuchs den Weg überquert hat, kommen sie um eine Kurve. Elin reitet fünfzig Meter vor Yasmin. Vor ihr steht ein ausgebranntes Kettenfahrzeug. Neben dem Fahrzeug liegen zwei Soldaten, beide auf dem Rücken. Elin wartet, bis Yasmin sie eingeholt hat.

»Sollen wir den Weg lieber verlassen?«, fragt Elin.

»Glaubst du, es ist gefährlich, hier zu gehen?«

»Wahrscheinlich gibt es Minen.«

»Es kam aus unserer Richtung«, sagt Yasmin.

Die Spuren der Ketten des Fahrzeugs sind sichtbar.

»In den Spuren gibt es keine Minen. Wenn es welche gegeben hätte, wäre der Wagen explodiert. Wenn man in den Spuren läuft, ist man sicher«, behauptet Elin.

»Warum willst du dahin gehen?«, fragt Yasmin.

»Wenn wir an eine Waffe kommen würden, könnten wir die vielleicht benutzen. Niemand weiß, wer hinter der nächsten Biegung auf uns wartet.«

»Kannst du mit einer Waffe umgehen, wenn du eine findest?«

»Nein, aber wenn es nötig ist, kann ich es mir beibringen.«

»Wir lassen das. Was sollen wir mit einer Waffe anfangen, die wir nicht benutzen können?«

Elin steigt vom Pferd, gibt Gerda an Yasmin weiter und legt die Zügel in Yasmins Hand.

»Warte hier.«

Elin wählt die linke Spur und geht mit schnellen Schritten auf das Kettenfahrzeug zu. Zwei Krähen fliegen auf, als sie sich nähert. Direkt hinter dem Fahrzeug liegen die beiden Soldaten. Der eine hat einen kurzen Bart, der andere ist eine Frau. Der Mann ist barfuß, seine Strümpfe und Stiefel hat man mitgenommen. Der Frau fehlen die Ringe an der linken Hand. Die Soldaten liegen beide auf dem Rücken und beide sind ins Gesicht getroffen worden. Der blonde Pferdeschwanz der Frau ist dunkelbraun verfärbt. Ihre Waffen und das grüne Tuch der Frau sind weg. Elin kehrt zu Yasmin, Gerda und dem Pferd zurück. Gerda schreit, Elin nimmt sie zurück und sie sitzen auf.

»Hast du etwas gefunden?«, fragt Yasmin.

»Nichts. Am besten, wir meiden den Weg für eine Weile.«
Sie schlagen sich ins Unterholz, und als sie sich ungefähr eine halbe
Stunde lang im Dickicht fortbewegt haben, bleiben sie an einem
Bach mit klarem Wasser stehen.
»Lass uns ein Feuer machen«, sagt Elin. »Wir kochen Tee und essen
etwas.«
»Ist es noch weit?«
»Wir haben die Hälfte geschafft.«
»Können sie den Rauch nicht sehen, wenn wir Feuer machen?«
»Wer?«
»Die, die das Kettenfahrzeug gesprengt haben.«
»Wir müssen etwas essen und etwas Warmes würde jetzt guttun. Ich
kann Feuer mit trockenen Birkenzweigen und Rinde machen. Das
erzeugt kaum Rauch und so lange muss es ja nicht brennen, damit
wir eine Tasse heißes Getränk bekommen.«
Yasmin nickt.
»Wie du meinst.«
Elin steigt ab und sie sammeln Birkenrinde und trockene Birken-
zweige, die nicht viel dicker sind als Streichhölzer. Elin macht
Feuer, füllt den kleinen Topf mit Wasser und hängt ihn über einen
Ast, den sie in den Boden beim Fluss gesteckt hat. Es dauert nicht
lange, bis sich der Deckel des kleinen Topfs klappernd hebt und das
Wasser kocht. Elin nimmt den Deckel ab und tritt das Feuer aus.
»Fast kein Rauch«, sagt Yasmin. »Woher kannst du das?«
»Vom Angeln mit meinem Großvater.«
Sie schweigen, wie vom Rauschen des Baches betäubt.
»Wessen Pferd ist das?«, fragt Yasmin.
»Ich habe den Reiter gestern gesehen. Er wurde von denen ange-
schossen, die das Kettenfahrzeug hatten.«
»Krieger«, sagt Yasmin. »So welche töten.«
»Ja«, sagt Elin. »Manche von ihnen.«

»Könntest du jemanden töten?«

Einen Augenblick lang tauchen in ihrem Inneren die Bilder eines Mannes auf seinem Pferd auf. Er fällt mit Bolzen in der Brust aus dem Sattel und bleibt mit einem Fuß im Steigbügel hängen.

»Das hängt von den Umständen ab. Wenn die Umstände sich ändern, änderst auch du dich.«

»Stimmt das?«

»Das pflegte Großvater immer zu sagen. Ich weiß nicht, ob es stimmt.«

Sie essen Knäckebrot und benutzen Skarphedens Messer, um Honig aus dem Glas zu holen.

»Wie Pu der Bär«, sagt Yasmin. »Jetzt werden wir stark wie die Bären, oder?«

»Klar, aber wir waren auch vorher schon ziemlich stark.«

»Waren wir?«

»Sonst wären wir nicht so weit gekommen.«

Als sie aufgegessen haben, wickelt Elin Gerda, stillt sie und Yasmin betrachtet Elins Brust.

»Frierst du nicht?«

»Nein.«

»Was meinst du, wie viel Uhr es ist?«

Elin blinzelt in die Sonne.

»Fast eins.«

»Warum glaubst du das?«

»Die Sonne steht im Süden.«

Sie sehen beide Richtung Sonne.

»Warum sind die Soldaten gekommen und haben deinen Bekannten und die Hunde erschossen?«

»Sie wollten einen Roboter haben.«

»Was ist so Besonderes an diesem Robo?«

»Er heißt Alan und ist ein Humanoid.«

Yasmin zieht sich die Stiefel aus und klebt neue Pflaster auf die Fersen. Der Bach gurgelt und plätschert.

»Bist du sicher, dass du nicht reiten willst?«

»Ja.«

»Hast du immer noch Angst vor der Stute?«

»Nicht mehr so wie anfangs.«

»Füttere sie.«

Yasmin nimmt ein Stück Brot, steht auf und hält das Brot dem Pferd hin. Das Tier schnappt nach dem Brot und macht ein paar Schritte auf den Bach zu, trinkt und kommt zurück zu Yasmin, streckt das Maul vor und will noch mehr. Yasmin weicht zurück.

»Gib ihr noch ein Stück Brot, dann wird sie dein bester Freund«, behauptet Elin.

Sie kehren auf den Weg zurück und gegen Nachmittag erblicken sie den Fluss. Elin schirmt mit der Hand die Sonne ab und deutet nach vorne.

»Es gibt eine Brücke. Eigentlich müsste sie bewacht sein.«

»Woher sollen wir wissen, auf welcher Seite sie stehen, wenn wir sie sehen?«, fragt Yasmin.

»Die Regierungstruppen haben Uniformen, die Opposition trägt Zivil.«

»Werden wir den Unterschied erkennen?«

»Das weiß man vorher nicht. Wie geht es deiner Blase?«

»Was dich nicht umbringt, macht dich stärker.«

»Was bedeutet das?«

»Ich hatte einen Lehrer, der das gesagt hat, wenn man über zu viele Vokabeln geschimpft hat.«

»Kannst du viele Sprachen?«

»Vier.«

»Ich kann nur zwei.«

Yasmin tritt ans Pferd heran und streichelt es am Hals.
»Was dich nicht umbringt, macht dich stärker. Eigentlich Schwachsinn, finde ich.«
»Klar ist es Schwachsinn«, sagt Elin. »Wie kann man so was Bescheuertes nur sagen?«

Sie nähern sich dem Wachposten und zwei Frauen kommen ihnen entgegen.
»Wohin seid ihr unterwegs?«
»Nach Särna.«
»Warum?«
»Ich habe dort Bekannte«, antwortet Yasmin.
»Wie heißen sie?«
»Johansson.«
»Wo wohnen sie?«
»Früher beim Touristenverband, jetzt ist es ein Hotel.«
»Habe ich dich nicht in den Nachrichten gesehen?«
»Doch.«
Die Frau lächelt. Sie hat kleine Zähne, fast wie Milchzähne.
»Ich dachte doch, dass du mir bekannt vorkommst. Was habt ihr in den Rucksäcken?«
»Kleider und ein paar Kleinigkeiten«, antwortet Elin.
»Steig vom Pferd ab«, befiehlt die Frau, die Yasmin wiedererkannt hat. Sie trägt einen blauen Anorak mit Nils-Dacke-Emblem auf der linken Seite und ein Gewehr mit Zielfernrohr an einem Riemen über der Schulter.

Ihre Kameradin ist blass, als wäre sie längere Zeit krank gewesen. Ihre Lippen sind farblos und sie trägt eine runde Brille mit dicken schwarzen Bügeln und beobachtet Elin, als würde sie damit rechnen, jeden Moment von irgendwas überrascht zu werden.

»Wem gehört das Pferd?«, fragt sie und streckt eine Hand nach Gerda aus.

»Das Pferd ist uns zugelaufen«, erklärt Elin.

»Öffnet die Rucksäcke«, kommandiert die Frau mit dem Anorak. Sie hat im linken Nasenflügel ein Piercing und am Hals ein Tattoo in Form einer Wespe.

Die Frau mit der Brille durchsucht die Rucksäcke und Yasmins Handtasche.

»Ausweise«, sagt sie, als sie sich aufrichtet.

»Ich bin als Gefangene in der Festung festgehalten worden«, sagt Elin. »Ich habe keinen.«

»Ich auch nicht«, sagt Yasmin.

Die zwei Soldatinnen sehen sich an.

»Der ganze Hof des Tourismusverbands wurde gestern in Schutt und Asche gelegt. Waren alles Holzgebäude, haben gebrannt wie eine Fackel. Wollt ihr trotzdem über die Brücke gehen?«

»Ja«, sagt Yasmin.

Eine der Frauen zeigt auf ein Zelt auf der anderen Seite des Flusses.

»Meldet euch dort und sagt, dass ihr ein Pferd dabeihabt.«

Elin führt das Pferd, und Yasmin geht neben ihr. Am Fuß der Brücke stehen zwei bewaffnete Männer. Einer von ihnen hat ein Pflaster auf dem Kinn. Er ist durchnässt, und als Elin an ihm vorübergeht, kann sie seinen starrenden Blick in ihrem Rücken spüren.

Yasmin betritt das Zelt auf der anderen Seite des Flusses, und als sie wieder herauskommt, wird sie von einem kleinen dicken Mann mit Schnurrbart und geröteten Augen begleitet. Er tätschelt dem Pferd den Hals.

»Wir beschlagnahmen das hier.«

Aus der Brusttasche zieht er ein Notizbuch mit goldenem Einband. Er schreibt mit Kugelschreiber und gibt das Papier Yasmin, die den Kopf schüttelt, ohne es entgegenzunehmen. Der Schnurrbartträger reicht es weiter an Elin. Ganz oben steht das Datum. Darunter steht:

*Requisition eines Pferdes.*
*Das Pferd ist weiß, unversehrt, ausgestattet mit einem Sattel und wurde übergeben in Särna, Datum siehe oben.*
Er hat eine große Handschrift mit geraden Buchstaben.
*Nils Hallgren.*

Elin faltet das Papier zusammen und steckt es in die Hosentasche.

»Wir sind auf dem Weg zu Johanssons, die früher ein Hotel im Gebäude des Tourismusverbands hatten«, sagt Yasmin. »Wissen Sie, wohin sie gezogen sind?«

Der Schnurrbartträger sieht hinüber zum Fluss, als würde er etwas beobachten, was ihn deutlich mehr interessiert als die Frage.

»Fragt bei der alten Bushaltestelle nach«, sagt er, ohne Yasmin anzusehen.

Dann zeigt er ihnen die Richtung. »Das ist dort entlang.«

Hallgren richtet den Blick auf Gerda, bekommt rote Wangen und seine Augen füllen sich mit Tränen. Er macht kehrt und verschwindet im Zelt.

Sie gehen den Weg weiter und kommen an einen asphaltierten Platz. Es gibt dort ein Rondell, auf dem drei Benzinzapfsäulen stehen. In einem Haus schräg gegenüber wurde ein Fenster geöffnet, aus dem eine gewaltige Schusswaffe herausragt. Ein Mann mit Helm beobachtet sie. Yasmin ruft zu ihm hinauf:

»Kennen Sie die Johanssons, die früher das Hotel hatten?«

Der Mann verschwindet und kurz darauf erscheint ein anderer Mann. Er trägt einen grünen Hut mit rotem Band daran, so wie Elchjäger es um die Hutkrone tragen. Der Hut ist nach hinten in den Nacken geschoben und der Mann lehnt sich an den Fensterrahmen. Er ist schon älter. Elin muss an ihren Großvater denken.

»Sie sind bei der Kirche!«, ruft der Elchjäger. »Da entlang.«

An der Kirche wimmelt es von Zivilisten, Alten, Kindern und Soldaten. Manche haben keine Waffe dabei, aber tragen das Nils-Dacke-Emblem an der Jacke, andere sind mit Jagdgewehren bewaffnet, einige mit Armbrüsten.

Tragen werden aus der Kirche gebracht und am Friedhofstor platziert und an einem Tisch wird eine Mahlzeit in tiefen Tellern ausgegeben. Zwei Lastwagen, deren Ladefläche mit einer Plane verschlossen ist, kommen herangerollt und bleiben in dem Moment am Tor stehen, als Elin und Yasmin auf den Weg einbiegen, der durch den Friedhof führt. Ein Mann mit Armbinde mit rotem Kreuz darauf spricht mit lauter Stimme in das Mikrofon eines Funkgeräts. Derjenige, der das Funkgerät trägt, steht daneben, den Apparat auf dem Rücken.

»Sie wollen zu Wongs.«

Er beendet die Funkverbindung und Elin bleibt vor ihm stehen.

»Welcher Wongs?«, fragt sie.

Der Mann sieht zuerst Elin an, dann Gerda.

»Wer bist du?«

»Elin Holme. Ich wohne bei Wong 63.«

»Bist du verwandt mit Karin Holme?«

»Sie ist meine Tante.«

Der Mann schüttelt den Kopf.

»Wir können dich nicht mitnehmen. Gestern wurde ein Transporter überfallen. Und du hast ein Kind. Das geht nicht.«

»Ich kann mithelfen.«

»Das geht nicht.«

»Ich kann mithelfen.«

»Bist du achtzehn?«

»Ja«, lügt Elin.

»Und du willst zu Wong 63?«

Elin nickt.

»Du kannst auf der Ladefläche sitzen.«

Der Mann zeigt auf den hinteren Lastwagen.

»Aber du brauchst ein Papier.«

Der Mann nimmt die gleiche Sorte Notizbuch mit goldenem Einband heraus, wie der Mann an der Brücke es benutzt hat, als er das Pferd beschlagnahmt hat. Der Mann beschreibt zwei Zettel mit demselben Text.

Oben: Datum

Dann:

*Elin Holme ist auf der Heimreise. Sie volontiert am oben genannten Tag und leistet Dienst als Krankenpflegerin auf dem Transport von Särna nach Wong 63. Bei Wong wird sie von ihren Pflichten gegenüber Nils Dacke enthoben.*

Der Mann unterschreibt und gibt das eine Papier Elin. Das andere steckt er in seine Innentasche.

»Wenn du das hier vorzeigst, bekommst du Essen, während du im Dienst bist.«

Er geht vor Elin zum hinteren Lastwagen. Dort sind drei Männer damit beschäftigt, Tragen auf die Ladefläche zu heben. Der Mann stellt Elin dem Fahrer vor, der dünn wie eine Bohnenstange ist und aussieht, als wäre er gerade fünfzehn geworden.

»Sie wird auf der Ladefläche sitzen.«

Der Junge mustert Elin. Er hat eine Zahnspange und pult mit abgebissenen Fingernägeln daran herum.

»Sie hat ein Kind. Für das übernehme ich keine Verantwortung.«

»Sie ist Karin Holmes Nichte und arbeitet als Pflegerin während des Transports.«

»Was wird sie tun?«, fragt der Junge und streicht sich mit der Hand eine Haarsträhne aus der Stirn. Er sieht wütend aus, als würde Elin mit ihrer bloßen Anwesenheit sein Leben ruinieren.

Der Mann zeigt auf eine der Tragen.

»Sie soll ihm dort die Hand halten.«

Der Junge blickt auf die Trage und senkt die Stimme.

»Was hat er?«

»Er hat beide Füße verloren. Keine Ahnung, ob er bis zur Ankunft bei Wongs noch lebt. Ich habe dreißig Jahre lang mit seinem Vater gejagt und will ihm sagen können, dass jemand die Hand seines Jungen gehalten hat, als es am schlimmsten für ihn aussah.«

»Wir fahren jetzt!«, sagt der Junge mit der Zahnspange, starrt Elin kurz an, macht ein schnalzendes Geräusch mit Lippen und Zunge und steigt in die Fahrerkabine.

Yasmin kommt heran, umarmt Elin und ein kahl rasierter Mann hilft Elin dabei, auf die Ladefläche zu gelangen.

»Bis bald!« ruft Yasmin.

»Ja, bis bald!«, ruft Elin zurück.

Als der Lastwagen losrollt, wird Gerda munter und fängt an zu glucksen, und bevor der Kahlköpfige die Plane herunterlässt, die die Sicht nach hinten versperrt, winkt Elin Yasmin zu und entdeckt gleichzeitig vor dem Tor zur Kirche einen Mann im Rollstuhl.

Der Mann trägt einen Anzug und Schlips und seine Haare sind zur linken Seite gekämmt. Er sitzt ganz still da und Elin zeigt auf ihn und ruft Yasmin zu:

»Der da am Tor! Das ist Alan!«

Aber Yasmin hört nicht und der Fahrer legt einen höheren Gang ein und gibt Gas.

Achtzehn Tragen stehen auf der Ladefläche und der Kahlköpfige zeigt auf die Trage bei dem flatternden Stück Plane ganz hinten.
»Du sollst seine Hand halten.«
Elin nickt.
»Ja.«
»Gestern hat die Fahrt sechs Stunden gedauert.«
»Warum so lange?«
»Wir mussten immer wieder wegen Beschuss anhalten. Willst du irgendetwas?«
»Was gibt es?«
»Morphin, Wasser und Kekse.«
Er geht nach vorne zur Fahrerkabine und der Laster rollt langsam den Weg entlang. Elin sitzt neben dem Jungen, dessen Hand sie halten soll. Er liegt mit geschlossenen Augen da. Als Elin seine Hand ergreift, drückt er ihre Finger, nicht fest, nur so, dass sie spürt, dass er noch am Leben ist. Die Hand ist kalt und verschwitzt.
Sie sitzt auf der Ladefläche, der Wagen schaukelt und es fällt ihr schwer, das Gleichgewicht zu halten. Bald darauf hält der Wagen an und der Motor wird abgestellt. In der Ferne hört man Maschinengewehrsalven. Es wird langsam dunkel und kühl. Der Kahlköpfige bringt eine Decke nach hinten und legt sie ihr über die Schultern.
»Wie geht es?«

»Gut. Wie lange halten wir hier?«

»Bis der Weg sicher ist.«

»Dauert das lange?«

»Vielleicht.«

Bald ist es ganz dunkel, und auf einer der Tragen auf der Ladefläche weint jemand. Der Kahlköpfige sagt etwas, aber Elin hört nicht, was. Weiter weg hört Elin etwas, das eine Eule sein könnte. Der Kahlköpfige kommt zu ihr und setzt sich neben sie.

»Ich habe vorher in einer Wildstation gearbeitet. Wir haben uns um verletzte Uhus und andere große Vögel gekümmert. Hast du schon einmal einen Uhu gesehen?«

»Nein.«

»Das ist ein fantastischer Vogel.«

»Ich mag Spechte«, sagt Elin. »Die schwarzen mit dem roten Scheitel, aber es ist lange her, dass ich einen Schwarzspecht gesehen habe. Sie sind selten geworden.«

Der Kahlköpfige beugt sich nach vorne und versucht, Gerda in der Dunkelheit zu betrachten.

»Ist es ein Mädchen?«

»Ja.«

»Wie still sie ist.«

»Sie ist ein bisschen mitgenommen vom ständigen Unterwegssein.«

Derjenige, der vorne bei der Fahrerkabine weint, fängt jetzt an, nach seiner Mutter zu rufen, und der Kahlköpfige steht auf. Nach einer Weile zündet er eine kleine Lampe an, die ein gedämpftes Licht verbreitet. Elin dreht den Kopf und sieht, wie er eine Spritze hoch gegen das Licht hält und mit dem Finger dagegen tippt. Einen Moment später wird es still und noch etwas später setzt sich der Wagen wieder in Bewegung, so langsam, dass man mit Leichtigkeit herunterspringen könnte.

Immer wieder hält das Fahrzeug an. Elin wickelt sich in die Decke, ohne die Hand des Verwundeten loszulassen. Hinter ihr stöhnen die Verletzten und der Mann mit der Glatze geht mit der Morphinspritze umher. Er kommt heran und beugt sich über das Gesicht des Jungen, den Elin an der Hand hält, und legt zwei Finger an seinen Hals. Er macht die Lampe aus und setzt sich neben Elin, so nah, dass sie seine Körperwärme spürt.

Gerda schläft.

»Du musst seine Hand nicht mehr halten.«

»Warum nicht?«

»Er ist tot.«

Elin lässt die Hand los. Die Dunkelheit verschluckt die Gesichtszüge des Toten.

»Wie hieß er?«

»Akilles.«

»Warum fahren wir so langsam?«

»Die Lichter sind aus und der Fahrer kann immer nur ein kleines Stück vorausgucken. Ein halber Kilometer vor uns ist ein Mann auf einem Motorrad. Er hat Funkkontakt mit unserem ersten Wagen. Wenn der Motorradfahrer etwas Seltsames entdeckt, gibt er uns Anweisung zu halten, bis er den Weg untersucht hat. Es ist mein Schwager, der da vorausfährt. Eine gefährliche Position. Und er macht das freiwillig. Seine Tochter ist vor ein paar Tagen gestorben. Sie war fünf.«

Weit weg ist ein dumpfes Donnern zu hören.

»Was war das?«, fragt Elin.

»Granatwerfer.«

»Sind das unsere oder die der anderen?«

»Schwer zu sagen.«

Der Mann mit der Glatze legt einen Arm um Elins Schultern und drückt sie an sich, nur ganz kurz. Dann steht er auf, zündet die kleine Lampe an und zieht die Decke über das Gesicht des Toten.

Er geht in Richtung Fahrerkabine durch und hockt sich neben den, der ganz vorne liegt.

Wenig später rollt der Wagen wieder los, aber bevor es dämmert, halten sie. Der Fahrer steigt aus und zieht das Stück Plane zur Seite, das lose vor der hinteren Öffnung hängt.

»Wir halten hier. Wir sind einen Kilometer vor Wongs.«

»Ich gehe«, sagt Elin. »Von hier finde ich den Weg.«

»Willst du nicht warten, bis es hell ist?«, fragt der Fahrer.

»Ich will, so schnell es geht, nach Hause. Ich gehe jetzt.«

Der Mann mit der Glatze kommt zu ihr. Elin ist aufgestanden, und er legt ihr einen Arm um die Schulter.

»Du hast getan, was du konntest«, flüstert er.

»Können Sie mir runterhelfen?«

Mit dem Rucksack auf dem Rücken und Gerda vor sich in der Trage steigt Elin herunter auf den Weg. Der Fahrer ist im Halbdunkel kaum zu erkennen. Er sieht jetzt älter aus.

»Bist du sicher, dass du den Weg findest?«

»Ich weiß, wo der Pfad verläuft, bis dahin ist es nur ein Stück.«

Dann geht sie los, am Straßenrand entlang. Als sie das erste Auto passiert hat, biegt sie ab, schlägt den Pfad in den Wald hinauf ein und macht sich auf den Weg nach Hause.

Es geht bergauf und nach fünfzehn Minuten dauert die Steigung noch immer an. Sie kann am Wegesrand umgefallene Bäume ausmachen und sieht den dicken Stamm einer Kiefer, die über einen Felsen gestürzt ist und jetzt im zwanzig-Grad-Winkel in die Höhe ragt. In dem Moment, als sie den Wurzelballen passiert, hört sie es.

Schweine.

Es sind viele.

Sie geht ein paar Schritte zurück, klettert den Kiefernstamm hinauf Richtung Krone. Es ist eine schöne, prächtige Kiefer, der Stamm misst bei der Wurzel gut einen Meter.

Elin klettert zur Krone, und als sie dort bei den ersten dickeren Ästen ankommt, hört sie die Tiere sich trampelnd nähern. Es ist eine große Rotte. Sie sieht ihre Körper drei Meter unter sich, hört ihr Schnaufen und Grunzen und nach einer Weile vernimmt sie auch ihren Geruch.

Sie setzt sich in der Baumkrone zurecht und versucht, die Tiere da unter ihr genauer zu betrachten. Es sind etwa zwanzig Stück, vielleicht dreißig.

Ihr kommen schlagartig die Geschichten in den Kopf, die man sich von Wildschweinen erzählt, die Kinder überfallen und gefressen haben. Eine Schweinerotte soll einen Menschen in ein paar Minuten fressen können. Nichts bleibt übrig, nicht einmal die Stiefel.

Während sie sie beobachtet, ist sie erleichtert darüber, dass keins der Tiere den Stamm entlangbalancieren kann, um zu ihr zu gelangen. Ein Luchs würde es schaffen.

Sie hat schon unendlich viele Wildschweine gesehen, aber nur einen Luchs, und das ist schon viel. Gunnar sagt, dass er noch nie einen gesehen hat.

Plötzlich steigt von unten vom Weg aus eine Leuchtrakete in den Himmel. Die Rakete explodiert hoch oben im Himmel. Einen Moment lang ist es taghell und die Schweine verschwinden mit lautem Getöse.

Aber Elin bleibt in der Baumkrone sitzen.

Erst als es richtig hell ist, steigt sie vom Baum, läuft auf den Pfad zurück und folgt dem Weg heimwärts.

An der Ecke ist eine dritte Kamera installiert worden. Sie befindet sich an der westlichen Seite über der alten.
Elin geht weiter bergab, da wird die stählerne Haustür geöffnet. Gunnar steht barfuß im Nachthemd da.
Er macht ein paar Schritte auf den Hof und läuft ihr entgegen, sie erreichen sich und fallen einander in die Arme, Gerda in ihrer Trage zwischen ihnen.
Er keucht.
»Seid ihr unverletzt?«
»Ja.«
»Gott sei Dank!«
Er macht einen Schritt rückwärts, hält Elin an den Oberarmen fest und betrachtet Gerda. Er drückt Elins Arme so fest, dass es wehtut, aber sie sagt nichts.
»Wie geht es ihr?«
»Gut.«
»Komm.«
Er legt einen Arm um die Schulter der Tochter und sie gehen zum Haus.
»Ist zu Hause alles in Ordnung?«
»Vagn ist zu Nils Dacke gegangen, am selben Tag, als sie dich und Gerda weggebracht haben. Wir haben seitdem nichts von ihm gehört. Mama ist sehr mitgenommen. Dass du mit Gerda verschwunden bist, hat ihr alle Kraft genommen. Sie hat es gerade mal geschafft, eine Stunde am Tag aufzubleiben.«
Er verstummt. Sie sind an der Tür angekommen.
Elin nimmt den Rucksack ab und lässt ihn auf den Küchenboden

fallen, während Gunnar die Tür zuzieht und den Riegel vorschiebt. Elin nimmt Gerda aus der Trage und legt sie auf den Boden. Das Kind wacht auf und wimmert. Gunnar setzt sich neben sie auf den Fußboden.

Er weint.

»Es ist so gut, dass du wieder zu Hause bist, Gerda. Wir haben dich vermisst.«

Er wendet sich Elin zu:

»Was hast du an der Wange gemacht?«

»Transportverletzung.«

Das Mädchen fängt an zu schreien, Elin setzt sich auf einen Stuhl, ohne die Tragetasche abzunehmen, in der sie die Tochter transportiert hat. Aus dem hinteren Teil des Hauses kommt Anna im Nachthemd. Mit offenem Mund und großen Augen sinkt sie auf den Boden neben Gerda und Gunnar. Sie streicht Gerda über den Kopf.

»Meine Kleine!«, schluchzt sie. »Meine Kleine!«

Sie lehnt sich an die Schulter ihres Mannes, Gerda brüllt und die Großeltern weinen. Dann steht Anna auf und geht zu ihrer Tochter. Sie streicht ihr über die rechte Wange.

»Du bist nach Hause gekommen.«

»Ja.«

»Ist es schlimm gewesen?«

»Ja.«

»Was kann ich für dich tun?«

»Du kannst Gerda wickeln.«

Anna hebt Gerda vom Boden, nimmt die Enkeltochter auf den Arm und geht mit ihr hinaus. Gunnar setzt sich neben Elin und nimmt ihre Hand.

»Seid ihr wohlauf?«

»Ja.«

»Was für ein Glück.«

»Es war nicht nur Glück. Dazu haben noch andere Dinge beigetragen.«

Gunnar schüttelt den Kopf und lächelt. Tränen stehen in seinen Augen. Er streichelt der Tochter über den Kopf.

»Du hast dich nicht verändert.«

Er gibt ihr einen feuchten Kuss auf die Wange.

»Wie geht es Lisa?«

Gunnar seufzt.

»Sie haben die Hunde erschossen, als sie dich mitgenommen haben, und wir haben sie unter der Fichte hinter dem Stall begraben. Lisa geht jeden Tag dorthin, sitzt dort und redet mit ihnen. Sie spielt nicht mehr wie früher. Das Netz ist zusammengebrochen und sie hat keinen Kontakt zu ihren internationalen Freunden gehabt, seit sie dich mitgenommen haben. Aus irgendeinem Grund sagt sie, dass sie nicht länger daran interessiert ist, Spanisch zu lernen. Sie sagt, dass es sinnlos ist und alles ohnehin schrecklich enden wird und sie eines Tages herkommen und uns erschießen werden, wie sie es mit den Hunden gemacht haben. Åke ist gestern hier gewesen. Er sagt, dass Lisa auf eine Depression zusteuert. Sie war meistens in ihrem Zimmer, wo sie sich ein Zelt aus Decken gebaut hat. Sie sagt, dass sie darin vor Schüssen sicher ist und dass böse Menschen sterben, wenn sie sich nähern. Sie sagt, dass sie angefangen hat, ein Buch zu schreiben, aber niemand darf wissen, was sie schreibt. Vagn hat ihr mit einem Code geholfen, sodass niemand es heimlich lesen kann. Sie spricht viel von Gott.«

Gunnar seufzt wieder.

»Was kann ich dir bringen?«

»Brote und eine Tasse Tee.«

Gunnar steht auf und lauscht.

»Hat sie die ganze Zeit so geschrien?«

»Gar nicht, im Gegenteil. Sie war besorgniserregend still.«

»Was haben sie mit ihr gemacht?«

»Darüber können wir morgen reden.«

»Natürlich. Welchen Tee möchtest du?«

»Malve. Gibt es heißes Wasser?«

»Ja.«

Elin steht auf, zieht sich die Stiefel aus und nimmt die Trage ab, in der Gerda gesessen hat. Sie geht zum Badezimmer, zieht sich vor der Tür aus und lässt die Kleider einfach auf den Boden fallen. Auf dem linken Hosenbein der Jeans ist ein dunkler Fleck, so groß wie Elins Hand. Es ist Blut des Mannes, dem sie den Handrücken aufgeschlitzt hat. Sie steht nackt da und sieht sich den Kleiderhaufen an: die verschmutzten Reste eines Albtraums.

Sie verschwindet im Badezimmer, und als sie mit einem Handtuch um den Kopf wieder herauskommt, brüllt Gerda immer noch.

Elin geht in ihr Zimmer und holt sich was zum Anziehen. Sie schlüpft in eine frische Jeans, einen Pullover und ein paar dicke Socken. So etwas wie Wohlbefinden breitet sich in ihrem Körper aus und erreicht ihr Gesicht, als sie die Bürste ansetzt und sie durch die langen nassen Haare zieht.

Sie geht hinaus zu Gunnar, der einen Teller mit belegten Broten und dem roten Tee in einer Tasse auf den Küchentisch gestellt hat. Gerda schreit noch immer.

Elin lächelt.

»Auf diese Art habe ich sie nicht mehr brüllen gehört, seit wir von hier weggebracht wurden.«

Sie spricht mit einem Bissen Brot im Mund.

»Hast du Nachrichten gehört?«

»Im Radio sagen sie, dass die Gefechte um Särna herum weitergehen und dass die Festung aus mehreren Richtungen attackiert wird. Es heißt, es sei jetzt noch eine Frage von zwei oder drei Tagen, bis es vorbei ist. Aber man weiß nie, es ist eine in die Kämpfe involvierte

Gruppierung, die für die Berichterstattung zuständig ist. Was wirklich wahr ist, ist schwer zu sagen.«

»Ich war gestern in Särna. Häuser waren niedergebrannt. Es schienen nicht besonders viele Soldaten dort zu sein.«

Gunnar nickt.

»Es sind offensichtlich die Brücken, um die gekämpft wird. Hier unten hat die Borlänge-Gang gewütet. In der Nacht, nachdem du mitgenommen wurdest, waren sie hier bei uns. Zwei maskierte Reiter kamen an unsere Kameras herangeritten und hatten langstielige Hammer dabei. Sie haben die Kameras zertrümmert und sind verschwunden. Aber wir hatten noch Glück, denn am Tag darauf kam Bullen-Olson vorbei. Er hatte eine Kamera im Gepäck, die wir noch am selben Tag angebracht haben, sodass wir wenigstens eine Seite überwachen können. Bullen-Olson weiß wahrhaftig, wie man Geschäfte macht. Seine beiden Söhne haben sich Nils Dacke angeschlossen, jetzt ist es also vorbei mit den Gerüchten, dass er an beide Seiten verkaufen würde.«

Gunnar betrachtet seine Tochter, die mit dicken Backen voller Brot dasitzt.

»Åke hat Karin im Radio reden gehört«, erzählt er weiter. »Sie hat davon gesprochen, was passieren wird, wenn die Festung fällt und eine legitime Regierung übernimmt. Die Liste der notwendigen Aufgaben ist lang und viele Politiker sind so kompromittiert, dass ihnen schlichtweg die Glaubwürdigkeit fehlt. Karin ist für das Amt der Justizministerin vorgesehen. Orhan Kemal soll das neue Regierungsoberhaupt werden. Er würde dann Schwedens erster muslimischer Ministerpräsident werden. Ich habe ihn im Radio gehört. Er klingt vernünftig und besonnen und er ist Dozent für Geschichte. Vielleicht ist er der Einzige, der die Enklaven unter Kontrolle bekommen kann. Rebecka Goldmann wird Außenministerin. Sie streben eine Regierungsspitze mit einem Moslem, einem Juden, einigen Atheisten und einem gläubigen Christen an. Kemal zitiert einen Autor, an dessen Namen ich mich nicht erinnere: ›Religion poisons everything.‹ Ich weiß nicht, ob das stimmt, aber zumindest wird so Vorsorge getroffen, einen weiteren Kollaps des parlamentarischen Systems zu verhindern.«

Gerda hat aufgehört zu schreien. Elin steht auf und geht in das Zimmer, in dem Anna mit Gerda neben sich auf dem ungemachten Bett liegt. Im Zimmer ist es stickig und Elin öffnet ein Fenster.

»Guck!«, ruft Anna und zeigt auf Gerda. »Sie steckt die Füße in den Mund! Das hat sie vorher noch nicht gemacht!«

Elin hat die Teetasse in der Hand und betrachtet die Tochter eine Weile. Dann kehrt sie in die Küche zu den belegten Broten zurück. Als sie den Teller leer gegessen hat, kommt Lisa in einem weißen Nachthemd mit gelben Blumen darauf herein. Ihre langen Haare sind zerzaust und ungekämmt, ihr Mund geöffnet.

»Hab ich Gerda gehört?«

Da entdeckt sie Elin, stürmt los und wirft sich ihr so in die Arme, dass Tee auf den Fußboden schwappt.

»Wo ist Gerda?«

Elin zeigt zum Schlafzimmer und Lisa rennt auf ihren bloßen Füßen los.

»Möchtest du noch etwas?«, fragt Gunnar.

»Danke, das reicht. Ich glaube, ich lege mich ein bisschen hin.«

Sie geht in ihr Zimmer und schließt die Tür, aber einen Moment später wird sie wieder geöffnet. Lisa kommt herein und legt sich neben Elin. Sie fährt mit den Händen durch die Haare ihrer Schwester.

»Wo seid ihr gewesen?«

»In Grövelsjö.«

»Warum haben sie euch dorthin gebracht?«

»Sie dachten, dass ich wisse, wo Karin sich aufhält.«

»Wusstest du es?«
»Nein.«
»Weißt du, was ich in meinem Zimmer gebaut habe?«
»Nein.«
Lisa flüstert:
»Eine Kirche. Aber erzähl Mama nichts. Sie denkt, dass es eine ganz normale Höhle ist.«
»Ich wollte mich jetzt ein bisschen hinlegen.«
Lisa berührt das Messer, das auf dem Hocker neben dem Bett in seiner Scheide liegt.
»Was ist das für ein Messer?«
»Eines, das ich ausgeliehen habe.«
»Von wem?«
»Er heißt Skarpheden.«
Lisa steht auf und schließt die Tür so leise, dass es kaum zu hören ist.

An der Kirche von Särna steht Alan mit Yasmins Tasche in der Hand. Er hält Elin die Tasche hin und öffnet sie. Darin liegt Gerda. Dort, wo die Füße sein sollten, hat sie blutige Stümpfe. Alan erklärt, dass es nötig war, die Füße abzunehmen, damit Gerda zu Gott kommen kann.

Elin schreckt durch ihre eigenen Schreie auf und springt aus dem Bett, so schnell, dass ihr schwindelig wird und sie sich setzen muss. Die Tränen laufen ihr über die Wangen. Sie steht wieder auf und öffnet die Tür. Sie geht ins Schlafzimmer von Anna und Gunnar. In ihrem Bett liegt Gerda auf dem Rücken, hält ihre Füße fest und lächelt Elin an, während Lisa vor dem Bett kniet und das Mädchen beobachtet. Anna ist dabei, sich anzuziehen, und steht am Fenster. Sie dreht sich zu Elin um:

»Du hast so furchtbar geschrien! Ich wollte gerade zu dir rübergehen.«

»Ich hatte einen Albtraum.«

Elin setzt sich auf das Bett neben Gerda, nimmt sie auf den Arm und zieht sich den Pullover hoch. Sie legt das Mädchen an die Brust und Gerda fängt gierig an zu trinken.

»Meine Puppen haben mit der Muttermilch aufgehört«, erklärt Lisa. »Sie bekommen stattdessen zerdrückte Banane.«

»Sehr gut«, sagt Elin. »Ich wusste gar nicht, dass es Bananen bei Wongs gibt.«

»Es gibt überhaupt nichts bei Wongs«, sagt Anna. »Es ist jetzt ein Krankenhaus. Die Borlänge-Gang war eines Abends da und hat versucht, dort einzudringen, aber der Wachmann hat zwei von ihnen erschossen und einen eingesperrt. Und der hat erzählt, dass sie an Medizin rankommen wollten. Morphin kostet jetzt ein Vermögen. Die Leute bezahlen mit Eheringen und Halsketten. Penicillin ist auch teuer.«

»Ich habe gehört, dass Karin im Radio war.«

»Åke hat sie gehört. Man sagt, dass sie Justizministerin werden soll.«

Anna seufzt und spricht weiter:

»Ida Torson hat einen Sohn bekommen.«

»Wann?«

»Åke kam direkt von der Entbindung, als er neulich hier war. Es ist wohl ein ziemlich gewaltiges Kerlchen.«

Dann richtet Anna den Blick auf Gerda.

»Sie scheint keinen Schaden genommen zu haben.«

»Ich hoffe es.«

»Was haben sie mit dir gemacht?«

»Mich gefangen gehalten und zu verschiedenen Sachen befragt.«

»Aber wie bist du von dort weggekommen?«

»Eine Frau, die ich letztes Jahr getroffen habe, hat mir geholfen. Sie hofft auf eine Gegenleistung, wenn Frieden herrscht.«

Anna geht mit Lisa aus dem Zimmer, und als Gerda satt ist, nimmt Elin das Kind mit in ihr Zimmer und legt sie in das Gitterbett. Elin sitzt eine Weile bei dem Mädchen und singt das Lied von der Trollmutter und den elf kleinen Trollen, bis Gerda die Augen schließt.

Als das Mädchen schläft, schleicht Elin sich hinaus, zieht sich die Stiefel an und geht dann zum Stall. Darin steht Black, und als sie zur Tür hereinkommt, dreht das Pferd die Ohren zu ihr und scharrt mit einem Huf. Elin geht zu ihm in die Box und schlingt die Arme um seinen Hals.

»Mein Liebster!«, flüstert sie. »Ich hab dich so unendlich vermisst.«

Sie holt eine Bürste und striegelt das Pferd. Ab und zu hält sie inne, lehnt sich an das Tier, legt die Wange an den großen warmen Körper.

Als sie fertig mit Black ist, begrüßt sie die anderen Tiere, dann verlässt sie den Stall. Als sie die Tür hinter sich schließt, erblickt sie Lisa, die ein Stück entfernt bei der großen Fichte kniet. Elin macht ein paar Schritte hin zu ihrer Schwester, die kniend zwei Steine küsst, der eine groß wie ein Tennisball, der andere wie ein Handball.

»Was machst du?«

Lisa dreht sich um.

»Ich besuche sie.«

»Sind das die Hunde?«

»Ja.«

»Man erkennt kaum, dass sie hier liegen.«

»Papa hat mir geholfen, so tief zu graben, dass die Schweine sie nicht herausholen können.«

»Wie oft kommst du hierher?«

»Jeden Tag. Du kannst auch mit ihnen reden.«

»Reden?«

»Ja, knie dich hin, dann wirst du es sehen.«

Elin geht auf die Knie und die Schwester dreht sich um und zieht sie heran.

»Komm näher.«

Auf den Knien rutscht Elin an die Grabsteine heran, und als sie neben der Schwester ist, hat sie die beiden Steine vor sich. Die Steine sind nass und Lisa hat neben sich ein leeres Glas.

»Ich wasche die Steine jeden Morgen ab, bevor ich sie küsse. Wenn du sie küsst, kannst du mit den Hunden reden.«

Elin beugt sich vor und küsst zuerst den kleineren Stein, danach den größeren.

»Jetzt kannst du eine Frage stellen, du darfst sie nur nicht laut sagen.«

Elin denkt an Harald und Frans.

»Weißt du, was du fragen willst?«

»Ja.«

Lisa nickt vielsagend, als würden sie ein Geheimnis teilen. Sie zeigt den gewaltigen Fichtenstamm hinauf.

»Die Antwort kannst du in der Fichte hören.«

Elin lauscht.

»Ich höre nichts Besonderes.«

Lisa lächelt.

»Das erste Mal ist schwer. Mach die Augen zu, dann ist es leichter.«

Elin schließt die Augen, öffnet sie aber rasch wieder, als die inneren Bilder von Yasmins Tasche und Gerda ohne Füße auftauchen.

Lisa flüstert:

»Hast du etwas gesehen, das dich erschreckt hat?«

»Ja.«

Lisa nickt.

»Das ist am Anfang so. Morgen wird es sich besser anfühlen.«

Elin betrachtet die Schwester. Lisa lächelt und sieht gleichzeitig sehr ernst aus.

»Möchtest du meine Kirche sehen?«

Elin nickt und Lisa flüstert wieder:

»Mama glaubt, dass es eine ganz normale Höhle ist, aber das ist es nicht. Versprich, dass du ihr nicht erzählst, was ich dir zeige.«

»Ich verspreche es.«

Lisa steht auf und nimmt Elins Hand.

»Komm.«

Sie kehren ins Haus zurück und ziehen sich gleich vor der Tür die Schuhe aus. Lisa hält Elin an der Hand und führt sie in ihr Zimmer. Aus der Küche sind Gerdas Gluckser zu hören, bis Lisa die Tür hinter ihnen schließt.

Die Rollos sind bis auf einen kleinen Spalt über dem Fensterbrett heruntergelassen und das Zimmer liegt im Dunkeln.

Das Bett ist ungemacht, der Fußboden mit Legosteinen und Barbiepuppen übersät. Beim Fenster hat Lisa vier Stühle aufgestellt und darüber hat sie ein Laken gelegt, das sie an den Stuhllehnen festgebunden hat.

»Versprich, dass du nichts zu Mama sagst«, wiederholt Lisa.

Elin nickt und Lisa hebt ein Stück des Lakens an und lässt Elin hinunterkriechen. Dann kommt sie selbst hinterher.

Innen liegt eine graue Decke, auf der man sitzen kann. Zwei Puppen stehen auf einem umgedrehten Karton, zwischen ihnen der Teddybär.

Lisa hat sich hingekniet. Sie senkt den Kopf zum Fußboden, richtet sich wieder auf und setzt sich dann hin.

»Du musst sie begrüßen«, fordert die Schwester sie auf.

Elin beugt sich nach vorne und berührt mit der Stirn den Fußboden.

»Wer sind sie?«, fragt Elin.

Lisa deutet auf Puppen und Bär.

»Die beim Fenster ist Dodi, sie ist die, die alles weiß. Der auf der anderen Seite ist Halbi. Er ist der, der alles kann. Aber am wichtigsten ist der in der Mitte, das ist der, der alles bestimmt.«

»Was bestimmt er?«

»Er heißt Tyrok und ist der größte Gott. Er könnte den Krieg beenden, wenn er wollte, aber er will nicht. Er könnte dafür sorgen, dass Großvater zurückkommt, aber das will er nicht. Er bestimmt alles, und wenn man ihn nicht grüßt, geht es einem wie den Hunden.«

»Wie meinst du das?«

Lisa keucht.

»Du weißt doch, dass die Hunde mit ihm gespielt haben? Sie haben keine Achtung gezeigt. Sie haben Tyrok ein Ohr abgebissen.«

»Achtung?«

Lisa wird unsicher.

»Heißt das nicht so?«

»Was?«

»Das, was die Götter verlangen.«

Elin legt eine Hand auf Lisas Arm.

»Warum zeigst du Mama und Papa deine Kirche nicht?«

Lisa schiebt Elins Hand weg.

»Sie würden das nie verstehen. Aber du verstehst es. Du mochtest Harald und er ist gestorben. Du mochtest Großvater und er ist gestorben. Ich mochte die Hunde und sie sind gestorben. Das haben wir gemeinsam. Wir wissen, wie es ist, wenn die Götter gegen uns sind.«

»Und was, glaubst du, sollten wir tun?«

»Glauben, dass die Götter uns Gutes wollen, darum geht es. Ich habe Mama gefragt, wann wir die Hunde begraben. Ich habe gefragt, was die Götter wollen. Mama hat gesagt, dass es vielleicht keine Götter gibt. Ich habe nichts dagegen gesagt, aber ich weiß, dass das nicht stimmt. Mama sagt, dass diejenigen, die sich um die Götter kümmern, es auf eine bestimmte Weise machen. Sie glauben. Man muss an die Götter glauben, dann wird alles gut.«

»Ist das so?«

»Ich habe daran geglaubt, dass du und Gerda nach Hause kommen würdet. Jetzt seid ihr zu Hause. Das ist der …«

»Beweis?«

»Genau, das ist der Beweis.«

»Aber was beweist es?«

Lisa sieht verblüfft aus. Ihr Mund steht offen, als könnte sie die Frage nicht verstehen, nach allem, was sie erklärt hat.

»Das beweist, dass die Götter tun, was man will, wenn man eben nur daran glaubt.«

»Aber, Lisa, das ist doch nur mein alter Teddybär und zwei deiner Puppen. Das sind keine Götter.«

Lisa zieht den Mund zusammen und ihre Augen werden schmal.

»Sag das nicht!«

»Ein Teddybär und zwei Puppen können nicht hören!«

»Sag das nicht hier drinnen!«

Elin legt den Arm um die Schwester und zieht sie an sich.

»Ich bin so froh, dass ich nach Hause gekommen bin. Du ahnst gar nicht, wie froh ich bin.«

»Sag nie wieder, dass du nicht glaubst!«, flüstert Lisa. »Das ist gefährlich. Die Krieger sind gekommen und haben dich und Gerda gefangen genommen und sie haben die Hunde erschossen. Sie können jederzeit wiederkommen und man weiß nicht, wen sie dann erschießen.«

Elin kriecht aus dem Zelt, aber Lisa bleibt darin.

»Erzähl Mama nichts«, flüstert sie von innen.

»Ich verspreche es«, sagt Elin. »Danke, dass ich in deine Höhle kommen durfte.«

Lisa zischt:

»Das ist keine Höhle, das ist eine Kirche!«

Als Elin Lisas Zimmer verlässt und die Tür hinter sich zuzieht, ruft Anna aus der Küche:

»Kannst du mal kommen, Elin?«

Elin geht in die Küche. Gerda liegt auf einer Decke auf dem Fußboden und am Tisch sitzt Anna mit zwei gelben Papieren und Grims Spielzeugmobil in der Hand. Sie reicht es Elin.

»Ich habe deine Kleider in die Waschmaschine getan.«

Elin setzt sich auf einen Stuhl, der dort steht, wo vorher die Decken der Hunde gelegen haben. Sie faltet die beiden Zettel auseinander, sieht sie an und steckt sie zusammen mit Grims Mobil in ihre Hosentasche.

Dann steht sie auf und setzt sich auf den Boden zu Gerda, die sie anlächelt.

»Ich reite aus«, sagt sie, während sie sich über die Tochter beugt.

»Ich bin bald zurück.«

Und sie dreht sich zu Anna um und sagt:

»Mein Mobil ist kaputt. Kann ich dein altes haben?«

# 40

Sie bleibt am Ufer des Gråbäcken stehen und lässt Black trinken, öffnet ihre Jacke und dreht das Gesicht zur Sonne.

Dann reitet sie die lange Anhöhe hinauf, und als sie oben auf dem Berg angekommen ist, sieht sie hinüber bis zum Ripsee.

Um den See herum ist ein Zeltlager. Es sind Hunderte von Zelten, Menschen, unruhige Pferde und ein paar Kettenfahrzeuge.

Ihr kommen zwei schnelle Reiter entgegen. Sie halten neben ihr an. Es ist eine Frau, nicht viel älter als Elin, und ein Mann, der der Vater der Frau sein könnte. Die Frau trägt eine schwarze Lederjacke mit hochgestelltem Kragen und eine grüne Kapuze, unter der ein blonder Haarknoten versteckt ist. In der Hand hat sie ein Maschinengewehr.

Der Mann ist groß und trägt eine Jeansjacke, Jeans und einen grob gestrickten Wollpullover. Er hat einen zwei Zentimeter langen Bart und sein Gesicht ist sonnengebräunt. In der Hand hält er eine doppelläufige Schrotflinte. Er trägt eine grobe Halskette aus Silber, die auf dem Pullover aufliegt.

»Wer bist du?«, ruft die Frau, während sie die Zügel strammzieht. Die Hufe des Pferdes wirbeln eine Staubwolke auf.

Elin zeigt über ihre Schulter.

»Ich wohne auf Liden.«

»Du musst umkehren!«, ruft der Mann und reitet dicht an Elin heran. »Hier darfst du dich nicht aufhalten!«

Er ist so nah, dass sie seinen Geruch wahrnimmt.

Der Mann trägt ein Nils-Dacke-Abzeichen auf der Jeansjacke. Auch auf der Mütze der Frau prangt ein Nils-Dacke-Abzeichen, das nicht größer ist als Gerdas Hand.

Elin macht mit Black kehrt. Als sie ein Stück entfernt ist, hört sie die Frau etwas rufen, aber sie versteht nicht, was. Sie drückt die Absätze in Blacks Seiten und reitet vornübergebeugt weiter.

Als sie schließlich Liden erreicht, sieht sie sich um.

Niemand verfolgt sie.

Sie sattelt ab, stellt Black in die Box und geht hinein. Gunnar, Anna und Lisa sitzen am Küchentisch. Sie essen Grütze und Eier und Gerda sitzt auf Annas Schoß.

»Es ist alles voller Soldaten am Ripsee«, keucht Elin, zieht die Stiefel aus und setzt sich ans Kopfende des Tisches. »Nils Dacke. Sicher fünfhundert, vielleicht mehr. Unmengen Pferde, Kettenfahrzeuge, Zelte.«

Elin bekommt eine Portion Grütze und versucht, Gerda zu füttern, aber Gerda ist unzufrieden damit und spuckt die Grütze wieder aus.

»Es ist noch zu früh«, sagt Anna. »Du warst ungeheuer spät dran damit, richtiges Essen zu essen. Als hättest du entschieden, so lange Milch zu trinken wie möglich.«

Auf der Bildwand erscheinen fünf Reiter.

»Das ist Karin ganz rechts«, stellt Gunnar fest.

# 41

Zwei der Reiter bleiben am Berg zurück, ein paar Hundert Meter vom Haus entfernt. Beide benutzen Ferngläser und spähen ohne Unterbrechung in alle Richtungen. Einer von ihnen hat ein Funkgerät auf dem Rücken.

Die anderen drei nähern sich dem Haus und Anna geht zur Tür und bleibt auf der Schwelle stehen. Die Schwester sitzt ab und kommt ihr entgegen, sie fallen einander in die Arme, während die beiden anderen, die mitgekommen sind, die Pferde an den Drahtseilen der Westseite festmachen. Derjenige, der sich um die Pferde kümmert, ist klein und dünn und hat einen kaum erkennbaren hellen Schnurrbart.

Seine Begleitung ist eine sehr große Frau mit langen blauschwarzen Haaren, die lockig über die Schultern fallen. Als Karin Gunnar, Elin und Lisa begrüßt hat, stellt sie ihnen die beiden Begleiter vor.

»Riese und Zwerg«, sagt sie. »Zwei meiner Bataillonsführer. Wir versuchen, die Regierungstruppen durch eigenartige Namen zu verwirren, die wir immer wieder wechseln.«

»Ich bin der, der Riese genannt wird«, sagt der Mann und schüttelt allen die Hand.

»Und somit ist es nicht schwer zu erraten, wer ich bin«, sagt die Frau mit den lockigen Haaren und zwinkert Lisa zu.

»Ich glaube, du wirst Zwerg genannt, weil du so groß bist«, sagt Lisa.

»Ich habe ihnen eine Dusche versprochen«, sagt Karin und blickt die Schwester an.

Dann wendet sie sich Elin zu und sagt:

»Was hast du an der Wange gemacht?«

»Ich war unterwegs.«

»Offenbar ein gefährlicher Ausflug.«

»Friedlich war es nicht.«

»Wo bist du gewesen?«

»Gerda und ich haben die Festung besucht.«

Karin wirft ihren beiden Begleitern einen Blick zu.

»Wann bist du nach Hause gekommen?«

»Vorhin.«

»Und wie bist du von dort weggekommen?«

»Ich wurde am gleichen Tag freigelassen, als der Tornado kam. Gestern war ich in Särna. Auf dem Weg von dort habe ich mir Blasen am Fuß und die Verletzung an der Wange zugezogen, aber die schlimmsten Wunden hat das hinterlassen, was ich gesehen habe.«

Elin befühlt die dunkel verfärbte Wange.

»Sieht man es deutlich?«

»Schon«, sagt Karin. »Man sieht, dass du einiges hinter dir hast.«

Sie legt ihr Maschinengewehr auf den Küchentisch, zieht einen Stuhl heran und setzt sich. Sie hebt die Arme über den Kopf, ergreift ihre Fingerspitzen und zieht daran, bis es knackt. Dann knöpft sie die Jacke mit dem Nils-Dacke-Emblem auf und blickt Anna an.

»Können wir uns einen Moment hinsetzen?«

»Natürlich, klar. Möchtet ihr eine Tasse Tee?«

»Unheimlich gerne. Und vielleicht ein Brot?«

Sie dreht sich zu Elin:

»Du bist also in der Festung gewesen?«

»Ja.«

»Und in Särna?«

»Gestern.«

»Wie sieht es dort aus?«

Riese und Zwerg ziehen jeder einen Stuhl heran, legen die Waffen auf den Tisch und setzen sich.

»Vielleicht ist es am besten, wenn wir ganz am Anfang beginnen«, schlägt Riese vor. »Wer hat dich zur Festung gebracht?«

Elin erzählt von den Kettenfahrzeugen, von dem verschlossenen Raum mit der Beethovensonate, den mit Drogen versetzten Getränken, vom Gespräch mit Eva, von Syria, der Trombe, Spångkojan, der Familie mit den drei Töchtern, dem Marsch zum Hotel in den Bergen. Als sie anfängt, von Grim und den Robotern zu erzählen, wird sie von Karin unterbrochen.

»Das muss Vitkind hören.«

Sie zeigt auf Riese.

»Geh hinauf zum Funkgerät und sag, dass Vitkind herkommen soll. Wir können duschen, während wir warten. Hast du ein paar Kekse?«

Anna lächelt.

»Mamas Himbeerplätzchen, ohne Himbeeren, aber mit Glasur.«

»Wunderbar! Wer duscht zuerst?«

Als Riese aus der Dusche kommt, trifft eine kleine Frau mit lockigen Haaren ein. Sie trägt keine Waffe, hat aber einen alten Laptop in einer Umhängetasche dabei. Sie begrüßt alle, stellt den Computer auf den Tisch und tippt etwas auf der Tastatur. Karin bürstet ihre kurzen Haare mit einer goldenen Bürste, die sie von Lisa ausleihen durfte. Sie nickt der lockigen Frau zu, deren Finger flink über die Tastatur wandern. Die Küche riecht nach Apfelshampoo und Seife.

»Vitkind ist Professorin für technische Physik und besonders an Robotics interessiert. Sie ist unser geheimster Trumpf, und wenn sie aus dieser Tür geht, müsst ihr alle vergessen, dass sie da war. Aber bevor ihr sie vergesst, müsst ihr sie von der Harddisk löschen.«

Anna stellt einen Teller mit belegten Broten und hart gekochten Eiern auf den Tisch und auf einem zweiten Teller liegt ein kleiner Turm aus mit Zuckerguss gefüllten Himbeerplätzchen ohne Himbeeren.

Vitkind blickt vom Bildschirm auf.

»Also, um was geht es?«

Karin deutet mit dem Zeigefinger auf Elin.

»Elin war neulich in den Bergen von Idrefjäll.«

Die Professorin für technische Physik wickelt eine Strähne ihrer blonden lockigen Haare um den Finger und sieht Elin an. Ihre Stimme ist dunkel und rau, wie mit einem Amboss in einer qualmigen Schmiede zurechtgeschlagen. Sie hat einen Dialekt, den Elin nicht einordnen kann.

»Aha, und was hast du dort in Idre gemacht?«

Elin erzählt, wie sie zum Hotel in den Bergen gekommen ist, wie sie auf dem Parkplatz stand, als die Hunde aufgetaucht sind und Grim herausgekommen ist.

Vitkind tippt etwas in den Computer und richtet den Blick dann wieder auf Elin.

»Sei so lieb und erzähle so detailliert wie möglich. Ich nehme auf, was du erzählst, du musst also nichts wiederholen. Was ist im Hotel passiert?«

»Wir sind die Treppe hinaufgegangen, dorthin, wo der Speisesaal gewesen war. Es gab dort Glastüren und der Raum war groß.«

Vitkind blickt vom Laptop auf.

»Komm her und guck.«

Elin geht hinüber und richtet den Blick auf den Bildschirm. Dort ist ein Bild des Hotelspeisesaals zu sehen. Vor dem Fenster steht ein Mann in dunklem Anzug, den Rücken zur Kamera gewandt. Der Tisch in der Mitte des Raums ist mit Computern zugestellt, mehr als zu der Zeit, als Elin dort war. Das Bett steht nicht im Raum und auch nicht die ganze Riege der Roboter. Alan ist der einzige. Er dreht sich um und guckt in die Kamera.

»Would you like me to walk?«

Eine Stimme, die Vitkinds sein könnte:

»Sprich bitte Schwedisch.«

Alan sieht aus, als würde er sich schämen.

»Entschuldigung, natürlich.«

Gunnar, Anna und Lisa wollen auch zusehen, aber Vitkind widerspricht:

»Es steht mir eigentlich nicht zu, das als euer Gast zu sagen, aber ich würde dies hier gerne ausschließlich Elin zeigen.«

»In ein paar Tagen«, erklärt Karin, »sind wir an der Macht. Dann wird alles in Vitkinds Computer zum Staatsgeheimnis.«

»Wir gehen ins Schlafzimmer«, sagt Gunnar. Lisa und Anna begleiten ihn den Flur entlang zum hinteren Teil des Hauses.

Vitkind zeigt auf das Bild von Alan.

»Bist du ihm begegnet?«

»Ja.«

»Erzähl.«

Elin zögert einen Moment, bevor sie beginnt:

»Soll ich nur von Alan erzählen?«

Vitkind wirft Karin einen Blick zu, dann sieht sie Elin an.

»Von welchem Alan sprichst du?«

Elin zeigt auf den Bildschirm.

»Der Mann im Anzug.«

»Warum nennst du ihn Alan?«

»Grim hat gesagt, dass das sein Name ist, Alan Turing.«

Vitkind legt den Kopf schief.

»Was weißt du über Alan Turing?«

»Er war ein Mathematiker, der durch einen vergifteten Apfel gestorben ist. Er hat eine Art Computer erfunden, lange bevor es Computer gab.«

Vitkind nickt.

»Erzähl, was passiert ist.«

»Grim hat gesagt, dass sie seine Freunde sind.«

»Wer?«

»Die Roboter. Es gab dort viele.«

Elin deutet auf den Bildschirm.

»Sie saßen ganz hinten auf Stühlen und sahen aus wie Schaufensterpuppen. Manche hatten Kleider an, einer nur eine Mütze.«

»Und Alan?«

»Trug einen Anzug. In dem Raum stand auch ein Bett. Und zwei Papierbücher.«

»Welche?«

»Ich weiß nicht. Es gab einen Roboter, der einen Ball an eine Wand werfen und fangen konnte, als er zurückprallte. Grim hat ihn aufgefordert zu zeigen, was er kann. ›Zeig, was du kannst, Jack!‹, hat er befohlen und Jack hat seinen Ball geworfen. Als Jack ein paarmal geworfen hat, hat Grim ihm gesagt, dass er sich wieder hinsetzen soll, und sich Alan zugewendet.«

Vitkind hebt eine Augenbraue. Sie hat lange, gebogene Wimpern und Elin fällt auf, dass sie künstlich aussehen. Dann hat sie plötzlich den Gedanken: Was, wenn Vitkind ein Roboter ist, eine Verwandte von Alan? Doch Elin lässt den Gedanken wieder fallen, bevor sie ihn zu Ende bringen kann.

»Wie hat Grim sich wieder Alan zugewandt?«

»Er hat ›Alan!‹ gerufen.«

»Hat er noch etwas anderes getan?«

»Ich glaube nicht.«

»Er hat keinen Computer benutzt, kein Mobil, keine Fernbedienung oder so etwas?«

Elin denkt einen Moment nach.

»Er hätte etwas in der Tasche haben können, aber ich hatte den Eindruck, dass er nur ruft und dann alles seinen Gang nimmt.«

»Was meinst du mit *alles*?«

»Alan hat angefangen, Dinge zu tun. Er ist im Zimmer umhergegangen und hat gesungen. Habe ich schon gesagt, dass er gehinkt hat?«

»Woher hast du gewusst, dass Alan kein Mensch ist?«

»Wenn ich ihn auf der Rolltreppe bei Wongs gesehen hätte, hätte ich gedacht, da kommt ein gut angezogener Mann, der nicht von hier ist.«

»Warum sollte er von woanders herkommen?«

»Die Kleider sahen unmodern aus. Die Frisur, der Schlips, das Hemd, er hatte einen Scheitel. Es war etwas an ihm, das mir das Gefühl gab, dass er irgendwie fehl am Platz war.«

»Du hast gesagt, dass er hinkte?«

Vitkind klingt aufgeregt, als hätte man ihr erzählt, dass einer ihrer Freunde krank geworden ist.

Elin nickt.

»Es war kaum zu sehen, aber er hinkte. Er hat mit der einen Hand sein Bein gehalten, während er ging. Das war der Moment, als Grim ihn vorgestellt hat und gesagt hat, dass er Alan heißt.«

»Vorgestellt?«

»Er hat auf ihn gezeigt und gesagt: ›Das hier ist Alan.‹ Und dann hat er ihn aufgefordert, von seinem Leben zu erzählen.«

Elin beißt sich auf die Unterlippe und korrigiert sich.

»Nein, eigentlich hat er es anders gesagt, nämlich: ›Erzähl deine Geschichte.‹«

Sie beißt sich wieder auf die Lippe.

»Warum ist das so wichtig?«, fragt sie.

»Erzähl weiter, Elin«, bittet Vitkind.

Elin seufzt und es fällt ihr schwer, den Blick von den Wimpern abzuwenden.

»Ich bin ziemlich weit gegangen und auf dem Weg hatte ich ein recht unheimliches Zusammentreffen mit einem Mann, dem ich die Hand aufgeschlitzt hatte.«

Vitkinds Miene zeigt Ungeduld.

»Erzähl weiter, was passiert ist, als du Alan begegnet bist.«

»Ich habe eine Tasse Tee bekommen. Grim hat gesagt, dass nur zwei der Roboter funktionieren. Dann hat er Alan gebeten, von sich selbst zu erzählen, und als Alan gesprochen hat, hat man gehört, dass er kein Schwede war.«

»Woran hat man das gehört?«

»Er hatte einen leichten Akzent. Und seine Stimme klang künstlich, als ob etwas nicht mit ihm stimmt, als ob er erkältet war oder Halsschmerzen hatte.«

Elin verstummt und Vitkind wartet.

»Er hat gesagt, dass er irgendwann nach 1900 geboren wurde ... ich weiß es nicht mehr genau. Und dass er gut in der Schule war. Die ganze Zeit, während er sprach, hat er an seinem Anzug herumgespielt, als wäre er schüchtern und bräuchte irgendetwas zu tun, während er spricht. Er hat etwas von einem sinkenden Schiff erzählt, ich weiß nicht mehr ... Er hat Gerda etwas vorgesungen.«

»Was hat er gesungen?«

»*There'll be blue birds over ... the white cliffs of ...* irgendwas.«

»Hat er gut gesungen?«

»Ja, obwohl er stecken geblieben ist ... er hat die letzte Strophe wiederholt.«

Vitkind tippt mehrere Dinge hintereinander ein und liest, die Augen auf den Bildschirm gerichtet, leise, wie für sich selbst, vor.

»Alan kann *God save the Queen* singen, *Auld Lang Syne, Happy Birthday to You, Three blind mice* und vierzehn andere Lieder, meistens Schlager aus den 1930er und 1940er Jahren. Er kann sie korrekt oder mit ein paar kleineren Fehltönen singen. Er kann in langsamem und schnellem Tempo singen und *Auld Lang Syne* mit schottischem Akzent, aber er kann keine der Strophen einzeln wiederholen.«

Vitkind blickt auf und sieht Elin an.

»Er hat das letzte Stück wiederholt, daran erinnere ich mich.«

»Das kann er nicht getan haben.«

»Warum nicht?«

»Die Möglichkeit existiert in seinem Programm nicht.«

Elin denkt einen Moment nach.

»Er hat es ganz sicher getan.«

Vitkind tippt wieder etwas ein und betrachtet den Bildschirm.

»Erzähl bitte weiter.«

»Ja, das letzte Stück im Lied *Just you wait* … So, als ob er mir etwas damit sagen will.«

»Wie meinst du das?«

»Es schien, als ob er will, dass ich etwas erfahre, es schien nicht so, als ob er das für Gerda singt. Er wollte, dass ich auf etwas vorbereitet bin.«

»Was?«

»Das weiß ich nicht, aber er sah sehr menschlich aus, als er das gesagt hat, fast peinlich berührt, als ob er echt wäre.«

»Was meinst du mit *echt*?«

»Er hat gesagt, dass er ein guter Läufer gewesen ist. Er meinte damit wohl, dass er eine Art Mensch gewesen ist.«

»Hat er erzählt, wie schnell er laufen konnte?«

»Nein.«

Vitkind beugt sich vor zu ihrem Bildschirm und gibt ein paar Kommandos ein.

»Er hat die Möglichkeit, Zeitvorgaben für unterschiedliche Distanzen anzugeben. Aber er hat keine Ziffern genannt, du hast nicht erfahren, was seine Zeiten in englischen Meilen sind?«

»Nein, aber er hat von seinem Lieblingsfilm erzählt, *Schneewittchen*. Und dabei hat er etwas über Zahlen gesagt, dass er nicht wisse, wie oft er ihn gesehen hat, und dass das seltsam ist. Er weiß sonst alles aus seinem Leben, das mit Zahlen zusammenhängt, hat er behauptet. Er wollte eine Szene aus dem Film zeigen, aber es war die falsche Szene, und das war ihm peinlich.«

»Welche Szene war es?«

»Wo man Schneewittchen mit dem vergifteten Apfel sieht. Er hat gesagt, dass es etwas Besonderes mit der Verwandlung der Königin auf sich hat. Ich dachte, dass das eigentlich die Szene gewesen war, die er hatte zeigen wollen, um die Verwandlung an sich zu zeigen.«

Vitkind guckt aus dem Fenster. Oben auf dem Weg sprechen zwei Reiter miteinander. Dann dreht Vitkind ihr Gesicht wieder zu Elin.

»Er hat nichts darüber gesagt, dass er sich selbst verwandeln kann?«

»Nein, aber er fand es bemerkenswert, dass die Königin so böse werden konnte. Dann hat er über U-Boote gesprochen. Und er hat eine Rede vorgetragen. Er sah sehr seltsam aus, als er das tat. Er hat gesagt, dass die Rede ausgezeichnet war.«

»Was hast du gerade gesagt?«

»Er hat gesagt, dass die Rede ausgezeichnet war.«

»Welche Rede?«

»Die Rede, die er vorgetragen hat.«

»Er hat eine Rede erwähnt?«

»Er hat die gesamte Rede vorgetragen und sah stolz aus, als ob er sich etwas darauf einbildete, dass er sie auswendig konnte.«

»Er hat eine Rede vorgetragen, aber dabei nicht von Zahlen gesprochen?«

Elin schüttelte den Kopf.

»Es war nicht so eine Art Rede. Es hatte nichts mit Zahlen zu tun. Er hat eine Rede vorgetragen, die jemand im Reichstag gehalten hat ...«

»Im Parlament.«

Elin seufzt.

»Er hat von U-Boot-Kapitänen gesprochen und von einem Park. Er hat gesagt, dass er Codes entschlüsselt hat. Dann hat Gerda geweint und Alan hat wieder angefangen zu singen.«

»Was hat er gesungen?«

»Ich erinnere mich nicht.«

»Wieviel Strophen?«

»Vielleicht eine. Er hat etwas mit dem Finger ans Fenster geschrieben.«

»Was?«

»Ich weiß es nicht mehr. Er hat von Dampfmaschinen gesprochen.«

»Und er hat keine Zahlen genannt?«

Elin schreit es fast, als würde sie etwas aussprechen, das unbedingt aus ihr herausmuss.

»1885!«

Vitkind lächelt.

»Das hat er gesagt?«

»Ja, 1885. Es hatte etwas mit den Dampfmaschinen zu tun. Und dann hat er den Apfel geholt.«

Vitkind stöhnt und klimpert mit den langen Wimpern.

»Den Apfel!«

»Ja, ist das wichtig?«

»In Alans Leben ist nichts so wichtig wie der Apfel. Was war es für ein Apfel?«

»Ein roter, größer als normal, eher die Größe einer Grapefruit. Er ist aus Metall.«

»Woher weißt du das?«

»Man hat es gehört, als er ihn auf dem Tisch abgelegt hat. Man hörte eine Art Klacken. So, wie wenn man einen Hammer oder eine Zange auf einen Tisch legt. Dann hat er darüber gesprochen, dass er homosexuell ist und dass das ein Problem für die Regierung gewesen ist. Und dann hat er sich hingestellt und etwas mit verstellter Stimme zitiert.«

»Was?«
»Etwas über Dunkelheit. Dann hat er gesagt, dass die Leute glauben, dass er ermordet worden ist.«
Elin hebt die Stimme voller Eifer.
»Jetzt weiß ich wieder, was er ans Fenster geschrieben hat. Er hat geschrieben *There is hope*.«
Gerda fängt zu schreien und Elin verlässt die Küche für einen Moment. Als sie zurückkommt, sagt sie es wieder:
»Er hat geschrieben *There is hope* und noch etwas, aber ich erinnere mich nicht mehr, was das war.«

»Wie hat er geschrieben?«
»Was meinst du?«
»Hat er Groß- oder Kleinbuchstaben benutzt?«
»Der Anfangsbuchstabe war groß, die anderen klein. Die Fenster waren seit Ewigkeiten nicht geputzt worden.«
Vitkind lehnt sich zurück und dreht wieder eine ihrer Locken. Dann tippt sie etwas auf der Tastatur, beugt sich vor und liest vom Bildschirm ab.

»*Died two months ago and not forgotten yet? Then there's hope a great man's memory may outlive his life half a year.*«

Vitkind sieht zufrieden aus.
»Er kann Teile aus Hamlet zitieren. *There's hope* kommt von da. Erzähl mir mehr von dem Apfel.«

»Da gibt es nicht mehr zu erzählen.«

»Bist du sicher?«

»Ja.«

»War er noch da, als du weggegangen bist?«

Elin lacht und wird rot bis zum Hals.

»Ich habe ihn!«

Vitkind runzelt die Stirn.

»Was meinst du damit?«

»Er steckt in meinem Rucksack.«

»Wer?«

»Der Apfel!«

Vitkind starrt sie mit offenem Mund an.

»Hast du den Apfel hier?«

»In meinem Zimmer.«

Es scheint, als würden alle Anwesenden die Luft anhalten und dann zeitgleich ausatmen.

»Würdest du ihn vielleicht holen?«, fragt Vitkind.

Elin geht in ihr Zimmer, beugt sich über den Rucksack in der Ecke und holt den Apfel heraus. Sie kehrt in die Küche zurück und legt ihn auf den Tisch vor Vitkind.

Karin und ihre beiden Bataillonsführer treten an die Längsseite des Tisches. Karins Mund steht halb offen. Vitkind greift den Apfel, drückt mit den Daumen auf die grünen Markierungen und hält den Apfel an den Mund.

»This is Whiteface«, sagt sie.

Aus dem Apfel ertönt etwas, das nach Alans Stimme klingt:

»You are not authorized to handle this device. Please do not try to manipulate the machine. Persistent manipulation may cause damage to the system. I repeat …«

Vitkind legt den Apfel auf den Tisch.

»Ich bin nicht mehr autorisiert.«

Und sie sieht Elin an.

»Kannst du ihn vielleicht aktivieren?«

Elin schüttelt den Kopf.

»Ich glaube nicht. Wie?«

»Du hast nicht irgendein Passwort, oder so?«

Elin schüttelt den Kopf.

»Ich sollte eins kriegen, aber Grim wurde erschossen, bevor er es mir geben konnte. Er hat ein Wort genannt …«

»Welches?«

»Ich erinnere mich nicht. Er hat gesagt, dass dieses das Letzte sein würde.«

»Und du erinnerst dich nicht, welches es war?«

»Ich erinnere mich nicht.«

Vitkind seufzt tief.

»Das ist ein wichtiges Wort, wie du dir sicher denken kannst.«

»Ich verstehe«, sagt Elin. »Es tut mir leid, dass ich mich nicht erinnere. Es ist so viel passiert …«

»Wir werden das irgendwie hinkriegen«, sagt Karin.

Vitkind schüttelt den Kopf.

»Der Apfel duldet nicht, dass man ihn austrickst. Wenn man unvorsichtig ist, kann eine Selbstzerstörungsfunktion ausgelöst werden.«

Sie wickelt eine Locke um zwei Finger und guckt Elin an.

»Kannst du erzählen, was in Särna passiert ist?«

Elin erzählt, wie Yasmin zum Hotel gekommen ist und wie sie später in den Bergen marschiert sind. Als Elin erzählt, dass sie Alan vor der Kirche entdeckt hat, wird Vitkind so nervös, dass sie den Computer zur Seite schiebt und sich über den Tisch beugt, um Elin genauer betrachten zu können.

Elin muss mehrere Male erzählen, was sie an der Kirche beobachtet hat und wer außerdem noch da gewesen ist. Dann erzählt sie vom Lastwagen und Akilles, von den Wildschweinen und ihrer Heimkehr, und als sie fertig ist, klappt Vitkind den Computer zu, beugt sich zurück und spielt wieder mit einer Haarlocke.

Vitkind spricht, als würde sie jedes Wort abwägen, bevor es über ihre Lippen kommt:

»Wie du sicher begriffen hast, ist derjenige, den du Alan nennst, ein ungewöhnlich fortschrittlicher Roboter oder, wie wir es nennen, ein autonomes System. Es ist zu Außerordentlichem fähig, aber ausschließlich zu den Dingen, für die es programmiert wurde. Alan kann zum Beispiel nicht *White cliffs of Dover* singen und danach eine der Strophen wiederholen. So ist er nicht programmiert. Natürlich kann ein Fehler auftreten, aber das ist nicht sehr wahrscheinlich.«

Vitkind denkt einen Augenblick nach und spricht dann weiter:

»Eine Möglichkeit ist, dass es nicht Alan war, den du getroffen hast. Du hast möglicherweise ein System getroffen, das konstruiert wurde, damit es Alan ähnlich ist. Andererseits ist Alan ein so fortschrittliches Produkt, dass es nahezu unvorstellbar ist, dass es jemandem gelingen konnte, ihn zu klonen.«

»Ich dachte, man klont Menschen und Tiere, keine Maschinen?«

»In meiner Branche sprechen wir manchmal etwas salopp davon, dass man autonome Systeme klont, wenn man sie kopiert.«

Sie wartet einen Moment ab, bevor sie weiterspricht:

»Es gibt die nicht unumstrittene Tendenz unter manchen von uns, autonome Systeme als menschenähnliche Wesen oder sogar als Menschen anzusehen. Das ist einigen von uns nicht ganz geheuer. Ein paar hat das so verwirrt, dass sie gezwungen waren, sich anderen Arbeitsinhalten zu widmen. Das passiert immer da besonders häufig, wo jemand mit Systemen arbeitet, die sprechen können und sich im Raum bewegen.«

Elin versucht zu verstehen, was Vitkind sagt, und in Gedanken kehrt sie dazu zurück, was einen Moment vorher gesagt wurde.

»Du glaubst also, dass der Alan, den ich getroffen habe, ein Doppelgänger gewesen ist?«

»Vielleicht. Oder an ihm ist einfach ein Defekt aufgetreten.«

»Er hinkte.«

»Das soll er. Das ist ein Merkmal. Auch wenn er mit anderer Kleidung ausgestattet und ein neues Gesicht bekommen würde, würde er hinken.«

»Aber warum war er in dem Hotel zusammen mit Grim?«

Vitkind sieht kurz zu Karin hinüber. Dann richtet sie den Blick wieder auf Elin.

»Ich gehe davon aus, dass das, was wir hier besprechen, unter uns bleibt. Sind wir uns da einig?«

»Ja.«

Vitkind holt Luft, als würde sie sich auf eine längere Erzählung einstellen.

»Als die jetzige Regierung an die Macht kam, wurde die Wahl der Regierungspartei in hohem Maß davon begünstigt, dass sie gegen die sogenannte Robotisierung des Landes hetzte. Doch die, die die Kampagne gegen die Roboter im Arbeitsleben ins Leben gerufen haben, sind nicht zwangsläufig die, denen die Schuld zugewiesen werden darf. Der Kampf gegen die Roboter nahm erst dann richtig an Fahrt auf, als man zu Anfang des 21. Jahrhunderts Stockholms U-Bahn auf den Verkehr mit fahrerlosen Zügen vorbereitete. Ungefähr zur gleichen Zeit setzte man auch fahrerlose Autos auf den Straßen von Göteborg ein. Diese Entwicklung der fahrerlosen Züge und Autos ging vonstatten, ohne dass je eine ordentliche Debatte zu den Konsequenzen stattgefunden hatte.

Bis dahin waren Roboter für die Leute eine Art Hochleistungsmaschinen in Fabriken, in denen man Telefone, Kameras, Busse oder Haushaltsgeräte konstruierte und baute. Man konnte sich nicht vorstellen, dass Roboter menschenähnlich sein können, sich in unserer

Gesellschaft bewegen und Dinge tun, die als menschliche Arbeit angesehen werden – Altenpflege, Kinderbetreuung, pädagogische Arbeit, Arbeit im Transportwesen, im Journalismus oder im Einzelhandel. Aber es gab jemanden, der ahnte, dass da etwas im Gang war. Er war Vizegeschäftsführer im Transportarbeiterverbund und hieß Ludvig Larsson. Er schrieb über diese Entwicklung und sagte voraus, dass im Transportsektor unzählige Arbeitsplätze verschwinden würden. Sein Verbund vereinigte sich mit dem Verbund der kaufmännisch Angestellten und zusammen gründeten sie eine Bewegung, die den Namen ›Der menschliche Faktor‹ bekam. Die besonders glühenden Anhänger der Bewegung attackierten ein Labor, in dem Roboter entwickelt wurden. Nicht nur, weil Larsson Ludvig mit Vornamen hieß, wurden diese Anhänger ›Ludditen‹ genannt.

Dann nahm sich der zukünftige Ministerpräsident des Themas an und knüpfte andere politische Fragen an das Sein oder Nichtsein von Robotern. Nach einer Weile hatten wir einen Reichstag, der Gesetze zur strengen Besteuerung von Robotereinsätzen außerhalb von Fabriken verabschiedete.

Aber die Wirtschaft startete ein geheimes Entwicklungsprojekt, in dem man in Zusammenarbeit mit einer Universität in Japan menschenähnliche Roboter entwickelte, die vor allem in der Kinderbetreuung und Altenpflege eingesetzt werden können.

Um es kurz zu machen – um Sabotage zu vermeiden wurde die Entwicklungsarbeit an unterschiedliche Orte verteilt. Als hier in Schweden die Kämpfe einsetzten, waren wir bereits ziemlich weit mit unseren Forschungen gekommen. Wie weit, davon konntest du dir selbst ein Bild machen. Derjenige, den du Alan nennst, ist ein geglückter Versuch, ein autonomes System zu schaffen, das in der Lage ist, Alan Turings grundlegende Arbeit fortführen zu können. Das entwickelte Turing-System soll selbstständige Systeme dazu befähigen, andere selbstständige Systeme zu erschaffen. Die menschliche Beteiligung besteht hauptsächlich darin, Rohstoffe zur Verfügung zu stellen.«

Vitkind holt Luft.

»Eine Folge der schwedischen Gesetze ist, dass wir das einzige Land in Europa sind, das nicht über Soldatenroboter verfügt. Wir haben alles überwachende Drohnen, die sogenannten Beobachter, mehr nicht. Zusammengefasst – der Grund dafür, dass Alan sich im Hotel in den Bergen von Idre befand, ist, dass er und sein Entwickler auf der Flucht vor Verfolgern waren. Grim, dem du begegnet bist, war Hausmeister im Hotel. Alan ist zurückgelassen worden, als die Entwicklungsgruppe und ein kleiner Stab an Wachpersonal das Hotel übereilt verlassen mussten, und zwar an dem Abend, bevor du dort ankamst. Der Grund dafür, dass Alan dort gelassen wurde, ist banal. Das Personal hat sich in den ersten Wagen gerettet, ein kleineres Kettenfahrzeug, das Alan und Grim abholen sollte, kam nie durch.«

Karin seufzt, verdreht die Augen und ergänzt:

»Jetzt hat ihn die andere Seite bekommen. Warum sie ihn nach Särna gebracht haben, wo wir den Ort doch eingenommen haben, verstehe ich nicht. Vielleicht ist er von jemandem dorthin gebracht worden, der nur vorgibt, auf unserer Seite zu sein.«

Karin und Vitkind tauschen Blicke aus.

»Der Apfel«, spricht Vitkind weiter, »der Apfel ist genauso wichtig wie Alan. Niemand kann Alan ohne den Apfel programmieren.«

Vitkind scheint das Gesagte unterstreichen zu wollen, indem sie über den Apfel streicht, den sie vor sich hat.

»Aber bei Wongs …«, sagt Elin.

Vitkind kneift die Augen zusammen.

»Was ist mit Wongs?«

»Du hast gesagt, dass die Regierung die Zahl der Roboter beschränkt hat.«

»Ja?«

»Bei Wongs laufen sie haufenweise herum.«

»Ja sicher, bei Wongs achtet man auf seine Kunden, aber es wurde versprochen, nicht mehr als die Hälfte des Personals durch Roboter zu ersetzen. Die anderen in der Wirtschaft waren nicht gleichermaßen entgegenkommend und das hatte Folgen. Als Lula starb, verbreiteten sich Gerüchte ...«

»Lula?«

»Ludvig Larsson. Er bekam einen Hirntumor und starb nach kurzer Krankheit. Es wird behauptet, dass er von den Radikalen in der Wirtschaft ermordet wurde.«

»Der Krieg beruht also auf dem Roboterkonflikt?«

Vitkind schüttelt den Kopf.

»Der Roboterkonflikt hätte nie zum Krieg führen können, wenn nicht gleichzeitig anderes passiert wäre. Der Klimawandel und die Stürme, die Überfischung und die Ölkatastrophe im Atlantik, das, was Enklavisierung genannt wird, die Herrschaft der Unternehmen in den Städten und natürlich auch die Kernkatastrophe im Westwerk. Die Leute glauben, dass sie von ihrer Regierung im Stich gelassen worden sind. Aber die Leute wollen nicht erkennen, dass sie auch selbst mitverantwortlich waren. Man sucht Sündenböcke und dafür mussten die Roboter herhalten.

Unter einem kriminellen Ministerpräsidenten wurde dann die Grundstimmung so vergiftet, dass der Bürgerkrieg wie die einzige Möglichkeit schien, eine Veränderung herbeizuführen. Den Beweis dafür haben wir hier in diesem Raum.«

Vitkind deutet auf die Anwesenden.

»Deine Tante war Lehrerin, die Bataillonsführer hier sind beide Ingenieure, er da draußen mit dem Funkgerät ist Psychologe, der auf dem Pferd draußen ist Vorschullehrer und du bist ein Schulmädchen. Wir alle sind gezwungen worden, Kämpfer zu werden.«

Elin schüttelt den Kopf.

»Ich bin keine Kämpferin.«

»Nenn dich, wie du willst. In meinen Augen bist du eine Kämpferin.«

Der Reiter mit dem Funkgerät kommt im Schritt den Berg herunter, steigt vom Pferd und geht zur Tür. Karin steht auf und geht ihm entgegen. Sie unterhalten sich einen Moment, und als sie wieder hereinkommt, richtet sie das Wort an ihre Bataillonsführer:

»Wir müssen zurück.«

Dann geht sie zum Schlafzimmer, klopft an die Tür und öffnet sie, während Vitkind den Computer in die Tasche steckt und den Reißverschluss zuzieht.

»Ihr könnt jetzt rauskommen, wir müssen weiter«, ruft Karin, nimmt den Apfel und steckt ihn in einen kleinen Rucksack.

Anna, Gunnar und Lisa kommen heraus und Karin umarmt ihre Schwester.

»An deinem Geburtstag ist das alles hier vorbei und dann komme ich her und gratuliere dir. Darf ich einen Blick auf Gerda werfen?«

Anna öffnet die Tür, und als Karin wieder herauskommt, hat sie Tränen in den Augen.

»Sie hat Papas Mund.«

Gunnar umarmt sie.

»Vergiss nicht, die Harddisk zu bereinigen, damit niemand sieht, dass ihr Besuch hattet.«

»Muss das sein?«, fragt Anna.

»Kriegsglück ist eine schwer kalkulierbare Angelegenheit«, sagt Karin. »Wenn es schlecht läuft und die Regierungstruppen hierherkommen, solltet ihr nichts Kompromittierendes gespeichert haben.«

Sie umarmt die Schwester noch einmal. Dann drückt sie Lisa fest an sich.

»Die Wildschweine«, sagt Lisa. »Kannst du sie nicht verbieten, wenn du Polizeichefin geworden bist?« Karin lächelt, antwortet aber nicht.
Elin begleitet sie hinaus, und als Karin den Fuß in den Steigbügel setzt, fragt Elin:
»Soll ich Mama und Papa nichts von Idre erzählen?«
»Du kannst von Idre erzählen, aber spare Alan und den Apfel aus.«
Dann streicht sie Elin über die Wange, steigt auf das Pferd und reitet im Galopp davon, gefolgt von ihren Kameraden.

Elin wälzt sich in den Laken, und als sie die Augen schließt, sieht sie vor ihrem inneren Auge Alan, der Yasmins Tasche in der Hand hat. Sie öffnet die Augen und lauscht Gerdas Atemzügen, macht die Augen wieder zu und die Bilder von der Tasche kehren zurück.
Elin steht auf, geht zu Gerdas Bett, schaltet das Nachtlicht ein und betrachtet das Kind. Dann geht sie in die Küche und trinkt ein Glas Wasser. Als sie wieder hinauswill, steht Gunnar vor ihr.
»Kannst du nicht schlafen?«
»Ich hatte Durst.«
»Du hast entsetzliche Dinge erlebt.«
»Ich will nicht darüber sprechen.«
Sie geht zurück in ihr Zimmer und legt sich ins Bett. Sie denkt an Black. Es gelingt ihr, das Bild seines großen Körpers und das Gefühl seiner Wärme einen Moment festzuhalten, doch dann schieben sich die Bilder von Yasmins blutiger Tasche davor.
Sie geht innerlich auf eine Reise an die Orte, wo sie etwas erlebt hat, das sie mit Freude erfüllt hat. Sie spielt am Ripsee in dem Jahr, als

sie sieben ist und gemerkt hat, dass sie schwimmen kann, sie trabt bei ihrem ersten Ausritt auf Black nach Hause. Sie versucht, bei den Erinnerungen zu bleiben, die sie glücklich machen, aber es gelingt ihr nur kurz. Sobald sie nachlässt, ist sie zurück bei Yasmins blutiger Tasche. In der Dämmerung schläft sie erschöpft ein, und als sie von Gerdas Glucksern aufwacht, drängt das Licht bereits unter den Rollos herein.

Gunnar, Anna und Lisa sitzen am Tisch, als Elin mit Gerda auf dem Arm in die Küche kommt. Der Topf mit Grütze steht vor ihnen und auf dem Tisch liegen Eierschalen. Da schaltet sich die Bildwand ein und die neue Kamera zeigt den ersten Reiter an und einen Abstand von 490 Metern.

Sie kommen nebeneinander angeritten, viele Männer und einige Frauen, die Maschinenpistolen umgehängt haben oder sie in den Händen halten. Manche stützen den Gewehrkolben auf dem Oberschenkel ab, andere haben die Waffe über den Sattel gelegt und halten die Zügel mit einer Hand. Die meisten tragen dunkle zivile Kleidung. Alle haben etwas auf dem Kopf, einige Mützen mit Schirm und andere gestrickte Kapuzen mit Nils-Dacke-Abzeichen. Die Pferde wirbeln die Frühjahrserde auf. Inmitten der Kolonne reitet Karin zusammen mit Vitkind und dem Mann mit dem Funkgerät. Sie winkt, Anna geht zur Tür, öffnet und winkt zurück. Das Geklapper der Hufe dringt ins Haus, ein Donnern, das die Sehnsucht nach einer möglichen Zukunft in sich trägt.

Weiter hinten in der Kolonne tragen nur wenige militärische Waffen. Ihre Ausrüstung besteht aus Schrotflinten und Büchsen. Ganz hinten sind die Reiter mit Armbrust bewaffnet.

Der letzte Reiter ist ein Junge, der aussieht, als wäre er ungefähr vierzehn Jahre alt. Er hat einen Verband um den Kopf, die Haare sind zu einem Pferdeschwanz gebunden und am Gürtel trägt er etwas, das aussieht wie ein altmodischer Revolver mit langem Lauf. Lisa stellt sich neben ihre Mutter und sie winken dem Jungen ganz hinten zu, der zurückwinkt. Dann verklingt das Geräusch der Hufe in der Ferne und das Beben des Bodens lässt nach, doch der Geruch der Pferde hängt wie eine Wolke in der Luft.

Anna und Lisa gehen hinein und schließen die Tür hinter sich.

»Du siehst müde aus«, sagt Anna zu Elin, streckt die Arme nach Gerda aus, nimmt das Mädchen auf den Arm und setzt sich mit ihr an den Küchentisch.

Elin schmiert sich ein Brot und Gunnar schenkt ihr eine Tasse Tee ein. Elin unterdrückt ein Gähnen und versteckt den Mund hinter der zur Faust geballten Hand.

»Ich habe schlecht geschlafen.«

»Hat Gerda dich wach gehalten?«, will Gunnar wissen.

»Es waren die Albträume. Und dann habe ich versucht, mich an eine wichtige Sache zu erinnern. Damit war es vorbei, ich konnte unmöglich wieder einschlafen.«

Elin isst und Gerda gluckst vor sich hin. Gunnar und Anna nehmen das Kind mit ins Schlafzimmer und Lisa setzt sich Elin gegenüber.

»Ich gehe nachher zu den Hunden. Willst du mitkommen?«

»Was wirst du dort machen?«

»Nur sie besuchen. Warum sind da draußen so viele Soldaten?«

»Sie sollen eine neue Regierung für uns durchsetzen.«

»Ich mag keine Soldaten.«

»Ich auch nicht.«

»Gibt es jemanden, der sie mag?«

»Ich nehme es an, sonst würde es sie ja nicht geben.«

»Der ganz hinten war Vanjas großer Bruder.«

»Hast du Vanja in letzter Zeit getroffen?«

Lisa schüttelt den Kopf.

»Papa sagt, dass wir nicht von zu Hause wegdürfen. Es gibt da draußen welche, die Leute fangen und als Sklaven verkaufen. Was hast du geträumt?«

»Nur ein unheimlicher Traum. Ich habe ihn vergessen.«

»Ich habe von Gott geträumt. Glaubst du, Gott kann die Wildschweine töten?«

»Ich weiß nicht mal, ob es einen Gott gibt.«

»Man muss daran glauben.«

»Kannst du mir die Marmelade geben?«

Lisa holt das Marmeladenglas und setzt sich neben Elin.

»Ich habe von den Hunden geträumt. Sie haben mir erzählt, wie es ist, tot zu sein. Es ist nicht schlimm. Man hat nur keinen Körper mehr. Weißt du, dass Mama Depressionen hat?«

»Was meinst du?«

»Åke war hier, ich habe gehört, wie er das zu Papa gesagt hat. Wie ist das, wenn man Depressionen hat?«

»Ich weiß nicht. Wenn Mama welche hat, musst du sie das fragen.«

»Als du weg warst, hat sie sich gar nicht angezogen. Sie lag nur im Bett. Ich habe Gott gebeten, dass du und Gerda wieder nach Hause kommt. Jetzt seid ihr zurück und Mama hat sich wieder angezogen.«

Elin isst noch ein Brot, steht auf und geht in ihr Zimmer. Sie zieht sich an und kehrt dann in die Küche zurück, wo Lisa auf sie wartet. Sie hat zwei Gläser mit Wasser gefüllt, nimmt das eine und reicht das andere Elin.

»Was soll ich damit?«

»Du kannst einen der Steine waschen.«

»Den großen oder den kleinen?«

»Du kannst den kleinen nehmen.«

Dann gehen sie hinaus zur Fichte. Lisa zeigt, wie man den Stein waschen muss, und Elin macht es der Schwester nach. Sie sitzen ei nen Moment lang da, und als Lisa schließlich aufsteht und das leere Glas nimmt, tut Elin das Gleiche.

»Wann fängt Gerda an zu sprechen?«, fragt Lisa auf dem Weg zurück ins Haus.

»Manche Kinder fangen sehr früh an zu sprechen, etwa wenn sie so alt sind, wie Gerda jetzt, aber sie sagen nur ein oder zwei Worte. Ich war fünf Monate alt, als ich ›Mama‹ sagen konnte.«

»Wird sie ›Lisa‹ sagen können?«

»Ja.«

An der Tür bleiben sie stehen.

»Wann?«

»Schwer zu sagen. Vielleicht nächsten Monat?«

»Ich möchte, dass sie bald ›Lisa‹ sagen kann. Wird sie ›Papa‹ sagen? Ihr Papa ist ja tot.«

»Ich weiß nicht, wann sie anfangen wird, ›Papa‹ zu sagen. Es kann eine Weile dauern. Sollen wir reingehen?«

»Sind Depressionen gefährlich?«

»Du kannst Åke fragen, wenn er das nächste Mal kommt.«

»Er arbeitet bei Wongs. Sie haben es in ein Krankenhaus umgebaut.«

Dann gehen sie hinein.

## 44

Elin stellt sich unter die Dusche, und als sie fertig ist, frühstückt sie ein zweites Mal und stillt Gerda. Sie sitzt am Küchentisch und Anna sitzt auf der Bank und guckt aus dem Fenster.

»Hältst du Ausschau nach Vagn?«, fragt Elin.

Anna antwortet nicht. Schließlich dreht sie sich zu Elin um: »Möchtest du erzählen, was passiert ist, als sie dich gefangen genommen haben?«

Elin antwortet nicht und Anna beantwortet die Frage selbst.

»Du willst es vielleicht nicht? Es tut sicher weh? Du kannst erzählen, wenn sich alles beruhigt hat.«

Elin legt Gerda an die andere Brust und hat den Blick auf das Kind gerichtet, während sie zur Mutter spricht:

»Lisa sagt, dass du Depressionen hast.«

Anna klingt überrascht.

»Was weiß sie davon?«

»Sie hat gehört, wie Åke mit Gunnar darüber gesprochen hat. Hast du Depressionen?«

Anna antwortet nicht.

»Stimmt es?«

»Wenn Åke es sagt, dann ist es vielleicht so.«

Elin blickt auf. Ihr Ton ist scharf:

»Du hast ja wohl auch eine eigene Meinung.«

Anna wartet einen Moment, bevor sie antwortet, als müsste sie zwischen den möglichen Worten wählen:

»Ich bin niedergeschlagen, das stimmt. Ich schlafe schlecht und Åke möchte, dass ich Schlafmittel nehme, aber du weißt, was ich von Medikamenten halte.«

»Ein Schlafmittel wäre vielleicht nicht schlecht. Du musst schlafen können, um mit deinen Gedanken fertig zu werden oder was immer es ist, das dich umtreibt.«

»Du weißt, was ich von Medikamenten halte.«

Sie sitzen eine Weile da und sehen einander schweigend an.

»Ich reite ein bisschen aus«, sagt Elin. »Kannst du nach Gerda sehen?«

»Natürlich, aber mir gefällt es nicht, wenn du ausreitest, solange die Borlänge-Gang in der Gegend ist.«

»Karin war der Meinung, dass sie verschwunden ist.«

»Soweit ich verstehe, was im Radio gesagt wird, ist es gut möglich, dass sie sich weiterhin in der Umgebung aufhält, und wenn das Militär nach Särna abziehen sollte, könnte sie glauben, dass sie hier freie Bahn hat.«

»Ich reite nicht weit.«

»Nimm eine Armbrust mit.«


Der Himmel ist wolkenlos und sie sieht einen Rehbock im Unterholz verschwinden. Es ist ziemlich warm. Elin streichelt Black immer wieder am Hals und erzählt von dem weißen Pferd, auf dem sie von Idrefjäll nach Särna geritten ist. Sie sieht Spuren einer Wildschweinherde und folgt ihnen so lange, bis sie auf dem Berg angekommen ist, von wo sie bis zum Ripsee blicken kann.

Ein Fuchs streift über die Reste des Lagerplatzes. Er bleibt stehen und schnüffelt, läuft weiter und hält hin und wieder an. Elin drückt die Fersen in die Seiten des Pferds und reitet im Schritt in Richtung See. Der Fuchs entdeckt sie und läuft gemäßigten Schrittes davon. Unten am Lagerplatz kann man deutlich erkennen, wo die Zelte gestanden haben, überall finden sich Spuren von Hufen, Stiefeln und Schuhen. Jemand hat einen Strumpf verloren. Das ist alles, was übrig ist. Nur die Hufspuren, Fußabdrücke und der zertrampelte

Boden verraten, dass hier noch vor einem Tag ein Lager war, wo sechshundert Soldaten geschlafen, gekocht und Latrinengruben gegraben haben. Draußen auf dem See landet ein Schwarm Stockenten. Die Vögel sitzen mitten auf dem See und nähern sich gemeinsam dem Ufer, wo Elin auf dem Pferd sitzt. Sie drückt die Fersen in Blacks Seiten und er geht ein Stück im Schritt, bevor er lostrabt.

Nachdem sie zurückgekommen sind, steht Elin lange bei Black, striegelt ihn und lehnt den Kopf an seinen großen Körper. Als sie ihn zurücklässt, um hineinzugehen, haftet sein Geruch noch an ihren Händen und sie hält die Handflächen an ihr Gesicht, als sie über den Hof geht.

In der Küche sitzen Gunnar und Lisa am Küchentisch und üben Kopfrechnen. Sie dividieren mit dreistelligen Zahlen, als sich die Bildwand einschaltet.

Der erste Reiter ist ein schmächtiger Junge in Elins Alter. Sein Hals ist besonders dünn.

In der einen Hand hält er eine Schrotflinte mit nebeneinanderliegenden Läufen. Die Läufe sind gekürzt worden und die Flinte hat außenliegende Hähne. Über der Brust hat der Reiter einen Patronengurt mit einem Dutzend grüner und roter Schrotpatronen. Er trägt einen schwarzen Gummistiefel am linken Fuß, und als er anhält und das Pferd wendet, wird sein rechter Fuß sichtbar. An diesem trägt er einen Joggingschuh in Signalfarben mit herunterhängenden Schnürsenkeln. Er hat einen Stoffbeutel am Sattel befestigt, der groß genug für eine Wasserflasche, einen Brotlaib und allerlei anderes ist.

Der Junge winkt jemandem zu, der noch nicht zu sehen ist, und gleich darauf werden zwei weitere Reiter sichtbar. Der eine von ihnen ist ein Mann, der ein um den Kopf geknotetes Tuch, eine Lederweste über zwei dunkelblauen Hemden, eine gelbe Reithosc und braune glänzend geputzte Reitstiefel trägt. Er hält eine Flinte in der Hand, und als er sichtbar wird, bremst er das Pferd, hebt die Flinte an, kneift das linke Auge zu und guckt durch das Zielfernrohr, um das Haus auszukundschaften.

Neben ihm reitet eine Frau mit einem breitkrempigen braunen Hut, in dem eine Fasanenfeder steckt. Sie trägt einen Jeansanzug und über der blauen Jeansjacke hat sie eine mit Lammfell gefütterte schwarze Motorradjacke. Ihre langen blonden Haare sind zu einem Pferdeschwanz gebunden und in der Hand hält sie einen Karabiner der Marke Mauser, dessen Kolben mit grünem Klebeband umwickelt ist.

Sie reitet zu dem Jungen. Ihre Zügelhand steckt in einem roten Lederhandschuh mit Daumenloch. Die andere Hand ist nackt.

Der Mann mit dem Kopftuch beobachtet weiter das Haus, während weitere fünf Reiter angeritten kommen und sich neben die ersten drei stellen.

Die Neuankömmlinge sind zwei Frauen, die eine klein und stämmig, die andere groß und dünn, beide in Jeansanzügen. Außerdem drei Männer, von denen einer das Gesicht voller Tätowierungen hat. Sie alle halten Jagdwaffen in den Händen und stützen ihre Gewehrkolben auf den Satteln ab.

»Die Borlänge-Gang«, stellt Gunnar fest und nimmt eine Armbrust von der Wand im Flur. Er zeigt auf die Schießscharte unter dem Dachfirst und reicht Anna eine weitere Armbrust sowie einen Köcher mit Bolzen.

»Öffne die Luke, sobald er nicht mehr durch das Zielfernrohr guckt, dann wird er nicht bemerken, dass du dort stehst. Ich gehe hinaus, um mit ihnen zu sprechen. Wenn ich rufe, dass es Regen gibt, erschießt du zuerst ihn, dann sie.«

»Soll ich Elin wecken?«

»Elin!«, ruft Gunnar mit lauter Stimme, öffnet die Tür und tritt auf

den Hof, genau in dem Moment, als die acht Reiter den Berg hinab-
traben.

Anna holt die Trittleiter und Lisa stellt sich neben die Mutter, hält
sie an den Füßen fest und schluchzt.

Anna schiebt die Stahlluke auf und legt einen Bolzen vor die ge-
spannte Sehne.

»Elin!«, ruft sie und dreht hastig den Kopf. Dann konzentriert sie
sich wieder auf das, was am Hang passiert.

Der Mann mit dem Tuch auf dem Kopf reitet an Gunnar heran und
bleibt zwei Pferdelängen vor ihm stehen. Der Junge mit dem dünnen Hals und die Frau mit dem Federhut bleiben zwanzig Meter
entfernt am Hang zurück. Noch ein Stück weiter stehen die fünf
anderen Reiter in einer Reihe, die Waffenkolben auf die Sattel oder
Schenkel gestützt.

»Aha!«, sagt der Mann mit so lauter Stimme, dass er auch von den
hintersten Reitern zu hören sein muss. »Verstehe, du musst Gunnar
von Liden sein. Sieh dir mal den Jungen da an!«

Und ohne sich umzusehen, zeigt er mit dem Daumen in Richtung
Hang, wo der Junge das Gewehr an die Frau mit Hut übergibt. Aus
der Tasche am Sattel holt er sechs zusammengebundene Dynamitstangen heraus. Eine mehrere Dezimeter lange Zündschnur ragt
aus dem Bündel hervor.

Der Junge hält den Sprengstoff mit ausgestrecktem Arm über den
Kopf, als wolle er der ganzen Welt zeigen, wie gefährlich er ist.

»Wenn der Grünschnabel da sauer wird, landet das Dynamit auf
deinem Dach, also ruf sie jetzt. Ich weiß, wer alles da drinnen ist.
Deine Frau Anna Holme und eure Tochter Lisa. Der Sohn ist bei
den Krawallbrüdern und deine Teenagertochter hat die Polizei mitgenommen. Du siehst, ich weiß fast alles, also sag ihnen, dass sie
herauskommen sollen, bevor ich den Grünschnabel bitte, dein
Dach mit dem Dynamit bekannt zu machen.«

Bevor Gunnar antworten kann, wird die Haustür geöffnet und Anna kommt mit Lisa an der Hand heraus. Sie stellen sich neben Gunnar.

»Sieh mal einer an! Das nenne ich doch mal folgsam. Jetzt, wo die ganze Familie versammelt ist, können wir über Geschäfte sprechen.«

»Sag, was du haben willst!«, fordert Gunnar und legt den Arm um seine Frau. »Sag, was du haben willst, und du bekommst es.«

»Du wirst dir wohl denken, was ich haben will«, sagt der Mann mit dem Tuch, indem er es sich vom Kopf reißt und seinen kahlen Schädel zeigt. Er trocknet sich das Gesicht mit dem Tuch, als wäre es so heiß, dass einem der Schweiß rinnt. Dann steckt er das Tuch in die Hosentasche.

»Was willst du?«

»Deine Tochter«, sagt der Kahlköpfige und zeigt auf Lisa.

»Was willst du mit ihr? Sie ist erst acht.«

»Als Sicherheit.«

»Sicherheit für was?«

»Für unser Geschäft.«

»Wir machen keine Geschäfte.«

»Wir machen aber welche«, lacht der Kahlköpfige und der Grünschnabel winkt mit den Dynamitstangen.

»Jetzt musst du dich erklären«, fordert Gunnar.

Der Kahlköpfige dreht sich um und ruft etwas zum Hang hinauf, als hätte er einen Witz gehört:

»Er will, dass ich mich erkläre!«

Die stämmige Frau lässt ein Lachen los, das eine Kirchenglocke zum Bersten bringen könnte. Auch ihre Freundin lacht gellend und es klingt so spöttisch, als hätte sie gerade den Spaßvogel des Dorfs auf einer Feier einen jener Witze erzählen hören, den man schon unzählige Male zuvor erzählt bekommen hat.

»Ich kann einen anderen Vorschlag machen«, sagt Gunnar.

Der Kahlköpfige schnaubt verächtlich.

»Vorschläge kannst du immer machen.«

»Ich habe gehört, dass du ein unerschrockener Schläger bist«, sagt Gunnar.

Der Kahlköpfige runzelt die Stirn.

»Wo hast du das gehört?«

»Im Radio.«

Der Kahlköpfige kann sein Entzücken kaum verbergen.

»Soso, über mich wird im Radio gesprochen?«

»Es kam heute früh«, lügt Gunnar. »In den Lokalnachrichten. Sie haben gesagt, dass der Anführer der Borlänge-Gang ein unerschrockener Schläger ist, hart im Nehmen und stark wie zwei Bären.«

»Wie zwei Bären!«, wiederholt der Kahlköpfige. »Nicht schlecht! Und das bringen sie im Radio?«

Er dreht den Kopf und richtet sich an die Frau mit dem Federhut:

»Hast du gehört, Ejan? Wie zwei Bären!«

»Super«, ruft der Grünschnabel. »Super, Papa!«

Dann dreht sich der Kahlköpfige im Sattel um und ruft:

»Habt ihr gehört? Stark wie zwei Bären!«

Die stämmige Frau ganz hinten legt ihre Waffe in die Armbeuge und applaudiert. Sofort stimmen die anderen weiter oben am Hang in den Applaus ein. Die Stämmige schiebt sich etwas Snus-Tabak unter die Oberlippe und sieht aus, als würde sie sich gut amüsieren.

»Also, wirklich«, ruft der Kahlköpfige. »Sie reden über mich im Radio?«

»Sie haben gesagt, dass du in Schlägereien eisenhart bist«, setzt Gunnar seine Schmeichelei fort. »Sie haben behauptet, dass niemand im südlichen Dalarna dir das Wasser reichen kann, wenn es ums Prügeln geht.«

»Habt ihr das gehört?«, ruft der Kahlköpfige. »Habt ihr gehört, was sie über mich im Radio sagen?«

»Sie sind schlecht informiert«, ruft diejenige, die Ejan heißt. »Ich habe ihm schon oft eine Tracht Prügel verabreicht und ich brauche dazu nicht einmal eine Waffe.«

Alle, auch der Grünschnabel, brechen in schallendes Gelächter aus und der Kahlköpfige läuft rot an und setzt anschließend eine finstere Miene auf. »Schluss mit dem dummen Geschwätz! Jetzt werden Geschäfte gemacht.«

»Ich habe einen Vorschlag«, ruft Gunnar so, dass alle es hören. »Wenn du gewinnst, bekommst du, was du willst. Verlierst du, dann reitest du wieder nach Hause.«

»Du bist hier nicht derjenige, der Bedingungen aufstellt!«, ruft der Kahlköpfige. »Du sollst gefälligst tun, was man dir sagt, jawohl, ansonsten wird dir und deinem kleinen Scheißhaus hier die Hölle heiß gemacht. Jetzt reden wir übers Geschäft.«

»Du traust dich also nicht, dich zu prügeln?«, ruft Gunnar und wirft einen Blick hinauf zum Hang, wo die anderen fünf Reiter stehen.

»Mit wem?«, fragt der Kahlköpfige. »Mit wem soll ich mich prügeln?«

»Mit mir«, sagt Gunnar. »Derjenige, der zu Boden geht und nicht mehr ohne Hilfe aufstehen kann, hat verloren und derjenige, der gewinnt, kann tun, was er will.«

»Los, Vater!«, ruft der Grünschnabel.

»Still, du Bengel!«, ruft der Kahlköpfige, steckt seine Flinte in einen Halfter am Sattel, steigt vom Pferd und macht ein paar Schritte auf Gunnar zu. Seine Lippen sind aufeinandergepresst und die Augen aufgerissen, als er brüllt:

»Jetzt kannst du was erleben, verfluchtes Bauernschwein!«

Der Kahlköpfige macht ein paar Schritte auf Gunnar zu, während seine Frau heranreitet und die Zügel seines Pferdes ergreift. Der

Junge mit dem Dynamit kommt herangeritten. Der Kahlköpfige ist nicht groß, aber breit wie zwei Mann und seine mächtigen Oberarme haben denselben Umfang wie die Oberschenkel einer Frau. Selbst sein Kiefer ist ausladend, nur die stahlblauen Augen schmal und zusammengekniffen.

»Bevor ich gleich mein Messer in dich stoße, sollst du erfahren, wer es ist, der dich tötet«, schnaubt er. »Ich bin aus Borlänge und heiße Lassivar nach meinem Vater, so wie er Ivarsson nach dem seinigen hieß, und meine Freunde nennen mich Marlon. Mein ältester Sohn, der zusehen wird, wie ich dich erledige, heißt Mård und seine Mutter heißt Ejan. So, jetzt hast du gehört, was du in diesem Leben als Letztes wissen solltest, und damit du dich davon überzeugen kannst, dass wir hier nicht zum Vergnügen stehen, bekommst du dies, um dich zu verteidigen.«

Er dreht sich gleichzeitig nach seinem Sohn um und ruft:

»Gib dem Alten das Messer!«

Der Junge holt mit der Hand, die nicht das Dynamit hält, aus der Scheide an seinem Gürtel ein Messer mit grünem Plastikschaft und Lassivar holt ein gleichartiges aus der Scheide seines Gürtels hervor.

Der Junge schleudert Gunnar das Messer hin und streckt dann den linken Arm in die andere Richtung, wie um das Gleichgewicht zurückzuerlangen.

Gunnar geht zwei Schritte zurück, und ohne den Blick von Lassivar zu wenden, bückt er sich und hebt das Messer auf.

Da reißt sich Lisa aus Annas Umarmung los und wirft sich zwischen den Vater und Lassivar.

»Stopp!«, ruft sie. »Ihr könnt mich nehmen, wenn ihr wollt, das macht mir nichts. Nehmt mich doch!«

Ihre Wangen sind weiß und die Farbe ist aus den Lippen gewichen. Ihr Blick springt zwischen dem Vater und Lassivar hin und her. Tränen schießen aus ihren Augen und sie fällt auf die Knie.

»Sag dem Balg, es soll verschwinden!«, ruft Lassivar. »Sag ihr, sie soll auf der Stelle verschwinden!«

Lisa heult und Lassivar schwankt ein paar Schritte nach vorn, wedelt mit dem Messer, duckt sich und reckt das Kinn vor.

»Jetzt werden wir sehen, was dein Einsatz ist, Gunnar von Liden. Wenn dein verfluchtes Balg sich noch einmal zwischen uns stellt, dann trete ich ihm sämtliche Zähne aus.«

Die Messerhand zur rechten und die andere Hand zur linken Seite gestreckt macht er vornübergebeugt ein paar Schritte.

»Jetzt werde ich dich aufschlitzen, du Mistkerl, und mich dann ganz deiner holden Frau widmen ...«

»Das mit dem Widmen wirst du schön bleiben lassen, du Lump!«, unterbricht ihn seine Frau lautstark.

Die fünf Reiter am Hang brechen in Gelächter aus und Gunnar von Liden scheint auf verlorenem Posten.

Drinnen im Haus hat Elin einen Albtraum, aus dem sie tränenüberströmt erwacht. Sie setzt sich auf, geht zum Gitterbett, betrachtet Gerda und schleicht sich aus dem Zimmer, um in der Küche etwas Wasser zu trinken. Im Flur bemerkt sie, was sich hinter der Fensterscheibe abspielt. Sie drückt sich an die Wand und bleibt stehen. In diesem Augenblick hört sie Lassivar brüllen:

»Schade, dass der Junge deine Kamera zertrümmert hat, Gunnar! Es wäre doch zu schön, wenn die Deinen eine Erinnerung an deine letzten Augenblicke hätten!«

Elin sieht die Armbrust auf dem Tisch und den Köcher mit den Bolzen. Sie geht zum Tisch, nimmt die Armbrust und die Bolzen an sich und steigt die Trittleiter hoch. Sie späht durch die Luke und sieht Lassivar dicht vor Gunnar stehen. Lassivar macht von schräg unten eine ausfallende Bewegung, und Gunnar macht einen Schritt nach rechts, streckt den rechten Arm aus und fängt den Angriff oberhalb des Ellenbogens ab.

»Jetzt kannst du spüren, wie sich ein Messer im Fleisch anfühlt!«, ruft Lassivar und attackiert Gunnar erneut, aber Gunnar macht einen Satz zur Seite und schwenkt sein Messer, sodass die Klinge Lassivars Wange streift. Blut strömt heraus und Lassivar hebt den linken Arm und wischt das Blut mit seinem Hemdsärmel ab. Er hat nur noch eine kurze Weile zu leben und wird sich nie mehr daran erinnern, wie die blutende Wange einst von einer glücklichen Mutter liebkost wurde.

»Jetzt bist du tot!«, ruft Lassivar und das Blut rinnt ihm über die Lippe. Er leckt sich über den Mund und nimmt den metallenen Geschmack wahr. Dann macht er ein paar Schritte nach vorne, und obwohl Gunnar ihm ausweicht, kommt Lassivar dicht an ihn heran, holt von schräg unten aus, gerade als Gunnar ihm die Seite zuwendet. Gunnar hebt das linke Bein und es gelingt ihm, die Klinge mit dem Schenkel abzufangen.

»Jetzt bist du tot!«, wiederholt Lassivar, macht einen Schritt auf Gunnar zu, bereit, ihm das Messer in den Leib zu stoßen.

Elin steht mit der Armbrust bereit da, und als die Männer gleichzeitig aufeinander einzustechen versuchen und niemand trifft, lässt Elin den Bolzen los. Er trifft Lassivar in den Ellenbogen und verschwindet in seinem Körper. Lassivar lässt das Messer fallen und geht in die Knie.

Ejan hat nicht ganz verstanden, was geschehen ist, sie hat den Pfeil nicht gesehen, wohl aber, wie ihr Mann zu Boden geht. Sie hält nicht nur die Mauser, sondern auch die Schrotflinte des Jungen, und als sie dem Jungen die Flinte reicht, um den Karabiner zu benutzen, lässt der Junge die Waffe fallen und aus dem linken Lauf löst sich ein Schuss.

Das Pferd, auf dem der Junge sitzt, bäumt sich auf und wirft ihn aus dem Sattel. Es hat den Schuss offenbar ins Bein bekommen, denn später wird man Blutspuren auf dem Boden erkennen können, wo das Pferd stand.

Ejan versucht, ihr Pferd zu bändigen, gleichzeitig richtet sie den Karabiner auf Gunnar.

Da feuert Elin einen weiteren Bolzen ab und dieser trifft Ejan in die Brust. Noch bevor sie bäuchlings auf dem Boden landet, ist Ejan tot.

Der Junge sieht das Pferd der Mutter, des Vaters und sein eigenes mit herunterhängenden Steigbügeln und wehenden Mähnen davongaloppieren. Der Vater kniet noch immer vor Gunnar, die Mutter liegt reglos da und ihr Federhut ist auf dem Dynamit gelandet, sodass nur noch ein Stück Zündschnur darunter zu sehen ist.

Die fünf Reiter auf dem Hang scheinen die Lage allesamt gleich zu beurteilen. Sie geben ihren Pferden die Sporen und verschwinden im Pulk den Hang hinunter in Richtung Ripsee. In dem Moment, als sie die Flucht ergreifen, kippt der kniende Lassivar vornüber und bleibt tot liegen.

Der Junge rennt in die Richtung, in der die fünf Reiter verschwunden sind. Einen Moment später kehrt eine Reiterin zurück und der Junge sitzt hinter ihr auf.

Danach sind nur noch Lisas Schluchzer zu hören. Sie liegt auf dem Bauch und beißt in den Sand bei den Grasbüscheln, und erst als der aus Oberarm und Bein blutende Gunnar sich neben sie setzt, hört sie auf damit.

Ein Stück entfernt landen mit aufgeregten Krächzern die ersten Krähen.

## 45

Als Elin mit der Armbrust in der Hand hinaus auf den Hof kommt, ist Anna bei Gunnar auf die Knie gefallen. Sie hat den Gürtel aus den Schlaufen seiner Jeans gezogen und zurrt ihn, so fest sie kann, um seinen linken Oberschenkel.

Elin legt die Armbrust auf den Boden, greift Gunnars rechten Arm und hilft ihm auf die Füße. Auf Anna und Elin gestützt wankt Gunnar zur Tür und hinterlässt eine dunkle Blutspur auf Gras, Steinen und Sand. Hinter ihnen geht Lisa, die Hände auf den Mund gepresst, als wollte sie den Schrei ersticken, der sich zwischen ihren Fingern hindurchdrängen will.

Gunnar legt sich auf den Fußboden in der Küche, sie ziehen ihm die Hose aus und Anna holt die Tasche mit dem roten Kreuz. Die Wunde ist mehrere Zentimeter breit und das Blut quillt unaufhörlich aus ihr hervor. Anna wickelt den Verband, so fest es geht, und wendet ihren Blick nicht von Verband und Wunde ab, während sie zu Elin spricht:

»Du musst zu Wongs gehen. Åke ist bestimmt dort.«

»Soll ich sofort los?«

»Ja, sofort.«

Anna hält den Verband fest und bittet Lisa, ein Messer aus dem Besteckkasten zu holen. Sie legt den Messergriff an die verbundene Wunde an und umwickelt weiter, bis sie ans Ende des Verbandes gelangt. Dann bittet sie Lisa, grobes Klebeband zu holen und mit der Klebebandrolle tut sie, was sie kann, um die Wunde dazu zu bringen, sich zu verschließen und den Blutfluss zu stoppen. Elin hat die schluchzende Lisa neben sich und wiederholt ihre Frage:

»Soll ich sofort los?«

Anna blickt auf.

»So schnell du kannst!«

Elin läuft hinaus auf den Hof, hebt die Armbrust auf und legt sie sich um, bevor sie zum Stall läuft und Black sattelt. Sie führt ihn hinaus und sitzt auf. Die Krähenschwärme lassen sich nicht stören, als sie tief über das Pferd gebeugt an den leblosen Körpern am Hang vorüberreitet.

Im selben Moment als Elin auf Black im Westen verschwindet, wird ein Reiter auf dem östlichen Bergkamm sichtbar. Der Reiter, ein Junge, bremst sein Pferd, bevor die Kamera an der Hauswand ihn aufzeichnen kann. Auf dem Pferderücken sitzend holt er ein Fernglas hervor und sieht zu Liden hinunter. Der Reiter beobachtet das Haus und schließlich bleibt sein Blick an den Toten hängen. Er sitzt ziemlich lange dort und betrachtet die Körper, und während er sie ansieht, kaut er Kaugummi. Der Reiter scheint kaum älter als zehn Jahre, höchstens elf. Er hat Sportkleidung mit Streifen an den Hosenbeinen und weiße Gummistiefel an. Über der blauen Trainingsjacke trägt er eine Daunenjacke. Er hat eine schwarze Schirmmütze auf, die weit in den Nacken geschoben ist. Auf der Vorderseite der Mütze steht in Goldschrift: *Be Happy.*

Der Junge nimmt die Mütze ab und krault, die Fernglasokulare an die Augen gedrückt, das Pferd mit dem Schirm seiner Mütze am Hals. Dann nimmt er das Fernglas herunter und lässt es an seinem Band baumeln, spuckt das Kaugummi aus, wendet das Pferd und reitet im Schritt Richtung Osten davon.

Elin prescht voran, sie ist noch nie schneller zu Wongs geritten. Sie passiert den Sicherheitsweg und gleich auf der anderen Seite wird sie von drei Soldaten mit Jagdwaffen gestoppt. Sie rufen ihr zu, dass sie absteigen soll und bitten sie um Auskunft, wer sie ist, und was sie bei Wongs vorhat.

Elin steckt eine Hand in die Hosentasche und nimmt den gelben Zettel heraus, den sie in Särna bekommen hat. Die Frau, die ihn entgegennimmt, liest ihn und nickt.

»Was willst du hier?«

»Mein Onkel ist Arzt. Mein Vater wurde bei einer Messerstecherei mit der Borlänge-Gang verletzt.«

Die Frau gibt Elin das gelbe Papier zurück und der Mann, der Blacks Zügel hält, lässt sie los und tritt zur Seite. Elin schwingt sich hinauf in den Sattel und reitet weiter und bald ist sie bei den Toren angekommen. Sie nimmt das gelbe Papier erneut heraus und wird hereingelassen, als sie den Namen ihres Onkels nennt. Ein mit Gewehr bewaffneter Aufseher zeigt ihr, wo sie Black unterstellen kann, und dann betritt sie das Warenhaus.

Der Geruch gehört nicht dorthin, er erinnert sie an ein Krankenhaus, in dem sie als Achtjährige war. Sie war von einem Pferd gefallen und hatte eine Platzwunde am Kopf. Man hat etwas von ihren Haaren abrasiert und sie erinnert den Geruch des Desinfektionsmittels, die Benommenheit und die Schmerzen.

All das durchfährt sie innerhalb eines Augenblicks, innerhalb eines Blinzelns ist sie an einem anderen Ort in einer anderen Zeit.

Die Rolltreppe bewegt sich nach oben, so wie letztes Mal, als sie hier war, aber niemand benutzt sie.

Alles ist gleich und doch anders.

Leere Regale, Matten auf dem Fußboden, zitternde Menschen liegen und sitzen überall.

Überall hört man Gemurmel und hier und da jemanden schreien.

Elin bleibt vor den Türen stehen. Sie sieht Männer und Frauen mit hochgekrempelten Hemdsärmeln und fleckigen Hosen, kniende Krankenschwestern und polierte Instrumente. Scheren, Zangen, scharfe kleine Messer, blutdurchtränkte Verbände, Gestelle mit Tropfen, die unterschiedliche Flüssigkeiten beinhalten, Schläuche, die in Armbeugen von Männern und Frauen stecken, die blutig und halb nackt auf Matten und zusammengefalteten Decken liegen.

Eine Frau mit blauer Bluse und einem Tuch um den Kopf bleibt vor ihr stehen.

»Kann ich dir helfen?«

»Mein Onkel Åke ist Arzt. Ist er hier?«

Die Frau dreht sich auf dem Absatz um und verschwindet zwischen den Regalen, während Elin wartet. Ein junger Mann in Stiefeln und abgeschnittener Jeans wischt mit einem feuchten Mopp das Blut vom Boden auf. Er hinterlässt Ränder, und als er den Mopp auf einer Halterung über einem Eimer ausdrückt, ist das Wasser schwarz.

Jemand legt eine Hand auf ihre Schulter und sie dreht sich um. Der Mann hinter ihr trägt eine Halskrause. Seine Stimme ist heiser, das Sprechen scheint ihm schwerzufallen:

»Erinnerst du dich an mich? Ich bin Idas Mann Vidar.«

»Ja, ich weiß, wer du bist. Ist Ida hier?«

»Nein. Wenn du sie triffst, sag ihr, dass es mir gut geht.«

Er zeigt auf den Verband.

»Nur eine Lappalie.«

Vidar setzt sich auf den Boden, breitbeinig an die Wand gelehnt.

Da kommt Åke, in grüner Jacke und einer Jeans mit dunklen Flecken. Die Jackenärmel sind hochgekrempelt. An den Händen trägt er dünne Plastikhandschuhe. Sein Gesicht ist fahl, das Kinn unrasiert und die Lippen scheinen lilafarben.

»Papa ist niedergestochen worden.«

»Was?«

»In den Oberschenkel und den Arm.«

»Wann ist es passiert?«

»Vor einer Stunde.«

»Wie kam es dazu?«

Elin erzählt und Åke schüttelt den Kopf.

»Warte hier.«

Er verschwindet zwischen den Regalen und bleibt fünfzehn Minuten weg. Als er zurückkommt, trägt er eine Lederjacke mit rotem Kreuz auf dem linken Ärmel und über der Schulter hat er einen kleinen Rucksack. Hinter ihm geht eine Frau mit kurz geschnittenen Haaren und einem Maschinengewehr in der Hand.

Åke dreht sich zu Elin um.

»Bist du mit dem Pferd da?«

»Ja.«

»Die Pferde sind knapp bei uns.«

Er zeigt auf die Frau mit dem Gewehr.

»Siri ist meine Eskorte. Sie bekommt ein Pferd, aber ich muss mir deins ausleihen. Du kannst meinen Schlafplatz haben, bis ich zurück bin.«

Und er ruft:

»Barbro, kannst du Elin mein Bett zeigen?«

Åke hat sich die Handschuhe ausgezogen und er streicht Elin über die Wange.

»Ich bin bald zurück. Ruh dich so lange etwas aus. Ich erkenne Black.«

Mit diesen Worten verschwindet er durch die Tür, die Soldatin dicht hinter sich.

Diejenige, die Barbro heißt, ist klein und ihre Kleider sehen aus, als seien sie ganz sauber, bis Elin ihrer Schuhe gewahr wird, die ganz schwarz gefärbt sind.

»Komm!«, sagt sie. »Ich bin eigentlich Hebamme. Das hier ist nicht meine übliche Arbeit. Kennst du Åke?«

»Er ist mein Onkel.«

»Hier entlang«, sagt Barbro und geht vor Elin auf zwei Türen hinter den Rolltreppen zu. Auf der einen steht *Büro* und auf der anderen befindet sich ein Schild, das zeigt, dass dort Toiletten sind. Barbro öffnet die Bürotür und geht vor Elin hinein.

Das Zimmer ist klein, fast ein Verschlag. Zwei Schreibtische sind an die Seiten geschoben worden, der eine auf den anderen gestapelt. Ein paar Computerbildschirme sind auf den oberen Tisch geräumt worden. Es gibt drei Feldbetten mit Schlafsäcken. Auf dem einen liegt ein Mann mit nacktem Oberkörper, das Gesicht zur Wand gedreht. Er schnarcht und brummt im Schlaf vor sich hin.

Auf einem Stuhl mit fünf Rollen sitzt eine Frau, in fleckiger weißer Jeans und weißem T-Shirt. Auf ihrem Shirt steht *It was the best of times, it was the worst of times.* Sie schreibt mit Kugelschreiber in ein großes Buch, blickt auf und nickt Elin zu. Barbro zeigt auf eines der Feldbetten.

»Das da ist Åkes«, flüstert sie, dreht sich um und geht hinaus, noch bevor Elin ihr danken kann, dass sie ihr den Weg gezeigt hat.

Elin lehnt ihre Armbrust an die Wand, legt den Köcher ab und setzt sich auf das Bett. Die Frau mit dem T-Shirt steht auf, klappt das Buch zu, steckt den Stift in die Tasche, lächelt Elin zu und verschwindet nach draußen.

Der schnarchende Mann sagt etwas Unverständliches im Schlaf und Elin legt sich auf Åkes Bett und schließt die Augen.

Sie wird von Åke geweckt, der auf dem Stuhl mit den fünf Rollen sitzt, in der Hand hält er eine Thermoskanne. Die Lampe auf dem Schreibtisch ist zur Wand gedreht, sodass das Licht im Zimmer fahl ist. Der halb nackte Schlafende ist verschwunden.

»Möchtest du einen Kaffee?«

Elin setzt sich auf und nickt. Åke schraubt die Tasse von der Kanne und gießt das heiße Getränk ein.

»Wie geht es ihm?«, fragt Elin.

»Er hat schon immer gutes Heilfleisch gehabt. Die Wunde im Oberschenkel ist tief, aber wenn das Messer nicht verunreinigt gewesen
ist, sollte es keine Probleme geben.«

Er reicht Elin die Tasse.

»Ich hatte lange keinen Kaffee«, sagt Elin und pustet.

»Die Polizei hat einen Kerl festgenommen, der zwei Tonnen davon
im Keller hatte. Er hat ihn wahnsinnig überteuert verkauft, der Kaffee wurde konfisziert und wir haben alles bekommen. Alle, die hier
arbeiten, und die Patienten bekommen, so viel sie wollen.«

»Willst du keinen?«

»Danke, ich habe vor, ein bisschen zu schlafen, sobald du losgegan-
gen bist. Black steht hier draußen. Ein Junge kümmert sich um ihn.«

»Wie geht es Lisa?«

»Geschockt natürlich. Sie muss über das, was sie mitangesehen hat,
reden. Vielleicht kannst du dich zu ihr setzen, wenn du nach Hause
kommst? Sie muss alles erzählen, mehrere Male. Das Einzige, was
nötig ist, ist, dass ihr jemand zuhört und ab und zu Fragen darüber
stellt, was passiert ist, was sie gedacht und gefühlt hat. Das musst du
übernehmen. Es ist für dich auch gut, darüber zu reden. Du musst
ziemlich mitgenommen sein.«

»Ja.«

»Kann ich mir vorstellen. Anna schafft es nicht, mit Lisa so viel zu
reden, wie es nötig wäre, und Gunnar sollte sich jetzt nicht übernehmen. Er kann Lisa natürlich helfen, aber er sollte es ruhig ange-
hen lassen.«

»Was soll ich mit den beiden Toten machen?«

»Ach ja, die Toten. Siri hat ihr Pferd und ein Seil genommen und sie
zum alten Kartoffelacker geschleppt. Sie hat sie begraben, aber
nicht sehr tief, die Wildschweine könnten sie ausgraben. Du musst
mit der Polizei sprechen, bevor du von hier weggehst. Siri hat sich

auch des Dynamits angenommen, deswegen braucht ihr euch also nicht mehr zu sorgen.«

»Gibt es hier Polizei?«

»Die Militärpolizei hat ihr Hauptquartier in der zweiten Etage. Frag nach einer Frau, die Mala heißt. Jetzt muss ich schlafen.«

Åke stellt die Thermoskanne ab und steht auf. Elin leert die Tasse und steht ebenfalls auf. Sie nimmt die Armbrust und legt sie sich um die Schulter, umarmt Åke und verlässt das Zimmer. Schon bevor sie die Tür hinter sich zugezogen hat, liegt Åke einen Arm über den Augen rücklings auf dem Feldbett.

Elin fährt die Rolltreppe hinauf. Am Ende der Treppe sitzt ein Mann an einem Tisch. Er hat ein Nils-Dacke-Emblem auf der linken Seite der Jacke. Auf der rechten steht mit schwarzen Buchstaben in einem weißen Dreieck *Polizei*.

»Ich suche Mala.«

Der Mann mustert sie.

»In welcher Sache?«

»Die Borlänge-Gang hat uns angegriffen und ich habe zwei von ihnen erschossen. Ein Arzt hier unten fand, dass ich das berichten sollte.«

Der Mann legt den Kopf schief.

»Du hast zwei von ihnen erschossen?«

»Ja.«

»Womit?«

»Mit der Armbrust.«

Der Mann erhebt sich.

»Komm mit.«

Er geht voran, bleibt vor einer Tür stehen und klopft an. Dann öffnet er sie und guckt hinein.

»Ich habe ein Mädchen hier. Es sagt, dass es zwei Männer von der Borlänge-Gang erschossen hat.«

»Das eine war eine Frau«, sagt Elin.

Von drinnen aus dem Zimmer hört Elin etwas, das sie nicht verstehen kann. Der Mann drückt die Tür auf und Elin tritt ein. Die Tür wird hinter ihr geschlossen.

An einem Schreibtisch vor einem Computer sitzt eine große, schwarze Frau mit Haaren und Augen wie aus einer sternlosen Nacht. Sie deutet mit einer feingliedrigen Hand auf einen Stuhl am schmalen Ende des Schreibtischs. Elin legt die Armbrust ab und setzt sich.

Die Frau richtet eine kleine Kamera auf Elin und tippt etwas auf der Tastatur.

»Wie heißt du?«

Elin sagt ihren Namen.

»Geburtsnummer?«

Elin nennt die Zahlen, die Frau faltet die Hände im Schoß und beugt sich vor.

»Was willst du berichten?«

Elin erzählt, wie sie aus ihrem Albtraum erwacht ist, was anschließend passiert ist und dass Åke berichtet hat, Ejan und Lassivar würden im Kartoffelacker liegen.

Die Frau vor ihr hört zu.

»Kannst du zeigen, wo sich der Hof befindet?«

Die Frau öffnet eine Karte im Computer und Elin deutet auf Liden. Die Frau schreibt einen Moment und wendet sich dann Elin zu.

»Bei uns steht im Augenblick viel an, es kann also etwas dauern, bis wir die Möglichkeit haben, das hier zu verfolgen.«

»Sie sollten die Körper holen, sonst graben die Wildschweine sie aus und dann fressen sie alles auf und das Einzige, was übrig bleiben wird, sind Pfeilspitzen und Gürtelschnallen.«

»Wir haben viel zu tun gerade. Glaubst du, dass du ein tieferes Loch graben kannst?«

»Ein tieferes Grab?«

»Wenn sie einen Meter tief liegen, kommt kein Wildschwein an sie heran. Kannst du das machen?«

»Wenn es sein muss, kann ich es tun, aber am allerbesten wäre es, wenn Sie sie holen.«

»Zieh dir Handschuhe an«, rät die Frau. »Sonst bekommst du Blasen.«

»Ich glaube, dass das, was passiert ist, sich teilweise auf unserer Harddisk befindet. Sie waren da und haben unsere Kameras zertrümmert, aber Bullen-Olson hat uns eine neue gegeben, sie wussten also nicht, dass sie gefilmt wurden.«

»Ausgezeichnet«, sagt die Frau und steht auf.

Sie reicht Elin eine Hand, ihr Händedruck ist warm und locker.

»In meinem Beruf kriege ich ja alles Mögliche zu hören. Aber das hier ist etwas, das man nicht jeden Tag zu hören bekommt. Ein Mädchen, das die beiden Anführer einer Gang mit der Armbrust erschießt. Wie alt bist du?«

»Siebzehn.«

Elin geht vor der Frau aus dem Zimmer und die Frau, die größer als Elin ist, verschließt die Tür. Elin nimmt die Rolltreppe ins Erdgeschoss, wo ein Mädchen mit Zahnklammer und Zöpfen den Mopp und den Eimer mit dem jetzt schwarzen Wasser übernommen hat. Als sie hinaus auf den Hof tritt, entdeckt sie ein Stück weiter entfernt einen Jungen. Er spielt mit einem Fußball, kickt ihn von einem Fuß zum andern, hält ihn in der Luft und hin und wieder nimmt er den Ball auf den Rücken, lässt ihn über die Schultern rollen und dann zurück auf den Fuß gleiten. Er hat einen flaumigen Oberlippenbart. Elin geht zu Black, der hinter ihm steht.

»Wir sind uns wohl schon mal vorher begegnet?«

»Da war ich mit den anderen zusammen. Ich habe dein Pferd wiedererkannt.«

»Danke für deine Hilfe«, sagt Elin, setzt den Fuß in den Steigbügel und schwingt sich hinauf.

»Keine Ursache«, sagt der Junge, ohne den Blick vom Ball abzuwenden, den er vom einen Fuß zum anderen Fuß springen lässt.

Elin reitet los, und als sie den Sicherheitsweg überquert hat, drückt sie die Fersen in Blacks Seiten.

Etwas später ist sie zu Hause.

Im Schlafzimmer der Eltern hört sie das Radio. Sie zieht sich die Stiefel aus und geht zu ihnen. Gunnar liegt auf dem Bett, Anna sitzt neben ihm, und Lisa liegt auf dem Teppich auf dem Boden.

»Waffenruhe«, sagt Anna. »Die Kämpfe haben aufgehört.«

Es ist nicht schwer zu erkennen, wo die Körper liegen, und sie erinnert sich an den Ratschlag, Handschuhe zu benutzen. Sie geht in den Stall und holt ein Paar. Sie sind am Daumen abgetragen und sie vermutet, dass sie trotzdem Blasen bekommen wird.

Die Körper sind mit einer zwanzig Zentimeter dicken Schicht Erde bedeckt, mehr nicht. Sie stecken in mit Klebeband verschlossenen Müllsäcken. Sie gräbt ein neues Grab, so tief, dass die Erdkante auf einer Höhe mit ihrer Hüfte ist, wenn sie darin steht. Sie schleppt mit Blacks Hilfe den ersten Körper heran und lässt ihn in die Grube fallen. Es ist Lassivar. Als sie ihn wieder zugeschaufelt hat, geht sie ins Haus, zieht sich im Flur die Stiefel aus, legt die Handschuhe neben die Stiefel und trinkt an der Spüle stehend zwei Glas Wasser.

»Es ist warm draußen«, sagt sie zu Anna, die hereinkommt und sich an den Küchentisch setzt.

Elin prüft ihren Daumen.

»Ich habe Blasen bekommen.«

»Wie war es bei Wongs?«

»Überall Blut, haufenweise Verletzte.«

»Hast du bei der Polizei angegeben, dass wir Schusswaffen haben?«

»Das habe ich vergessen.«

Anna klingt beunruhigt.

»Um solche Dinge kümmert sich wahrscheinlich im Augenblick niemand?«

Elin stürzt noch ein Glas Wasser herunter, wischt sich ein paar Wassertropfen vom Kinn und stellt das Glas ab.

»Das stimmt sicher. Bald haben alle wieder das Recht, Jagdgewehre zu besitzen. Die Wildschweine müssen bekämpft werden!«

Elin stößt auf.

»Die Schrotflinte und das Gewehr liegen im Regal in der Garderobe«, sagt Anna. »In der Schrotflinte ist eine Patrone, im Gewehr drei.«

»Könnte nützlich sein, wenn die Borlänge-Gang zurückkommt. Du weißt, wie man ein Gewehr benutzt, oder?«

»Ich habe Wild mit einer Büchse geschossen, als ich in deinem Alter war. Das war, kurz bevor man den Leuten verboten hat, Schusswaffen zu besitzen. Gab es bei Wongs etwas zu essen?«

»Nicht soweit ich gesehen habe. Wird es langsam knapp im Vorratsschrank?«

»Ja. Wie läuft es da draußen?«

»Ich gehe jetzt wieder raus und begrabe die Frau. Wie geht es Lisa?«

Anna schüttelt den Kopf, steht auf und dreht Elin den Rücken zu. Sie geht zurück ins Zimmer, wo Gunnar auf dem Bett liegt und Lisa auf dem Fußboden sitzt, während Gerda daneben liegt und mit ihren Füßen spielt.

Als Elin mit dem anderen Grab fertig ist, sind ihre Handflächen voller Blasen. Sie stellt den Spaten ab und legt die Handschuhe weg. Dann geht sie hinein und duscht. Sie nimmt Gerda mit in ihr Zimmer, wickelt und stillt sie und liegt dann mit dem Kind neben sich da und guckt hoch zur Zimmerdecke.

Gerda ist munter und gluckst unaufhörlich vor sich hin. Etwas später kommt Lisa und kriecht neben die beiden ins Bett.

»Hallo, Lisa«, flüstert Elin der Schwester zu und streichelt ihr über die Haare. »Dass du das alles mitansehen musstest. Du hast sicher Angst gehabt.«

»Ich dachte, Papa stirbt.«

»Ich weiß, das war schrecklich.«

»Ich dachte, alles ist mir egal, Hauptsache, Papa stirbt nicht.«

»Verstehe.«

»Ich hätte nicht geglaubt, dass ich Sand gegessen habe, wenn man es nicht auf dem Video gesehen hätte.«

»War es nicht schlimm, sich das anzusehen?«

»Das Schlimmste war, dass ich dachte, dass er Papa töten wird. Ich erinnere mich nicht, dass ich mich zwischen sie geworfen habe und Sand gegessen habe. Ich erinnere mich nicht daran, aber man sieht es auf dem Video.«

»Dass du dich nicht erinnerst, liegt daran, dass du so furchtbare Angst hattest.«

»Hattest du keine Angst?«

»Doch.«

»Aber du hast sie getötet.«

Elin antwortet nicht und beide schweigen einen Moment.

»Warum, glaubst du, hat Gott das gemacht?«

»Was?«

»Dass Papa fast gestorben wäre und du ein Mörder werden musstest.«

»Ich weiß nicht mal, ob es einen Gott gibt. Aber wenn ich ein Mörder geworden bin, können wir die Schuld wohl kaum auf Gott schieben. Ich war es schließlich, die geschossen hat.«

»Vanjas Mutter sagt, dass es Gott gibt.«

»Dann gibt es einen Gott für sie.«

»Åke hat gesagt, dass ich reden muss.«

»Ja, das ist gut. Rede.«

»Worüber?«

»Worüber du willst.«

Lisa schweigt, Gerda gluckst und Elin streichelt der Schwester über die Haare.

»Sollen wir deine Haare später waschen?«

»Wir können das machen, wenn Gerda eingeschlafen ist.«

»Ja.«

Sie schweigen wieder.

»Wie ist es, ein Mörder zu sein?«

»Bin ich das?«

»Bist du es nicht?«

»Ich dachte, dass ich eine Kämpferin bin.«

»Wo ist der Unterschied?«

»Eigentlich möchte ich weder das eine noch das andere sein, aber wenn ich wählen könnte, wäre ich lieber eine Kämpferin.«

»Wie Vagn.«

»Genau.«

»Wann kommt er nach Hause?«

»Bald.«

»Wenn ihm nichts passiert ist.«

»Er kann jederzeit kommen.«

»Wie ist es, die zu begraben, die du getötet hast?«

»Gut.«

»Wieso gut?«

»Ich habe sie getötet und jetzt begrabe ich sie. Das fühlt sich richtig an.«
»Bist du kein Mörder?«
»Nein.«
»Sicher?«
»Warum fragst du?«
»Ich will keine Schwester haben, die ein Mörder ist.«
»Wäre eine Kämpferin besser?«
»Ja, denn sonst wäre Papa tot und sie hätten mich mitgenommen, und wer weiß, was sie noch alles getan hätten.«
In der Nacht regnet es in Strömen und der Regen dauert auch den ganzen folgenden Tag an, sodass niemand das Haus verlässt.

Als der Regen aufhört, sattelt Elin Black, packt eine Handsäge und eine kleine Axt ein und reitet auf den Bergkamm hinauf, wo früher einmal zum Fällen geeignete Kiefern wuchsen. Die meisten sind schon seit Langem von den Orkanböen entwurzelt und Elin braucht nicht lange, bis sie findet, was sie sucht.

Sie sägt einen stark verzweigten Ast ab, die Blasen an ihren Fingern brennen. Sie entfernt ein paar kleinere Äste und kehrt nach Hause zurück.

An der Hobelbank im Tischlerschuppen bearbeitet sie den Ast, der eine Krücke werden soll. Sie holt ein kleines Kissen aus dem Haus, befestigt es in der Astgabel und geht hinein zu Gunnar, der die Krücke ausprobiert. Danach kehrt Elin noch einmal in den Schuppen zurück, um die Krücke ein paar Zentimeter zu kürzen.

Gunnar probiert die Krücke noch einmal und geht anschließend mit langen, federnden Schritten durch das Haus, während er mit Papageienstimme ruft:

»Pieces of eight, pieces of eight!«

Ein wenig später wird im Radio verkündet, dass am Abend die erste Nachrichtensendung über das Bildnetz gesendet werden wird.

»Jetzt wird alles wieder wie früher«, ruft Anna, als das Bild der Nachrichtensprecherin erscheint.

»Das ist Yasmin!«, stellt Elin fest. »Mit ihr war ich in Idrefjäll!«

Yasmin interviewt den Mann, der das Amt des Ministerpräsidenten kommissarisch übernommen hat. Der Vorsitzende der vorläufigen Regierung spricht über Frieden und Wiederaufbau, über Vertrauen und von der Notwendigkeit, dass die Bürger sich hinter die Übergangsregierung stellen.

»Und für wann ist die Wahl des Reichstags vorgesehen?«, fragt Yasmin.

»Wahrscheinlich in drei Jahren. Bis dahin haben Nils Dacke und die, die früher als Waldleute bezeichnet wurden, Mandate, um das Land zu lenken. Es gibt draußen im Land zwischen den vielen bestehenden Gruppierungen Spannungen und es geht jetzt darum, zügig alles wieder aufzurichten. Nicht zuletzt die Situation in den Großstädten ist beunruhigend. Die Unternehmen beherrschen die zentralen Teile der Stadt und enklavisieren die Vororte. Hinzu kommt eine teilweise korrupte Ortspolizei. Nicht alles lässt sich im Handumdrehen lösen.«

Danach werden einige vorläufige Staatsräte vorgestellt und Karin kommt ins Bild. Sie spricht davon, dass sie es als designierte Justizministerin als ihre Hauptaufgabe ansieht, das Vertrauen in die Polizei wiederherzustellen.

»Das Vertrauen in die Ortspolizei war schon vor den Kampfhandlungen nicht mehr vorhanden. Die verschiedenen Organisationen haben sich über die Maßen ausgeweitet, immer mehr Polizisten waren in den Revieren, immer weniger Verbrechen kamen vor Gericht. Der Zusammenbruch des Rechtsapparates sorgte dafür, dass das Vertrauen der Bürger in die Staatsmacht untergraben wurde. Man fing an, das Gesetz in die eigene Hand zu nehmen, und man hat sich Gangs angeschlossen. Das ist etwas, dessen wir uns sofort annehmen müssen, und das wird nicht leicht.«

»Können Sie die Schwierigkeiten erläutern?«, fragt Yasmin.

Karin nickt und guckt direkt in die Kamera.

»Viele in der Ortspolizei sind bezahlt worden, um Verbrechen aufzuklären. Mit manchen Verbrechen, die von den Unternehmen und in den Enklaven begangen wurden, hat sich die Polizei gar nicht befasst. Viele sind der Ansicht, dass es an der Furcht vor Repressalien liegt, andere meinen, dass polizeiliche Befehle einfach gekauft wurden.«

Yasmin dreht sich zur Kamera und berichtet, dass in den morgigen Sendungen Bilder und Kommentare zu den abschließenden Gefechten im nördlichen Dalarna gebracht werden. Sie dankt ihren Gästen und ein anderer Reporter übernimmt mit Meldungen zu den Orkanen in den USA.

»Jetzt ist alles wieder normal«, behauptet Anna.

Direkt danach schaltet sich die Kamera ein und auf dem Hang wird ein Geländewagen sichtbar, der rasch auf das Haus zufährt.

Die beiden Männer, die aus dem Wagen steigen, tragen beide die Uniformen der Ortspolizei und Maschinengewehre. Als sie sich der Tür nähern, kann man erkennen, wie ähnlich sie sich sind. Sie sind beide klein, breitschultrig und haben kurze Haare. Beide scheinen in ihren Fünfzigern zu sein und beide tragen Dreitagebart und haben kleine Münder mit dünnen Lippen.

»Könnten Zwillinge sein«, kommentiert Gunnar. Elin geht zur Tür und öffnet.

Die beiden Männer tragen Namensschilder. Andersson heißt der eine, Klasson der andere. Beide salutieren.

»Hier soll jemand getötet worden sein«, sagt Andersson und seine blauen Augen blicken scharf, wie ein gespannter Bogen, der seine Pfeile auf unsichtbare Ziele abfeuert.

»Und es soll zwei Leichen geben«, fügt Klasson hinzu.

»Dürfen wir hereinkommen?«, fragt Andersson.

Elin macht ein paar Schritte zurück und die beiden Polizisten treten in den Flur und gehen weiter durch zur Küche.

Gunnar sitzt am Kopfende des Tischs, dem Platz, der am weitesten von der Tür entfernt ist. Anna sitzt neben ihm. Elin steht neben den Polizisten, die beide breitbeinig dastehen, ihre Schusswaffen in Riemen über der rechten Schulter tragend.

»Bitte, setzen Sie sich«, fordert Gunnar sie auf und zeigt auf die Bank unter dem Fenster.

»Wenn es keine Umstände macht, wäre ich dankbar, wenn Sie die Stiefel ausziehen könnten«, sagt Anna. »Nach dem Regen ist alles lehmig und ich habe den Boden heute Morgen gewischt.«

Die Polizisten nicken, legen ihre Waffen auf den Tisch, setzen sich und fangen an, die Stiefel aufzuknoten.

»Möchten Sie Tee?«, fragt Anna.

»Gibt es auch Kaffee?«, fragt Andersson, während er sich leicht ächzend vornüberbeugt, um an seine Stiefel zu kommen.

»Wir haben schon seit einer Weile keinen Kaffee mehr«, sagt Gunnar. »Aber wir haben gehört, dass es bei Wongs welchen geben soll. Wenn Sie da auf dem Heimweg vorbeifahren, können Sie sicher eine Tasse bekommen.«

Klasson stellt seine Stiefel nebeneinander und richtet sich auf, rot im Gesicht. Er schnauft.

»Mal sehen.«

Dann dreht er sich zu Elin.

»Du hast von einem Totschlag berichtet.«

»Ja.«

»Du hast gesagt, dass du einen Mann und eine Frau mit der Armbrust erschossen hast.«

»Ja.«

»Bestätigst du deine Aussage?«

»Ja.«

»Sie können sie gleich wieder ausgraben«, schlägt Gunnar vor. »Sie liegen im Kartoffelacker und dort will ich sie nicht länger als unbedingt notwendig haben. Man weiß nie, wann die Wildschweine hungrig genug werden, um sie auszugraben.«

»Ich habe sie fast einen Meter tief begraben«, sagt Elin und streckt ihre Hände aus. »Hier!«

»Es wäre gut, wenn Sie sie mitnehmen könnten«, sagt Gunnar.

»Wir haben Elins Aussage zur Kenntnis genommen«, sagt derjenige, der Klasson heißt. »Sie wurde von der Militärpolizei gefilmt. Wir würden gerne noch etwas mehr hören, von jemandem, der dabei war.«

Gunnar deutet auf die Krücke.

»Ich brauche diese hier und habe eine tiefe Fleischwunde im Oberschenkel und eine weitere im Arm, es sieht also ganz so aus, als wäre ich auch dabei gewesen, wenn es das ist, was Sie wissen wollen.«

»Ich war auch zugegen«, sagt Anna.

»Zugegen«, ahmt Andersson sie nach.

Er klingt gut gelaunt.

»Das ist kein Wort, das man jeden Tag zu hören bekommt.«

»Mein Großvater sagte ›zugegen‹«, erzählt Klasson. »Er wurde einhundertzwei am selben Tag, als ich dreißig wurde. An seinem neunzigsten Geburtstag legte er noch Volkstänze aufs Parkett und geriet in eine Schlägerei mit einem Nachbarn, der zwei Jahre älter war als er. Beide mussten danach einen Arzt aufsuchen.«

»Diese Sorte Mann gibt es heutzutage gar nicht mehr«, brummt Andersson. »Jetzt tun wir uns die Aussagen der Zeugen anhören.«

»Ohne ›tun‹«, berichtigt Klasson.

»Was?«

»Du hast ›tun wir uns anhören‹ gesagt.«

»Ja?«

»Es heißt ›anhören‹, ohne ›tun‹.«

»Was wird das hier?«, fragt Andersson und guckt sich aufgescheucht um, als wäre gerade eine Hornisse in die Küche hereingekommen. »Worüber sprechen wir hier, gibt es jemanden, der das weiß?« Er blickt Elin, Anna und Gunnar an und zuletzt seinen Kollegen.

»Wir wollen erfahren, was passiert ist«, sagt Klasson und räuspert sich mit der Hand vor dem Mund.

»Wir haben ein Video davon«, sagt Gunnar. »Es ist nicht schön anzusehen, aber Sie haben vielleicht schon Schlimmeres gesehen. Sie werden es also überstehen, ohne sich übergeben zu müssen.«

»Wir haben schon so ziemlich alles gesehen, ja, das haben wir«, sagt Klasson. »Nicht wahr, Knüppi?«

»Ja, doch, verdammte Scheiße, entschuldigen Sie den Ausdruck, das haben wir. Wir haben 'nen Haufen Dreck gesehen, das stimmt. Zum Beispiel …«

»Ich nenne ihn Knüppi«, unterbricht Klasson ihn und zeigt auf seinen Kollegen. »Er war vorher in der Gefangenenaufsicht und wurde dort Knüppelarsch genannt, aber wir bei der Polizei haben keine so derbe Sprache, also haben wir ihn in Knüppi umgetauft.«

Er wendet sich Anna zu:

»Wenn es Tee gäbe, würde ich nicht Nein sagen.«

Anna steht auf und geht zum Herd.

»Also, wer fängt an?«, fragt Andersson.

»Wir haben es aufgezeichnet«, sagt Gunnar. »Wenn Sie meinen, dass Sie das verkraften.«

305

Andersson guckt zur Bildwand.

»Film ab«, fordert er.

Gunnar nimmt die Fernbedienung und gibt ein paar Befehle ein. Dann startet das Video.

Als Gunnar abschaltet, stellt Anna die beiden Teetassen auf den Tisch. Aus ihnen steigt Dampf auf.

»Das ist Malventee«, sagt sie.

Die Polizisten werfen sich verstohlene Blicke zu. Man könnte glauben, dass ihnen Katzenpisse serviert wird.

»Das kleine Mädchen«, sagt Andersson. »Wie geht es ihm?«

»Ich glaube, es schläft«, sagt Gunnar. »In seiner Höhle.«

Die Polizisten blicken einander an.

»Wir wollen natürlich eine Kopie.«

»Natürlich«, sagt Gunnar. »Ich muss nur die Ausrüstung rausholen.«

»Wenn Sie uns jetzt helfen würden, die Körper auszugraben, wäre das gut«, sagt Klasson und sieht sich um.

Gunnar zeigt auf seine Krücke.

»Mit fällt es schwer, ohne die hier zu stehen, meine Tochter hat Blasen an den Händen und meine Frau würde gerne verschont werden. Ich fürchte, dass Sie selbst graben müssen, aber das werden Sie doch sicher gut hinbekommen, Sie scheinen doch sehr starke Männer zu sein. Sie können sich Spaten und Handschuhe ausleihen, und wenn Sie Durst bekommen, können Sie gerne reinkommen und ein Glas Wasser trinken.«

Die beiden Männer ziehen sich die Stiefel an, es fängt an zu nieseln und sie scheinen nicht besonders angetan von der Idee, jetzt mit dem Graben loszulegen.

»Wie lange hast du gebraucht, sie unter die Erde zu bekommen, Elin?«, fragt Gunnar, während die Polizisten an ihren Teetassen nippen.

»Ich weiß es nicht genau, aber es hat eine Weile gedauert.«
»Zwei erwachsene Männer werden es sicherlich doppelt so schnell erledigen wie du«, meint Gunnar. »Obwohl es natürlich schwerer ist, wenn es regnet.«
»Ja«, sagt Elin. »Es ist nicht schön, nass zu werden.«
Die Polizisten seufzen und werfen einander Blicke zu. Dann stehen sie auf, nehmen ihre Waffen an sich und verschwinden nach draußen.
Als die Polizisten die beiden Leichen ausgegraben haben, holen sie das Auto. Sie laden die Körper hinein, was nicht einfach ist, besonders was Lassivar angeht. Die Spaten, die sie geliehen haben, haben sie in den Acker gesteckt und die Handschuhe auf die Griffe gesteckt. Bevor sie losfahren, kopieren sie das Video, auf dem man Lassivar und seine Frau auf dem Hof sterben sieht.
Als es dämmert, legt sich der Regen, und kurz bevor es dunkel wird, kommt Vagn nach Hause.

Vagn ist unverletzt und auch seinem Pferd fehlt nichts. Er hat die Armbrust auf dem Rücken und in der Hand eine Büchse mit Zielfernrohr. Er zieht die Stiefel aus und Elin nimmt ihm das Gewehr ab. Sie stellt es an die Tür und geht dann hinaus, um Vagns Pferd in den Stall zu führen.
Vagn ist durchnässt, er umarmt die Eltern, zieht sich die Kleider aus und verschwindet in der Dusche. Er bleibt lange dort drin, und als er herauskommt, hat er sich trockene Kleider angezogen und Anna hat Grütze gekocht.

»Was hast du denn gemacht?«, fragt Vagn und zeigt auf Gunnars Krücke. Gunnar erzählt, während Vagn zwei Portionen Grütze mit Preiselbeeren in sich hineinschaufelt. Dann isst er zwei Eier und ein Butterbrot mit Räucherfisch und trinkt drei Tassen Malventee. »Und du?«, fragt Anna und setzt sich dicht zu ihrem Sohn und streicht ihm über die Haare. »Was hast du erlebt?«

»Wir waren in Särna«, sagt Vagn. »Bullen-Olsons Söhne und ich. Sie hatten Gewehre, ich hatte die Armbrust. Wir sollten einen Waldweg bewachen, zusammen mit einem Typen, der im Wald gelebt hat.«

Vagn zeigt auf das Gewehr.

»Das ist seine Büchse. Er heißt Loffe, und als wir in das Feuer der Granatwerfer gerieten, wurde seine Wade aufgeschlitzt. Sie dachten wohl, dass wir mehr seien, aber wir waren nur zu viert und das Einzige, das sie mit ihrem Beschuss erreichten, war, dass Loffe verletzt wurde. Er hatte einen Hut mit Elchjäger-Band, und als er stolperte, hat er den Hut verloren. Er wollte nicht, dass wir ihn ohne Hut mitnehmen, also gaben wir ihm den Hut, er setzte ihn auf, und dann bauten wir eine Trage aus zwei Ästen und unseren Jacken. Es gelang uns, ihn zum Behandlungsplatz in Särna zu transportieren. Loffe beschwerte sich nicht, obwohl es sehr wehgetan haben muss, und als wir uns verabschiedeten, gab er mir die Büchse. ›Ich habe sechs Elche und einen Bären damit erlegt‹, sagte er. ›Lass dir von jemandem zeigen, wie man damit umgeht. Es ist ein gutes Gewehr, du wirst lernen, das zu treffen, was du anvisierst, und wer einen Schuss von diesem Schätzchen abbekommt, wird dir keinen Ärger mehr machen. Ich habe acht Patronen dafür. Benutz drei davon, um zu üben, wie du etwas anvisierst und wie du abfeuerst. Dann hast du noch fünf übrig und damit kannst du ein paar erledigen, wenn es so kommen soll. Wenn alles vorbei ist, möchte ich, dass du kommst und sie mir zurückgibst.‹

Bullen-Olsons Söhne sind ein Stück in den Wald mit mir gegangen und ich habe drei Schüsse auf einen Kiefernstamm abgefeuert. Das hat gut geklappt. Später wurde ich in eine Gruppe mit zwei Mädchen aus Gagnef und drei Jungen aus Mora gesteckt. Die Gruppe wurde von einem Wegmeister aus Rättvik angeführt. Er war groß und dünn und wollte, dass ein Freiwilliger mit ihm geht, um Granatwerfer zu finden, und ich habe mich gemeldet. Er fragte mich, ob ich mich im Wald bewegen könne, ohne dass man mich bemerkt, und ich habe gesagt, dass ich mit der Armbrust Wild schieße, seit ich zwölf Jahre bin. Anscheinend fand er, das reiche als Beweis meiner Kompetenzen, und wir gingen los. Der Wegmeister hieß Månväder. Er hatte eine Karte dabei, aber keinen Kompass. Wir haben die ganze Nacht gesucht und uns immer vorsichtiger vorwärtsbewegt. Ein paarmal sahen wir Leute, die zur anderen Seite gehörten, aber es waren nur vorgeschobene Posten und nicht, wonach wir aus waren.

In der Dämmerung haben wir sie gefunden. Zwei Granatwerfer in einer Senke, ein Zelt und zwei Wachposten. Månväder hatte ein Maschinengewehr mit langem Lauf und wir waren etwa zweihundert Meter vom Zelt entfernt. Wir lagen auf dem Bauch in einer Böschung, ich hatte einen Baumstumpf neben mir. Månväder lag neben einem Stein rechts von mir. ›Du schießt auf die Wachposten‹, flüsterte er. ›Wenn du loslegst, kommen die anderen aus ihren Zelten und dann schieße ich.‹

›Wann starten wir?‹, fragte ich. ›Je eher, desto besser‹, antwortete Månväder und streckte sich neben dem Stein auf dem Bauch liegend aus, die Beine breit auseinander und die Waffe auf das Zelt in zweihundert Meter Entfernung gerichtet. Ich richtete Loffes Büchse auf die Wachposten. Beide hatten Helme auf und Maschinengewehre dabei. Beides waren Mädchen. Ich sah erst zur einen und danach zur anderen. Sie waren nicht viel älter als du, Elin. Und die, die näher zu mir stand, hatte lange blonde Haare. Ich hatte ihr Gesicht im Fadenkreuz. Sie sprach mit ihrer Kameradin und lachte. Ich nahm die andere ins Visier.

›Feuer!‹, flüsterte Månväder. ›Es ist so weit.‹

Aber ich konnte nicht.

›Feuer!‹, flüsterte Månväder wieder. ›Wir legen los!‹

Ich konnte nicht.

›Junge, schieß!‹

Ich zielte auf eine Fichte einen halben Meter neben dem Mädchen mit den blonden Haaren. Im selben Moment, als der Schuss losging, warfen sich die Mädchen auf den Boden, und als Månväder auf das Zelt schoss, aus dem die Leute herausgelaufen kamen, feuerten die beiden Mädchen los. Sie schossen gut und hatten gute Waffen. Während die eine schoss, lief die andere auf uns zu, um uns zu erwischen.

›Zurück‹, rief Månväder. Das Mädchen lief an unserer Seite, sie verfolgte uns und schoss hin und wieder. Als wir zurück nach Särna kamen, zeigte Månväder mir ein Kugelloch im Jackenärmel, aber er sagte nichts darüber, dass ich zu lange mit dem Schuss gewartet hatte.«

»Du hattest also fünf Patronen, um sie gegen den Feind einzusetzen«, sagt Gunnar. »Was hast du mit den anderen gemacht?«

Vagn schweigt einen Moment. Schließlich antwortet er:

»Wir standen unter schwerem Granatfeuerbeschuss am nächsten Tag, als wir Särna verließen. Wir zogen nach Norden und überquerten den Fluss auf einer Schwimmbrücke. Südlich von Idre stießen wir auf eine Patrouille, die loslief und sich versteckte, als sie uns entdeckte. Ich verfeuerte einen Schuss und dann noch einen davon, aber ich glaube nicht, dass ich getroffen habe. Als wir durch die Absperrung rings um die Festung gingen, wurde ich zu einer Patrouille rausgebracht, die einen Weg bewachen sollte, und ich hörte auf zu schießen. Drei Patronen befinden sich noch in der Büchse. Die soll Loffe zurückbekommen, wenn der Tag gekommen ist. Mir für meinen Teil reicht es jetzt mit der Kämpferei. Ich bin für so etwas nicht geschaffen.«

Anna legt beide Arme um ihn und drückt ihr Gesicht an seinen Hals.

»Dieses Mädchen, das du nicht erschossen hast, hat auch eine Mutter, die auf es wartet. Es können nicht alle zum Mörder werden.«

Da steht Elin auf und geht in ihr Zimmer. Sie zieht die Tür hinter sich zu, und als sie sich auf das Bett geworfen hat und auf dem Rücken liegt, bemüht sie sich, die Augen offen zu lassen.

Nach einer Weile steht sie auf und geht in Lisas Zimmer. Lisa liegt auf dem Fußboden vor der Bildwand. Als Elin die Tür öffnet, schaltet sie das Bild ab.

»Was machst du?«, fragt Elin.

»Ein Buch schreiben.«

»Darf ich bei dir sein?«

Lisa schüttelt den Kopf.

»Jetzt nicht, das, was ich schreibe, ist geheim.«

Elin geht hinaus und schließt die Tür. Lisa schaltet die Bildwand wieder ein und blättert zurück zum Anfang ihrer Geschichte. Sie gibt der Wand den Befehl, die Worte zu löschen, und dann fängt sie wieder von vorne an. Sie spricht mit leiser Stimme, fast flüsternd und die Bildwand fängt jedes Wort auf und die Worte erscheinen mit dezimetergroßen Abständen vor ihr:

»Es war einmal ein Mädchen, das in einem kleinen, kleinen Haus im Wald lebte. Es hatte eine kleine, kleine Mutter und einen kleinen, kleinen Vater und einen großen Hund. Eines Tages kam der Krieg.«

# 49

Anna hat am Gründonnerstag Geburtstag und Karin kommt angeritten, zusammen mit einem Mann, den sie als ihren Verlobten prä-
sentiert. Sie werden von einer bewaffneten Frau begleitet, die als ihr
Begleitschutz vorgestellt wird. Sie heißt Erika und hat rote Haare
und Sommersprossen wie Vagn.

Außer Karin und ihren Begleitern kommen auch Bullen-Olson
und seine Söhne und außerdem Åke mit Folke und zwei seiner
Töchter.

Åke bleibt nur kurz, weil er so viel zu tun hat mit all denjenigen, die
verletzt in ihren Häusern liegen. Aber Folke und die Töchter werden über Nacht bleiben und die Töchter sitzen auf je einer Seite
von Vagn und sehen beide so aus, als hätten sie vor, ihm so bald wie
möglich einen Heiratsantrag zu machen.

Karin hat einen mit Backpflaumen gespickten Schweinebraten,
selbst gebackenes Brot, eine große Tüte Pralinen und ein halbes
Kilo Kaffee mitgebracht. Ihr Verlobter, der nach Tabak riecht und
Nils heißt, hat ein Stück Renbraten und zwei Gläsern Orangenmar-
melade dabei, die Leibwächterin eine kleine Tüte Zucker.

Gunnar braucht die Krücke nicht mehr. Gerda ist bester Laune und
stellt ihr neuestes Können vor, jede Viertelstunde nach Mama zu
rufen. Es wird einiges an Schnaps getrunken und nachher sprechen
sie darüber, wie alles werden soll, jetzt, wo Frieden ist und das Leben wieder normal wird.

Nach dem Kaffee stillt Elin Gerda in ihrem Zimmer. Sie sitzt auf
dem Bett, als Karin anklopft und hereinkommt. Sie schließt die Tür
hinter sich und setzt sich neben Elin. Sie betrachtet Mutter und
Kind eine Weile, bevor sie das Wort ergreift:

»Alle haben das Video gesehen. Du bist eine Heldin.«

»Welches Video?«, fragt Elin, ohne den Blick von Gerda abzuwenden.

»Das Video.«

Elin blickt auf.

»Welches Video meinst du?«

»Das Video, auf dem zu sehen ist, wie du Ejan und Lassivar erschießt.«

Elin bleibt der Mund offen stehen.

»Aber das hat doch die Polizei?«

»Alle haben es gesehen.«

Elin runzelt die Stirn.

»Wie geht das denn?«

Karin zuckt mit den Schultern.

»Die Polizei hält nicht dicht. In diesem Fall haben sie angeblich eine schöne Summe kassiert. Das Video wurde gestern in den 12-Uhr-Nachrichten gezeigt.«

»Also haben alle gesehen, wie Papa mit der Borlänge-Gang gekämpft hat?«

»Ja.«

»Und alle haben gesehen, wie sie gestorben sind?«

»Ja.«

»Und alle haben gesehen, wie Lisa Sand isst?«

»Ja.«

Elin legt Gerda an die andere Brust.

»Meine Milch wird weniger«, sagt sie, den Blick auf das Kind gerichtet.

Gerda wimmert.

»Du bist jetzt für alle eine Heldin«, sagt Karin. »Morgen hat die ganze Welt das Video gesehen.«

»Aber du bist doch die Vorgesetzte der Polizei?«

»Ja.«

»Kannst du sie dann nicht zwingen, dass sie es nicht weitergeben?«

»Es wird schon überall gezeigt. Es gibt sogar eine Seite, die ›Elin Ministerpräsidentin!‹ heißt. Sie hat dreißigtausend Likes und sie ist erst seit einem Tag online.«

Elin gähnt und Karin legt den Kopf schief.

»Denk darüber nach.«

Elin klingt schroff.

»Worüber?«

»Was du in der Politik erreichen könntest.«

Elin schnaubt.

»Du findest, ich solle Ministerpräsidentin werden?«

Karin lächelt.

»Nicht ganz, aber du könntest schon etwas erreichen.«

»Was?«

»Wenn sich junge Menschen für Politik interessieren, wurden sie bisher viel zu häufig ganz unten in der Hierarchie der Partei platziert, während an der Parteispitze ein alter Mann oder eine alte Frau saß. Die Alten wollen nicht über Wertvorstellungen sprechen. Sie sind meistens nur an Macht interessiert. Junge Menschen sind überhaupt nicht an Macht interessiert, sie wollen hingegen oft über Werte und Wertvorstellungen sprechen. Die jungen Leute sind in den seltensten Fällen an politischen Debatten interessiert, die oft nur die Parodie eines Gesprächs darstellen. Im politischen Zusammenhang treffen junge Leute auf Typen, die reflexmäßig versuchen, einander misszuverstehen, die mit Fakten tricksen und die Sprache verdrehen.«

»Und das hast du nicht vor, jetzt, wo du Ministerin bist?«, fragt Elin spitz. Karin antwortet nicht, sondern setzt ihre Ausführung fort:

»Wenn ein Gespräch nicht lebendig bleibt, schalten die jungen Leute ab. Junge Menschen sind nicht unbedingt der Meinung, dass die Politik eine Arena ist, in der der eine rhetorische Siege einfährt und der andere verliert. Die Politik handelt von Dingen, die zu wichtig sind für diese Spielchen. Die Arbeit der Politiker handelt davon, wählen zu können, nicht nur für sich selbst, sondern für andere. Man setzt sein Vertrauen in die Politiker, damit sie Gesetze aufstellen können, die für viele gut sind. Als Führungsperson im Reichstag bist du Gesetzgeber.«

Karin holt Luft.

»Das Land braucht junge Menschen, die sich engagieren. Du würdest das perfekte Zugpferd sein. Du bist jung, du bist eine Heldin in den Augen der Leute und du bist schön wie ein Sommertag.«

Elin schnaubt.

»Ein schönes Zugpferd?«

»Du könntest dabei helfen, dieses mitgenommene Land in die rechten Bahnen zu lenken. Wenn die Bürger unter dreißig sich nicht um Politik kümmern, wenn sie glauben, dass sie keinen Einfluss haben und dass ihre Stimmen und Ansichten als unwesentlich angesehen werden, was passiert dann mit der Demokratie?«

Elin sieht skeptisch aus.

»Ist Politik ein Spiel?«

»Es ist ein ernstes Spiel, das ein gutes Leben und die Gesundheit der Menschen kosten kann, wenn es aus dem Ruder läuft.«

»Es geht doch bei allem nur um Macht.«

»Natürlich geht es um Macht, aber auch um viele andere Dinge.«

»Zum Beispiel?«

»Den Einsatz für Chancengleichheit, den Einsatz für eine Zukunft, den Einsatz für das Leben, das Gerdas werden soll. Hast du schon mal den Ausdruck gehört: Frage nicht, was dein Land ...«

»Nein.«

»Frage nicht, was dein Land für dich tun kann, sondern frage, was du für dein Land tun kannst.«

Elin schnaubt verächtlich.

»Klingt nach einer Floskel.«

»Das ist politische Rhetorik, aber für uns hier ist es Realität. Zusammen sind wir viele, die sich fragen sollten, was wir für unser Land und unsere Welt tun können.«

Elin schüttelt den Kopf.

»Ich hatte nie eine Arbeit, ich weiß nichts über Politik und kapiere nicht, warum ich ein Zugpferd sein soll. Großvater hat mir Englisch beigebracht, Mama Mathe, Physik und Chemie und Papa ein bisschen Geschichte. Ich weiß so gut wie nichts.«

»In den Augen vieler Menschen bist du eine Heldin. Sie glauben, dass du auch in anderen Zusammenhängen genau weißt, was getan werden muss, dass du tatkräftig bist, dass du auf dieselbe Weise helfen kannst, wie du ein paar Brutalos losgeworden bist, die einen ganzen Landstrich terrorisieren, während die Polizei einfach weggesehen hat.«

»Du findest also, dass es richtig von mir war, zwei Menschen zu töten, während ihr Sohn zusieht?«

»Als deine Freundin finde ich, dass du getan hast, was getan werden musste. Es wird natürlich bald zu einem Gerichtsverfahren kommen, aber es liegt ein Video vor und damit Beweismaterial, das es unmöglich machen wird, vor Gericht für die, die du erschossen hast, eine Verteidigung aufzubauen.«

»Also du findest, dass es richtig von mir war?«

»Ich bin der Meinung, dass man das Gesetz nicht in die eigene Hand nehmen sollte. Und ich finde nicht, dass man Verbrecher töten soll, die eine Bedrohung darstellen. Man muss erwarten können, dass ein Rechtsstaat seine Bürger schützt und Kriminelle hinter Gitter bringt. Aber in diesem Fall war die Lage sehr speziell. Es war keine Polizei vor Ort. Es herrschte Kriegszustand. Ohne dein Eingreifen hätte etwas noch Schlimmeres passieren können.«

»Du findest also nicht, dass ich eine Mörderin bin?«

»Nein.«

Elin legt Gerda an die andere Brust und das Kind trinkt weiter.

»Da ist noch eine andere Sache«, sagt Karin.

»Was?«

»Was ist in der Festung passiert?«

Elin antwortet nicht und Karin steht auf.

»Vielleicht ist das etwas zu viel jetzt und wir müssen uns eins nach dem anderen vornehmen. Aber wir müssen dem nachgehen, was dir in der Festung passiert ist.«

»Sie haben mich unter Drogen gesetzt«, sagt Elin. »Und sie haben versucht, Gerda zu vergiften.«

»Womit?«

»Eine Frau, die ich getroffen habe, hat von LSD gesprochen.«

Karin nickt.

»LSD war Teil des Programms, um die Menschen mürbe zu machen. Ich habe es mehrere Male bekommen. Sie hatten es mit Amphetamin gestreckt, damit ich nicht schlafen kann. Dann haben sie mich verhört.«

Karin geht zur Tür. In der Türöffnung dreht sie sich noch einmal um und fragt Elin, ob sie möchte, dass sie die Tür schließt.

»Wie viele hast du getötet?«, fragt Elin.

Karin wirft ihr einen Blick zu, geht hinaus und schließt die Tür hinter sich, so vorsichtig, dass es kaum zu hören ist.

Dann öffnet sie sie wieder, kommt herein, schließt sie von innen und zieht einen Stuhl zu Elin heran. Sie setzt sich.

»Du denkst an Harald?«

Elin nickt. »Hast du Gerdas Vater umgebracht?«

»Wir wurden verfolgt, manche von uns wurden erschossen, andere gefoltert. Wir haben Widerstand geleistet. Die Entscheidungen, die ich getroffen habe, waren nur zu Anfang taktischer Natur. Später wurden die taktischen Entscheidungen von anderen gefällt und meine Rolle war es, strategische Entscheidungen zu treffen. Ja, ich war dabei, und ja, ich habe entschieden, dass Gewalt gegenüber den Waldleuten und Nils Dacke mit Gewalt beantwortet werden sollte. Ich habe Entscheidungen getroffen, die dazu führten, dass Menschen starben. Wir wurden getötet und wir haben mit Töten geantwortet, aber ich habe Harald nicht umgebracht. Diesen Beschluss hat jemand anderes getroffen.«

»Wenn du es hättest verhindern können, hättest du es getan?«

Karin seufzt.

»Ich hätte es nicht gekonnt.«

»Du warst die Anführerin der Guerilla.«

»Die Aufgabe der Führung ist es, dafür zu sorgen, dass die Organisation ihren Zielen und Aufgaben treu bleibt. Wir wollten einen kriminellen Ministerpräsidenten stürzen und die Demokratie wieder aufbauen. Wir waren bereit, die Gewalt, die als notwendig angesehen wurde, anzuwenden, aber die Entscheidung, dass Harald zum Schweigen gebracht werden soll, war nicht meine. Sie wurde aus taktischen Gründen gefällt. Er starb, weil entschieden wurde, dass er ein Risiko darstellt.«

»Ich verstehe nicht, wovon du redest. Taktische Gründe, glaubst du, das interessiert mich? Harald wurde ermordet.«

»Die strategischen Beschlüsse sind übergeordnet und es kann sich dabei um politische als auch um militärische Aktionen handeln. Bei den taktischen Beschlüssen handelt es sich um begrenzte Einsätze, die Abhilfe in bestimmten Situationen schaffen sollen. Der Beschluss, Harald zum Schweigen zu bringen, wurde vom Sicherheitchef dieses Gebiets getroffen.«

»Und das war?«

»Das musst du nicht wissen.«

»Ich will es wissen.«

Gerda ist satt und wendet sich mit verschlafenen Augen von der Brust ab. Karin streckt eine Hand aus und Gerda umklammert ihren Daumen.

»Politik ist nicht immer schön. Das Ziel kann noch so erstrebenswert sein, der Weg ist gesäumt ...«

»... von Toten.«

Karin antwortet nicht sofort, aber dann sagt sie:

»Ja, in gewissen Situationen, wenn viele Schutz benötigen.«

»Und du möchtest, dass ich mich der Regierung anschließe, und gleichzeitig findest du, ich solle nicht nachforschen, wer Harald ermordet hat?«

»Wer in die Politik geht, kann etwas verändern. Im schlimmsten Fall zum Schlechteren, im besten Fall zum Besseren. Lass uns uns darauf einigen, dass du etwas verändern kannst, vielleicht, dass weniger Kinder ohne Vater oder Mutter aufwachsen müssen. Würde das nichts zählen?«

»Wer hat Harald umgebracht?«

»Wenn du in die Politik gehst, wirst du ihm vielleicht eines Tages begegnen.«

»Es ist also ein Mann?«

Karin steht auf.

»Du kannst etwas ausrichten!«

Elin ruft:

»Was für eine Floskel!«

Gerda fängt an zu schreien und Karin verlässt das Zimmer.

# 50

Am Tag darauf, als Elin Gerda gerade badet, erscheint Yasmin auf der Bildwand. Anna übernimmt das Baden und Elin geht hinaus in die Küche. Lisa setzt sich auf ihren Schoß.

»Hallo, Elin!«, ruft Yasmin. »Ich seh' dich gar nicht!«

»Ich muss die Kamera anmachen«, antwortet Elin und greift nach der Fernbedienung.

»Jetzt sehe ich dich! Wer sitzt denn da auf deinem Schoß?«

Elin beugt sich vor, legt ihre Wange an Lisas Wange und Lisa antwortet:

»Ich heiße Lisa.«

»Hallo, Lisa! Ihr seht euch aber ähnlich, ihr zwei Hübschen! Schön, dich wiederzusehen, Elin!«

»Finde ich auch, Yasmin. Toll, dass du deinen Job zurückhast. Ich hab dich jeden Abend gesehen.«

Yasmin beugt sich vor, als würde sie versuchen, näher zu kommen.

»Ich möchte dich interviewen.«

»Warum?«

»Du hast das Video gesehen, oder?«

»Ja.«

»Bald sind es hunderttausend, die wollen, dass du Ministerpräsidentin wirst. Kann ich heute Nachmittag vorbeikommen?«

Elin zögert die Antwort hinaus.

»Wie willst du herkommen?«

»Der Nachrichtensender ordert einen Hubschraubertransport. Ich könnte in einer Stunde da sein.«

»Ich weiß nicht, ob ich interviewt werden möchte. Was wirst du fragen?«

»Nicht so viel, eher ein Bild davon vermitteln, wie du lebst, damit die Leute begreifen, dass du eine ganz normale junge Frau bist und keine Killermaschine, die Gangster durch Schießscharten erschießt.«

»Wofür soll das gut sein?«

»Was du tust und wie du lebst, ist von allgemeinem Interesse. Erinnerst du dich, als wir über einen Scoop gesprochen haben?«

»Ich muss meinen Vater fragen.«

Yasmin streicht sich eine Haarsträhne aus der Stirn.

»Ich melde mich in einer halben Stunde wieder. Währenddessen bestelle ich den Hubschrauber.«

Dann schaltet sich die Wand ab.

»Was will sie?«, fragt Lisa.

»Ein Interview machen.«

Lisa nickt.

»Sie kann mich auch interviewen.«

»Zu was?«

»Dazu, was ich von den Wildschweinen halte.«

Elin schiebt Lisa von ihrem Schoß und geht zu Gunnar ins Zimmer.

»Wer war das?«

»Yasmin, die mit mir zusammen in Idre war. Sie will mich interviewen.«

»Und du kannst dich nicht entscheiden, ob du das willst oder nicht?«

»Genau.«

»Was spricht dafür, dass du es machst?«

Elin denkt einen Moment nach.

»Eigentlich nichts, außer, dass ich Yasmin helfen würde. Sie möchte so gern, dass ihr ein Scoop gelingt.«

»Und was sind die Gründe, weswegen du es nicht machen möchtest?«

»Es macht alles nur schlimmer.«

»Was?«

»Die Aufregung. Ich will meine Ruhe haben.«

Gunnar denkt einen Augenblick nach, bevor er antwortet:

»Was du auch tust, sie werden ein Auge auf dich haben. Karin hat dich in ihre Pläne für deine politische Karriere eingeweiht, oder?«

Elin wird rot im Gesicht und hebt die Stimme:

»Glaubt sie etwa, dass sie Pläne für mich machen kann?«

»Es klingt ganz danach.«

Elins macht große Augen und sperrt den Mund weit auf.

»Erst sorgt sie dafür, dass der Vater meines Kindes getötet wird, und jetzt macht sie Pläne für mich! Wie krank ist sie eigentlich?«

»Sie glaubt, dass du eine Zukunft in der Politik hast.«

Lisa kommt angelaufen.

»Karin will mit dir reden!«

Elin geht hinüber in die Küche, setzt sich an den Küchentisch und Lisa setzt sich auf ihren Schoß. Karin sitzt an einem Computer, von der Kamera abgewandt.

»Hallo, Karin!«, sagt Elin.

»Hallo, Karin!«, ruft Lisa und winkt.

Karin dreht sich auf dem Stuhl. Sie hat ein weißes T-Shirt an, auf dem *I'll be back …* steht, und ihre Haare sind zu einem Pferdeschwanz gebunden.

Sie lehnt sich vor und stützt die Ellenbogen auf den Tisch auf.

»Du wirst von verschiedenen Medienanstalten kontaktiert werden, inklusive BBC und Deutscher Rundfunk. Manche werden Fragen dazu stellen, was du darüber denkst, dass man eine Seite eingerichtet hat, wo man dich als Ministerpräsidentin haben möchte. Andere werden dich darum bitten, das Gerücht zu bestätigen, dass du für den Reichstag kandidieren wirst. Ich möchte nur sagen, dass nicht wir diejenigen waren, die das Gerücht verbreitet haben.«

»Wir?«

»Die Zukunftspartei.«

»Warum erzählst du mir das?«

»Ich erzähle es, weil du in diesem Moment präsenter bist als irgendjemand anderes, Gunnar vielleicht ausgenommen. Sie werden sich sicherlich auch an ihn wenden, aber du bist am interessantesten.«

»Warum sollte ich interessanter sein? Papa war in eine Messerstecherei verwickelt und hat seine Familie verteidigt.«

»Du bist jung und hübsch und hattest den Mut, im richtigen Moment zu handeln. Als du auf dem Video aus dem Haus herausgelaufen kommst, begreift man, dass du die Situation gerettet hast. Du bist diejenige, über die sie mehr wissen wollen. Darf ich dir einen Rat geben?«

Elin runzelt die Stirn und antwortet erst nach einer Weile:

»Klar, nur zu.«

Karin sieht erfreut aus.

»Sie werden mit ihren Kameras Schlange stehen, oben auf dem Berg bei Liden. Sie werden dir Geld bieten und Reisen nach Berlin, Paris und London versprechen. CNN hat das Video gestern Abend gezeigt. Die größten Modehäuser sitzen vermutlich in genau diesem Augenblick zusammen und diskutieren darüber, wie viel sie dir bieten müssen, um dich in ihrer nächsten Kampagne zu haben. Man wird sehr viel Geld auf den Tisch legen.«

»Und dein Rat?«

»Bleib auf dem Teppich.«

»Was meinst du damit?«

»Keiner von denen, die jetzt zu dir kommen, meint dich persönlich. Sie kommen nicht wegen der Politik oder wegen der Menschen in unserem Land. Sie kommen wegen des eigenen Gewinns und wollen dich ausnutzen. Wenn sie Geld versprechen, bedeutet es, dass sie dich als Goldgrube ansehen. Wenn sie Ruhm versprechen, ist der Plan, dass dieser auf sie selbst abfärben soll. Sie werden dich mit

Haut und Haar vereinnahmen und wir wissen beide, was einer Beute passiert, wenn sie vertilgt ist. Sie kommt wieder heraus und riecht selten gut.«

Lisa nimmt eine Bürste vom Tisch und gibt sie Elin, die Lisas Haare bürstet und dann ihre Blasen am Daumen betrachtet.

Karin beugt sich vor.

»Verstehst du, was ich sage?«

Elin drückt auf die größte, mit Flüssigkeit gefüllte Blase.

»Ich weiß überhaupt nichts mehr. Was soll ich machen?«

»Soll ich dir einen Vorschlag machen?«

»Ja.«

»Gib ein einziges Interview. Gib diesem einen Interviewpartner das Exklusivrecht und sag Nein zu allen anderen. Bald werden sie merken, dass du es ernst meinst, und verschwinden.«

Elin blickt auf und kneift die Augen zusammen.

»Hast du mit Yasmin gesprochen?«

»Ja.«

»Habt ihr das etwa alles schon vereinbart?«

»Wir haben über die Sache gesprochen.«

»Warum?«

»Yasmin wollte mich interviewen, weil ich bald Justizministerin werde und du zwei Mitglieder einer Gang erschossen hast, die die Polizei lange Zeit hat schalten und walten lassen. Wir haben auch über andere Dinge gesprochen, und Yasmin machte sich Sorgen, dass du ausgenutzt werden könntest.«

»Ich glaube, ich verstehe, wie euer Gespräch geendet hat«, sagt Elin säuerlich. »Ihr habt euch geeinigt, dass es das Beste wäre, wenn Yasmin das Exklusivrecht zu einem Interview mit mir bekommt und ich mich ansonsten zurückhalte, bis sich der Sturm gelegt hat.«

»Das ist ungefähr das, was wir uns dachten.«

Elin wird laut.

»Ihr beide sitzt in der Festung und plant, was ich tun soll. Ihr kommt zu dem Schluss, dass es das Beste für mich ist, wenn ich nicht nach Paris, Berlin oder London fahre, Unmengen Geld verdiene und eine Modelkarriere starte. Erst ebnet ihr mir den Weg, und dann legt ihr mich darauf, überfahrt mich mit einer Dampfwalze, bis ich so platt bin, dass ich kaum mehr zu erkennen bin, wenn man mich gegen das Licht hält. Ob ihr mich in einem späteren Stadium noch für irgendetwas gebrauchen könnt, lässt sich noch nicht sagen, aber ich kann es mir vorstellen. Es wird euch wohl kaum um mich oder meine Zukunft gehen, wenn ihr euch ausdenkt, wie ich mein Leben leben soll.«

Karin klingt müde.

»Es ist Ewigkeiten her, seit jemand von einer Dampfwalze überrollt wurde. Die Walze, die auf dem Parkplatz vor meinem Fenster herumfährt, ist gasbetrieben.«

Elin schnaubt.

»Sich Wortspiele auszudenken ist einfach, schwerer ist es, sich zu beherrschen, wenn man weiß, was man will, und vielleicht nicht behandelt werden möchte wie eine Marionette, an deren Schnüren die eigene Tante und eine Freundin ziehen.«

»Mach, was du möchtest, aber wenn ich du wäre, würde ich mich an Yasmin halten. Sie ist ausgesprochen ehrenwert und das kann man nicht von allen Journalisten behaupten. Sie ist außerdem deine Freundin und sie mag dich. Sie wird dich gut behandeln, auch wenn du nicht das große Geld damit verdienen wirst. Das Angebot für eine Modelkarriere wirst du auf jeden Fall bekommen.«

Elin legt die Bürste hin.

»Danke für deinen Rat.«

Karin schaltet das Bild ab und Elin schiebt Lisa von ihrem Schoß, steht auf und setzt sich zu Gunnar auf die Bettkante.

»Wie geht's deinem Bein?«

»Ich kann schon ein Stück ohne Krücke gehen. Soll ich es dir zeigen?«

»Ja.«

Gunnar steht auf und wankt vom Bett zur Tür und wieder zurück.

»Sieht aus, als täte es weh«, sagt Elin.

»Sicher, aber was soll man erwarten? Zwei Messerstiche, ich habe überlebt. Was sagt Karin?«

Elin berichtet und Gunnar fragt, was sie tun will. Elin denkt einen Moment nach, bevor sie antwortet. Während sie nachdenkt, zupft sie an der rechten Hand herum.

»Ich werde Yasmin das Interview machen lassen. Zu den anderen sage ich Nein.«

Gunnar nickt.

»Das klingt gut. Du bist erst siebzehn und hast das Leben vor dir. Du musst nicht die ganze Welt auf einmal erobern.«

Lisa kommt ins Zimmer herein, die Haarbürste in der Hand. Sie bürstet ihre Haare mit langen Zügen.

»Ich finde, du solltest im Reichstag sein«, sagt sie mit Nachdruck.

»Warum?«, fragt Elin.

»Du solltest dafür sorgen, dass die Wildschweine ausgerottet werden.«

»Würdest du für mich stimmen, wenn ich versprechen würde, sie auszurotten?«

Lisa nickt heftig.

»Alle würden für dich stimmen, wenn du versprichst, die Schweine auszurotten. Vanjas Vater und Mutter, ihre ganze Gemeinde, Vagn, Papa, Mama, Åke, alle, die wir kennen. Alle hassen Schweine. Ich verstehe nicht, warum Gott sie geschickt hat.«

»Bist du sicher, dass es Gott ist, der sie geschickt hat?«

»Vanjas Mutter sagt das. Früher hat er Heuschrecken geschickt. Jetzt schickt er Wildschweine. Halleluja!«

Dann dreht sie sich um und geht in ihr Zimmer.
»Wann hat sie dieses Halleluja angefangen?«, fragt Elin.
»Sie hat einen Gottesdienst auf der Bildwand angesehen. Danach hat sie mit Vanja und einem anderen Mädchen aus der Gemeinde gesprochen.«
Lisa ruft aus ihrem Zimmer:
»Halleluja!«
»Sie weckt Gerda«, seufzt Elin und steht auf.

Als die Sonne im Süden steht, landet ein Hubschrauber oben auf dem Berg. Lisa behauptet, dass es eine Heuschrecke ist, und sie schmiert sich das Gesicht mit Sonnencreme ein, setzt eine Sonnenbrille und einen breitkrempigen Hut auf und geht nach draußen, um zu gucken. Elin steht daneben und hält ihre Hand.
Dann kommt auch Anna mit Gerda auf dem Arm nach draußen.
Als Yasmin, der Fotograf und der Maskenbildner auf sie zukommen, der Hubschrauber abhebt und gen Westen verschwindet, hält Anna Gerda die Ohren zu.
Yasmin winkt schon, als sie den Hang herunterkommt. Sie hat eine schwere Tasche in der einen Hand und eine kleinere an einem Riemen über der Schulter. Sie stellt die schwere Tasche ab und wirft sich Elin in die Arme. Yasmins Jeans ist sehr eng, die helle Kunstlederjacke sieht neu aus, die Lippen sind blutrot, der Lidschatten satt und ihre langen Haare glänzen
»Ich hab dich lieb, Elin!«, flüstert sie, während sie sich umarmen.
Dann wendet sie sich Anna zu und sagt ihren Namen. Anna antwor-

tet, dass es nicht nötig ist, dass sie sich vorstellt, da ja alle wissen, wer Yasmin ist, schließlich sehen sie sie jeden Abend auf der Bildwand. Yasmin hält ihren Kopf Gerda hin, die lacht und nach ihren Haaren greift.

»Sie erkennt mich wieder!«, flüstert Yasmin, und als sie sich zu Elin umdreht, hat sie Tränen in den Augen.

»Nina«, stellt sich die Fotografin vor, eine Frau mit Tätowierungen auf den Händen, flacher Brust, ungeschminkten Lippen und kurzem Haar. Der Maskenbildner ist ein sehr dünner Mann mit grünen Kunstlederstiefeln und drei Goldketten. Er hat einen Irokesen-Haarschnitt und das Gesicht ist entweder sonnengebräunt oder stark geschminkt. Oder vielleicht beides.

»Leffe«, sagt er.

Dann begrüßt er die anderen und sie gehen hinein.

Anna hat Tee und Kekse vorbereitet und sie sprechen darüber, wann Wongs wieder öffnen wird. Leffe hat eine Tasche dabei, in der Lebensmittel sind. Yasmin stellt sie auf die Spüle und sammelt das zusammen, was in den Kühlschrank soll.

»In der Festung kann man alles kaufen. Grundnahrungsmittel sind rationiert, damit wir da oben Zustände haben, die denen der normalen Leute ähneln. Luxusartikel sind von der Rationierung ausgenommen, weil die meisten sowieso nicht genug Geld haben, um sie zu kaufen. Sollen wir darüber sprechen, was ich mir vorstelle, während wir dein Zimmer ansehen?«

Im Flur begegnen sie Gunnar. Yasmin fragt, wie es ihm geht und ob er das Messer an sich genommen hat, mit dem er niedergestochen worden ist. Gunnar sagt, dass er es in die Werkzeugschublade gelegt hat, dass es geschliffen werden muss, denn es sei kein besonders scharfes Messer, und dass man daran Stümper erkennen würde: Sie haben Messer, aber sie sind stumpf.

Elin und Yasmin gehen in Elins Zimmer und Yasmin berührt Skarphedens Messer, das an einem Nagel an der Wand hängt. Dann zeigt sie auf die Gitarre.

»Es wäre toll, wenn du etwas spielen könntest.«

Sie wirft Elin einen erwartungsvollen Blick zu.

»Ich weiß nicht, ob ich das will«, sagt Elin und zieht die Worte in die Länge.

»Es würde sicher sehr natürlich wirken. Hast du nicht gesagt, dass du daran denkst, auf eine Musikschule zu gehen?«

»Doch.«

»Dann ist es doch erst recht natürlich, wenn du spielst? Wir können dich mit der Gitarre filmen und anschließend hört man deine Musik nur im Hintergrund. Kannst du etwas spielen, das du selbst geschrieben hast?«

»Kann ich, aber ich weiß nicht ...«

Yasmin geht zu Gerdas Bett und tippt einen roten Holzvogel an, der an einer Schnur hängt.

»Ich möchte auch Kinder haben«, sagt sie und dreht sich zu Elin um. »Weißt du, wie viel Glück du hast?«

»Ich glaube schon«, antwortet Elin.

Als sie aus dem Zimmer herauskommen, treffen sie auf Vagn, der verschlafen aussieht.

»Vagn arbeitet nachts«, erklärt Elin. »Deshalb sieht er so frisch aus.«

Vagn verzieht die Mundwinkel zu einem schiefen Lächeln und Yasmin gibt ihm die Hand.

»Ich habe viel von dir gehört.«

»Ich habe dich auf der Bildwand gesehen«, sagt Vagn und verschwindet im Badezimmer.


Yasmin möchte die ganze Geschichte erzählt bekommen, wie Elin festgenommen und zusammen mit Gerda zur Festung gebracht wurde, sie will alles über das Eingesperrtsein hören, über die Flucht,

Idrefjäll, Särna und den Heimweg. Das Interview dauert drei Stunden. Yasmin sagt, dass die Reportage am Ende fünfzehn Minuten lang sein wird, wenn sie fertig ist.

Als sie das Interview beendet haben, will Yasmin Bilder von Elin auf dem Pferd haben. Elin sattelt Black und Yasmin bittet sie, auf das Haus zuzureiten. Später möchte sie, dass Elin die Armbrust holt und sie über dem Rücken trägt, während sie mit Black den Hang hinaufreitet.

Sie sind erst fertig, als schon die Sonne im Westen untergeht, und die letzten Fotos von Elin zu Pferd werden geschossen, als sie oben auf dem Berg entlangreitet, den Sonnenuntergang im Hintergrund.

»Wunderbar«, flüstert Leffe, als er Elin vor der letzten Aufnahme schminkt.

Leffe und Nina beschweren sich, dass sie Hunger hätten. Gunnar hat belegte Brote mit italienischem Schinken und Mandarinen aus der Dose vorbereitet, und alle essen so schnell, dass ihnen der Mandarinensaft übers Kinn tropft.

»Morgen Abend senden wir«, sagt Yasmin, den Mund voller Essen. Und während Leffe und Nina die Taschen den Berg hinauftragen, sitzt sie mit Elin allein am Küchentisch.

»Ich habe drei Seiten erstellt. Auf der einen heiße ich Yasmin. Da habe ich zweitausend Follower. Das Ganze ist reine Eigenwerbung. Ich stelle mich so dar, wie die Leute wollen, dass ich bin. Dann habe ich ein Konto, wo ich Yassy heiße. Das ist nur für meine nächsten Angehörigen. Da bin ich fast ich selbst. Wenn du mich kontaktieren willst, ist das der einfachste Weg.«

Sie lacht, verschluckt sich, hält eine Hand vor den Mund und räuspert sich.

»Eine dritte habe ich auch noch. Da heiße ich Jizzi. Ich trage eine Perücke und Leffe hat mich bis zur Unkenntlichkeit geschminkt. Als Jizzi bin ich spärlich bekleidet und rede über Sex mit denen, die so was wissen wollen. Ich tue so, als hätte ich jede Menge Erfahrung und vor allem eine besondere Vorliebe: Ich stehe auf große, behaarte Männer, die unter dem Ledermantel nichts anhaben, Männer in Stiefeln und Frauen mit hohen Absätzen und Peitschen, ich mag es, wenn man raucht und mir den Zigarettenrauch mitten ins Gesicht bläst. Ich möchte, dass schöne Frauen meine Füße küssen, während ich mir die Lippen schminke. Solche kleinen Eigenheiten.«

Elin runzelt die Stirn.

»Aber magst du das alles wirklich?«

Yasmin lacht.

»Natürlich nicht. Ich bin ziemlich prüde, aber als Jizzi habe ich achttausend Follower und ich habe ein Mädchen angestellt, die auf alle Fragen antwortet. Nur wenige wissen, dass ich das bin.«

»Aber«, sagt Elin, die Stirn in Falten, »wenn niemand weiß, dass du das bist, warum machst du es dann? Und warum hast du eine Angestellte, die Fragen für dich beantwortet? Wo ist der Sinn?«

»Das gehört zu den Sachen, die man tun muss, um mitzumischen in unserer Welt. Eines Tages wird jemand dahinterkommen und dann kann ich mich zu erkennen geben, etwas peinlich berührt vielleicht. Dann werde ich sagen können, dass vielleicht nicht alles stimmte, aber dass es für eine gute Sache war.«

»Welche Sache meinst du?«

»In gewisser Weise darauf hingewiesen zu haben, dass es ganz viele unterschiedliche Menschen da draußen gibt und dass die Wünsche und Bedürfnisse unendlich sind. Es ist eine Art Wohltätigkeitsarbeit.«

»Wohltätigkeit?«

»Niemand muss sich ausgeschlossen fühlen. Alle sollen sich zu Hause fühlen. Es gibt für jeden Einzelnen einen Platz.«

»Nicht für alle«, sagt Elin mit Nachdruck.

»Wen möchtest du ausschließen?«, fragt Yasmin.

»Die, die Gerda und mich auf die Festung gebracht haben, und die, die sagen, dass sie andere Leuten aufschlitzen wollen. Für die gibt es keinen Platz in meiner Welt.«

»Das müssen wir mit drin haben!«, sagt Yasmin. »Das musst du noch mal direkt in die Kamera sagen.«

Als die Sendung gezeigt werden soll, sitzt Lisa auf Annas Schoß und Vagn und Gunnar sitzen daneben. Elin ist in ihrem Zimmer und Gunnar tritt an die Tür, klopft und steckt den Kopf ins Zimmer. Elin liegt mit Gerda auf dem Bett.

»Es fängt jetzt an«, sagt er.

»Mir egal.«

»Aber es handelt von dir.«

»Ich will es nicht sehen.«

»Komm schon, Mama hat Tee gemacht.«

»Ihr könnt ja hinterher erzählen.«

Gunnar seufzt, nimmt den Kopf aus der Tür und schließt sie wieder. Als die Sendung vorbei ist, kommt Lisa herein.

»Du warst toll!«, platzt sie heraus. »Du kommst auf Black angeritten und weißt alles. Ich kann kaum fassen, dass ich eine Schwester wie dich habe! Du bist eine Heldin und alle wissen es!«

»Ich bin vielleicht nicht so wie in dem Film?«, wirft Elin ein.

»Natürlich bist du so wie im Film, wie hätten sie das sonst filmen können.«

»Sie können genau das daraus machen, was sie wollen. Das bedeutet nicht, dass ich tatsächlich so bin.«

»Du warst so, wie du sonst bist«, behauptet Lisa. »Nur hübscher. Der dich da geschminkt hat, weiß, was er tut. Ich wünschte, er würde mich auch mal so schminken.«

Sie ist eine Weile still, bevor sie ihren Gedanken weiterführt:

»Obwohl Vanjas Mutter sagt, dass man zufrieden sein muss mit dem Gesicht, das man abgekommen hat, und nicht versuchen sollte, Gottes Werk zu verbessern.«

Sie schweigt wieder einen Moment und dann sagt sie:

»Aber ein kleines bisschen Verbesserung ist ja wohl erlaubt? Puder und Lidschatten. Ich möchte grüne Wimperntusche, das würde doch toll aussehen, oder?«

»Super«, sagt Elin. »Besonders wenn es ein dunkles Grün ist.«

Etwas später ist Yasmin auf der Bildwand und Elin sitzt am Küchentisch.

»Alle fanden es gut«, sagt Elin. »Du kannst stolz sein.«

»Wie hat es dir gefallen?«

»Großartig«, lügt Elin.

»Du bist so hübsch, wenn du auf den Sonnenuntergang zureitest.«

»Sehr hübsch.«

»Alle sagen, dass du wundervoll aussiehst.«

»Dank Leffe.«

»Das ist nicht sein Verdienst. Deine Schönheit kommt von innen.«

»Das ist doch Quatsch!«

»Das stimmt.«

Elin lacht.

»Absoluter Quatsch.«

»Aber bist du zufrieden?«

»Klar, und Lisa ist völlig hingerissen, meine Mutter auch.«

»Was sagt Vagn?«

»Er ist ein bisschen skeptisch, aber so ist er. Er ist allem gegenüber erst mal skeptisch. Das ist seine Lebenshaltung. Er glaubt, dass man hinters Licht geführt wird, wenn man nicht skeptisch ist.«

Etwas später meldet sich BBC und ein französischer Kanal. Anna spricht mit ihnen und sagt, dass Elin keine weiteren Interviews gibt. Auch Journalisten vom Dala-Demokrat melden sich, aber Anna behauptet, dass Elin keine Kraft hat für mehr.

Die Bildwand geht an, als sich gerade alle hingelegt haben. Anna steht auf und nimmt an, dass es eine weitere Zeitung oder ein Fernsehsender ist.

Aber es ist jemand anderes.

»Ich heiße Skarpheden«, sagt der Mann, dessen unrasiertes und sonnengebräuntes Gesicht jetzt in der Nahaufnahme erscheint. »Elin hat ein Messer von mir geliehen.«

»Sie schläft schon.«

»Vielleicht kann sie sich bei mir melden? Ich bin gerade unterwegs und werde übermorgen bei Wongs vorbeikommen.«

An dieser Stelle des Gesprächs erscheint Elin in Unterhose und Haralds Hemd.

»Hallo«, sagt sie und setzt sich an den Küchentisch. Anna bleibt an der Spüle stehen und tut so, als würde sie etwas zusammenräumen, während sie mit einem Auge verfolgt, was auf der Bildwand passiert.

»Ich bin übermorgen bei Wongs zwischen zwei Bussen. Können wir uns treffen und du gibst mir das Messer zurück?«

»Das geht, wenn es mir gelingt, mich zwischen den Journalistenhorden durchzukämpfen. Wenn ich es selbst nicht schaffe, schicke ich meinen Bruder.«

»Wenn dein Bruder kommt, könnte er vielleicht ein Extrapferd mitbringen, damit ich dich kurz treffen kann? Es gibt da eine Sache, die du wissen solltest, falls du noch einmal nach Idre kommst.«

»Ich frage Vagn.«

»Meld' dich dann morgen.«

Dann wird die Wand dunkel.

»Hübscher Junge«, sagt Anna und stellt eine Teetasse in den Schrank. »Was hast du gesagt, wie er heißt?«

»Skarpheden.«

»Ungewöhnlicher Name.«

»Sein Vater ist Norweger und die Mutter aus Island, oder umgekehrt. Es ist ein Name aus einer Saga.«

»Er ist sagenhaft gut aussehend, so viel steht fest. Wo bist du ihm begegnet?«

»Er hat mich und Gerda in Idre aufgenommen.«

Elin geht zu Vagn hinüber, der am Computer sitzt und mit jemandem fachsimpelt. Elin bleibt an den Türrahmen gelehnt stehen. Das Gesicht auf dem Bildschirm ist verzerrt und die Stimmen bilden ein Echo. Es lässt sich nicht sagen, ob es ein Mann oder eine Frau ist, mit der Vagn spricht.

»Darf ich stören?«, flüstert Elin.

Vagn bittet seinen Gesprächspartner zu warten und dreht sich auf dem Stuhl zu ihr. Er nickt Elin zu und deutet mit geöffneten Handflächen an, dass er zuhört.

»Falls ein Haufen Journalisten herkommt, die es mir schwer machen hinauszugehen ...«

»Sie sind schon auf dem Weg«, behauptet Vagn.

»Aber wenn es so viele werden, dass ich übermorgen nicht hinauskann?«

»Was dann?«

»Könntest du dann zu Wongs reiten und ein Pferd mitnehmen, damit Skarpheden herkommen und sein Messer zurückbekommen kann?«

»Ich kann das Messer mitnehmen, dann muss er nicht herreiten.«

»Ich möchte, dass er herkommt. Könntest du das machen?«

»Ich nehme es an. Ab heute hat Wongs wiedereröffnet, ich könnte also auch einkaufen.«

»Danke!«

»Da ist noch etwas«, sagt Vagn und verspricht seinem Gesprächspartner, dass er wiederkommt. Er macht den Bildschirm aus und rollt mit dem Drehstuhl auf den fünf Rollen an Elin heran. Er sitzt jetzt breitbeinig mit aufgeknöpftem Hemd da. Elin kann seinen Schweißgeruch wahrnehmen.

»Was?«

»Karin will dich mit im Reichstag haben, stimmt's?«

Vagn fährt sich mit gespreizten Fingern durch die karottenroten Haare und Elin schüttelt den Kopf.

»Das ist so dämlich, dass …«

»Im Gegenteil, es kann gut werden.«

»Was meinst du?«

»Es gibt ein System, das nach der Wahl eingeführt werden soll. Es heißt CLAP und ist so konstruiert, dass wir uns selbst überwachen werden, ohne es zu merken.«

»Wie wenn sie nachverfolgen, was wir im Netz machen?«

Vagn schüttelt den Kopf und bedeutet Elin mit gekrümmtem Zeigefinger, näher zu kommen. Elin betritt das Zimmer und macht die Tür hinter sich zu.

»CLAP steht für *Creativity, Lifebits, Art* und *Patterns*. Wir werden alle mit einem Gerät ausgestattet werden, am Anfang eine Brille, später Linsen, noch später ein robotisiertes Neuronenfeld, aber zu Beginn wird es eine Brille sein, die IG heißt. IG steht für *Intelligent Glasses*. Man wird die Brille mithilfe einer kleinen Platte aktivieren, die die Fingerabdrücke speichert. Während du die Platte zwischen Daumen und Zeigefinger hältst, sagst du einen Code. Wenn deine IG aktiviert ist, kannst du zwischen Creativity, Lifebits, Art und Patterns wählen. Nehmen wir mal an, du gehst auf *Creativity*. Dann hast du unzählige Untermenüs, zwischen denen du wählen kannst. Vielleicht wählst du das Menü *Learning*. Dort kannst du zum Beispiel fast alles über Algorithmen lernen oder Dokumentarfilme aus dem Amazonas sehen. Du kannst die Flora und Fauna des Regenwalds kennenlernen, eine Fremdsprache lernen oder wie man ein Modell mit Bleistift abzeichnet. Du wirst dort Vorlesungen aus den besten Universitäten der Welt finden, die Möglichkeit, einen Master in Mathematik, Literaturwissenschaft, Kunstgeschichte, Latein oder Archäologie zu machen, was auch immer. Von *Learning* kannst du weiter zum Untermenü *Doing* gehen. Bei *Doing* kannst du deine neuen Kenntnisse einsetzen. Du hast Zugang zu dem gesammelten Wissen der Welt und ausgezeichneten Lehrern. Wenn du einen Geldbetrag bezahlst, bekommst du Sonderunterricht. Du kannst Bleistiftzeichnungen machen, chemische Experimente oder Skulpturen, die du in 3-D ausdruckst. Du kannst Modelle von Molekülsystemen konstruieren und deine eigene Art von Proteinfaltung. Du kannst lernen, so zu tanzen wie Pina Bausch oder Ginasio Belma, Kleidung aus Nanozellulose designen oder Dokumentarfilme über die Entwicklung von Säuglingen machen. Du kannst grenzenlos kreativ sein. Und du wirst alle Zeit der Welt haben, um dir all das anzueignen, denn die meisten von uns werden keine Arbeit haben, der sie nachgehen müssen.«

Vagn streicht wieder über seine Haare.

»Klingt das nicht gut?«

Elin sieht zweifelnd aus.

»Vielleicht.«

Vagn lächelt und fährt sich erneut mit den Fingern durch die Haare.

»Unter *Lifebits* ist alles versammelt. Jede Datei, die du öffnest, jede winzige Sache, die du gelernt hast. Aber nicht nur das. Unter *Lifebits* ist alles über dein Leben zu finden, unabhängig davon, ob deine IG auf deiner Nase sitzt oder nicht.«

Elin runzelt die Stirn.

»Wie meinst du das?«

»Auch wenn du deine IG in der Tasche hast, werden deine Daten gesammelt.«

»Wie?«

»Die IG zeichnet Gespräche auf, das Geräusch vom Regen, das Brutzeln in der Pfanne, wenn du Fisch anbrätst. Es wird alles erfasst und sortiert. Man kann sie nicht abstellen, auch nicht, wenn sie dich glauben lassen, dass man es kann. Deine *Lifebits* werden zur Erzählung deines Lebens. Dort wird auch alles erfasst, was du machst, wenn du bei *Art* reingehst. Dort ist die Musik gespeichert, die du hörst, oder wie sich deine Körpertemperatur und dein Atem verändern, wenn du bestimmte Phrasen hörst. Auch, was mit dir passiert, wenn du ein Gemälde von de Chirico oder Francesca Parker siehst oder einen Film von Chaplin oder Naguno Noll. In deinen *Lifebits* wird einfach alles erfasst: ob du ungerührt bist, lachst oder weinst. Algorithmen katalogisieren, koordinieren und erstellen Profile. Nach ein paar Jahren wissen sie mehr über dich als du selbst, denn die Algorithmen zensieren sich nicht. Alles, was dich empört, froh oder verzweifelt macht, ist dort erfasst. Alle Bücher, die du liest, Tanzaufführungen, die du siehst, Filme, Opern und Pornos. Dort ist alles gespeichert, was dein Blick, dein Gehör oder andere Sinnesorgane aufnehmen.

Unter *Patterns* arbeiten besonders clevere Algorithmen daran, Muster deines Lebens zu erschaffen. Mithilfe von Gesichtserkennungsprogrammen können zum Beispiel Muster davon erstellt werden, wie das Wetter ist, wenn du rothaarige Menschen triffst. Du musst nie wieder etwas fotografieren. Alles, worauf du deine IG richtest, wird auf gigantischen Servern gespeichert. Sobald du deine IG aufhast, wird sich an deiner Stelle erinnert werden. Nichts, was einmal registriert wurde, wird jemals gelöscht werden. Die Erzählung deines Lebens kann ohne dein Mitwirken in Bild und Ton umgesetzt werden. Dein intellektueller und psychischer Status kann jederzeit abgelesen werden, dein Ausbildungsniveau ebenfalls. Körpertemperatur und Herztätigkeit zu unterschiedlichen Tageszeiten im Laufe deines gesamten Lebens wird dort erfasst sein, weil in ein paar Jahren Säuglinge bereits bei der Geburt manipulierte Neuronen bekommen, vielleicht bald sogar schon bevor sie geboren werden.«

»Das hört sich unheimlich an.«

Vagn nickt.

»Ich habe das Schlimmste für den Schluss aufgehoben. Durch einen Beschluss, der in speziellen Sicherheitsausschüssen des Reichstags gefasst werden soll, wird diese Technik mit einem besonderen Clou komplettiert werden.«

»Nämlich?«

»Deine *Lifebits* und *Patterns* werden zugänglich für jeden sein, der ein Mandat hat, sie zu studieren.«

»Wie meinst du das?«

»Die Regierung wird durch bestimmte Roboterfunktionen und besondere Dienstleister vollständig im Bilde darüber sein, was du oder ich oder Gerda uns angucken oder worüber wir sprechen werden. Über deine *Patterns* kann man Schlüsse darüber ziehen, wie du denkst. Die totale Überwachung. Die Grundmotivierung ist die, dass wir nie wieder einen blutigen Krieg wie den haben wollen, den wir gerade hinter uns gebracht haben.«

Elin holt tief Luft.

»Wer hat sich das ausgedacht?«

»Es soll wohl einen Roboter geben. Hast du schon mal von dem Mathematiker Turing gehört?«

»Ja.«

Vagn hebt die Augenbrauen.

»Ich wusste nicht, dass du dich für so was interessierst. Der Roboter, der dieses System erschaffen hat, ist nach ihm benannt.«

Vagn beobachtet seine Schwester. Sie erwidert seinen Blick und fährt ihn an.

»Was ist?«

»Ich hätte nicht gedacht, dass du schon von Turing gehört hast. Girl with a guitar and all. Surprise!«

Elin zuckt mit den Schultern.

»So was gehört ja wohl zur Allgemeinbildung.«

Vagn beißt auf einen Fingernagel.

»Und weil du so gebildet bist, hast du vielleicht auch eine Idee, wer diese Pläne hier anführt, schön hinter verschlossenen Türen, damit niemandem ein Einblick gewährt wird?«

Elin beißt sich auf die Unterlippe, schüttelt den Kopf und hebt die Augenbrauen.

»Willst du einen Tipp?«

»Ja.«

»Sie hat einen Herzschrittmacher und ihr Vorname fängt mit K an.«

Elin schnappt nach Luft.

»Ich verstehe.«

Vagn nickt.

»Du weißt also, was du zu tun hast, oder?«

»Du meinst, das hier ist Karins Projekt und der Roboter Turing ist ihr Schoßhund?«

»Bingo.«

Elin setzt sich auf Vagns Bett, beugt sich vor und stützt die Ellenbogen auf die Knie auf. Sie schüttelt den Kopf.

»Ich bin nicht bereit dazu.«

Vagn rollt den Schreibtischstuhl ans Bett heran und ergreift mit beiden Händen die Handgelenke der Schwester.

»Man ist nie bereit, außer vielleicht beim Sport. Aber man muss trotzdem etwas machen, wenn bestimmte Sachen passieren oder bestimmte Menschen den eigenen Weg kreuzen. Wenn man wegsieht, kann es böse enden, das weißt du. Großvater und seine Generation haben bei der Umweltkatastrophe weggesehen. Wir haben heute nur eine Option – uns an die Welt anzupassen, in der die Meere übersäuert sind, Speisefisch aus den Meeren verschwindet, die Arktis zurückgedrängt ist, der Meeresspiegel steigt, die Gletscher verschwunden sind und Wirbelstürme und Orkane das Land heimsuchen. Die, die vor uns da waren, haben weggesehen und weggesehen und weggesehen und waren nicht fähig zusammenzuarbeiten. Lass uns das nicht wiederholen. Wir sollten tun, was wir können, um die totale Kontrolle über uns zu stoppen. Lass uns dafür sorgen, dass wir unsere Menschlichkeit behalten. Lass uns nicht zu Robotern werden, die von jemandem kontrolliert werden, der wahrscheinlich einer Gehirnwäsche unterzogen wurde und fern davon ist, infrage stellen zu können, was er eigentlich tut.«

Vagn hält Elins Handgelenke sehr fest. Elin schweigt lange, bevor sie den Mund öffnet und sagt:

»Du willst, dass ich für den Reichstag kandidiere?«

Vagn lässt die Handgelenke los.

»Ja.«

»Aber was kann ich tun? Ich weiß nicht mal, wie viele da sitzen, ich weiß nichts.«

»Es gibt dreihundertneunundvierzig Mitglieder im Reichstag und du kannst eines davon werden. Ob das bedeutet, dass du etwas erreichen kannst, weiß ich nicht, aber es ist einen Versuch wert. Mit der IG-Technik die Einwohner dieses Lands zu überwachen, ist ein gigantisches Verbrechen. Wir sind gerade erst einen Diktator losgeworden, aber eine Diktatur ist eine Lappalie verglichen mit dem, was da geplant wird.«

»Was meinst du mit ›geplant‹?«

Vagn wirft sich im Drehstuhl zurück, streckt die langen Beine aus und fährt sich wieder mit den Fingern durch das Haar. »Vollständige Kontrolle nicht nur über die Bewegungen der Menschen, sondern auch über unsere Gedanken. Wobei man daran zweifeln kann, ob überhaupt Menschen übrig sein werden, die individuelle Gedanken fassen können, die nicht von einer Gruppe hochpotenter Roboter produziert wurden. So ein Gespräch zu führen wie du und ich gerade kann schon in ein paar Jahren unmöglich sein. Nicht, weil wir Angst vor Überwachung haben werden, sondern weil die Möglichkeit des Gedankenfassens an sich ausgemerzt sein könnte.«

»Du meinst, wir werden wie Roboter denken?«

»Wahrscheinlich. Wir werden programmiert, genau wie die autonomen Systeme. Aber wir Menschen werden nicht autonom sein. Wir werden gesteuert sein. Der verklärende Begriff ›freier Wille‹ wird bei der Endlagerung für unverwertbare Begriffe landen.«

Er schweigt einen Moment, bevor er weiterspricht:

»Vergleich es mal mit dem, was passiert ist, als die Autos anfingen, sich selbst zu navigieren und fahrerlos zu fahren. Man setzt sich ins Auto und sagt, wo man hinwill. Das Auto fährt mit voller Kontrolle. Das Problem der Trunkenheit am Steuer ist verschwunden. Die Autos kollidieren so gut wie nie. Niemand wird mehr auf den Straßen überfahren. Die Transportkosten sind gesunken, weil die Autos immer die optimale Geschwindigkeit wählen. Und wir werden transportiert. Worüber soll man sich da beschweren? Über nichts, was Busse und Autos angeht, außer dass unzählige Arbeitsplätze verschwunden sind. Aber wenn wir Menschen unter denselben Voraussetzungen leben sollen, was passiert dann? Die Menschen werden zu programmierbaren Maschinen. Das kann nicht das sein, was wir uns wünschen, aber es ist das, wonach Karin strebt,

und sie hat ein Motiv, von dem sie meint, dass es unanfechtbar ist:
Nie mehr Krieg. Indem sie das Menschliche in uns töten, sollen wir
eine friedlichere Welt bekommen. Aber – Frieden gibt es für uns
dann nur noch hinter der Wall of Shame. Für die armen Menschen
in den überschwemmten Gebieten, auf dem Land und auf Teilen
der Erde, wo keine Pflanze mehr wächst – für diejenigen sind die
Bedingungen andere.«

Sie schweigen und Vagn rollt zurück an den Schreibtisch.

»Woher weißt du das alles?«, fragt Elin schließlich, während sie seinen Rücken betrachtet.

»Ich habe die Spieleprogrammierung auf Eis gelegt und widme
mich jetzt anderen Sachen.«

»Du bist Hacker geworden?«

»Es gibt Fragen, auf die man nicht antworten sollte.«

»Du bist in fremde Server eingedrungen und hast Unterlagen gelesen, die du nicht hättest sehen dürfen?«

»Wie gesagt, es gibt Fragen, auf die man nicht antworten sollte.«

»Kapierst du, wie gefährlich das ist?«

»Ja.«

»Wenn Karin das erfahren würde …«

»… würde sie mich umbringen lassen.«

»Würde sie?«

»Natürlich.«

»Sie ist unsere Tante.«

Vagn schnaubt verächtlich.

»Für Karin ist das weniger als nebensächlich.«

»Woher weißt du das?«

»Wie gesagt, es gibt Fragen …«

»… auf die man nicht antworten sollte.«

»Denk drüber nach. Du könntest uns große Dienste erweisen.«

»Uns?«

Vagn antwortet nicht.

»Okay«, sagt Elin. »Ich verstehe.«

Vagn gibt ein langes Passwort in seinen Computer ein, um wieder hineinzukommen.

Elin steht auf, verlässt das Zimmer des Bruders und geht in ihr eigenes. Sie nimmt das Messer von der Wand und legt sich auf das Bett.

Das Messer ist fünfundzwanzig Zentimeter lang und geformt wie ein Samuraischwert, aber ohne Tsuba. Die Klinge ist ein kleines bisschen gerundet, nicht viel, aber doch so viel, dass die Rundung zu erkennen ist. Elin zieht das Messer aus der Scheide und befühlt die Schneide mit dem Daumen. Sie ist rasiermesserscharf. Sie steckt das Messer in die Scheide zurück und macht die Augen zu. Hinten von Gerdas Bett hört sie: »Mama, Mama!«

Elin steht schlaftrunken am Herd und hat das Mehlpaket und eine Nuckelflasche hervorgeholt. Sie rührt in einem Topf und Gunnar kommt leicht humpelnd in die Küche. Er öffnet die Haustür und sieht sich um.

»Es ist sehr warm für einen Frühsommermorgen.«

Er schweigt einen Moment, bevor er die Tür wieder schließt und zurück in die Küche humpelt.

»Åke hatte recht, die Journalisten trauen sich nicht herzukommen.«

»Was meinst du?«, fragt Elin, während sie weiterrührt.

»Ich habe gestern Abend mit ihm gesprochen. Er sagt, dass Wongs

Hotel voller Journalisten ist, die sich nicht heraustrauen, weil man ihnen den Bären aufgebunden hat, dass menschenfressende Wildschweinherden um das Gebäude wüten. Die Hubschrauberfirmen behaupten, dass ihnen der Treibstoff fehlt und niemand vom Fleck kommt. Ein italienisches Team ist schon unverrichteter Dinge nach Mailand zurückgekehrt.«

Elin gießt die Milchsuppe in das Fläschchen.

»Dann bitte ich Vagn, dass er Skarpheden abholen soll.«

Gunnar deutet auf die Nuckelflasche.

»Wird Gerda das mögen?«

»Ich befürchte das Schlimmste«, murmelt Elin und gibt kaltes Wasser in das Fläschchen.

Sie geht in ihr Zimmer und schließt die Tür hinter sich. Es dauert nicht lange, bis Gerda lautstark dem ganzen Haus ihre Unzufriedenheit mitteilt.

»Dieses Mädchen weiß, was sie will«, murmelt Gunnar und hinkt zu der noch schlafenden Anna herein. Er versucht, wieder einzuschlafen, doch kurz darauf kommt Lisa und kriecht neben ihn.

»Warum schreit sie so?«, will Lisa wissen.

»Sie vermisst die Brust.«

»Kann sie die nicht bekommen?«

»Ich fürchte, dass die Milch ausgeht.«

»Die Ärmste«, sagt Lisa. »Es ist fürchterlich, wenn die Milch ausgeht.«

Nach dem Frühstück bricht Vagn auf, Black an einem Zügel neben sich. Gerda ist nach einem lange anhaltenden Wutanfall erschöpft eingeschlafen, ohne die Milchsuppe angerührt zu haben. Elin hadert mit sich.

»Ich hätte früher mit dem Fläschchen anfangen sollen.«

»In der Festung hat sie vermutlich ein Fläschchen bekommen«, erinnert Anna sie. »Wahrscheinlich ist ihre Ablehnung deshalb so groß. Die Erinnerung wird aktiviert, wenn die die Flasche sieht.«

»Du könntest recht haben, daran habe ich noch gar nicht gedacht.« Elin holt eine Strähne aus ihren langen Haaren vor und betrachtet sie.

»Ich sollte sie waschen.«

»Hast du das nicht erst gestern gemacht?«, fragt Lisa. Es klingt fast vorwurfsvoll.

Elin antwortet nicht und macht sich auf den Weg ins Badezimmer. Nach dem Haarewaschen probiert Elin einen tomatenroten Rock und eine kurzärmlige dunkelblaue Bluse an. Lisa steht in der Tür und beobachtet sie.

»Bist du in ihn verknallt?«

»In wen?«

»Diesen Starkheden.«

»Skarpheden.«

»Genau, bist du in ihn verknallt?«

Elin wird rot und dreht sich zum Spiegel.

»Bist du?«

»Ich kenne ihn doch kaum«, wehrt Elin ab.

»Du trägst nie einen Rock und Mama sagt, dass er hübsch ist«, führt Lisa als Beweis an.

Elin dreht der Schwester den Rücken zu, zieht den Rock aus und schlüpft in ihre Jeans.

»Der Rock steht dir gut«, behauptet Lisa.

»Ich lege mich einen Moment hin«, sagt Elin, geht in ihr Zimmer und zieht die Tür zu.


Elin träumt etwas, aber sie kann sich nicht daran erinnern, als sie wach wird. Sie geht ins Badezimmer und putzt sich die Zähne. Lisa kommt ihr hinterher.

»Wie findest du meinen Rock?«, fragt sie.

Elin betrachtet die Schwester in ihrem rot karierten Kilt und sagt, dass ihr der Rock gut steht. »Glaubst du, ich schaffe es noch, die Haare zu waschen?«, will Lisa wissen und guckt in den Spiegel. »Ich sehe ganz zerzaust aus.« Plötzlich erinnert sich Elin, was sie geträumt hat. Es kommt über sie wie eine Offenbarung. Das Wort.

»Klar«, sagt sie zu sich selbst und geht in Großvaters Zimmer. Das Zimmer sieht noch genauso aus wie vor seinem Tod. Auf dem Tisch am Bett liegt ein Buch, das er gelesen hat, ein Papierbuch mit weichem Einband. Daneben liegt ein stumpfer Bleistift. Elin schlägt das Buch beim Lesezeichen auf und liest:

*Sechzehn Sturmbäumen*
*des Mondes der Schiffe*
*fügte der Held Wunden zu,*
*doch zweien gab er den Tod.*

Sie nimmt den Bleistiftstummel und schreibt in Großbuchstaben: *There is hope in wilderness.* Dann geht sie wieder in ihr Zimmer.

Vagn und Skarpheden kommen um die Mittagszeit. Gunnar hat den Tisch für das Essen gedeckt, während Anna verfolgt, was sich in der Osloer Börse tut, und die norwegischen Aktien, mit denen sie handelt, kauft und verkauft. Als Skarpheden ankommt, ist Elin mit Gerda in ihrem Zimmer.

Skarpheden hat einen Farbkasten dabei, drei Pinsel und einen Block Aquarellpapier und übergibt alles Lisa, noch bevor er sich den Ledermantel ausgezogen hat und aus den Stiefeln geschlüpft ist. Lisa sucht sich auf der Bildwand einen Hänfling heraus, legt sich auf den

Fußboden neben dem Küchentisch und fängt an, den Vogel abzumalen.

»Bei Wongs war eine Schlange«, erklärt Vagn, »deswegen hat es eine Weile gedauert. Aber die meisten Journalisten sind schon wieder weg. Niemand aus der Gegend will verraten, wo wir wohnen, stattdessen werden irgendwelche Geschichten von Wildschweinen erzählt. Jemand hat einen Film zusammengeschnitten, in dem es so aussieht, als würden die Schweine einen Menschen anfallen und auffressen.«

Skarpheden bekommt ein Glas Preiselbeerschnaps und Gunnar, Anna und Vagn setzen sich mit ihm an den Tisch. Er erzählt von der Arbeit an der Destruktionsstation und seiner Abschlussarbeit, die bald fertig sein wird.

»Meine Mutter ist am Montag beerdigt worden und ich fahre heim nach Stavanger für ein paar Tage.« Er sieht sich um und nippt an seinem Getränk.

Da kommt Elin in Jeans und mit roten Wangen herein und schließt die Tür vorsichtig hinter sich. Sie murmelt ein paar Worte über Gerdas Wutanfall. Dann sagt Gunnar, dass es wohl ein ganz besonderes Messer ist, das heute abgeholt wird.

Lisa nimmt ein neues Blatt und fängt an, mit breiten Pinselstrichen ein heranstürmendes Wildschwein zu malen. Es hat riesige Zähne und in seinem Körper steckt ein halbes Dutzend Pfeile.

Skarpheden räuspert sich.

»Ich habe das Messer von einem Mädchen bekommen, als ich vierzehn war und Grim zwölf. Unser Vater sollte Kontakte zu den Roboterentwicklern knüpfen. Wir waren zuerst in Kyoto, nach einem halben Jahr zogen wir dann nach Hiroshima. In Kyoto haben wir auf dem Universitätsgelände gewohnt. In Hiroshima haben wir ein Haus außerhalb der Stadt gemietet. Aber das ist eine lange Geschichte, ich möchte euch nicht damit langweilen.«

»Erzähl«, sagen Anna und Lisa wie aus einem Munde.

»Los«, muntern Vagn und Gunnar ihn auf.

Skarpheden holt tief Luft, als müsste er seine Kräfte sammeln.

»Wir ihr wollt, aber es wird etwas dauern.«

Er hebt das Schnapsglas, nimmt einen Schluck und fängt an zu erzählen. In seiner tiefen und klangvollen Stimme kommt die norwegische Satzmelodie durch. Manchmal hält er inne, als ob er nachdenken müsste. Hin und wieder streicht er sich über die Kinnspitze.

»Unser Haus lag in einem Viertel mit Villen und hohen Bäumen«, erzählt er. »Wir hatten Nachbarn, die jeden Morgen auf ihren sorgfältig gemähten Rasen herauskamen. Der Mann war mittleren Alters und das Mädchen muss ungefähr vierzehn gewesen sein. Sie trugen weiße Blusen mit Ärmeln, die direkt unter den Ellenbogen aufhörten, schwarze bodenlange Hosenröcke und jeder von ihnen trug ein Schwert in einer Scheide. Der Mann hatte außerdem noch zwei Holzschwerter und beide waren barfuß. Es war das erste Mal, dass ich einen Hakama sah. Es lief jeden Morgen gleich ab. Der Mann und das Mädchen fielen mit zwei Metern Abstand zwischen sich voreinander auf die Knie. Sie legten ihre Schwerter auf die Seite und verbeugten sich, sodass ihre Stirn das Gras berührte. Dann standen sie auf und machten verschiedene langsame Übungen, bei denen sie einander ohne Waffen attackierten, aber ohne den Körper des anderen zu berühren. Es war wie eine Art Tanz. Wenn sie das eine Weile vollführt hatten, fielen sie auf die Knie, verbeugten sich wieder voreinander und nahmen die Holzschwerter. Dann wechselten sie sich ab, einander anzugreifen. Demjenigen, der angefallen wurde, wurde das Schwert abgenommen. Danach fielen sie wieder auf die Knie, verbeugten sich und gingen dann zu den richtigen Schwertern über.

Sie hatten traditionelle japanische Schwerter mit langen umwickelten Schäften und scharfen Klingen. Sie stellten sich einander gegenüber auf und dann ging der eine zur Attacke über, während der andere auswich, als wäre alles eine Choreografie. Meistens trat der, der attackiert wurde, schnell zur Seite, stellte sich mit dem einen Knie gebeugt, dem anderen gestreckt hin, nahm das Schwert aus der Hand des Angreifers und warf ihn oder sie auf das Gras.

Gegen Ende der Woche waren die weißen Blusen grün vor Flecken auf Rücken und Schultern. Aber jeden Montag waren ihre Blusen wieder weiß. Während der Feiertage trainierten sie nie.

Ich bat meine Mutter um ein Fernglas und tat so, als wollte ich einen schönen Vogel beobachten. Ich bekam eins mit zehnfacher Vergrößerung und jeden Morgen vor der Schule saß ich an meinem Fenster und betrachtete die Schwertkämpfer. Sie trainierten auch, wenn es regnete. Manchmal herrschte Nebel. Sie fingen gleich nach der Dämmerung an und das Mädchen hatte seine langen Haare zu einem Zopf mit einer weißen Schleife geflochten. Der Zopf hing zwischen seinen Schulterblättern und bewegte sich wie ein Pendel, wenn es barfuß über das Gras ging.

Als ich das Fernglas bekommen hatte, konnte ich ihr Gesicht erkennen. Sie war sehr klein, keine eins sechzig groß, und sie war dünn, aber ihre Bewegungen waren schnell und exakt, und als ich mit dem Fernglas in ihre Augen blickte, kam es mir vor, als würde mir ein Stoß vor die Brust verpasst werden.

Etwa eine Stunde nach den Übungen im Garten wurde sie zur Schule gebracht. Ihr Vater fuhr und sie saß daneben. Ich sah sie niemals das Haus oder den Garten ohne die Gegenwart eines Elternteils verlassen.

Ich wusste nicht, wie es mir gelingen sollte, mit ihr zu reden, und ich nahm an, dass sie Englisch sprechen würde. Es sollte sich herausstellen, dass diese Annahme teilweise falsch war.

Ihre Bewegungen waren voller Schönheit und ich fing an, sie in meinem Zimmer nachzuahmen. Ich stellte mir vor, dass ich ein

Schwert in der Hand hielte und schwang es, wie sie es tat. Ich bewegte mich im Kreis, den Blick abwechselnd aus dem Fenster und auf meine leeren Hände gerichtet.

Grim bemerkte, was ich tat, und er erzählte es unseren Eltern. Es war unsere Mutter, die dafür sorgte, dass etwas passierte. Sie ging eines Tages in unseren Garten, sprach die Mutter des Mädchens an und lud die Nachbarsfamilie zum Tee ein. Unsere Mutter glaubte, dass sie sich verständlich gemacht hatte, aber das war nicht der Fall. Alle drei in der Nachbarsfamilie sprachen natürlich ein bisschen Englisch, aber niemand von ihnen so gut, um eine Unterhaltung zu führen. Die Nachbarsfrau schickte ihre jüngere Schwester zu uns. Ihr Englisch war gut und die Einladung zum Tee wurde ein weiteres Mal überbracht. Die Schwester schlug vorsichtig vor, fast so, als würde sie mit einer Unverschämtheit kommen, dass sie selbst bei der Teeeinladung dabei sein könnte.

Der Mann handelte mit Spielsachen. Die Frau arbeitete in einem Pflanzenlabor und war nicht die Mutter des Mädchens, das Mio hieß. Das Mädchen sah die meiste Zeit auf den Fußboden und guckte mich selten an. Kurz bevor der Besuch zu Ende ging, sagte ich, dass ich sie und ihren Vater im Garten gesehen hatte, als sie trainiert hatten.

Der Mann sah streng aus und Mio blickte auf ihre Hände, ohne zu mir hochzugucken. Etwas später kehrten die Gäste in ihr Haus zurück.

Wir hatten einen Privatlehrer für Japanisch, der an zwei Tagen in der Woche zu uns kam. Im Übrigen gingen Grim und ich in die amerikanische Schule. Ich fand viele neue Freunde, aber diejenige, die ich wirklich zur Freundin haben wollte, war das Mädchen mit dem Schwert.

Grim entdeckte die Kalligrafie für sich und nahm seine Studien sehr ernst. Er saß auf dem Fußboden mit dicken Tuschepinseln und versuchte sich daran, ein Schriftzeichen in einer einzigen Bewegung zu zeichnen. Er lernte Lyrik auswendig und unser Lehrer lobte ihn.

*Obwohl ich versuche*
*meine Liebe geheim zu halten*
*spiegelt sie sich wider*
*in meinem Gesicht und die Menschen*
*fragen: Warum so betrübt?*

Ich selbst lernte kaum Japanisch, nur etwas Englisch, aber Grim brachte es sich bei. Bald konnte er ein halbes Dutzend Gedichte auswendig. Unsere Mutter war stolz, aber unser Vater war mehr von meinen Erfolgen im Mathematikunterricht beeindruckt. In Hiroshima fing ich an, mich für Radioaktivität zu interessieren.

Ich glaube, man kann den Unterschied zwischen mir und meinem Bruder genau daran erkennen – als wir nach Hiroshima gekommen waren, lernte er Haikus und andere Lyrik auswendig und Kalligrafie, obwohl er erst zwölf war. Ich interessierte mich als Vierzehnjähriger für Halbwertszeiten. Und ich verliebte mich.«

Skarpheden schweigt einen Moment, als wäre er zurück in dem Haus vor den Toren der einst brachliegenden Stadt.

Aber dann spricht er weiter:

»Eines Nachmittags, als ich aus Zufall aus dem Fenster sah, sah ich Mio in den Garten hinauslaufen. Sie war gerade aus der Schule zurückgekommen und trug ihre blaue Uniform. Sie lief im Garten umher und versuchte, mit ausgestreckten Armen etwas einzufangen. Ich nahm das Fernglas hervor und erkannte, dass sie einem Vogel hinterherlief. Das war das erste Mal, dass ich sie auf dem Rasen mit Schuhen an den Füßen sah.«

Skarpheden wendet sich Lisa zu:

»Der Vogel sah fast aus wie dein Hänfling. Sie jagte ihn mit ausgestreckten Händen, aber sie bekam ihn nicht zu fassen. Ich ging hinaus in unseren Garten, und als sie mich entdeckte, rief ich ihr zu, dass ich ihr helfen könnte. Ich rief natürlich auf Englisch und wusste nicht, ob sie mich verstehen würde. Aber sie gab mir ein Zeichen hinüberzukommen und ich machte den Schritt in den fremden Garten und Mio zeigte auf den Vogel. Er saß in einem Baum, drei Meter über der Erde, sang und war unerreichbar. Wir setzten uns an der Stelle aufs Gras, wo sie mit ihrem Vater zu trainieren pflegte. Nach einer Weile sagte Mio, dass sie mich versteht, aber dass sie nicht gern Englisch spricht, weil sie Angst hat, dass es falsch klingen könne. Denn dann würde sie sich schämen. Ich sagte, dass es mich nicht kümmert, wie es klingt, solange wir uns verständigen können. Ich erzählte von meiner Schule und meinen amerikanischen und europäischen Freunden. Sie erzählte von den Mädchen in ihrer Klasse. Wir saßen ziemlich lange da und sie war unendlich schön.

Auf einmal landete der Vogel zwischen uns. Mio steckte eine Hand in ihre Rocktasche und nahm ein paar Körner heraus. Sie hielt die Hand ausgestreckt und der Vogel kam hüpfend heran und nahm ein Korn in seinen Schnabel. Als der Vogel das dritte Korn aufpickte, legte Mio die andere Hand über ihn. Sie hielt ihn in ihren Händen und ihre Finger waren wie das Gitter eines Vogelkäfigs. Sie stand auf, drückte den Vogel in ihren Händen an die Brust und verbeugte sich und ich stand ebenfalls auf und verbeugte mich. Dann lief sie davon und verschwand im Haus.

Ich sah sie jeden Morgen mit dem Schwert. Sie attackierte den Vater, er trat an sie heran, nahm ihr das Schwert aus der Hand und warf sie zu Boden, sodass sie auf dem Rücken im Gras landete. Manchmal kniete sich der Vater auf den Boden. Er legte die Hände auf die Oberschenkel, während das Mädchen eine Kata vor ihm ausführte. Es ging unglaublich schnell. Dann nahm sie im Gras Platz und sah zu, wie der Vater dieselbe Bewegung machte. Sie schienen nicht miteinander zu sprechen. Sie tanzten mit ihren Schwertern und schienen etwas entwickeln zu wollen, von dem beide wussten, was es war. Ich war außerhalb ihrer Familie, ihrer Kultur, ihrer Übungen, ihrer Sprache und Gemeinschaft. Ich konnte nur zugucken.

Es schien, als ob der Vogel immer öfter freikam, manchmal mehrere Male in der Woche. Mio kam nach der Schule nach Hause, öffnete die Glastüren, durch die man auf die Veranda gelangte, und kurz darauf konnte ich sehen, wie der kleine Vogel auf den großen Baum zuflog.

Da ging ich hinaus.

Ich blieb an der Grenze unseres Grundstücks stehen, es gab keinen Zaun, nur ein paar weiße Steine. Mios Mutter wusch sie manchmal mit Wasser und einer kleinen Bürste ab.

Ich stellte mich an einen der Steine und rief. Mio drehte sich zu mir um, die Hände in den Seiten, und verbeugte sich. Ich verbeugte mich auch, ging zu ihr hinüber, und wir setzten uns aufs Gras. Bald darauf kam der Vogel und bekam seine Körner. Mio nahm den Vogel und verschwand durch die Glastüren, schloss sie und war weg.

Eines Tages hatte sie ein Papier und einen Bleistift dabei. Sie wollte wissen, was mein Name bedeutet. Ich versuchte ihr zu erklären, dass ›Skarp‹ scharf bedeutet. Sie sah besorgt aus, schrieb ein Zeichen auf das Papier und brachte mir ein Wort bei. Ich wiederholte das Wort und steckte das Papier in die Tasche. So sah das Zeichen aus.«

Er nimmt den Block, den er Lisa geschenkt hat, und blättert vor zu einem leeren Blatt. Mit einem Stift zeichnet er:

»Eines Tages verschwand der Vogel. Alles war wie immer gewesen. Mio hatte ihn freigelassen, wir hatten uns aufs Gras gesetzt, um eine Unterhaltung zu führen, aber der Vogel kam nicht. Nach einer Weile begannen wir zu suchen, aber er war nirgends zu sehen. Mio weinte. Es war ein Weinen, das kaum sichtbar war, bloß ein wässriger Film auf den dunklen Augen. Ich sagte zu unserer Mutter, dass ich einen Vogel haben wolle. Wir fuhren zu einem Geschäft und ich wählte einen von der gleichen Sorte wie der, den Mio gehabt hatte. Er saß in einem kleinen Holzkäfig und ich nahm den Käfig mit hinaus in unseren Garten. Sollte ich auf die Straße und die Treppe hinauf zu ihrer Haustür gehen, klingeln und darum bitten, mit ihr zu sprechen? Ich konnte mich nicht dazu durchringen. Ich nahm den Käfig wieder mit hinein und hielt ihn in meinem Zimmer. Grim zeichnete den Vogel im Käfig ab, fertigte unzählige Bilder von ihm an und versuchte, ihn mit einem einzigen Pinselschwung einzufangen. Es schien unmöglich. Aber eines Tages hatte er es geschafft. Es war ihm nur ein einziges Mal gelungen und ich hatte das Bild später in Stavanger eingerahmt hinter Glas.«

Wieder schweigt Skarpheden einen Moment und spricht dann weiter:

»Im Herbst kehrten wir nach Norwegen zurück. Ein paar Tage bevor wir abreisten, ging ich hinüber und klingelte an ihrer Tür. Sie hatten eine alte runzlige Haushälterin, die mir öffnete. Sie nahm den Käfig entgegen und schloss die Tür vor meiner Nase. Ich hatte Mio seit mehreren Wochen nicht gesehen. Als sich der erste Frost auf das Gras gelegt hatte, hatten sie mit dem Training aufgehört. Am Tag bevor wir nach Hause fahren sollten, stand sie neben unserem Auto, als unser Vater mich und Grim gerade zur Schule fahren wollte. In der Hand hielt sie eine kleine längliche Schachtel mit einem grünen Band darum. Sie reichte mir die Schachtel, und als ich sie entgegennahm, berührte mein kleiner Finger ihre Hand. Es war das einzige Mal, dass ich sie je berührte.

Sie drehte sich auf dem Absatz um und ging ein paar Schritte fort von mir, dann fing sie an zu rennen und verschwand im Haus. In der Schachtel lagen ein Messer in einer Lederscheide, eine Vogelfeder und eine Adresse. Ich zog das Messer aus der Scheide. Es war sehr scharf. Es fühlte sich an, als ob mein Herz zerrissen würde. Aller Schmerz, den Grim in seinen Lyrikvorträgen herausgelassen hatte, übermannte mich. Es war, als würde ich von einer gewaltigen Welle überspült und hinaus ins Meer gezogen. Ich war drauf und dran, in meinen Gefühlen zu ertrinken.

Am Tag darauf flogen wir in der Dämmerung los und zwei Tage später schickte ich ihr ein Bild von meinem Fenster in Stavanger. Wir haben einander meistens Bilder geschickt. Vor zwei Jahren kam ein Bild von ihrer einjährigen Tochter. Zu Weihnachten bekam ich ein Bild von ihrem Sohn. Ich schicke Bilder von dem, was ich schön finde, Nebel, Vögel und fließendes Gewässer.«

Skarpheden lehnt sich zurück und berührt das leere Schnapsglas. Er nimmt es hoch und rollt es in der Hand. Dann stellt er es wieder hin und sieht in die Runde, als wäre er gerade von einer Reise zurückgekehrt.

Anna blickt ihn an.

»Du warst verknallt«, erklärt Lisa, als wäre sie die Einzige, die versteht, was er erzählt hat. »Du warst verknallt und jetzt hast du Angst, dass es ihr wehtut, wenn du sie triffst, dass sie von ihrem Mann und ihren Kinder weggeht, dass ihr nicht ohneeinander leben könnt.«

Anna betrachtet ihre Tochter, streicht ihr über die Haare und schüttelt sachte den Kopf. Skarpheden nickt.

»Das Schlimmste wäre, wenn ich ihr Unglück brächte.«

»Es wäre interessant, es einmal richtig anzusehen, jetzt, wo wir die Geschichte dazu kennen«, meint Vagn.

Elin steht auf und geht in ihr Zimmer. Als sie zurückkommt, hat sie das Messer in der Hand. Es wandert von Hand zu Hand und alle begutachten es und bemerken, wie scharf seine Klinge ist.

»Danke fürs Ausleihen«, sagt Elin, als Skarpheden das Messer an seinem Gürtel befestigt. »Ich wüsste nicht, wie alles gekommen wäre ohne das Messer.«

Später essen sie. Skarpheden und Anna stoßen an. Vagn, Gunnar und Elin wollen nicht trinken. Skarpheden fragt Gunnar, wie es war, mit der Borlänge-Gang vor sich auf dem Hof zu stehen, und Gunnar erzählt, wie sich alles zugetragen hat.

»Möchtest du über Nacht bleiben?«, fragt Anna und Skarpheden wirft Elin einen Blick zu, als wollte er in ihrem Gesicht lesen, aber Elin zeigt nicht, was sie denkt.

»Wir haben Platz im Gästezimmer«, bietet Anna an.

»Gerne«, sagt Skarpheden. »Wenn Elin möchte, dass ich bleibe?«

Elin zuckt mit den Schultern, als wäre es ihr egal, ob er bleibt oder nicht. Aber Anna scheint etwas daran zu liegen.

»Dann mache ich das Bett und du kannst bleiben.«

»Morgen soll es warm werden«, verspricht Gunnar.

»Dann können wir im Ripsee baden«, meint Lisa. »Und ich kann dir zwei Steine zeigen, die ich jeden Tag wasche, genau wie die, die in Japan Steine gewaschen hat.«

Elin zeigt Skarpheden den Stall und die Tiere. Lisa bleibt ihnen auf den Fersen. Sie besuchen die Gräber der Hunde und Lisa möchte wissen, was Skarpheden denkt, was passiert, wenn man stirbt.

»Nichts«, sagt Skarpheden. »Wenn man tot ist, ist man tot. Da passiert nichts.«

»Aber etwas passiert doch wohl«, meint Lisa.

»Es kann viel passieren, bevor man stirbt, aber wenn man tot ist, ist man tot, und dann passiert nichts. Hinterher bleibt der Ruf. Aber darüber weiß man nichts, wenn man tot ist. Die Erinnerung und der eigene Ruf sind die Geschenke an die, die noch leben.«

»Ein Engel kann kommen und einen holen«, versucht Lisa es.

Skarpheden schüttelt den Kopf.

»Mich nicht.«

»Warum nicht?«

»Ich bin nicht die Sorte Mann, die gut zu Engeln passt.«

»Aber wenn du zu Gott kommst, wenn du tot bist, wirst du dann nicht erstaunt sein?«

»Ich weiß nicht, ob man erstaunt sein kann, wenn man tot ist.«

»Vanja sagt, dass wir erstaunt sein werden, wenn wir sterben. Während wir gelebt haben, haben wir uns nicht vorstellen können, wie schön es im Himmel ist.«

»Ich finde es da schön, wo ich zum Angeln hingehe«, sagt Skarpheden. »Eine Mittsommernacht mit Blick hinauf zum Naturreservat. Es ist so hell, dass man um Mitternacht ein Buch lesen kann. Aus dem See zieht man kiloschwere Forellen und sie steigen einen halben Meter über die Wasseroberfläche, wenn sie nach Insekten schnappen. In den Bergen liegt vielleicht hier und da noch ein bisschen Schnee, auch wenn es heutzutage nicht mehr so wahrscheinlich ist. Doch wenn dort Schnee liegt, ist er grob wie Kies und verharscht. Wenn du am See entlanggehst, begegnest du dem Biber. Hast du schon einmal einen Biber gesehen?«

Lisa nickt.

»Es gibt welche am Ripsee.«

Es ist ganz still, kein Windstoß geht. Skarpheden deutet zum Himmel.

»War das eine Lerche?«

»Sie hat nicht gesungen«, sagt Lisa.

»Vielleicht ist es noch zu früh im Jahr«, sagt Skarpheden, hält eine Hand über die Augen und schirmt die Sonne ab, er blinzelt, aber sieht den Vogel nicht.

## 54

Es ist still und schon am Vormittag sehr warm. Lisa sitzt hinter Elin auf Black, und Skarpheden reitet neben ihnen her. Alle drei tragen breitkrempige Hüte und langärmelige Kleidung, sie haben Handschuhe an und das Gesicht und die Hände mit Sonnencreme eingeschmiert.

Keine Wolke ist am Himmel zu sehen.

Als sie am Ripsee ankommen, bauen Elin und Skarpheden gemeinsam einen Sonnenschutz auf und Lisa zieht ihren synthetischen Fischschuppenanzug an.

»Er ist zu klein geworden«, klagt sie. »Ich komme kaum rein!«

Sie geht hinaus ins Wasser und Elin liegt unter dem Zelttuch neben Skarpheden. Sie ruft Lisa zu:

»Ist es nicht zu kalt?«

»Nein, es ist schön! Hast du den Korken mit der Mutter?«

Elin steht auf und holt den Korken mit der Mutter hervor.

»Wirf ganz weit!«, bittet Lisa und Elin wirft so, dass das Ganze zehn Meter vom Ufer entfernt landet. Lisa verschwindet unter Wasser. Elin legt sich wieder unter das Sonnensegel, das sich überhaupt nicht aufbläht, weil es an diesem Tag so windstill ist.

»Es gibt da eine Sache, die du wissen musst«, sagt Skarpheden. »Falls du noch mal nach Idre kommen solltest.«

»Was denn?«, fragt Elin.

Lisa kommt ans Ufer, eine Hand in den langen nassen Haaren. In der anderen hält sie den Korken mit der Schnur und dem Gewicht.

»Wirf weit«, bittet sie.

Elin hebt die Hand über den Kopf und wirft. Lisa sieht unzufrieden aus und wendet sich an Skarpheden.

»Nächstes Mal musst du bitte werfen.«

Dann geht sie hinaus ins Wasser, schwimmt ein bisschen und taucht.

»Es geht um ein Missverständnis«, sagt Skarpheden, als Elin sich auf die Decke unter dem Sonnensegel legt. Du hast den Mädchen Bruse erzählt, dass du misshandelt worden bist, nicht wahr?«

»Ja, aber das musste ich doch. Ich brauchte einen Grund, warum ich auf der Flucht sein sollte, und habe mir etwas ausgedacht. Ich habe gesagt, dass ein Mann über mich hergefallen ist.«

»Mauschler ist der Einzige in Idre, der Gartenzwerge besitzt. Er ist auch derjenige, der ständig kleine Mädchen belästigt. Eines der Mädels hat mit achtzehn Jahren eine Abtreibung machen lassen, nach einem Abend im Suff bei ihm zu Hause. Jetzt fanden die Bruse-Mädchen, dass das Maß voll ist und haben Mauschler einen Besuch abgestattet. Wäre nicht sein Bruder da gewesen, wäre er jetzt vermutlich tot. Aber so ist er mit zwei ausgeschlagenen Schneidezähnen und einer Platzwunde über dem Auge, die mit mehreren Stichen genäht wurde, davongekommen. Als du nun überall auf den Bildwänden zu sehen warst, haben die Bruse-Mädchen dich wiedererkannt.«

Elin verzieht die Mundwinkel, ihr ist unbehaglich zumute.

»Die Mädchen haben Mauschler also erzählt, dass ich gesagt habe, er sei über mich hergefallen?«

Skarpheden schüttelt den Kopf und streicht über sein Kinn.

»Zu Mauschler haben die Bruse-Mädchen nichts gesagt. Aber sie haben mit ihren Freundinnen gesprochen und so ist passiert, was passieren musste. Die ganze Gemeinde meint zu wissen, dass Mauschler dich missbraucht hat und dass die Bruse-Mädchen sich in ihrem und deinem Namen an ihm gerächt haben. Weil Mauschler weiß, dass er nie versucht hat, sich an dir zu vergreifen, denkt er sicher, dass du eine Lügnerin bist. Warum du das Gerücht über ihn verbreitet hast, wird er kaum begreifen.«

»Das ist schlimm«, sagt Elin und runzelt die Stirn. »In Idre kursiert also möglicherweise das Gerücht, dass ich eine Lügnerin bin?«

»Es sind sicher nicht viele dort oben der Meinung, dass sich Mauschler der Wahrheit sehr verpflichtet fühlt«, meint Skarpheden. »Viele denken, dass Mauschler bekommen hat, was er verdient. Aber Mauschlers Bruder Hilmar ist ein ziemlich grober Typ, und wenn du an ihn geraten solltest, könnte er sehr unangenehm werden. Er hat schon mehr Mädchen übel zugerichtet, du wärst nicht das erste. Er ist groß wie ein gut gebautes Elchkalb, ungefähr genauso redegewandt, und auf die Wangen hat er Runen tätowiert. Vor ihm musst du dich in Acht nehmen, wenn er in Idre oder sonst wo auftauchen sollte.«

»Danke für die Warnung«, sagt Elin. »Und jetzt werde ich dir erzählen, was ich darüber weiß, wie dein Bruder gestorben ist.«

Während sie erzählt, kehrt Lisa mit dem Korken zurück. Sie bittet Skarpheden, ihn zu werfen, und geht zurück ins Wasser.

Skarpheden erzählt von seinem Bruder:

»Grim fand, dass die Geschäfte unseres Vaters fantasielos waren. Roboter zu bauen, die Dinge auf dem Grund des Atlantiks reparieren können, erschien ihm uninteressant und sinnlos. Er sagte, wenn er sich für einen Roboter interessieren sollte, dann müsste es schon einer sein, der Schubert spielen kann. Die Miene unseres Vaters verfinsterte sich, sie stritten, und Grim brach die Verbindung zu unserem Vater und unserer Mutter ab. Grim hat sich mit einer Hundeaufzucht durchgeschlagen. Um den Kontaktversuchen unseres

Vaters zu entkommen, versteckte er sich in Idrefjäll. Wahrscheinlich bekam er die Stelle als Hausmeister, weil er ein wenig Japanisch konnte. Irgendwelche Roboter konnte er nicht bauen. Er hatte Züge eines krankhaften Lügners, aber er konnte gut mit Hunden umgehen. Er hat unzählige alte Filme gesehen und konnte Mozartsonaten spielen. Schon als er acht Jahre alt war, beherrschte er den Türkischen Marsch so, dass die Klavierlehrerin applaudierte. Wir waren ziemlich verschieden.«

Er wirft ihr einen verlegenen Blick zu. Dann schweigt er einen Moment, bevor er weiterspricht:

»Immer vor Mittsommer angele ich im Storån. Ich schlafe dort in einem Zelt und bleibe eine Woche. Vielleicht würde es dir gefallen, mit mir dahin zu kommen?«

Elin denkt einen Moment nach. Sie liegt auf der Seite und fährt mit einem Stock durch den Sand. Sie liegen sehr nah beieinander.

»Ich habe Gerda.«

»Könnte sie nicht ein paar Tage bei deiner Mutter sein?«

»Ich weiß nicht, ob ich so lange von ihr wegbleiben möchte.«

Skarpheden streckt eine Hand aus und legt sie auf Elins. Sie lässt den Stock los.

»Vielleicht in einem anderen Jahr?«

Elin sieht ihn an, ohne etwas zu erwidern. Dann greift sie wieder nach dem Stock und zeichnet weiter in den Sand.

»Da ist noch etwas«, sagt Elin.

Dann erzählt sie von Karins Vorschlag, sich für die Wahl zum Reichstag aufstellen zu lassen, aber das, was Vagn ihr erzählt hat, verschweigt sie.

»Meinst du, dass ich für den Reichstag kandidieren soll?«

Skarpheden streicht sich über das Kinn, bevor er antwortet:

»Ich kann dir mein Messer leihen und mit dir am Storån angeln gehen. Aber wenn es darum geht, eine solche weittragende Entscheidung für dein Leben zu treffen, kann ich dir keinen Rat geben. In dieser Angelegenheit musst du dir selbst vertrauen.«

Elin stöhnt.

»Aber woher soll ich wissen, dass ich mich richtig entscheide?«

»So etwas weiß man vorher nie. Man muss Entscheidungen treffen und dann, so gut es geht, zusehen, dass es so wird, wie man es haben wollte.«

»Gibt es keinen anderen Weg?«

»Nicht, dass ich wüsste.«

Lisa kommt mit Korken, Schnur und Mutter zurück, übergibt alles Skarpheden und bittet ihn zu werfen, so weit er kann.

Sie liegen unter dem Sonnensegel, als der erste Wind aufkommt. Es ist ein schwacher, vorsichtiger und recht warmer Windhauch. Sie sehen Lisa tauchen und wie sie sich zwischen den Tauchgängen mit Wassertreten an der Oberfläche hält. Dann geht sie unter Wasser und ist so lange weg, dass Elin unruhig wird.

Nach einer Weile taucht Lisa auf, die Schnur zwischen zwei Fingern. Am einen Ende hängt der Korken, am anderen die Mutter.

Gegen Abend hat der Wind zugenommen, und als sie nach Hause reiten, hält Skarpheden seinen Hut mit der Hand fest, da der Kinnriemen gerissen ist. Er reicht Elin die Hand, mit der anderen hält er den Hut.

»Wenn ich aus Stavanger zurück bin, lass ich von mir hören.«

»Du kannst auf dem Heimweg bei uns übernachten. Wenn du möchtest.«

»Das möchte ich gerne«, antwortet Skarpheden.

Vagn steht schon am Hang bereit. Sand wirbelt um ihn herum auf.

»Da ist noch was«, ruft Elin und sie bekommt Sand in den Mund.

»Was?«

»Was hast du am Busbahnhof gemacht, als wir uns begegnet sind?«
Skarpheden streicht sich mit der Hand über die Lippen, bevor er antwortet. Dann seufzt er und guckt sie an.
»Es konnte recht einsam werden in Foskros und Idre. Manchmal bin ich zum Busbahnhof hinuntergegangen, wenn der Bus ankam, nur um andere Leute zu sehen, welche, denen ich vorher vielleicht noch nicht begegnet bin.«
»Ich war also nicht die Erste?«
»Ich habe nie zuvor jemanden mit nach Spångkojan genommen, wenn du das wissen willst«, antwortet er.
Dann treibt er Black an. Elin bleibt noch einen Moment lang stehen und sieht ihm hinterher, bevor sie ins Haus geht.

Am Tag darauf hat sich der Wind gelegt und Gerda schreit mehr denn je. Elin geht nach draußen und ein Stück den Hang hinauf. Dort setzt sie sich auf einen Stein, von wo aus sie zum Ripsee blicken kann. Dann steht sie auf, hebt einen haselnussgroßen Stein auf und wirft ihn, so weit sie kann.
Als sie zurück nach Hause kommt, steht Gunnar in der Küche und räumt die Spülmaschine aus.
»Es quält mich, wenn sie schreit«, sagt Elin. »Ich glaube, es erinnert mich an die Festung, daran, wie ich versucht habe, nicht daran zu denken, dass sie mich vermisst und schreit, ohne dass es jemanden kümmert.«
Gunnar sagt, dass es nach und nach besser wird und die Zeit alle Wunden heilt.

»Ich bezweifle das«, sagt Elin. »Das klingt eher wie Wunschdenken.«

»Hol Black heraus«, schlägt Gunnar vor. »Reite zum See, das wird dir guttun.«

Elin tut, was Gunnar vorschlägt, und sie reitet lange über den Rücken des Pferdes gebeugt, bis sie das Seeufer erreicht hat. Das Pferd geht ein Stück ins Wasser hinaus und trinkt, während Elin seinen warmen Hals streichelt.

Dann nimmt sie ihr Mobil heraus und ruft Åke an. Er geht nicht ran und sie reitet im Schritt am See entlang.

Am östlichen Ufer befinden sich Schilfbüschel und daneben liegt ein toter Rehbock. Sein Bauch ist aufgeschlitzt. Elin reitet davon, während sie erneut ihr Mobil hervorholt.

Diesmal geht Åke ran.

»Ich müsste mit dir reden.«

»Na klar, um was geht es?«

»Ich habe Albträume und wache immerzu auf. Dann traue ich mich kaum, wieder einzuschlafen. Ich bin schrecklich müde, manchmal habe ich das Gefühl, dass ich es nicht schaffe, aus dem Bett zu kommen.«

»Was sind das für Träume?«, fragt Åke.

Elin fängt laut an zu weinen.

»Kann ich dich gleich noch mal anrufen?«, schluchzt sie.

»Natürlich.«

Sie steckt das Mobil in die Tasche, sitzt ab und sinkt auf einen umgestürzten Kiefernstamm. Sie weint und sucht in den Taschen nach etwas, womit sie sich schnäuzen kann, findet aber nichts.

Kurz darauf geht sie hinunter an den See, hockt sich hin und wäscht sich das Gesicht. Dann ruft sie Åke wieder an.

»Da ist noch was«, sagt Elin.

»Was?«

»Mama findet, dass ich eine Mörderin bin.«

»Kannst du am Donnerstag herkommen?«

»Klar.«

»Komm zum Mittagessen vorbei. Dann kannst du Ida Torson und ihren Sohn treffen. Du wirst nicht glauben, wie er heißen soll.«

»Wie soll er heißen?«

»Gunnar.«

Etwas später meldet sich Yasmin.

»Du weißt nicht, was passiert ist, aber es kommt heute Abend in den Nachrichten. Im gesamten Dalarna-Bezirk werden mehr als die Hälfte aller Mädchen Elin getauft. Ist das nicht fantastisch? Die Leute wollen, dass ihre Töchter so werden wie du!«

Am Abend nimmt Elin Kontakt mit Karin auf. Sie wird mit einer Sekretärin mit breitem Mund, langen gelockten Haaren und einer spitzen Nase verbunden. Elin erklärt, wer sie ist, und einen Moment später stellt man sie zu Karins Wohnung durch. Überall scheinen Kameras und Mikrofone zu sein, denn wo immer Karin sich befindet, kann Elin sie in der Nahaufnahme sehen, und als sie miteinander sprechen, ist Karin sehr deutlich zu hören. Gerade steht Karin vor dem Spiegel und tuscht sich die Wimpern mit einer kleinen runden Bürste. Elins und ihr Blick kreuzen sich im Spiegel.

»Hallo, Elin! Was gibt es?«

»Was für lange Wimpern du hast.«

»Das sind künstliche. Gefällt es dir?«

»Ja.«

»Ich trage sie zum ersten Mal.«

Sie tuscht die Wimpern von unten und ihre Hand verdeckt die roten Lippen.

»Heute ist der Empfang für eine Delegation aus Oslo. Ich werde meinen norwegischen Kollegen treffen. Er ist Professor für Strafprozessrecht, ich bin Lehrerin. Es gilt wohl, sich so gut zu schlagen, wie man kann.«

»Ich habe nachgedacht über das, was du gesagt hast.«

Karin steckt die Bürste in die kleine Flasche. Dann dreht sie sich um und guckt hinauf zu einer Kamera unter der Zimmerdecke. Ein neugieriger Blick hinter künstlichen Wimpern.

»Und zu welchem Schluss bist du gekommen?«

»Ich mache es, wenn du immer noch findest, dass es eine gute Idee ist. Erst besuche ich einen zweijährigen Kurs in der Hochschule in Rättvik, dann kandidiere ich. Wenn du glaubst, dass ich das schaffe.«

Karin lächelt.

»Die beste Nachricht des Tages!«

Karin geht vom Spiegel weg. Sie trägt ein dunkelblaues schulterfreies Kleid und spitze marineblaue Wildlederpumps mit hohen Absätzen. Um den Hals hat sie eine feingliedrige Goldkette.

»Alan!«, ruft sie. »Alan, say hello to somebody!«

Ein Mann in Smoking, schwarzer Fliege und strengem Scheitel blickt hinauf in die Kamera unter der Decke und das Bild teilt sich, sodass Elin jetzt Karin und Alan gleichzeitig sieht.

»Hello, dear«, sagt Alan. »So glad to see you!«

»Wir müssen jetzt gehen«, sagt Karin und winkt.

»We'll meet again«, sagt Alan. »Quite soon, I'm sure!«

Dann erlischt das Bild.

ENDE

MATS WAHL, 1945 geboren, zählt zu den großen skandinavischen Jugendbuchautoren. Für sein Werk erhielt er zahlreiche Preise, u.a. den Deutschen Jugendliteraturpreis 1996; mit drei weiteren Büchern war er für den Preis nominiert. Darunter der Roman *Därvans Reise* (Hanser 1995) und *Der Unsichtbare* (Hanser 2001). Ebenfalls bei Hanser erschienen *Kaltes Schweigen* (2003), *Kill* (2005), *Rache* (2007), *Du musst die Wahrheit sagen* (2011) und zuletzt *Wie ein flammender Schrei* (2014). Bereits lieferbar ist der erste Band der STURMLAND-Saga, *Die Reiter* (Hanser 2016).

GESA KUNTER, geboren 1980, arbeitet als Übersetzerin, Lektorin und Literaturvermittlerin in Berlin.

Die Originalausgabe erschien 2014 unter dem Titel *Blodregn: Krigarna*
bei Natur & Kultur, Stockholm.

Zitat auf Seite 15: Stevie Smith, *Not Waving but Drowning*, aus:
*New Selected Poems*, New Directions Publishing Corporation, 1988

Songtext auf Seite 157/158: Nat Burton:
*The White Cliffs of Dover*, 1941

Zitat auf Seite 159: Winston Churchill, Rede vor dem
Britischen Unterhaus vom 4. Juni 1940

Zitat und Songtext auf Seite 160: Ross Parker/Hughie Charles:
*We'll meet again*, 1939

Zitat auf Seite 163: Oscar Wilde: *De Profundis*, 1895–1897

Zitat auf Seite 345: Njals Saga: *Die Saga von Njal und dem Mordbrand*,
herausgegeben und übersetzt von Hans-Peter Naumann, Wien 2011 (LIT Verlag)
Abdruck mit freundlicher Genehmigung

Zitat auf Seite 350: Taira no Kanemori: *Bambuflöjten*,
aus dem Schwedischen von Gesa Kunter

1 2 3 4 5    20 19 18 17 16

ISBN 978-3-446-25091-8
© Mats Wahl, 2014
Alle Rechte der deutschen Ausgabe:
© Carl Hanser Verlag München 2016
Umschlag: init | Kommunikationsdesign, Bad Oeynhausen
Piktogramme: Thinkstock, getty images
Satz im Verlag
Druck und Bindung: GGP Media GmbH, Pößneck
Printed in Germany